W0399284

BASTEI
LÜBBE
TASCHENBUCH

**Über die Autorin:**

Alissa Callen lebt im Westen von New South Wales, Australien. Ihr Interesse gilt den Lebensgeschichten von Menschen sowie historischen Häusern und Gärten, für die sie stundenlang über ihren Kontinent fährt. Wenn sie nicht gerade schreibt, kümmert sie sich um ihre vier Kinder, drei Hunde, zwei Pferde und eine ständig weglaufende Kuh, die sie zusammen mit der ländlichen Umgebung um sich herum inspirieren.

Alissa Callen

# *Eine Farm im Outback*

Roman

Aus dem australischen Englisch
von Irene Anders

BASTEI LÜBBE
TASCHENBUCH

BASTEI LÜBBE TASCHENBUCH
Band 17 464

Dieser Titel ist auch als E-Book erschienen

MIX
Papier aus verantwortungsvollen Quellen
FSC www.fsc.org
FSC® C083411

Vollständige Taschenbuchausgabe

Deutsche Erstausgabe

Für die Originalausgabe:
Copyright © 2014 by Alissa Callen
Titel der australischen Originalausgabe: »Down Outback Roads«
First published by Random House Australia Pty Ltd, Sydney, Australia.
This edition published by arrangement with Random House Australia Pty Ltd
via Michael Meller Literary Agency GmbH, München

Für die deutschsprachige Ausgabe:
Copyright © 2016 by Bastei Lübbe AG, Köln
Textredaktion: Birgit Volk, Bonn
Titelillustration: Nele Schütz Design, München unter Verwendung von
Motiven von shutterstock/tommaso lizzul; shutterstock/
Leah-Anne Thompson; shutterstock/martinho Smart; shutterstock/cici_2012;
shutterstock/Olha Rohulya; shutterstock/Asaf Eliason
Umschlaggestaltung: Nele Schütz Design, München
Satz: Urban SatzKonzept, Düsseldorf
Gesetzt aus der Garamond
Druck und Verarbeitung: CPI books GmbH, Leck – Germany
Printed in Germany
ISBN 978-3-404-17464-5

5 4 3 2 1

Sie finden uns im Internet unter
www.luebbe.de
Bitte beachten Sie auch: www.lesejury.de

Ein verlagsneues Buch kostet in Deutschland und Österreich jeweils überall dasselbe.
Damit die kulturelle Vielfalt erhalten und für die Leser bezahlbar bleibt,
gibt es die gesetzliche Buchpreisbindung. Ob im Internet, in der Großbuchhandlung,
beim lokalen Buchhändler, im Dorf oder in der Großstadt – überall bekommen Sie Ihre
verlagsneuen Bücher zum selben Preis.

# 1

*Habe ihn gefunden. Lebend.*

Ewan Mackenzie starrte auf die Textnachricht, die er von Travis bekommen hatte. Der Lärm und die Geschäftigkeit in der Kommandozentrale des Outback-Rettungsdienstes hinter ihm verebbten zu einem unbestimmten Murmeln. Drei schlichte Worte, und die Welt konnte wieder aufatmen. Sämtliche Polizeieinheiten, Notfallhelfer, Bauern und Bewohner von Glenalla, die nach dem vermissten amerikanischen Rucksacktouristen gesucht hatten, konnten jetzt ihr normales Leben wiederaufnehmen.

Erleichterung verdrängte Ewans Erschöpfung, und die Anspannung, die ihn fester als jeder Druckverband im Griff gehalten hatte, löste sich langsam. Der achtzehnjährige Urlauber, der sich nach der Schule ein Jahr Pause gönnte, war nicht der Weite und Einsamkeit des australischen Busches zum Opfer gefallen. Zum ersten Mal seit zwei Tagen spürte Ewan die Sonne, die ihm die Haut wärmte, und nahm das Knistern wahr, mit dem der Herbstwind durch die von Silber überzogenen Gummibäume in der Nähe fuhr.

Seine Hand zitterte, und vor seinen Augen verschwammen die Buchstaben auf dem kleinen Bildschirm. Er schob das Handy in die Tasche seiner Jeans und wischte sich die kalten Handflächen an dem verstaubten Denim-Stoff seiner Hose ab. Das Zittern in seinen Fingern setzte sich bis in seine Schultern fort.

Allem Anschein nach spielte es keine Rolle, wie oft er dem

Rettungsdienst dabei half, einen Fall zu einem positiven Abschluss zu bringen, das Blut, das er an den Händen hatte, würde sich niemals abwischen lassen.

Von der Ladefläche des Ute, der direkt vor ihm stand, drang das Klopfen von Whiskeys Schwanz in Ewans Ohr. Der Kelpie sah ihn mit Nervosität im Blick an und begann zu winseln. Ewan unterdrückte seine Gedanken und schob seine Qual zurück in die tiefe Grube, in die sie gehörte. Whiskey spürte jede seiner Stimmungen, und der Hund sollte nicht seine Schuld mit sich herumtragen.

»Alles in Ordnung, Kumpel«, sagte er mit sanfter Stimme und kraulte dem Kelpie das dichte schwarz-braune Fell. »Alles ist gut. Unsere Arbeit ist erledigt. Sie haben Krees Bruder gefunden.«

Whiskey schmiegte sich enger an ihn, als wäre er noch nicht überzeugt. Ewan zwang sich, eine Leichtigkeit, die er nicht empfand, in seine Stimme zu legen. »Wir fahren nach Hause, Whisk. Im Kühlschrank im Schuppen ist kaltes Bier, und wenn du Glück hast, hat Midget den Knochen nicht gefunden, den du unter dem Orangenbaum vergraben hast.«

Noch einmal kraulte er Whiskey den Hals, und sein vierbeiniger Freund schloss die Augen. Aber Whiskeys Zufriedenheit löschte die Leere nicht aus, die sich jetzt langsam in Ewan ausbreitete. Jetzt, wo Seth Garrett gefunden worden war, würde dessen dunkelhaarige Schwester, die eine ganze Nacht lang hierher geflogen war, um bei der Suche nach ihm zu helfen, nach Hause zurückkehren.

Von dem Augenblick an, in dem Kree in die Blechhütte getreten war, in der die provisorische Kommandozentrale untergebracht war, hatte ihr trauriges, tapferes Lächeln seine Abwehrmechanismen ausgehebelt. Winterlich bleich und hübsch, wie sie war, hatte ihre stille Tapferkeit etwas in ihm berührt, von dem er geglaubt hatte, dass es längst gestorben sei.

Er wusste, wie viel Kraft es kostete, weiterzumachen, wenn die Welt um einen herum zusammenbrach. Doch trotz dieses Gefühls der Verbundenheit hatte sein Instinkt ihn gewarnt, sich von der attraktiven Amerikanerin fernzuhalten. Es war ihm gelungen, auf höfliche Weise Abstand zu halten, bis sie gestern nach dem Lunch zu ihm gekommen war, als er gerade die Karte studierte, die er auf dem Dach seines Ute ausgebreitet hatte.

»Ewan? Ewan Mackenzie?«, hatte sie in ihrem weich klingenden, schön modulierten Tonfall gefragt.

Ein Hauch von Vanilleduft war ihm in die Nase gestiegen, ehe er sich umgedreht und ihr in die blauen Augen gesehen hatte. Sein Herzschlag war ins Stolpern geraten. »Ja.«

»Der alte Harry sagt, Sie fliegen die nächste Erkundungstour in Travis' Maschine?«

Mit trockener Kehle hatte Evan genickt.

Sie streckte ihm die Hand entgegen. »Vielen Dank.«

»Keine Ursache.« Er zögerte, dann jedoch akzeptierte er die allgemein anerkannte Geste der Dankbarkeit. »Wir tun alles, um Ihren Bruder zu finden.«

»Ich weiß.« Ihre Stimme war leiser geworden, und ihre feingliedrigen Finger hatten sich um seine geschlossen, als würden sie dorthin gehören. Mit geöffneten Lippen hatte sie ihn eine Sekunde lang voller Ernst angesehen, eine zweite verstrich, und erst dann hatte sie ihre Hand mit zitternden Fingern aus der seinen gelöst.

»Noch einmal vielen Dank.«

Lange nachdem sie in die Hütte zurückgekehrt war, konnte Ewan sein Herz noch immer schlagen hören. Nicht einmal der Kompass, der auf der Karte vor ihm nach Norden wies, hatte es geschafft, ihn wieder ins Gleichgewicht zu bringen. Nie zuvor hatte ihn ein flüchtiges Lächeln in den Augen einer Frau so sehr berührt.

Er hörte auf, Whiskey zu streicheln, und der Kelpie stieß ihm protestierend die große Vorderpfote gegen den Unterarm.

Ewan schüttelte den Kopf. »Wir müssen gehen, Whisk. Die Arbeit auf der Farm hat sich nicht von allein erledigt, während wir weg waren.«

Er griff nach dem zusammengerollten Schlafsack zu seinen Füßen. Es war nicht nötig, Kree zu suchen und ihr zu sagen, dass Seth in Sicherheit war. Travis hatte dem Leiter der Kommandozentrale sicherlich geschrieben, sodass sie die Nachricht umgehend erhalten hatte. Genauso unnötig war es, sie in ihrer Freude zu stören, um sich zu verabschieden. Es stand ihm nicht zu, ihre Erleichterung zu teilen oder Dank zu erwarten. Es war genug, dass er geholfen hatte, ein Leben zu retten. Besser, er fuhr nach Hause, nach Marellen. Er hatte ein flüssiges Frühstück in Form von zu heißem Kaffee zu sich genommen, und seine Ausrüstung war schon zusammengepackt, bereit für eine weitere Frühschicht als Erkundungsflieger in Travis' leichter Cessna.

Er warf den Schlafsack und die Stofftasche, die danebenstand, auf den Ute. Hinter ihm verbreiteten sich die guten Nachrichten schneller als ein vom Wind getriebenes Buschfeuer. Er konnte hören, wie die Leute sich auf die Schultern schlugen, wie Witze gerissen wurden und lange nicht gehörtes Gelächter ertönte, in dem sich die Anspannung auflöste, die wie eine düstere Wolke über ihnen gehangen hatte. Er musste hier weg, bevor von ihm erwartet wurde, dass er sich der Jubelfeier anschloss. Er würde nachsehen, ob er das Aufladegerät seines Handys eingepackt hatte, und machen, dass er weg kam.

Whiskeys Ohren zuckten, und sein Schwanz schlug mit solcher Wucht auf die Ladefläche des Ute, dass Ewan zu hören glaubte, wie die Stoßdämpfer einen Fluch ausstießen. Er hielt mitten im Schließen des Reißverschlusses der Stofftasche inne. Es gab nur einen Menschen in der Kommandozentrale, der Whiskey dazu bringen konnte, sich wie ein hyperaktiver Welpe zu benehmen.

Kree Garrett.

Ewan drehte sich langsam um, und mit jedem Grad der Drehung gewann er ein Stück seiner Selbstbeherrschung zurück. Er hatte bereits zugelassen, dass Erschöpfung und Gefühle ihn schwächten. Er war nicht mehr so wachsam gewesen und hatte Kree an sich herangelassen. Mehr Risse in seiner Rüstung konnte er sich nicht erlauben. Er durfte nicht mehr daran denken, wie perfekt ihr Körper zu seinem gepasst hatte, als er sie kurz in den Armen gehalten hatte, um sie zu trösten, nachdem sich eine Sichtung von Seth als falscher Alarm herausgestellt hatte. Und er durfte auch nicht noch mehr Sehnsucht nach Dingen zulassen, die zu besitzen er niemals wieder ein Recht haben würde.

Aus dem Augenwinkel nahm er einen schwarz-braunen Blitz wahr, als Whiskey von dem Ute herunter auf den Boden sprang. Ewan zog sich den Akubra-Hut vom Kopf und fuhr sich mit der Hand durch sein verstrubbeltes Haar. Na wunderbar! Whiskeys Begeisterung für die Amerikanerin mit der sanften Stimme würde es ihm unmöglich machen, sich unauffällig davonzustehlen. Ewan hielt sich den Hut vors Gesicht, um seinen Gesichtsausdruck zu verbergen, ehe er ihn sich wieder auf den Kopf setzte und die Krempe tief in die Stirn zog. Kree war noch nicht einmal zwei Tage lang auf australischem Boden, aber sein Selbstschutz hatte angesichts ihres feines Gespürs gleich Alarm geschlagen. Sie hatte so eine Art, in seinem Gesicht nach dem zu suchen, was er ihr nicht erzählte, die gefährlich war, so gefährlich wie eine in die Enge getriebene Braunschlange.

Kree beugte sich hinunter, um Whiskey den Bauch zu kraulen. Der Hund warf sich hingerissen zu Boden und war nur noch ein Bündel im roten Sand zu ihren Füßen. Eins seiner Hinterbeine zuckte, als sie ihn an seiner Lieblingsstelle kitzelte. Sie lachte ein melodiöses, weiches Lachen und klang vor Erleichterung ganz gelöst.

Ewan verschränkte die Arme und sah an dem Mädchen und dem Hund vorbei nach der breiten, von Bäumen gesäumten Schotterstraße, die ihn nach Hause bringen würde. Es spielte keine Rolle, dass er Kree nun endlich lachen gehört hatte oder dass dieses Lachen sein Herz, in dem schon so lange eine eisige Kälte herrschte, an den Rändern gewärmt hatte. Sie würde schon bald zurück in die Vereinigten Staaten fliegen.

Kree richtete sich auf, fuhr aber fort, Whiskeys Bauch mit der Spitze ihres Schnürstiefels zu streicheln. Mit einem Grinsen sagt sie zu dem Hund: »Von wegen du bist ein harter Brocken, Whiskey, du bist nichts weiter als ein großes Baby.«

Unter seinen verschränkten Armen ballte Ewan die Hände zu Fäusten. Aschfahl und mit dem achtlos gebundenen Pferdeschwanz, zu dem sie ihr braunes Haar zusammenfasst hatte, war sie hübsch gewesen. Jetzt aber, wo Farbe ihre Wangen überzog und Glück in ihren Augen leuchtete, war sie, nun ja, atemberaubend.

Whiskey gab einen Laut von sich, der wie ein Seufzen klang, als sie aufhörte, ihm den Bauch zu kraulen.

»Ich kann nicht fassen, dass Travis Seth gefunden hat.« Sie sah ihm in die Augen, und ihr Lächeln wurde breiter. »Ich kann nicht fassen, dass es ihm gut geht und dass das alles jetzt wirklich vorbei ist. Danke für alles, was Sie getan haben.« Sie öffnete die Arme und trat auf ihn zu.

Ewans Magen zog sich vor Anspannung zusammen, als ihm klar wurde, dass sie ihn umarmen wollte. Er konnte nicht riskieren, Kree noch einmal zu berühren, nicht einmal in einer flüchtigen Umarmung – er hatte auch so schon Mühe, seine Selbstbeherrschung zu wahren. Er unterbrach den Augenkontakt mit ihr und tat so, als müsse er die langen Ärmel seines Arbeitshemds aufkrempeln. »Ist gern geschehen, und Dank ist nicht notwendig«, sagte er, als hätte er nicht bemerkt, was sie vorhatte. Er schlug sich die Manschette über das Handgelenk und hoffte, dass seine Finger nicht zittern würden. »Ich bin froh, dass alles gut ausgegangen ist.«

Als Kree keine Antwort gab, wagte er es, ihr einen schnellen Blick zuzuwerfen. Ihre Augen waren schmal geworden, und sie stemmte die Hände in die Hüften, die in Jeans steckten.

»Dank ist sehr wohl notwendig. Allein mit den Pferden, Motorrädern und anderen Fahrzeugen hätten wir auf keinen Fall ein so großes Gebiet absuchen können, wie Sie und Travis es auf dem Luftweg geschafft haben.« Sie machte eine Pause, und er wünschte, er könnte sein Gesicht wieder hinter einem Hut verbergen. Sie hatte eine Art, ihn direkt anzusehen, die ihm Angst machte, sie könne all seine Geheimnisse durchschauen. »Außerdem war es Ihr Vorschlag, die Suche in Richtung Norden auszudehnen. Niemand sonst hat geglaubt, Seth könne so weit gelaufen sein.«

»Sie waren es, die darauf hingewiesen hat, dass Seth fit genug ist, um lange Strecken zurückzulegen. Und Sie haben auch vermutet, er könne in Richtung Pike's Ridge gelaufen sein, weil er das Laufen in rauem Gelände gewohnt ist. Ich war nur der Botenjunge, der die Nachricht weitergegeben hat.« Er schob sich die hochgekrempelten Ärmel über die Ellenbogen. Er musste sich auf den Weg machen. Er musste allein auf der Veranda sitzen, weit weg von Jubelfeiern und Kameradschaft, und sich ins Gedächtnis rufen, dass Frauen wie Kree Garrett für Männer wie ihn nicht gedacht waren. »Wirklich, Dank ist nicht notwendig.«

»Doch, das ist er.« Sie drehte sich um und betrachtete die Ansammlung von Fahrzeugen und die Trauben von Freiwilligen des staatlichen Rettungsdienstes, die die üblichen Hosen und Jacken in leuchtendem Orange trugen. »Ich muss mich bei allen bedanken, dass sie mitgeholfen haben, meinen Bruder zu finden – bei Ihnen, bei Travis, bei sämtlichen Freiwilligen, bei der Gemeinde von Glenalla.«

Ein paar Männer, die neben einem schlammbedeckten Quad standen, hoben die Hände in ihre Richtung, und sie lächelte und winkte zurück. Sogar der eigensinnige alte Harry, der für gewöhnlich seine Farm nur bei Feuer, einer Flut oder wenn Hunger ihn quälte, verließ, nickte ihr zu. Kree mochte zwar als Fremde hier angekommen sein, aber sie hatte sich in Windeseile den Respekt der Einheimischen verdient. Obwohl sie unter dem Jetlag litt und ihre Augen vor Müdigkeit schwer waren, hatte sie sich nach ihrem Langstreckenflug aus Denver sofort an der Such- und Rettungsaktion beteiligt. Immer war sie im Nu mit einem lobenden Wort oder einer Tasse Tee für einen erschöpften Freiwilligen zur Stelle gewesen und hatte unermüdlich gearbeitet, bis Ewan bemerkt hatte, dass sie vor Erschöpfung kaum mehr auf ihren Füßen stehen konnte. Ohne auf ihren Protest zu achten, hatte er sie in seinen Ute geladen und sie in den Ort gefahren, damit sie sich in Mrs. Butlers Gästezimmer ausschlafen konnte. Kree hatte die Beine unter ihren Körper gezogen, ihren Kopf auf ihren Arm gelegt und sich auf dem Beifahrersitz zusammengerollt, noch ehe er die Hauptstraße erreicht hatte.

Sie drehte sich um, um ihn wieder anzusehen, und hob ihr Kinn. Ehe er begriff, was sie vorhatte, hatte sie den Abstand zwischen ihnen verringert und ihn auf die unrasierte Wange geküsst. Er nahm den Duft von Vanille wahr, spürte die Zartheit ihres Mundes, und als sie sich von ihm löste, empfand er den Verlust wie einen Stich.

»Danke«, sagte sie mit ernstem Blick. »Für alles.«

»Jederzeit wieder«, war alles, was er hervorbrachte, und er hoffte, dass sein gedehnter australischer Tonfall seine Heiserkeit kaschiert hatte.

Sie verzog den Mund. »Verstehen Sie mich bitte nicht falsch, aber ich hoffe, es wird nicht wieder nötig sein. Wenn ich meinen kleinen Bruder erst wieder zurückhabe, kann er froh sein, wenn ich ihm noch erlaube, zum Eckladen zu gehen und Milch zu holen.«

»Seien Sie nicht zu streng mit Seth. Er ist jung. Und Unfälle passieren nun einmal.« Ewan wandte den Kopf zu dem Campingbett, das auf dem Ute lag, und griff nach dem Tragriemen. Kree mochte gekommen sein, um ihm für seine Bemühungen bei der Suchaktion zu danken, doch in Wirklichkeit sagte sie ihm auf Wiedersehen. Es gab keinen Eckladen in Glenalla, es gab dort überhaupt nur ein einziges Geschäft. Ihre Abreise stand unvermeidlich bevor und war das Beste, was ihm passieren konnte – warum erfüllte ihn also eine solche Unruhe?

Kree stützte die Arme auf die Seitenwand des Ute und sah zu, wie er den Schlafsack neben der Stofftasche zurechtlegte. Whiskey sprang auf die Ladefläche und schob seinen Kopf unter Krees Hände, um sich noch einmal streicheln zu lassen.

»Ja, Unfälle passieren nun einmal, aber im Fall von Seth passieren sie ziemlich regelmäßig.« Sie senkte die Stimme. »Ich hoffe, diese Erfahrung wird ihn lehren, weniger impulsiv zu handeln. Ich wünschte, er hätte Maureen und Don gesagt, in welche Richtung er zum Joggen gehen wollte. Aber alles, was er gesagt hat, war, er würde laufen gehen und zum Abendessen zurück sein.«

»Jetzt, nach zwei Tagen im Busch, wird er Ihnen sicher sagen, dass er sich dasselbe wünscht.« Ewan klopfte die Stofftasche ab, um das harte Viereck seines Aufladegerätes zu ertasten.

»Bill hat gesagt, sie bringen ihn zur ärztlichen Untersuchung hierher, und anschließend kann ich mit ihm zum Dubbo Hospital fahren.«

»Das ist richtig.« Ewan entging der besorgte Unterton nicht. Kree mochte all ihre Ängste unterdrückt und sich darauf konzentriert haben, positiv zu denken und daran zu glauben, dass ihr Bruder gefunden werden würde, aber ihre stoische Haltung würde noch ihren Preis fordern. Er selbst wusste besser als jeder andere, dass Gefühle sich höchstens eine Zeitlang leugnen ließen. Er warf einen Blick auf seine Uhr. »Sie sollten demnächst hier sein. Der Rettungshubschrauber hat Travis' Fundstelle inzwischen sicher erreicht.«

Als Kree keine Antwort gab, sah Ewan zu ihr hinüber. Sie hatte aufgehört, Whiskey zu streicheln, und hatte ihr Gesicht abgewandt. Ihr Blick war auf die Hügel gerichtet, die sich hinter dem Patchwork aus umgepflügtem braunen Land und frischen grünen Koppeln erhoben.

Es mochte fünf Jahre gedauert haben, bis Mutter Natur die große Trockenheit endlich beendet hatte, aber seither hatte sie den Glenalla-Distrikt mit regelmäßigen Regenfällen verwöhnt.

Er hatte so lange kein Gras mehr gesehen, dass er vergessen hatte, dass es Grün auch in anderen Schattierungen als dem trüben Oliv der Bäume gab, die in Trockenheit überleben konnten. Schon bald würde das Wintergetreide zu üppigem Leben aufsprießen, und hier würde wieder zufriedenes Vieh mit glänzendem Fell grasen.

»Nicht lange, dann wird das hier nicht mehr sein als eine schlimme Erinnerung«, sagte Ewan ruhig, während Kree weiter auf die von Sträuchern bedeckten Hügel starrte.

Die Antwort war eine bedrückende Stille.

»Kree?« Halbherzig streckte er die Hand nach ihr aus.

Sie wandte sich ihm zu, ihre Augen glänzten. »Entschuldigung. Was haben Sie gesagt?«

»Nicht lange, dann wird das hier nicht mehr sein als eine schlimme Erinnerung.«

Ewan griff nach seiner Stofftasche, bevor er noch eine Dummheit beging und die Hand nach Kree ausstreckte. Die Traurigkeit, die sich um ihre vollen Lippen abzeichnete, zerrte an ihm, auch wenn sein Kopf ihm befahl, seine Füße in den Stiefeln fest auf dem von Reifenspuren durchzogenen Boden zu lassen. Er hatte das Recht, sich zu jemandem hingezogen zu fühlen, lange verloren. Je eher Kree Garrett den Distrikt verließ, desto schneller konnte er weiter in seiner Einsamkeit Buße leisten.

»Vielleicht«, sagte Kree. Zu Whiskeys Freude kraulte sie ihm von Neuem das Fell. »Ich hatte immer vor, nach Australien zu kommen, solange Seth hier ist. Zwar sollte der Frühling dem Datum nach bereits in den Rocky Mountains angekommen sein, aber bei uns daheim ist es noch immer eiskalt. Also bleibe ich noch, um die Sonne noch ein bisschen länger genießen zu können.«

Zum zweiten Mal an diesem Morgen hielten Ewans Finger

am Reißverschluss der Stofftasche inne. Er blickte nicht auf, während er sprach. »Sie ... Sie bleiben noch hier?«

*

Kree Garrett betrachtete Ewans Profil. Er sah völlig ungerührt aus. Sie wünschte sich, diese Filzhüte, die die Australier trugen, hätten nicht solch breite Krempen. Alles, was sie von seinen sonnengebräunten Zügen zu sehen bekam, war die von Bartstoppeln weicher gezeichnete Linie seines Kinns. Als Künstlerin versuchte sie, hinter die Fassade zu blicken, um das wahre Wesen eines Menschen zu erfassen. Aber Ewan Mackenzie war wie ein verschlossenes Buch, es gelang ihr nicht, ihn zu lesen. Er mochte eine beruhigende Konstante in der furchtbaren Zeit gewesen sein, die auf Dons Anruf mit der Meldung, dass Seth vermisst wurde, gefolgt war, aber Kree war dem Ziel, den wirklichen Ewan hinter den ruhigen grauen Augen kennenzulernen, kein bisschen näher gekommen. Das Leben verlangte von ihr, dass sie stets die Kontrolle behielt.

»Ja, das habe ich vor«, sagte sie und machte eine Pause, um das Spiel der Muskeln unter seinem smaragdgrünen Hemd, das aus der Hose gerutscht war, zu verfolgen, während er in seiner Tasche wühlte. Nicht einmal sein breiter Rücken gab ihr den kleinsten Hinweis auf seine Gedanken. Irgendwie musste sie ihn erreichen und sich richtig bei ihm bedanken. Körperkontakt war nicht der geeignete Weg. Zwar hatte sie die halbe Kommandozentrale umarmt, um Danke zu sagen, aber als sie sich angeschickt hatte, ihn in die Arme zu nehmen, war er so steif geworden wie das Eis auf einer Canyon-Straße in Colorado. Und was den Kuss betraf, nun ja, die schlichte Geste hatte zwar in ihr ein warmes, butterweiches Gefühl hinterlassen, aber der düstere Ausdruck in seinen Augen gab ihr zu verstehen, dass er sie eher als Frosch denn als Prinzessin betrachtete.

»Maureen und Don haben alles stehen und liegen lassen, um nach Seth zu suchen«, fuhr sie fort. »Also ist es das Mindeste, was ich tun kann, wenn ich Seths Job übernehme und mich um Berridale kümmere, während sie unterwegs sind. Wie ich meinen Bruder kenne, wird es ihn nach den Tagen alleine in die glitzernde Lichterwelt von Sydney ziehen. Sally, eine Freundin unserer Familie, hat ihn eingeladen, bei ihr zu wohnen.«

Ewan warf einen kurzen Blick über die Schulter und sah sie an. »Ich kann verstehen, dass er jetzt unter Menschen sein möchte, aber ich sehe keinen Grund, warum Sie nicht auch nach Sydney fahren sollten. Nach allem, was geschehen ist, würden die Tylers das verstehen und sicher nicht verlangen, dass Sie Seths Vertrag erfüllen.«

Kree unterdrückte mit Mühe ein Stirnrunzeln. Wollte Ewan nicht, dass sie blieb? Es sollte für sie eigentlich keinen Unterschied machen, aber ein Teil von ihr – der unter Schlafentzug leidende, emotionale Teil, der befürchtet hatte, dass sie ihren Bruder verloren hätte – wollte, dass er sich darüber freute, sie länger hier zu haben. Sie war noch nicht bereit, zuzugeben, dass die Verbindung zwischen ihnen, die sie wahrgenommen hatte, eine Illusion und schlicht und einfach der Verzweiflung entsprungen war.

Sie streichelte Whiskey ein letztes Mal und löste sich von der Seitenwand des Ute. »Ja, sie verstehen es, aber obwohl Don nichts gesagt hat, merke ich doch, dass er sich Sorgen macht, weil sie nächste Woche abreisen wollen und niemanden haben, der sich um die Farm kümmert. Er spricht viel über die Schafe, die er während der Dürrezeit mit der Hand gefüttert hat und die jetzt bald Lämmer haben werden. Wie es aussieht, hat es eine Weile gedauert, um Seth als Aufpasser für die

Farm zu finden, und jetzt ist es vielleicht nicht mehr möglich, beizeiten einen Ersatz zu bekommen.«

Der Reißverschluss schnarrte, als Ewan seine Tasche schloss. Mit dem Ladegerät in der Linken wandte er sich ihr zu. »Die Schafe sind die letzten, die ihm von seiner Zuchtherde geblieben sind. Würde nicht sein eigener Sohn in Griechenland Hochzeit feiern, würde er die Reise absagen.«

»Nun, ich würde liebend gern aushelfen, also werde ich mit den beiden sprechen, sobald sich die Gelegenheit ergibt.«

»Haben Sie denn keinen Job oder … jemanden, der Sie in diesen sechs Wochen vermissen würde?«

»Nein. Beides habe ich nicht. Ich schließe meine Galerie im Winter, weil so wenig Touristen unterwegs sind, und meine Nachbarn haben ein Auge auf meine Berghütte. Und was denjenigen betrifft, der mich vermissen könnte, nun, lassen Sie es uns einfach so sagen: Er hat dazu kein Recht mehr.«

In seinen Augen lag ein unbestimmbarer Ausdruck. »Ich verstehe.«

»Gut. Sobald also Seth in Sydney gut untergebracht ist, bin ich völlig frei und kann den Tylers helfen. Mrs. Butler hat mir erzählt, sie hätten eine ganz entzückende Jungziege, die der Meinung ist, sie sei ein Hund.«

»Das ist richtig. Die Ziege heißt Fudge, aber vielleicht werden Sie diese Ansicht bald noch einmal überdenken.« Ein seltenes Lächeln umspielte seine Mundwinkel. »Sie haben auch einen Cattle-Dog-Welpen namens Freckle, und zusammen stellen die beiden jede Menge Unsinn an. Kein Wunder, dass Seth Lust hatte, joggen zu gehen. Wenn ich auf die beiden aufpassen müsste, hätte ich das auch nötig.«

Kree brauchte einen Augenblick, ehe sie antworten konnte. Ewans blitzend weißes Lächeln erwies sich als ebenso ablenkend wie die von Wolken umhüllten Hügel, die sie an die Zeit erinnerten, als ihre Welt noch vollständig gewesen war. »Merkwürdig. Seth hat überhaupt keine Tiere erwähnt. Ich habe ihn immer nur von V8 Utes, Motorrädern und Frontschutzbügeln reden hören.«

»Nun ja, das sind eben die wichtigen Sachen«, sagte Ewan und nickte in Richtung seines glänzenden, silbernen Ute, von dem sie aus eigener Anschauung wusste, dass er auch innen makellos sauber war.

Sie lachte und schüttelte den Kopf. »Ob in Australien oder in Amerika, Jungen lieben nun einmal ihr Spielzeug.«

Sein Lächeln wurde breiter. »Und ob sie das tun.«

»Und damit verabschiede ich mich.« Sie trat von dem Ute weg, ohne ihren Blick von seinem zu lösen. »Ewan, tun Sie nicht so, als würden wir uns nicht kennen, und kommen Sie mich besuchen. Sie wissen, wo ich die nächste Zeit verbringen werde. Bitte sagen Sie auch Travis Bescheid. Ich bin Ihnen beiden zum Dank ein Abendessen schuldig. Und ich mache einen mordsguten Pot Roast, wenn ich mich selbst einmal loben darf.«

Er legte den dunklen Kopf zurück. »Ich verspreche, ich richte Travis aus, dass er bei Ihnen zum Dinner eingeladen ist.«

Während sie davonschlenderte und den wolkenlosen Himmel nach dem Rettungshubschrauber absuchte, wurde ihr klar, dass die Chancen dafür, dass Ewan sie in absehbarer Zeit besuchen würde, nicht gut standen. Zwar hatte er zu ihrer Essenseinladung genickt, aber seine zu einem Strich zusammengepressten Lippen hatten deutlich gemacht, dass er es nur aus Höflichkeit getan hatte.

Sie widerstand dem Drang, sich umzudrehen und nachzusehen, ob er ihr hinterherschaute oder ob er schon in seinem Ute saß und an alles Mögliche, aber nicht an sie dachte. Wäre sie nicht zu ihm gegangen, hätte er die Kommandozentrale verlassen, ohne sich von ihr zu verabschieden. Da war sie sich sicher.

Sie verspürte einen schmerzlichen Stich und musste schlucken. Vermutlich machten sich jetzt der Stress und die Sorge, die Seths Verschwinden ausgelöst hatte, bemerkbar. Warum sonst sollte sie die Aussicht, Ewan nicht wiederzusehen, mit einem Gefühl der Leere und der Verlorenheit zurücklassen?

Sie beschleunigte ihren Schritt und ging zu dem provisorischen Hubschrauberlandeplatz, der auf den Sandtennisplätzen hinter der Blechhütte eingerichtet worden war. Sie hatten Seth gefunden. Lebendig. Er war nicht von einer Schlange gebissen worden und nicht dem Angriff eines wilden Schweins oder Hundes zum Opfer gefallen. Darauf allein kam es an. Nicht auf ihre Gefühle.

Sie durfte nicht zulassen, dass ihre Gefühle ihren Blick trübten oder sie daran hinderten, das Versprechen zu erfüllen, das sie vor sieben Jahren am Grab ihrer Eltern gegeben hatte. Das Leben hatte seine Methoden, es zu ahnden, wenn man nachlässig wurde und die Kontrolle verlor. Seth hatte sich dieses Jahr eine Pause zwischen Schule und Studium gewünscht, um zu beweisen, dass er für sich selbst sorgen konnte, aber sie hatte dummerweise nicht darauf bestanden, dass er sich regelmäßig meldete. Hätte sie mit ihm mehr als die vier kurzen Telefongespräche geführt, seit er bei den Tylers wohnte, hätte sie vermutlich gewusst, wohin er gern zum Joggen ging.

An dem weit gespannten blauen Himmel sah sie plötzlich Metall im Sonnenlicht blitzen. Sie blieb stehen und schirmte ihre Augen ab, um zu überprüfen, ob ihr nicht nur der dringende Wunsch, ihren kleinen Bruder wiederzusehen, etwas vorgaukelte. Wieder blitzte Metall auf. Lange unterdrückte Tränen quollen ihr in den Augen und drohten die eiserne Selbstkontrolle zunichtezumachen, an der sie so hart gearbeitet hatte. Sie schlang die Arme um ihre Brust, um das Zittern zu beruhigen, das ihren Körper schüttelte.

Sie würde ihre Eltern nicht noch einmal enttäuschen, sondern besser auf Seth aufpassen. Ihre Verantwortung für ihn war wichtiger als der Verlobte, der sie vor sechs Monaten gezwungen hatte, zwischen ihm und ihrem Bruder zu wählen. Und jetzt war die Pflicht ihrer Familie gegenüber wichtiger als dieser australische Naturbursche mit seinem zögernden Lächeln, der sie festgehalten und ihr für eine allzu kurze Zeit das Gefühl gegeben hatte, nicht allein zu sein.

*

Leticia Mackenzie lehnte ihren Kopf gegen den weiß gestrichenen Holzpfosten der Veranda des Wohnhauses von Marellen. Es würde nicht mehr lange dauern, bis ihr Schwager nach Hause kommen würde. Ewan hatte angerufen, um sie wissen zu lassen, dass Travis den vermissten Amerikaner gefunden hatte.

Sie blickte die lange Zufahrt hinunter und wünschte sich eine Wolke aus ockerfarbenem Staub herbei. Ewan war zwei endlose Tage lang fort gewesen, und die Zwillinge vermissten ihn sehr. Heute Abend würde sie Darby nicht in den Armen halten müssen, bis er einschlief. Heute Nachmittag würde sie nicht dem Zorn von Hahn Lancelot ins Auge sehen müssen, während sie im Hühnergehege mit Braye Eier sammelte. Ewan mochte zwar nur der Onkel der fünf Jahre alten Jungen sein, aber er war mehr ein Vater für sie, als ihr eigener es je gewesen war. Und ihr selbst war er der Bruder, den sie nie gehabt hatte. Seine Freundschaft und seine Unterstützung hatten ihr den Mut zum Überleben gegeben, lange bevor sie Witwe geworden war.

Sie schloss die Augen, um das Bild des kleinen Hauses am Ende des Gartens zu verdrängen, in dem sie ihr Eheleben mit Fergus begonnen hatte. Der üppige Duft der Rosen wehte zu ihr herüber, und sie schlug die Augen wieder auf, um sich auf die Schönheit der rosafarbenen Rosen zu konzentrieren, die den Sandsteinpfad vor ihr säumten. Ihre schweren Blütenköpfe waren die letzte Pracht, die der Herbst hervorgebracht hatte. Während der Trockenperiode hatte sie darum gekämpft, die zehn Rosen am Leben zu erhalten. Sie hatte das Badewasser der Jungen und das graue Wasser aus der Waschmaschine zwischen den Rosen und ihrem kostbaren Gemüsegarten aufgeteilt, und irgendwie hatten die Pflanzen überlebt. Nie wieder würde sie Wasser als etwas Selbstverständliches betrachten.

Liebe auch nicht.

Ein Gedanke bahnte sich ungebeten seinen Weg aus ihrem Unterbewusstsein.

Sie straffte den Rücken. Heute war kein Tag für trübsinnige Gedanken, sondern ein Tag der Freude, einer, um zu feiern, dass ein Leben gerettet worden war. Sorgfältig darauf bedacht, keinen Blick auf das Gartenhaus zu werfen, ging sie die Verandastufen hinunter. Sie blickte in den Himmel und betrachtet die leuchtend blaue Fläche. Sie fühlte eine Wärme in sich aufsteigen, die nicht von der Mittagssonne stammte. Auf dem Weg zu seinem eigenen Haus, das weiter südlich lag, würde Travis über Marellen fliegen. Würde er einen Blick auf das breite Dach des Hauses und den Pool mit seinen vier Bahnen werfen?

Würde er nach ihr Ausschau halten?

Sie unterdrückte ihre Traurigkeit. Keine Chance. Sie war nicht länger ein Fang, auf den irgendein Mann scharf war.

Sie betrachtete ihre Hände, die einst die einer Städterin gewesen waren, weich und gepflegt, die jetzt jedoch aufgesprungen und schwielig waren. Ihre Mutter hätte beim Anblick ihrer stumpfen Nägel einen Herzinfarkt bekommen, ganz zu schweigen von dem, was sie zu ihrem blonden Haar ohne Highlights, das sie sich neuerdings sogar selbst schnitt, gesagt haben würde. Sie war nicht mehr die im Designer-Stil gekleidete Leticia MacTavish-West, der umschwärmte Liebling Sydneys östlicher Vorstädte. Sie war Tish Mackenzie. Witwe. Kleine Füße in Stiefeln trampelten über die Dielenbretter der hinteren Veranda. Mutter. Und das war genug. Sie war nicht mutig genug, das Leben um eine zweite Chance zu bitten.

Mit einem letzten langen Blick in den Himmel ging sie die Stufen wieder hinauf, um die Zwillinge in Empfang zu nehmen. Braye schoss um die Ecke. Sein dunkles Haar war zerzaust, an seinen Shorts und Knien klebte Schlamm, und die Füße hatte er ohne Socken in alte, braune Stiefel gesteckt. Midget, die Jack-Russell-Terrier-Dame, folgte ihm auf den Fersen, wobei ihr Hundegrinsen breit und blödsinnig glücklich wirkte. Sekunden verstrichen, ehe sich auch Darby blicken ließ. Äußerlich glich er Braye aufs Haar, doch es gab subtile Unterschiede, die bereits auf sein ruhigeres Wesen hinwiesen. Seine marineblauen Shorts und sein rotes T-Shirt waren sauber, und aus seinen geputzten Stiefeln lugten passende Socken hervor.

»Wann kommt denn Onkel Ewy?«, fragte Braye mit atemloser Stimme.

Tish zauste ihm das Haar und sah Sand auf den Boden rieseln. In einem Versuch, die Jungen abzulenken, hatte sie sie zum Spielen in den Sandkasten geschickt, den Ewan ihnen letztes Weihnachten gebaut hatte. Sie musste daran denken, ihre Stiefel auszuschütten, ehe sie nach drinnen entschlüpften, sich die Socken auszogen und das Haus in ihren Privatstrand verwandelten.

»Er wird gleich hier sein, Opossum«, sagte sie zu Braye, lächelte aber Darby an, weil sie spürte, dass er ebenfalls besorgt und aufgeregt war. Stets war es Braye, der für beide Jungen sprach.

»Wenn Ewan hier ankommt, wird er müde sein«, fügte sie hinzu. »Er wird duschen und etwas essen und dann hinten auf der Veranda in seinem Lieblingsstuhl sitzen wollen.«

Braye furchte die Stirn. »Und einen Ringkampf ... Er wird einen Ringkampf machen wollen.«

Von drinnen stieg ihr der schwache Duft nach gebratenem Hühnchen in die Nase. Sie musste den Herd ausstellen, oder Ewan würde eine weitere Mahlzeit vorgesetzt bekommen, die zu lange im Ofen gewesen und trocken wie Leder war. Die exquisiten Kurse in französischer Küche, die sie in der Stadt belegt hatte, halfen ihr wenig bei der Zubereitung familientauglicher Gerichte, die beim Kochen auch ohne ständige Aufmerksamkeit auskamen.

»Hinterher will er das bestimmt.« Sie gab Braye einen Kuss auf den Kopf, nahm Darbys Hand und ging mit ihm in die Küche. Auf halbem Weg hielt sie inne und drehte sich nach Braye um. »Und ich meine hinterher. Wenn ich dich dabei erwische, dass du ihn belästigst, bevor er so weit ist, kannst du nach oben gehen und sämtliche Handtücher zusammenlegen, die du benutzt hast, um dein Zimmer in ein Fort zu verwandeln – und zwar alleine.«

Braye zog die Nase kraus, doch als Darby neben ihr nickte, wusste sie, dass Ewan für den Augenblick in Sicherheit war. Der einfühlsame Darby würde dafür sorgen, dass der impulsive Braye Ewan mindestens eine Stunde Zeit ließ, ehe dann zwei vor Freude quietschende Jungen auf ihm herumklettern würden.

Durch das Fenster in der Küchentür warf sie noch einmal einen Blick auf die Auffahrt und entdeckte dabei einen Streifen aufgewirbelten Staub.

»Ratet mal, wen ich sehe!« Sie zeigte in Richtung des Weidezauns, wo in der Ferne ein Fahrzeug erkennbar war.

Midget jagte die Verandastufen hinunter, um an der Zufahrt zu warten. Sie vermisste die Vogeljagden mit Whiskey im Garten genauso, wie die Jungen die Fußballspiele mit ihrem Onkel vermissten. Dennoch hatte der Terrier den Knochen, den Whiskey im Obstgarten vergraben hatte, innerhalb von fünf Minuten, nachdem er verschwunden war, ausgebuddelt.

Der Glanz der Sonne auf dem Blechdach des Gartenhauses sprang Tish ins Auge. Ihr Lächeln erlosch. Für gewöhnlich setzten die Erinnerungen an ihre kurze Ehe ihr nicht dermaßen zu. Das Schicksal des vermissten Backpackers und die schwindende Hoffnung, ihn lebend zu finden, hatten schwer auf ihr gelastet. Einmal mehr war ihr das Gespenst des Todes greifbar nah erschienen.

Midget bellte laut und fröhlich. Ewans silberner Ute war nun kein vager Schatten mehr, sondern ein deutlich erkennbares Rechteck. Gleich würde er das Ende des langen Zufahrtswegs erreichen und durch das Seitentor auf die Farm einbiegen. Darby ließ ihre Hand los und rannte den Pfad zwischen den Rosen entlang, um sich Braye und Midget anzuschließen, die einen Freudentanz aufführten.

Tish konnte erkennen, dass Ewan grimmig dreinblickte, als er am Weidezaun vorbeifuhr. Ihr Herz zog sich zusammen.

Egal, wie oft er auf die Hupe des Ute drückte und mit seinem Hut aus dem Fenster winkte, um die Jungen, die jetzt vor Freude hüpften, zu begrüßen, sie kannte die Wahrheit.

Sie war nicht die Einzige, deren Narben nie verheilt waren.

# 2

»Schwesterherz, hörst du jetzt mal auf, mich wie eine Glucke zu bemuttern?«

Kree klopfte Seths Krankenhauskissen auf und stopfte es ihm in den Rücken. Sie setzte sich neben ihm auf das Bett, wobei sie Acht gab, nicht an seinen bandagierten Arm zu stoßen.

»Bist du sicher, dass dir nichts fehlt?«

»Mir geht's prima.« Seth lächelte, aber sein Versuch, sie zu beruhigen, wurde von den scharfen Linien in seinem Gesicht konterkariert. »Ehrlich, das kannst du mir glauben.«

Kree runzelte die Stirn und griff nach seiner knochigen rechten Hand. Seine Teenagerzeit hatte sie gelehrt, dass er ein Meister der geknurrten Ein-Wort-Aussagen und Untertreibungen war. Das Wort »prima« konnte genauso gut bedeuten: »Ich falle gleich in Ohnmacht.«

»Ich habe dich schon in besserem Zustand gesehen.«

Sie betrachtete seine erschöpften Züge. Trotz der zehn Jahre, die zwischen ihnen lagen, waren sie unverkennbar Geschwister. Beide hatten das braune Haar ihres Vaters und die mitternachtsblauen Augen ihrer Mutter geerbt, aber damit endeten ihre Ähnlichkeiten auch schon. Kree hatte keine Ahnung, von welchem entfernten Vorfahren Seth seine Impulsivität und seinen starken Willen geerbt hatte. Ihre sanftmütigen, geduldigen Eltern waren zufrieden gewesen, wenn sie stundenlang stillsitzen und malen konnten. Aber dieselben Eigenschaften, die dazu geführt hatten, dass Seth sich verirrt hatte, hatten auch zu seiner Rettung beigetragen. Stur hatte er sich an der Hoffnung festgehalten, dass man ihn finden würde.

»Ich weiß, ich sage das nicht zum ersten Mal«, murmelte Seth mit leiser Stimme. »Aber es tut mir wirklich leid. Ich habe nicht nachgedacht. Ich bin einfach joggen gegangen, ohne irgendwem zu sagen, wohin ich will.«

»Ist schon gut. Du lebst, und das ist, was zählt.« Kree hob seine Hand, die in ihrer lag, und küsste sie. »Ich weiß, du willst in Sydney am »City2Surf«-Lauf teilnehmen, also ist es nur verständlich, dass du dich fit halten willst. Wenigstens warst du so vernünftig, Wasser und etwas zu essen mitzunehmen, als du losgelaufen bist.«

Er machte ein zerknirschtes Gesicht. »Das war eher Faulheit – ich hatte meinen Rucksack nicht leergeräumt.« Behutsam befreite er seine Hand aus ihrer. Er griff nach einem Zipfel des weißen Bettlakens und zog nervös daran. »Ich bin der Erste, der zugibt, dass ich Don oder Maureen hätte sagen sollen, wo ich hinwollte. Ich hätte auch nicht so dumm sein sollen, über diesen umgestürzten Baum zu springen, als sei ich Superman.«

»Stimmt. Ich erinnere mich dunkel an einen Vorfall, bei dem du in der Einkaufsstraße von Denver einen Bocksprung über einen Pfosten gemacht hast, woraus du nicht gerade als strahlender Sieger hervorgegangen bist. Ich dachte, ich würde nie im Leben Nichten oder Neffen bekommen.«

Seth verzog das Gesicht zu einer Grimasse. »Mann, das hat wehgetan. Aber zu meiner Verteidigung muss ich anführen, dass ich erst vierzehn war und dachte, meine Beine wären lang genug, um den Sprung zu schaffen.«

Kree musste schlucken, weil Seths ausgehöhlte Wangen ihr ins Gedächtnis riefen, wie nah sie diesmal daran gewesen war, ihn zu verlieren. Seths Sprung über den umgestürzten Baum hatte dazu geführt, dass die Steine am Flussufer ins Rutschen geraten waren. Als der Boden nachgegeben hatte, war Seth samt Baum in das ausgetrocknete Flussbett hinuntergeglitten und unter dem Schotter begraben worden. Es war ihm gelungen, seine Beine zu befreien, aber sein linker Arm blieb eingeklemmt. Lediglich das helle Aufblitzen des roten Rucksacks, den er an einen Zweig gehängt hatte, hatte Travis auf ihn aufmerksam gemacht. Gott sei Dank hatten die beiden Wasserflaschen dafür gesorgt, dass er nicht dehydriert war, und dank des zerdrückten Apfels und der halben Packung Müsliriegel hatte er auch etwas zu essen gehabt.

Sie schob sich ein wenig näher zu ihm, bis ihr Arm den seinen berührte. Die Wärme seiner Haut brachte die Überreste der eisigen Furcht, ihn nicht wiederzusehen, zum Schmelzen.

»So, Superman«, neckte sie ihn und versetzte ihm einen sanften Stoß mit der Schulter. »Wenn du dann mal aufhörst, über hohe Gebäude oder umgefallene Bäume zu springen, überlebst du mit Sicherheit auch deine Auszeit.«

»Aber wird die auch mich überleben?«

»Aber sicher doch. Ende gut, alles gut. Um die Farm der Tylers kümmere ich mich.«

Seth reckte das Kinn. »Ich habe dieses Chaos angerichtet. Ich muss bleiben und es wieder in Ordnung bringen.«

»Normalerweise würde ich dir zustimmen, aber dieses Mal ist es okay. Ich habe zu Hause nichts, was dringend auf mich wartet. Maureen hat mir alles erklärt, was ich wissen muss, und versprochen, Notizzettel zu hinterlegen. Ich habe meinen Skizzenblock mitgebracht und freue mich auf die Entspannung, von der du immer gesagt hast, ich hätte sie dringend nötig.«

Seths Kinn blieb gereckt.

»Und die freie Zeit gibt mir außerdem die Chance, mir etwas Besonderes auszudenken, um mich bei den Leuten aus Glenalla zu bedanken.« Kree griff wieder nach seiner Hand. »Du fährst nach Sydney, ruhst dich aus und lässt deinen Arm ausheilen. Sally kann es kaum noch erwarten, dich herumzuführen. Sie hat auch eine Landschaftsgärtnerei erwähnt, die eine Aushilfe brauchen könnte, wenn du so weit bist. Und ich kümmere mich um die Dinge hier. Fahr los, und genieß dein freies Jahr.«

Er lehnte sich kurz an ihre Schulter. »Danke.«

Als kleiner Junge hatte er sich an sie geklammert, als ihre Welt in Stücke gebrochen war, nicht nur einmal, sondern zweimal. Zuerst, als ein plötzlicher Herzstillstand ihnen die Mutter geraubt hatte. Und zum zweiten Mal, als ein Auto, das auf einer vereisten Straße ins Schlingern geraten war, ihnen den Vater genommen hatte.

Sie drückte seine Finger, ehe sie seine Hand losließ. »Aber gewöhn dich nicht daran, dass ich hinter dir aufräume. Das hier ist eine einmalige Sache, verstanden?«

»Voll und ganz.« Er hob eine seiner dunklen Brauen. »Bedeutet das, dass Bungee-Jumping in Neuseeland noch nicht vom Tisch ist?«

Kree öffnete den Mund, sagte aber nichts. Der Kontrollfreak in ihr mochte eine Abneigung gegen jegliches Risiko hegen, aber Seth musste sich dem Leben, das er fast verloren hatte, wieder stellen. Sein Jahr Auszeit war seine Chance, die Verantwortung für sich selbst zu übernehmen, herauszufinden, wer er war, und seine ruhelosen Flügel auszubreiten. Selbst wenn das bedeutete, dass er sich an etwas band, das nicht mehr als ein dickes Gummiband war, und dann von einer Brücke sprang.

»Sicher doch. Aber hinterher erzählst du mir davon.«

Sein vertraut freches Grinsen verscheuchte die Reste der Furcht aus ihrem Herzen.

Er griff nach dem Hochglanzmagazin, das hinter ihm lag. »Hat deine Absicht, länger in Australien zu bleiben, etwas mit Rays Versuchen zu tun, dich zurückzugewinnen?«

»Nicht im Geringsten. Ich habe mehr als deutlich gemacht, dass ich mit ihm fertig bin. Unsere Beziehung war lange zu Ende, bevor sie offiziell beendet wurde.«

»Ich habe ihn nie leiden können.«

Kree unterdrückte ein Lächeln. Der zugeknöpfte Ray hatte zu ihrem energiegeladenen Freigeist von kleinem Bruder nie einen Zugang gefunden. »Wer hätte das gedacht? Ich glaube nicht, dass Ray sich je davon erholt hat, dass du ihm einen Pfeil in seine Aktentasche aus italienischem Leder gefeuert hast.«

»Das war keine Absicht.«

»Natürlich nicht, aber deine Zielscheibe so nah am Haus aufzubauen war nicht gerade die beste Idee, die du je hattest. Du hättest auch ein Fenster treffen können.«

»Ich habe doch gar nicht aufs Haus gezielt...«

»Seth Garrett!«

Er grinste. »Ich mache nur Spaß. Ich wusste nicht, dass Ray seine Aktentasche auf dem Tisch auf der Veranda liegen gelassen hatte, auch wenn sie natürlich ein perfektes Ziel abgab. Großes Ehrenwort.«

Kree stand auf. »Nun ja, wenigstens brauchst du dir jetzt keine Sorgen mehr darum zu machen, dass Ray dir Vorträge über den Fünf-Jahres-Plan hält, den du machen solltest. Eine wertvolle Lektion hat er mir allerdings erteilt: In meinem Leben ist nur Platz für einen Mann.« Sie beugte sich vor und küsste ihn auf die Stirn. »Für dich.«

Er verzog das Gesicht, aber der Ernst in seinen Augen

signalisierte ihr, dass er gegen ihre Zuneigung nicht wirklich etwas einzuwenden hatte.

Der Essenswagen ratterte draußen über den Gang. Kree stopfte ihr weißes T-Shirt zurück in den Bund ihrer Jeans und fischte ihren Rucksack hinter dem Stuhl hervor, der neben dem Bett stand. Die Handtasche, die sie für gewöhnlich benutzte, stand noch auf der Küchenbank in ihrer Berghütte, daheim in Elk Falls. Als sie aufgebrochen war, hatte sie nur rasch das Nötigste zusammengerafft.

»Ich lasse dich in Ruhe essen und fahre in der Zwischenzeit ins Motel und checke dich online ein. Es sind nur noch gut vierundzwanzig Stunden bis zu deinem Flug nach Sydney.« Sie zögerte. »Ich weiß, Sally holt dich vom Flughafen ab, aber bist du wirklich sicher, dass ich nicht mit dir fliegen soll?«

»Danke, aber du bist gerade um die halbe Welt geflogen, und ich weiß, wie schlecht dir vom Fliegen wird. Außerdem hat Ewan gesagt, dass die Fluggesellschaft jetzt größere Flugzeuge einsetzt und der Flug nur noch vierzig Minuten dauert.«

»Ewan?« Ohne dass sie es bemerkte, glitt ihr der Riemen ihres Rucksacks von der Schulter. Sie schaffte es gerade noch, ihn aufzufangen, ehe er auf den Boden prallte. »Hat er dich angerufen?«

Seth blätterte durch seine Autozeitschrift. »Nein, er und Travis haben mich gestern besucht, nachdem diese Zeitungsreporter weg waren. Du warst schon gegangen, um Sally anzurufen.« Seth hielt das Magazin in die Höhe. »Ewan hat mir das hier mitgebracht.«

Kree schluckte, doch bevor sie es verhindern konnte, war ihr die Frage bereits entschlüpft: »Hat … Hat Ewan etwas davon gesagt, dass er und Travis bei mir zum Abendessen eingeladen sind?

Seth schüttelte den Kopf. Seine Aufmerksamkeit richtete sich voll und ganz auf das Bild eines schlammbedeckten Ute. »Wir haben uns über Autos unterhalten, über Frontschutzbügel und das Ersatzteil für den Airseeder. Um das abzuholen, sind sie nämlich nach Dubbo gekommen.«

Sie versuchte, den Stich zu ignorieren, den ihr die Enttäuschung versetzte. Es war gut, dass Ewan sich nicht für sie interessierte. Jetzt wusste sie, dass das Band, von dem sie geglaubt hatte, dass es zwischen ihnen bestünde, nur der gemeinsamen Suche zuzuschreiben war. Dieses Band existierte im normalen Leben einfach nicht. Sie warf sich den Rucksack über die Schulter und wandte sich zur Tür. Nun konnte sie sich wieder der Realität zuwenden und sich um ihren Bruder kümmern.

»Moment mal …«, rief Seth ihr hinterher. »Er hat mich gefragt, ob du kochen kannst!«

# 3

Ewan lehnte sich an den Türrahmen im Zimmer der Zwillinge. Er war von den Koppeln zurückgekommen, hatte sich rasch unter die Dusche gestellt und half nun Tish, die Jungen ins Bett zu bringen.

Braye winkte ihm mit beiden Armen und zog das Gesicht, mit dem er ihn normalerweise dazu aufforderte, mit ihm zu ringen. Ewan unterdrückte ein Grinsen und schüttelte den Kopf. Beim geringsten Hinweis auf Spaß würde Braye wie ein Bumerang wieder aus dem Bett schnellen, und das, nachdem Tish zehn Minuten gebraucht hatte, um ihn hineinzubekommen. Wenn es kein letztes Glas Wasser war, das der Fünfjährige brauchte, dann waren es sein Lieblingsbär oder der Spielzeugtraktor, den er unten vergessen hatte. Im Gegensatz dazu lag Darby schon im Bett, hatte sich die Decken ordentlich bis ans Kinn hochgezogen und hielt seinen Bären in der Beuge seines kleinen Arms.

Tish beugte sich hinunter, um die handgefertigte Überdecke um Braye herum festzustopfen, und Ewan nutzte den Moment der Ablenkung aus, um Darby zuzuzwinkern, der ihm mit ihrem speziellen Zwinkern antwortete. Darby mochte zwar zögerlich mit Worten umgehen, aber mit nonverbaler Kommunikation hatte er keinerlei Probleme.

Unter seinen verschränkten Armen spürte Ewan den beschleunigten Schlag seines Herzens. Wie er diese Jungen liebte! Ihre Energie, ihr Übermut und ihre festen Umarmungen waren während der Turbulenzen der letzten drei Jahre sein Rettungsanker gewesen. Zu müde, um etwas zu empfinden, zu beschäftigt, um nachzudenken, hatte er sein Leben der Fürsorge für die Kinder seines Bruders gewidmet, und im Gegenzug hatten sie ihm einen Grund gegeben, weiterzuleben.

Nachdem sie Darby auf die Wange geküsst hatte, richtete Tish sich auf und blickte hinüber zu Braye, der nun still dalag. Dann ging sie zur Tür, um das Licht auszuschalten. Der goldene Schein aus dem Flur fiel in das Zimmer, dessen Wände mit grünen und roten Traktoren verziert waren. Tish schlüpfte rasch hinaus, und Ewan beendete das abendliche Ritual.

Er stieß sich vom Türrahmen ab, breitete die Arme aus und ging zu Brayes Bett. Sosehr er sich auch dagegen sträubte, Braye war stets der Erste, der einschlief. Bei der Menge an Energie, die er tagsüber verbrauchte, war das kein Wunder. Ewan drückte Braye einen Kuss auf die glatte Stirn und bekam ein gemurmeltes »Hab dich lieb« zur Antwort.

Dann ging Ewan hinüber zu Darby, wobei er aufpasste, nicht über die Autos zu stolpern, die in Reihen auf dem mit Straßen bedruckten Spielteppich zwischen den Betten geparkt waren. Darby sah ihn durch die Dunkelheit mit großen Augen an, ohne mit der Wimper zu zucken. Ewan zögerte. Seine Gefühle rissen und zerrten an ihm wie die Strömung der Tiefsee. Er zwang sich, weiterzugehen. Es war seine Aufgabe, dafür zu sorgen, dass Darby, Braye und Tish ein Zuhause hatten. Er hatte auch finanziell für sie Vorsorge zu treffen und wollte ihnen ein Erbe hinterlassen, das nicht von Schulden belastet war. Die Größe von Marellen mochte ihn zu einem Mann machen, der reich an Besitz war, doch die Trockenheit hatte dafür gesorgt, dass er arm an flüssigem Kapital war. Er musste einen Weg finden, um das von Problemen geplagte historische Anwesen wieder rentabel zu machen.

Ewan küsste Darby auf die warme Stirn. Tish musste ihm das Haar gewaschen haben, denn er duftete nach grünen Äpfeln.

»Hab dich lieb.«

»Hab dich auch lieb, Darbster«, sagte er mit rauer Stimme.

Langsam richtete er sich auf und nutzte das gedämpfte Licht, um sich kurz zu sammeln. Vor Tish durfte er sich seine Sorge nicht anmerken lassen. Sie machte sich selbst viel zu viele Sorgen. Ihre finanziellen Schwierigkeiten waren weder ihr Problem noch ihre Verantwortung, und auch ihre wohlhabende Familie gingen sie nichts an. Ewan folgte ihr in den Flur und drehte sich um, um einen letzten Blick auf die Jungen zu werfen.

Tish lachte leise. »Kommt es mir nur so vor, oder ist Braye mittlerweile schlauer als ich? Er hat einfach auf alles eine Antwort.«

Ewan bedeutete ihr, ihm in die Küche voranzugehen. »Ich sehe eine brillante Laufbahn als Jurist vor ihm.«

»Na wunderbar«, warf ihm Tish über die Schulter zu. »Meiner Mutter sage ich das aber besser nicht, sonst schreibt sie ihn umgehend auf der juristischen Fakultät ein. Sie wünscht sich verzweifelt jemanden, der die Familientradition fortsetzt.«

Das schrille Kreischen des Rauchalarms in der Küche gellte durch die Stille der Nacht.

»Das darf ja wohl nicht wahr sein!«, rief Tish und fuhr sich mit den Händen durch ihr feines, hellblondes Haar. »Und das, nachdem bis jetzt alles so gut gelaufen ist!«

Sie spurtete durch den Flur, wobei das marineblaue Männerhemd, das sie zur Gartenarbeit trug, hinter ihr herwehte.

Ewan ließ sich Zeit, da er wusste, dass er kein Feuer vorfinden würde – nur ein verkohltes Abendessen. Als Tish mit ihren zwei Jahre alten Zwillingen ins Haupthaus umgezogen war, hatte sie darauf bestanden, das Kochen zu übernehmen. Aber wenn sie mit der Versorgung der Kinder oder mit Gartenarbeit beschäftigt war, ließ sie häufig einen Topf zu lange auf dem Herd stehen oder öffnete den schäumenden Geschirrspüler zu früh. Die Sirene des Rauchalarms war dadurch bald ein so vertrautes Geräusch geworden, dass die beiden Jungen sich davon nicht einmal mehr in ihrem Schlaf stören ließen.

Das durchdringende Schrillen brach abrupt ab, und der bittere Gestank nach verbrannter Milch wallte ihm entgegen. Ewan ignorierte das Knurren seines Magens. Wenn das Abendessen ruiniert war, würde er eben ein paar Rühreier für sie beide braten. Es spielte keine Rolle, was sie aßen, das Gespräch, das er lieber vermieden hätte, würde so oder so stattfinden.

Als er gestern aus Dubbo nach Hause gekommen war, hatte er das Bohrloch auf der hinteren Koppel überprüft. Heute hatte er sich vom Haus ferngehalten und den kaputten Zaun an der westlichen Grenze der Farm repariert. Die unausgesprochenen Fragen und die Neugier in Tishs Augen waren trotzdem nicht verloschen. Sie würde alles über die Fahrt nach Dubbo und vor allem über die mysteriöse Amerikanerin wissen wollen. Aber auch wenn er seine Schwägerin wie eine Schwester liebte, war er nicht bereit, mit ihr über Kree zu sprechen.

Die Sorge, dass er Kree im Krankenhaus über den Weg laufen würde, wenn er Seth besuchte, hatte sich als unbegründet erwiesen. Seit sie sich in der Kommandozentrale voneinander verabschiedet hatten, redete er sich ein, dass er in sein normales Leben zurückkehren könne. Das Letzte, worüber er sich Gedanken machen sollte, war sie. Aber es machte keinen Unterschied, wie hart er körperlich arbeitete oder wie lange er aufblieb, er konnte die Erinnerung an ihr süßes Lächeln oder den fröhlichen Klang ihres Lachens einfach nicht verdrängen. Er musste der Anziehung widerstehen, die sie auf ihn ausübte. Es spielte keine Rolle, wie lange sie noch in Australien oder sogar im benachbarten Berridale bleiben würde, er hatte eine Frau wie sie nicht verdient – nicht nach dem, was er getan hatte.

Tish tauchte in der Küchentür auf. Ihre Wangen waren gerötet, und sie lächelte ihn schuldbewusst an. »Du kannst jetzt reinkommen, es besteht keine Gefahr mehr. Ich hatte die weiße Sauce für die Lasagne auf der Herdplatte gelassen. Ich wünschte, diese Platten würden sich nach einer Weile von selbst ausschalten, so wie dieses Bügeleisen, das du mir gekauft hast.«

Ewan legte den Arm um ihre schmalen Schultern und drückte sie kurz an sich. »Ärger dich nicht, wir essen ein andermal Lasagne. Das Fleisch schmeckt auch auf Toast gut. Und ansonsten kann ich uns auch Rühreier machen.«

»Wir hatten doch erst gestern Rühreier.«

»Dann essen wir eben noch mal welche. Ich habe so einen Hunger, ich würde sogar deine verbrannte weiße Sauce essen.«

Tish kicherte und ging vor ihm in die Küche, die das Herz des Hauses bildete. Wenn sie nicht gerade mit Rauch gefüllt war, duftete der großzügig geschnittene Raum nach frischem Brot, Honig und Zitronen. Tish liebte ihren Gemüsegarten und den Obstgarten. Der Kühlschrank war stets mit selbst angebauten Produkten gefüllt, und die Obstschale quoll über vor frischen Früchten. Die Zwillinge mussten die letzten Orangen gepflückt haben, denn er hatte eine verformte Orange, die Braye als Fußball benutzt hatte, auf dem Rasen gefunden.

Gemeinsam machten Ewan und Tish sich daran, die Rühreier und den Toast zuzubereiten. In friedlichem Schweigen aßen sie, bis Tish ihre Gabel auf halbem Weg zum Mund stoppte und ihm über den Tisch hinweg einen Blick zuwarf. »Ich wollte dich noch fragen, wie es mit Travis in Dubbo war. Du freust dich sicher, ihn wieder um dich zu haben.«

»Ja, es hat zwar lange genug gedauert, aber jetzt ist er endlich zur Vernunft gekommen und hat eingesehen, dass es auf der Welt nicht noch einmal einen Ort wie New South Wales gibt. Und was die Tatsache betrifft, dass er die Farm gekauft hat, auf der ich aufgewachsen bin, könnte mich nichts glücklicher machen.« Ewan machte eine Pause. »Und die Fahrt nach Dubbo ist gut gelaufen. Das Ersatzteil, das ich brauchte, um die Hydraulikpumpe des Airseeders zu reparieren, ist geliefert worden, und wir haben Seth im Krankenhaus besucht.«

»Ich hoffe, es geht ihm gut.«

»Das tut es. Er ist dünn, und sein Arm ist arg mitgenommen, aber wenn man bedenkt, dass er fast zwei Tage lang unter einem Baum eingeklemmt war, kann er von Glück sagen, dass er noch unter uns ist.«

Tish schauderte. »Ich kann mir kaum vorstellen, was er und seine Schwester durchgemacht haben. Ich bin schon fix und fertig, wenn Braye beim Versteckspielen ein bisschen länger versteckt bleibt.«

»Sie muss völlig verzweifelt gewesen sein, aber ich denke, es hat ihr geholfen, etwas tun zu können.«

»Travis hat erzählt, dass sie die Kommandozentrale kaum verlassen hat.«

»Und wenn, dann hat sie es nur getan, um sich bei Amanda Butler schnell zwei Stunden aufs Ohr zu legen.«

Tishs grüne Augen trafen die seinen. »Amanda hat mich heute wegen der Mohnsauce angerufen, die ich für sie machen soll. Sie hat mir erzählt, dass die Schwester umwerfend aussieht und einige gebrochene Herzen hinterlassen wird.«

Ewan legte seine Gabel zur Seite und ließ sich mit der Antwort Zeit. Kree gehörte ihm nicht, und sie würde ihm nie gehören, aber trotzdem spürte er einen Stich der Eifersucht bei dem Gedanken, dass sie irgendwann unvermeidlich zu irgendwem anders gehören würde. »Umwerfend aussehen tut sie vielleicht, aber sie reist bald ab. Und selbst wenn sie das nicht täte – sie spielt nicht in derselben Liga wie wir Jungen vom Land.«

*Gilt das auch für Travis?* Tish brauchte ihre Frage nicht laut auszusprechen. Ihre Sorge, Travis könnte sein schüchternes Herz an die schöne Fremde verloren haben, stand ihr deutlich ins Gesicht geschrieben.

»Oder besser: Manche von uns spielen nicht in derselben Liga wie sie«, fuhr Ewan mit einem beruhigenden Lächeln fort. »Travis könnte jede haben, die er will, aber er ist mit seiner neuen Farm verheiratet. Wenn du ihn fragen würdest, welche Haarfarbe sie hat, er hätte keinen Schimmer.«

Tishs Züge entspannten sich. Sie war sichtlich erleichtert, aber sie aß nicht weiter. »Und was ist mit dir?«, fragte sie ruhig. »Ist dir ihre Haarfarbe aufgefallen?«

Ewan kämpfte gegen die aufsteigende Hitze, von der er wusste, dass sie sich als dunkle Röte in seinem Gesicht zeigen würde, und bemühte sich um Gleichmut. »Wenn du mich so fragst, ja, sie ist mir aufgefallen. Sie hat braunes Haar, genau wie ihr Bruder.« Er spielte mit seiner Gabel. »Aber sie spielt definitiv in einer anderen Liga als ich, und außerdem bin auch ich mit meiner Farm verheiratet.«

Tish ließ ihren Blick auf seinem Gesicht ruhen, bevor sie endlich wieder zu essen begann. »Du und Travis, ihr seid hoffnungslose Fälle. Es gibt im Leben doch noch mehr als Rinder und Maschinen.« Ihre Augen funkelten. »Eines Tages mache ich meine Drohung wahr und melde dich bei einer Partnervermittlung im Internet an. Maddy Palin hat sich inzwischen mit dem Typen verlobt, den sie bei ›Ländliche Herzen‹ kennengelernt hat.«

Ewan prustete. »Die Welt ist einfach noch nicht bereit für zwei ländliche Romeos namens Travis Sinclair und Ewan Mackenzie.«

Sie stimmte in sein Lachen ein, aber Ewan hatte den wehmütigen Ausdruck, der vorher über ihr Gesicht gehuscht war, trotzdem bemerkt. Niemand war glücklicher gewesen als Tish, als Travis zurückgekehrt war. Ewan musste einfach alles tun, um für eine Gelegenheit zu sorgen, bei der die alten Freunde zusammenkommen und mehr als zwei Worte miteinander wechseln konnten. Krees kleine Dinnerparty würde dafür die ideale Umgebung bieten, und er wäre ein Idiot, wenn er diese Chance nicht nutzen würde. Auf seinen Selbstschutz konnte er dabei leider keine Rücksicht nehmen.

»Nur um zu beweisen, dass wir doch keine völlig hoffnungslosen Fälle sind – Travis und ich haben tatsächlich eine Einladung zum Dinner bekommen.«

Tish hörte auf zu kauen: »Einladung zum Dinner?«

»Ja, Kree hat uns einen Pot Roast versprochen, um sich dafür zu bedanken, dass wir geholfen haben, Seth zu finden.«

»Das ist nett. Ich weiß, wie unermüdlich ihr beide nach ihm gesucht habt. Werdet ihr hingehen?«

Ewan strich sich mit der Hand übers Kinn. »Um ehrlich zu sein, ich hatte es nicht vor, aber als ich die Einladung gestern auf dem Heimweg erwähnt habe, meinte Travis aus irgendeinem Grund, das sei doch eine tolle Idee. Ich habe aber bisher noch nicht zugesagt.«

Tish legte ihr Messer und ihre Gabel nebeneinander auf ihren Teller und signalisierte damit, dass sie mit dem Essen fertig war, obwohl ihr Teller noch nicht leer war. »Ich finde auch, dass es eine tolle Idee ist. Ihr habt sicherlich einen fabelhaften Abend.«

Sie stand auf.

»Tish«, sagte er in das plötzliche Schweigen hinein. »Ich habe Travis gesagt, dass ich nur hingehe, wenn du auch mitkommst.«

Tish ließ sich wieder auf den hölzernen Küchenstuhl sinken. »Ich? Aber ich gehe doch nie aus. Wer soll denn auf die Jungen aufpassen? Mrs. Murphy kommt bestimmt nicht noch einmal her, nachdem Braye Salz in die Zuckerdose gefüllt hat.«

»Kannst du ihm das zum Vorwurf machen? Sie hat ihnen Hustensaft verabreicht, obwohl sie vollkommen gesund waren, nur damit sie einschlafen.« Er klang plötzlich schroff. »Es ist nicht Brayes Schuld, dass er davon nicht schläfrig, sondern hyperaktiv wird. Über die Tasse Salz hat sie sicher nicht mehr nachgedacht, als ich mit ihr fertig war.«

Ewan öffnete die Faust, die er in Erinnerung an seine Heimkehr von dem Wohltätigkeitsball ›Kampf der Trockenheit‹ geballt hatte. Er hatte Darby schlafend auf dem Fußboden seines Zimmers gefunden, und Braye hatte sich in der Speisekammer eingeschlossen.

Wieder stand Tish auf. »Danke, dass du an mich gedacht hast, aber ich kann nicht mitkommen. Ich kann die Jungen nicht allein lassen.«

Ewan stand ebenfalls auf, auch er hatte nicht aufgegessen. Bei dem Gedanken, Kree nahe zu sein, hatte er plötzlich keinen Hunger mehr gehabt. Er hätte sich angeboten, auf die Jungen aufzupassen, doch dann hätten Tish und Travis geahnt, dass ihm an Kree mehr als nur ihre Haarfarbe aufgefallen war. Er konnte weder seinem besten Freund noch seiner Schwägerin sagen, welche Wirkung Kree auf ihn ausübte.

»Doch, du kannst. Pru Knight würde liebend gern den Babysitter spielen, sie spart doch gerade für die Uni. Sie wohnt nicht weit weg, und sie kennt die beiden ihr ganzes Leben. Die Jungen lieben sie. Sie werden bei ihr in guten Händen sein.«

Er räumte die Teller ab und trug sie zur Spüle. Tishs geschürzte Lippen verrieten ihm, dass sie schwankte.

»Ich bin sicher, dass wir nicht spät nach Hause kommen, und Kree wüsste es bestimmt zu schätzen, wenn noch eine Frau dabei wäre. Ein Abendessen mit zwei Romeos vom Lande kann schließlich ganz schön anstrengend sein.«

Tishs Kichern sagte ihm, dass er gewonnen hatte. Doch als er die Überreste ihres Abendessens in einen Eimer schabte, um sie später an Whiskey und Midget zu verfüttern, verriet ihm die Anspannung in seinen Schultern, dass er einen schalen Sieg errungen hatte.

Es war nicht Tish allein, die demnächst einen gemütlichen Abend im kleinen Kreis mit Kree verbringen würde.

# 4

Tish wischte die Granitbank neben dem Spülbecken mit langsamen, bedächtigen Bewegungen sauber. Draußen bellte Whiskey ein Opossum an, das im Jacaranda-Baum saß, und drinnen füllte das Pfeifen des Wasserkochers die Küche. Ewan hatte ihr geholfen, das Geschirr zu spülen, und dann war er in die Bibliothek gegangen, wo er jetzt hoffentlich auf seinem Ledersofa schlief. Sie hatte die verräterischen schwarzen Ringe unter seinen Augen bemerkt, und sie hatte gehört, wie im Morgengrauen die Dielenbretter geknarrt hatten, als er durch den Flur ging. Sie kannte ihn gut genug, um zu wissen, wann er nicht schlief. Und sie wusste auch, wann er errötete. Zwar hatte sie ihn bisher noch nie rot werden sehen, aber als er über die junge Amerikanerin gesprochen hatte, war ihm ohne jeden Zweifel Farbe in die Wangen gestiegen.

Tish warf einen Blick zur Tür, durch die Ewan vor Kurzem verschwunden war. Er war einer der anständigsten, ehrenhaftesten Männer, die sie kannte, und er brauchte jemanden in seinem Leben – nicht nur sie und die Jungen. Anders als er selbst glaubte, hatte er es verdient, glücklich zu werden. Er musste die Vergangenheit loslassen und sich selbst verzeihen. Aber er schien das Klimpern weiblicher Wimpern in der Regel nicht einmal zu bemerken und war gegen Push-ups und künstlich gebräunte Dekolletés völlig immun.

Sie seufzte und hob die Flaschen, die sie für ihre Mohnsauce sterilisiert hatte, vorsichtig in die Höhe, bevor sie die Werkbank darunter abwischte. Sie stellte die Flaschen wieder zurück und betrachtete ihre Form, die an Stundengläser erinnerte. Zwar mochte sie keine besonders gute Köchin sein, aber etwas kreieren konnte sie. Und das hatte sie. Ihre einzigartige Mohnsauce hatte sich im Umkreis schnell einen guten Ruf erworben. Amanda Butler hatte sie um fünf Flaschen für Freunde gebeten und angeboten, dafür zu bezahlen.

Tish spülte den Wischlappen aus und hängte ihn zum Trocknen über das Abtropfbrett. Heute mochten es nur fünf Flaschen sein, doch schon morgen konnten es zehn sein. Fergus hatte immer nur Einkommen aus der Farm bezogen, und als er gestorben war, war auf ihrem Bankkonto kein Polster für Notfälle gewesen. Auch die Anträge für die Lebensversicherung hatte er nicht ausgefüllt, wie sie ihn gebeten hatte, als sie schwanger geworden war. Irgendwie musste sie Geld auftreiben, um Ewan zu helfen, die Farm am Laufen zu halten. Sie kaute auf einem Fingernagel herum. Sie hätte ihre Eltern um Hilfe bitten können, doch aus Erfahrung wusste sie, dass kein Cent den Besitzer wechseln würde, ohne dass Bedingungen daran geknüpft waren. Und diese Bedingungen liefen immer auf dasselbe hinaus: Komm nach Hause.

Sie griff nach der Kaffeedose und löffelte Pulverkaffee in zwei Becher. Der Druck, den ihre Mutter auf sie ausübte, um sie zurück in die Stadt zu holen, hatte stetig zugenommen. Sie wollte Tish zu Hause haben, nicht weil sie ihr einziges Kind liebte, sondern weil sie nicht zulassen konnte, dass ihre Enkelsöhne »unzivilisiert« aufwuchsen. Ja, die Jungen kamen bald in das Alter, in dem sie eingeschult wurden, aber die kleine Schule in Allington würde für sie völlig reichen, auch wenn es dort nur einen Lehrer gab. Und nein, sie besuchten keine Vorschule, und sie konnten auch das Alphabet noch nicht aufsagen, aber sie hatten Freude an den monatlichen Besuchen des Busch-Mobils, das in der Allington Hall hielt und Kindern

Vorschulerfahrungen vermittelte. Wichtig war, dass die Jungen in der Wärme einer eng zusammengehörigen Gemeinschaft aufwuchsen, an einem Ort, wo sie auf Bäume klettern und sich die Hände schmutzig machen durften. Für Darby, der so selten sprach, war es zudem wichtig, dass er von Menschen umgeben war, die ihn verstanden und nicht vorschnell über ihn urteilten.

Tish schaltete den Wasserkocher wieder ein. Sie würde nirgendwo hingehen. Auf diesem Stück Land mit seiner roten Erde, das sich hinter dem Küchenfenster erstreckte, hatte sie herausgefunden, wer sie war. Sie hatte Frieden gefunden und gelernt, sich selbst zu akzeptieren, was ihr in dem privilegierten, glanzvollen Leben, das ihre Mutter für sie geplant hatte, niemals gelungen wäre. Im gepflegten Garten eines Herrenhauses in Mosman würde ein wildes Kürbisfeld einfach nie wachsen können. Ja, gewiss, sie hatte hier, westlich der Blue Mountains, auch Verlust und Schmerz kennengelernt, aber hier gehörte sie hin. Und hier gehörten ihre Söhne hin. Eher würde eine Eisschicht die Outbacks bedecken, als dass sie Ewan die Jungen wegnahm. Die bedingungslose Liebe der Zwillinge hatte ihn ins Leben zurückgebracht, und unter keinen Umständen würde sie ihm erlauben, seinen Vertrag mit dem Leben noch einmal zu kündigen.

Fergus war nicht der Einzige gewesen, der in jener tragischen Sommernacht gestorben war.

*

Kree stellte ihre Teetasse auf den Dielen neben sich ab. Sie saß auf den Verandastufen des holzverschalten Farmhauses der Tylers und streckte ihre Beine aus, sodass ihre nackten Füße etwas von der Sonne abbekamen.

Sie atmete den Duft des blühenden Seidelbast ein und ließ ihren Blick über das Buschland schweifen, das sich vor ihr ausbreitete. Sie war den Anblick schneebedeckter Berge gewöhnt, und so war es neu und überraschend für sie, so weit sehen zu können, bis die Landschaft hinter dem blauen Horizont abfiel. Schafe und ihre neugeborenen weißen Lämmer faulenzten unter den verstreuten Gummibäumen, und wenn sie lange genug hinsah, konnte sie die grauen Umrisse von Kängurus ausmachen. In die merkwürdig aussehenden Tiere mit ihren Rehaugen und den langen Schwänzen, die auf und ab hüpften, wenn die Tiere sprangen, hatte sie sich längst verliebt.

Sie schloss die Augen, während sie mit ihren warmen Zehen wackelte. Seth war wohlbehalten bei Sally angekommen, und aus ihren langen täglichen Telefonaten wusste sie, dass der Schrecken über das, was er durchgemacht hatte, bereits verblasste. Die Geschichte seiner Rettung hatte ihm seine fünfzehn Sekunden Ruhm in den Medien beschert, und die Journalisten bestürmten ihn nun nicht länger. Er hatte einige Amerikaner kennengelernt, die ebenfalls ein Sabbatical einlegten, und war nun öfter unterwegs als zu Hause. Wenn sie es jetzt noch schaffte, nicht länger an Ewan zu denken, hatte sie ihr Leben wieder unter Kontrolle.

Plötzlich hörte sie, wie Porzellan auf Stein traf und zerbrach.

Sie schlug die Augen auf. »Freckle? Fudge? Was für einen Unfug habt ihr jetzt schon wieder im Sinn?«

Freckles Antwort bestand in einem Sprung in ihren Schoß und einer Flut von Welpenküssen, mit denen er ihr Gesicht bedeckte. Fudge stand neben ihr und blökte ihr auf Schulterhöhe ins Ohr. Kree schob den Cattle-Dog-Welpen sacht beiseite, sodass sie die Scherben ihres Kaffeebechers aufsammeln konnte, die über die Steinplatten verstreut lagen.

»Okay, ich habe verstanden. Die Pause ist zu Ende.«

Nachdem sie bisher immer nur Eistee getrunken hatte, war ein heißer Tee als Morgengetränk eine australische Gewohnheit, die sie mit nach Hause nach Colorado nehmen würde. Das und die Lammingtons – kleine viereckige Biskuitkuchen mit Schokoladenguss und Kokosnussstreuseln, die man dazu aß. Fudge blökte noch einmal. Kree betrachtete ihre glänzende kleine Nase, die noch nass von dem lauwarmen Tee war, in den die kleine Ziege sie gesteckt hatte.

»Aha. Die Schuldige bist also du, Fudgy.«

Fudge stampfte mit ihrem kleinen Fuß.

»Was ist los? Hungrig kannst du ja wohl nicht sein. Du hast heute Morgen zweimal dein Lebendgewicht in Milch getrunken.«

Kree versicherte sich, dass der verspielte Freckle nicht irgendwo herumlag, wo man über ihn stolpern konnte, und ging zur Vordertür. Sie würde die Scherben der Tasse in den Müll werfen und dann nachsehen, ob an der Badewanne mit den tönernen Füßen, die auf der nahen Koppel als Tränke diente, einige der rosa und grau gefärbten Rosakakadus zu Besuch waren. An diesem Morgen waren noch keine Vögel gekommen, und sie wollte die Zeichnung, die sie gestern begonnen hatte, gern beenden.

Als sie die Schiebetür öffnete, schlängelte sich Fudge an ihren Beinen vorbei und jagte den Flur entlang. Ihre glatten Hufe schlitterten über die gewienerten Dielenbretter.

»Ich weiß, du hältst dich für einen Hund und nicht für eine Ziege, aber nach drinnen darfst du nicht!«, rief Kree hinter ihr her. »Und was dich betrifft, Freckle, komm gar nicht erst auf die Idee ...«

Aber Kree kam zu spät. Der Welpe hatte sich zwischen ihren Beinen hindurchgewunden und flitzte Fudge hinterher.

Kree öffnete die Schiebetür ganz. »Also schön, ihr beiden, jetzt komme ich. Ihr denkt vielleicht, ich bin nur ein dummer Mensch, aber ich werde euch schon kleinkriegen. Ich schaffe euch wieder nach draußen, und bis dahin wagt es bloß nicht, irgendwo eine Pfütze zu hinterlassen.«

Sie betrat die Küche und erwischte Fudge dabei, wie sie ihren Kopf gegen den Topf mit dem Farn stieß, den Kree vor Kurzem gegossen hatte. Sie versuchte offenbar, an das Wasser im Unterteller zu gelangen.

»Hast du Durst, Fudgy? Hast du deshalb versucht, meinen Tee zu trinken?«

Kree trat durch die hintere Schiebetür ins Freie und sah, dass die Schüssel aus Edelstahl, aus der die beiden Tiere tranken, umgeworfen worden war. »Ach, ihr beiden«, tadelte sie die Ziege und den Welpen, die hinter ihr zum Stillstand kamen. Sie hob die Schüssel auf und ging die Stufen hinunter zu dem Wasserhahn auf dem Hof. Als sie näher kam, bemerkte sie, dass das rebellische Tropfen, das für gewöhnlich die große Schüssel unter dem Hahn füllte, aufgehört hatte. Auch die Schüssel war leer. Sie drehte den großen stählernen Hahn auf; wie sie vermutet hatte, strömte kein Wasser heraus.

Eine Kuh muhte. Kree sah über den Garten hinweg zur Koppel, wo ein Zementtrog stand. Um seine rechteckige Form waren einige Kühe versammelt. Kein Wunder, dass heute Morgen kein Vogel die Tränke besucht hatte – es gab kein Wasser.

Kree füllte die Schüssel für Fudge und Freckle aus dem Wasserhahn in der Küche. Glücklicherweise gab es drinnen noch Wasser. Sie stellte die gefüllte Schüssel auf die hintere Veranda, bevor sie loszog, um die Liste mit Anweisungen zu holen, die Maureen ihr dagelassen hatte. Sie überflog die Seite, bis sie zum Stichwort »Probleme mit Wasser« kam. Unterstrichen waren zwei Worte in Maureens ordentlicher Handschrift, die sie ganz und gar nicht lesen wollte: »Ewan anrufen«.

*Na großartig.*

Sie hatte sich immer noch nicht von Ewans Telefonanruf vor zwei Tagen erholt. Kaum hatte sie den Klang seiner tiefen Stimme vernommen, hatte sie vergessen zu sprechen. Und als er dann gesagt hatte, dass er und Travis ihre Einladung zum Dinner gerne annehmen würden, hatte sie ein seltsames Gefühl der Erleichterung durchströmt. Eine Erleichterung, die sich gleich darauf in Luft auflösen sollte, als er sie fragte, ob er einen weiteren Gast mitbringen könnte. Die Vertrautheit, die sie gehört hatte, als er Tishs Namen nannte, verriet ihr, dass er diese zusätzliche Person nicht zufällig mitbrachte.

Sogar jetzt verspürte sie noch ein hohles Gefühl der Enttäuschung im Magen. Dass er keinen Ehering trug, bedeutete noch lange nicht, dass er nicht gebunden war. Schließlich kannte sie genug Farmer in Elk Falls, die aus Sicherheitsgründen keinen Ring trugen, wenn sie mit schweren Maschinen arbeiteten. Jeder, auch Ewan, hatte es verdient, verstanden und geliebt zu werden. Und wenn sie ehrlich war, war ihr von Anfang an klar gewesen, dass jemand wie Ewan in festen Händen sein musste. Sein seltenes Lächeln musste außer ihrem noch zahllose weitere Herzen zum Schmelzen gebracht haben.

Kree atmete tief ein und wählte die Nummer, die neben Ewans Namen stand. Es klingelte zwei Mal, bevor sie eine kultivierte Frauenstimme hörte. »Hier spricht Tish Mackenzie.«

Kree konnte ihr Herz schlagen hören.

Keine Freundin. Sie trug denselben Namen. Keine Schwester. Dafür waren ihre Akzente zu unterschiedlich.

*Eine Ehefrau.*

Krees Gesicht begann zu glühen. Sie hatte die letzte Woche damit zugebracht, sich nach einem verheirateten Mann zu sehnen. Das würde ihr eine Lehre sein. Wie hatte sie die Kontrolle nur so verlieren können? Wie viele Lektionen würde sie noch brauchen, bis sie begriffen hatte, dass sie sich auf ihre Aufgabe konzentrieren musste, um mit der Achterbahnfahrt des Lebens fertigzuwerden? Sie musste sich um Seth kümmern. Ohne Ablenkungen. Ohne Umwege.

»Hallo, hier spricht Kree Garrett«, rang sie sich ab. »Ich passe auf das Anwesen der Tylers auf und habe ein Problem mit dem Wasser. Maureen hat mir aufgeschrieben, dass ich Ewan anrufen soll, wenn so etwas passiert.«

»Keine Sorge. Sie rufen genau im richtigen Moment an. Auf dem Weg in den Ort kommt er geradewegs an Ihrem Tor vorbei.« Kree konnte hören, wie Tish ihre Hand über den Telefonhörer legte und Krees Notruf in gedämpften Worten weitergab. Dann tönte Tishs geschliffene, fast englisch klingende Stimme von Neuem durch die Leitung. »Er ist in zehn Minuten bei Ihnen.« Sie machte eine Pause. »Ich weiß, Sie kennen mich nicht, aber ich möchte Ihnen gern sagen, wie froh ich war, als Ewan mir erzählt hat, dass Ihr Bruder gefunden wurde.«

»Danke. Er wäre nicht gefunden worden, wenn ihm nicht Ewan und die Leute aus Glenalla zu Hilfe gekommen wären. Wir sind beide so dankbar dafür.«

»Einen Ort wie Glenalla findet man schwerlich noch einmal. Es mag zwar nur eine kleine Stadt sein, aber der Gemeinschaftssinn hier ist enorm.« Trotz des fremden Akzents hatte Kree keine Schwierigkeiten, den Stolz herauszuhören, der in Tishs Worten mitschwang.

»Ewan sagt, dass er jetzt aufbricht. Er sollte also gleich da sein.«

»Sehr gut. Ich wusste nicht, dass Rinder solch einen Lärm machen können. Ich gehe und öffne ihm das Tor.«

*

Genau wie Tish es vorausgesagt hatte, fuhr Ewans silberner Ute zehn Minuten später durch das geöffnete Stahltor und hielt vor Krees derzeitigem Zuhause. Während er sich den Akubra-Hut auf den dunklen Schopf setzte und die Fahrertür öffnete, rief Kree sich innerlich zur Ordnung. *Verheiratet.* Als Ewan, dessen attraktive Züge von dem Hut beschattet wurden, dann aber neben seinem Auto stand, versank die Welt um sie. Das Muhen der Kühe verklang, das Klopfen von Freckles Schwanz gegen ihr Schienbein war kaum noch zu spüren, und die Stimme, die sie beschwor, die Kontrolle zu behalten, erstarb. Die Verbindung, von der sie geglaubt hatte, dass sie sie während der Suche nach Seth geknüpft hatten, mochte zwar einseitig gewesen sein, aber Ewan Mackenzie – der verheiratete Ewan Mackenzie – übte eine Wirkung auf sie aus, die ihr Verlobter niemals gehabt hatte.

»Sie haben Probleme mit Ihrem Wasser, Kree?«, fragte Ewan mit einem vorsichtigen Lächeln, während er näher kam.

»Ja. Tut mir leid, dass ich Ihren Tag damit durcheinandergebracht habe.« Sie trat neben ihn, und gemeinsam gingen sie auf das Haus zu. »Getreu Murphys Gesetz musste einfach irgendetwas schiefgehen. Ich hatte Freckle und Fudge gerade ein wenig gezähmt, und alles lief so glatt.«

Ewan blieb stehen und hob den sich windenden Cattle-Dog-Welpen hoch, der sich in den Saum seiner Jeans verbissen hatte. »Diesen Schlingel gezähmt?« Ewan zog seinen Daumen unter Freckles scharfen kleinen Zähnen weg. »Das möchte ich sehen.«

Kree legte Fudge die Hand auf den Kopf, als die Ziege sie ans Knie stieß, um ihr zu verstehen zu geben, dass sie sich ausgeschlossen fühlte. »Vielleicht trifft es das Wort ›Vereinbarung‹ besser. Wir drei haben eine Art Vereinbarung getroffen. Ich mag es, wenn meine Schuhe heil bleiben, und die beiden mögen es, wenn sie von morgens bis abends verwöhnt, gefüttert und bespielt werden.«

Ewans leises Prusten kitzelte die feinen Härchen in ihrem Nacken.

*Hände weg! Nicht vergessen!*

»Es freut mich zu hören, dass Sie auch etwas von dieser Vereinbarung haben.«

»Darauf musste ich bestehen. Ich habe nur noch ein Paar Schuhe.«

Als sie die Stufen der Veranda erreichten, setzte Ewan Freckle auf dem Weg ab, und der Welpe machte sich über die Überreste dessen her, was einst ihre Lieblingswanderschuhe gewesen waren. Fudge sprang und hüpfte so übermütig hinter ihm her, als wären ihre Beine kleine Sprungfedern.

Ewan schüttelte den Kopf. »Viel Glück bei der Rettung Ihrer letzten Schuhe.«

Er ging zu dem kleinen Hoftor, das zu der Koppel führte, auf der der Wassertrog stand. Kree folgte ihm. Ewans Beine steckten in üblichen verwaschenen Jeans, aber die Baumwolle, die sich um seine breiten Schultern spannte, war zart gesponnen und blassblau, kein grober dunkelblauer Drillich. Die Stiefel, die er trug, waren aus glänzendem, gut gepflegtem Leder, und als er sich umdrehte, um zu sehen, ob sie noch hinter ihm war, stellte sie fest, dass die gebräunte Linie seines Profils glatt rasiert war.

Er sah schon blendend aus, wenn er mit zerzaustem Haar und Wangen voller Bartstoppeln gerade aus dem Schlafsack gestiegen war, aber jetzt, wo er sich für eine Fahrt in die Stadt herausgeputzt hatte, war er schlichtweg brandgefährlich. Tish konnte sich extrem glücklich schätzen.

»Gut«, sagte er, als sie den großen Zementbehälter erreicht hatten. Vor einer Vorrichtung aus Metall, die mit einem cremefarbenen Kasten verbunden war, blieb er stehen. »Das ist die Pumpe, die das Wasser aus dem Bohrloch pumpt. Und das«, er zeigte auf etwas, das oben auf dem Speicher befestigt war und wie ein kleines Raumschiff aussah, »das ist der Wasserstandsanzeiger. Wenn der Speicher voll ist, hebt ein interner Schwimmkörper den Stab, an dem der Anzeiger befestigt ist, in die Höhe, und der Anzeiger ragt über den Speicher hinaus. Wenn sich der Anzeiger auf gleicher Höhe mit dem Speicher befindet, gibt es kein Wasser.«

Kree konzentrierte sich auf den kugelförmigen Anzeiger, nicht darauf, wie gut Ewan roch. Die leichte Holznote seines After Shaves machte ihr bewusst, wie nah sie beieinanderstanden. Sie hätte nur den Arm zu heben brauchen, um die glatte Fläche seiner Wange zu berühren.

Ewan beugte sich vor, und seine langen Finger drehten einen Schalter. Nichts geschah.

»Aha, die Pumpe funktioniert nicht. Das bedeutet, dass wir uns die Elektronik ansehen sollten. Manchmal sorgt ein Kurzschluss dafür, dass eine Sicherung rausspringt.« Er öffnete den Deckel des cremefarbenen Kastens.

»Normalerweise sind Probleme mit dieser Pumpe recht einfach zu lösen. Die uralte Druckpumpe, die Ihnen das Wasser aus einem Regenwasserspeicher ins Haus liefert, ist dagegen ein Albtraum. Wenn die verrücktspielt, haben Sie wirklich ein Problem.« Er zeigte auf einen kleinen Hebel, der in entgegengesetzter Stellung zu allen anderen stand. »Sehen Sie? Es war eine Sicherung.«

Er legte den Hebel um, drückte einen Knopf, auf dem »Reset« stand, und betätigte dann den Schalter erneut. Die Bohrlochpumpe sprang an, und das Geräusch von sprudelndem Wasser drang aus dem Inneren des Speichers.

»Jetzt läuft sie wieder«, sagte er und schloss den Deckel. »Ich lasse die Pumpe erst einmal auf manuellen Betrieb eingestellt, bis der Speicher gefüllt ist, aber heute Abend stellen Sie sie bitte wieder auf Automatik.«

Als ihr die volle Wirkung seines zögerlichen Grinsens bis in die Zehen schoss, wusste Kree, dass sie keinerlei Probleme mit der Druckpumpe im Haus brauchte, um bis zum Hals in Schwierigkeiten zu stecken.

# 5

*Wann immer du so weit bist, schau weg!*

Ewan ignorierte seine sarkastische innere Stimme und beobachtete Kree weiter im Rückspiegel. Sie stand auf der Veranda von Berridale und sah zu, wie er wegfuhr, wobei sie ihre Augen mit der Hand abschirmte. Er konnte seine Aufmerksamkeit unmöglich anderen Dingen zuwenden, bevor sie sich nicht umdrehte und ins Haus ging.

Das kraftvolle Summen seines V8-Motors trug ihn auf der Asphaltstraße westwärts nach Glenalla. Am Straßenrand wuchsen Kurrajong-Bäume, deren Baumkronen von hungrigen Kühen auf Rinderkopfhöhe zurechtgestutzt worden waren. Sie markierten den Anfang des Besitzes des alten Harry. Yuulong. Für gewöhnlich hätte Ewan auf eine Tasse Tee und einen Schwatz bei dem exzentrischen Freund seines Vaters angehalten, heute aber hatte er einen Termin einzuhalten.

Mit einem Mal erwachte das Handy, das neben ihm im Auto-Ladegerät steckte, mit dem Refrain von *I'm sexy and I know it* zum Leben. Er stöhnte. Tish und ihr eigenwilliger Sinn für Humor! Sie erzählte ihm ständig, dass er das Leben leichter nehmen müsse, und hatte offenbar einmal wieder seinen Klingelton geändert. Nach ihrem Gespräch über Romeos vom Lande musste sie irgendwann sein Handy stibitzt haben. Nachdem er den vertrauten Namen auf dem Display des Handys gelesen hatte, drückte er den grünen Knopf. »Hallo, Trav.«

»Wie ist es in Berridale gelaufen?«

»Bestens. Bei der Bohrlochpumpe war eine Sicherung rausgeflogen.«

»Und wie geht's Kree?«

»Gut.« Ewan wechselte das Thema. Travis kannte ihn zu gut, um die Anspannung nicht zu bemerken, die sich bei der Erwähnung der hinreißenden Amerikanerin in seine Stimme geschlichen hatte. Er wollte sich nicht verraten. »Weißt du, was für einen Song Tish zu meinem neuen Klingelton gemacht hat? *I'm sexy and I know it.*«

Travis' Gelächter erfüllte die Fahrerkabine des Ute. »Das wird bei unserem neuen Bankdirektor sicher gut ankommen. Wann hast du deinen Termin? Ich rufe dich auf jeden Fall an.«

»Sehr lustig! Sobald ich eingeparkt habe, wechsle ich wieder zu meinem normalen, langweiligen Klingelton. Und das Lachen kannst du dir sparen. Tish hat angedroht, uns beide bei einer Internet-Partnervermittlung anzumelden, bei ›Ländliche Herzen‹.«

Travis' Gelächter verstummte. »Das würde sie nicht machen.«

»Und ob!«

»Nun, dann machen wir lieber schnell und verkuppeln dich.«

Der ernste Unterton in Travis' Worten entging Ewan nicht. »Trav, ich brauche niemanden, der mich verkuppelt, schon vergessen? Ich erhole mich noch immer von meinem Blind Date mit der blonden Handelsvertreterin, von der du meintest, sie würde perfekt zu mir passen. Als wir mit unserem Dinner fertig waren, sah sie uns bereits verheiratet und als werdende Zwillingseltern. Was ich brauche, ist, dass dieser Banker aus der Stadt meinen Kreditrahmen erhöht.«

»Willst du immer noch in diese neue Rasse von schwarzen

Rindern investieren, die aus Angus und Brangus gekreuzt sind?«

»Ja. Wenn ich es mir leisten könnte, eine Herde Ultra-Black-Rinder zu kaufen, stünden mir alle Möglichkeiten offen, Marellen wieder zu einem florierenden Betrieb zu machen. Camo mag an der Uni in Sydney nur seinem Vergnügen nachgegangen sein, aber irgendwas von seinem Agrarwissenschaftsstudium muss doch hängen geblieben sein, denn er bewirtschaftet inzwischen Savannah Downs und weitere Besitzungen seiner Familie oben im Norden. Er sagt, die Ultra Blacks seien genetisch überlegen, und hält sie wegen ihrer erhöhten Widerstandskraft gegen Hitze und ihrer Fruchtbarkeit für die Zukunft der Zucht.«

»Das ist nicht dein Ernst. Camo ist erwachsen geworden?«

»Eine Cola mit Rum schmeckt ihm sicherlich immer noch, aber ja, erwachsen geworden ist er. Ich nehme an, er hatte keine Wahl, nachdem sein Vater bei dem Hubschrauberunfall umgekommen ist. Der Tod hat so seine Wege, selbst die wildesten Partylöwen auszunüchtern.«

Travis antwortete nicht sofort, und Ewan wünschte, er hätte seine Worte mit mehr Sorgfalt gewählt. Er wusste genau, was Travis gerade dachte. Es waren nicht nur wilde Partylöwen, auf die der Tod seine Wirkung ausübte.

Hastig sprach Ewan weiter: »Drück mir die Daumen. Ich habe keine Ahnung, was für ein Typ dieser neue Bankmensch ist. Am Telefon klang er sehr förmlich. Also scheinen die Tage, in denen man solche Sachen mit Mike bei einem kleinen Schwätzchen erledigen konnte, vorbei zu sein.«

»Du kannst es Mike nicht zum Vorwurf machen, dass er in Rente gegangen ist. Der Stress, alle und jeden durch die Trockenheit zu bringen, hätte auch andere fertiggemacht. Hör zu, ich bin in einer Stunde in der Stadt und treffe dich im Calf and Cow auf einen schnellen Lunch. Du bist eingeladen.«

»Danke. Entweder ich habe etwas zu feiern, oder ich ertränke meine Sorgen. Aber eingeladen bist du, denn du hast schon das letzte Mal den Lunch bezahlt. Ich bin jetzt vor der Bank, also parke ich besser und kümmere mich um meinen Klingelton. Wir sprechen uns später.«

Ewan beendete das Gespräch. Das kalte Gefühl der Unsicherheit, das sich in seinem Magen breitgemacht hatte, als er von dem neuen Bankdirektor gesprochen hatte, weigerte sich zu verschwinden. Er machte sich über seine finanzielle Lage keinerlei Illusionen, aber er hatte intensiv recherchiert und mehrere Richtungen aufgetan, in die er Marellen in Zukunft entwickeln konnte. Eines war bei allen die Voraussetzung: Er brauchte Geld.

Ewan kümmerte sich um sein Handy und verließ die kühle Kabine des klimatisierten Ute. Offiziell mochte bereits Herbst sein, aber die Sonne sorgte noch immer für Temperaturen, die eher schweißtreibend als angenehm waren. Er stand vor der kleinen Bankfiliale und blickte die Hauptstraße von Glenalla hinunter. Pete Grey war in der Stadt. Sein verbeulter HiLux-Ute war vor dem Zeitungsladen geparkt. Auf der hinteren Ladefläche döste sein brauner Kelpie. Mrs. Jessops gepflegter, aber in die Jahre gekommener Wagen mit Vierradantrieb nahm den Platz vor dem Gemischtwarenladen ein, doch ansonsten war die breite Straße leer. Traurigkeit mischte sich in seine Anspannung. Die Stadt seiner Kindheit lag im Sterben.

Die endlose Trockenheit hatte ein Geschäft nach dem anderen das Leben gekostet, bis nur noch ein paar übrig waren. Das Café war das letzte gewesen, das geschlossen hatte. Die Gilmores hatten die Nase voll gehabt und waren in eine größere Stadt zwei Stunden weiter östlich gezogen. Damit war der Pub an der Ecke jetzt das einzige Lokal, in dem man schnell etwas essen konnte. Früher hatten zahlreiche Einheimische und ein paar Touristen die Gehsteige bevölkert, jetzt aber ließ sich als einzige Bewegung eine streunende rote Katze ausmachen, die an Pete Greys Ute vorbeischlich. Der Kelpie hob seinen Kopf, aber es schien, als wäre er zu müde und zu lustlos, um sich für die Katze zu interessieren. Die Trockenheit hatte Glenalla nicht nur seiner verlässlichen Wasserzufuhr beraubt. Sie hatte das Leben aus der Stadt gesaugt. Zwar war der Regen zurückgekommen, aber erst wenn auch wieder Geld floss, hatte Glenalla eine Chance zu überleben.

*

Eine endlose Stunde später betrat Ewan das Calf and Cow und öffnete die beiden obersten Knöpfe seines besten Hemds, in dem er sich in der vergangenen Stunde gefühlt hatte wie in einer Zwangsjacke. Er hatte das Treffen mit Clive, dem Bankdirektor aus der Stadt, überlebt – allerdings nur knapp.

Nachdem sich seine Augen an die schummrige Beleuchtung des Pubs gewöhnt hatten, ging Ewan an die Theke. Er atmete den vertrauten Geruch nach Bier ein und erlaubte sich endlich, sich zu entspannen. Von Travis war noch nichts zu sehen, aber er würde nicht lange auf sich warten lassen. Pünktlichkeit war für seinen wenig gesprächigen Freund sehr wichtig. Anders als Camo war er stets rechtzeitig zu seinen Vorlesungen erschienen und hatte seine Hausarbeiten abgegeben, noch ehe sie fällig waren. Nie hatte Ewan Travis suchen müssen, nachdem sie eine Nacht lang um die Häuser gezogen waren, ganz anders als Camo, der oft verschwunden war, bis er im

Schlafsaal der Mädchen oder schlafend auf dem Rasen des Vorgartens wieder auftauchte.

Bill, der Barkeeper, nickte Ewan zu, der sich einen Hocker heranzog. »Schickes Hemd«, bemerkte Bill in seinem gemächlichen Tonfall.

»Deine Witze kannst du dir sparen«, sagte Ewan mit einem Lächeln und betrachtete Bill, der heute ungewohnterweise ein richtiges Hemd trug. Auf seiner rechten Brusttasche prangte das Logo des Calf and Cow. »Ich könnte über dich dasselbe sagen.«

Bill führte diese Bar schon, solange Ewan denken konnte. Er hatte ihm als Achtzehnjährigem sein erstes Bier serviert, als sein Vater mit ihm hierhergekommen war, um den besonderen Geburtstag zu feiern.

Bill grinste und zupfte an dem Kragen des blauen Hemds aus Chambray-Stoff. »Das ist eine von Jordys verrückten Ideen. Sie denkt, wenn ich mich professioneller anziehe, kommen die Touristen wieder, die sich hierher verirren. Sie hat pinkfarbene Blusen für sich selbst und sogar ein kleines grünes Hemd für Mikey machen lassen.«

Ewan nahm das Bier, das Bill ihm hinschob, mit einem kurzen Nicken entgegen. »Deine Jordy hat einen klugen Kopf auf ihren Schultern. Sie könnte recht haben.«

»Hoffen wir's.«

»Sieht es so schlecht aus?«

»Es war schon mal besser.«

Ewan nahm einen Schluck von seinem kalten Bier. »Es braucht eben Zeit. Du hast doch schon mehr als eine Trockenperiode überlebt und weißt, wie es ist. Damit die Farmer wieder Geld in der Tasche haben, muss erst mal das Vieh wieder fett werden und das Getreide, das Einkommen bringt, muss wachsen.«

Der ältere Mann polierte ein Bierglas. »Und wie sieht es bei dir aus? Hast du schon ausgesät?«

»Ich gebe mir Mühe. Der Winterhafer ist gesät, und wenn ich den Airseeder repariert bekomme, werden der Raps und der Weizen auch bald so weit sein.«

»Und wie ist es bei der Bank gelaufen?«

Bill war clever genug, um zu wissen, warum Ewan in seiner Sonntagskleidung steckte. Der Barkeeper, Travis und der alte Harry waren die Einzigen, denen Ewan von seinen finanziellen Problemen erzählt hatte. »So gut, wie es zu erwarten war«, sagte er. »Ich beneide diesen Banker aus der Stadt nicht um seinen Job, aber diese Stadtmethoden funktionieren hier draußen nun einmal nicht. Mir braucht niemand zu erzählen, wie ernst die Lage ist. Das weiß ich verdammt noch mal selbst.«

»Er wird dir also helfen, diese Rinder mit dem schick klingenden Namen zu kaufen?«

»Ich habe grünes Licht bekommen, aber nur für die Hälfte der Summe, die ich brauche.«

Bill stellte das Glas, das er poliert hatte, auf die Theke. »Ewan, du weißt, dein Vater und ich waren unser Leben lang Freunde. Dein Vater war ein feiner, anständiger Kerl, und du bist ein Apfel, der nicht weit vom Stamm gefallen ist.«

Bill machte eine kurze Pause, und Ewan wusste, dass er den Satz in Gedanken mit den Worten »Anders als dein Bruder«, beendet hatte. Er hatte Bill nie gefragt, warum er und Fergus nicht miteinander ausgekommen waren. Vielleicht hatte es etwas mit Fergus' Neigung zu tun, Kneipenschlägereien anzuzetteln.

Aber Bill hatte noch nicht zu Ende gesprochen. »Es wäre mir eine Ehre, wenn du mir erlauben würdest, dir zu helfen. Ich habe einen Notgroschen beiseitegelegt, und ich bin sicher, mein Geld wäre bei dir sicher angelegt. So wie ich dich kenne, ist dein Plan mit diesen Kühe nicht nur eine hirnverbrannte Idee.«

Rührung schnürte Ewan die Kehle zu. Als das Getreidesilo, das sie gemeinsam mit anderen nutzten, umgestürzt war und seinen Vater getötet hatte, hatte Bill sich seiner angenommen, als wäre er der Sohn, den er einst verloren hatte. Und jetzt, wo er eigentlich für seine und Jordys Zukunft Vorsorge treffen sollte, bot Bill ihm finanzielle Hilfe an.

»Bill, ich weiß nicht, was ich sagen soll.«

»Sag Ja. Der kleine Mikey ist erst drei, und er und Jordy werden meinen Notgroschen in der nächsten Zeit nicht brauchen.«

»Danke, aber du weißt, das kann ich nicht. Ich würde mir nie verzeihen, wenn ich auch nur einen Cent von deinen Ersparnissen verlieren würde.«

Bill griff nach einem weiteren Glas, um es zu polieren. »Nun gut. Mein Angebot steht jedenfalls, wann immer du Geld brauchen solltest. Hätte mein Sohn seinen Motorradunfall überlebt, hätte ich gehofft, dass er sich so entwickelt wie du. Tish und die Zwillinge wären ohne deine Unterstützung verloren.«

Ewan nahm einen weiteren großen Schluck von seinem Bier. »Noch einmal danke, Bill, aber ich werde auch so einen Weg finden, die Ultra-Black-Rinder zu finanzieren ... Wie geht es denn Mikey? Als ich ihn das letzte Mal gesehen habe, kam es mir vor, als wäre er mindestens zehn Zentimeter gewachsen.«

Wie Ewan gehofft hatte, leuchteten Bills trübe braune Augen auf, als der Name seines angebeteten rothaarigen Enkelsohns fiel, der in der Wohnung hinter dem Pub mit ihm lebte. Ewan lockerte seinen festen Griff um das Bierglas. Er war in Sicherheit. Es würde kein weiteres Gespräch über Geld mehr geben und auch nicht über den Grund dafür, dass die Sorge für Tish und die Jungen zu seiner Lebensaufgabe geworden war.

*

*Süße Träume.*

Tish zog den Reißverschluss an der Plastikumhüllung ihres kleinen Gewächshauses zu und lächelte den beiden neuen Töpfen zu, die sie auf das mittlere Regalbrett gestellt hatte. Die daumenhohen Sprösslinge würden sich zu prachtvollen weißen Schmucklilien auswachsen. Als Ewan gestern aus der Stadt zurückgekommen war, hatte er ihr Travis' neuste Geschenke überreicht. Schon während der Trockenperiode hatte Travis' Großzügigkeit dafür gesorgt, dass ihr Gemüsegarten üppig bestückt blieb. Ihr Lächeln wurde breiter. Jetzt, wo er zurück in der Stadt war, hatte er wieder damit begonnen, ihr durch Ewan Pflanzen zu schicken. Obwohl er jahrelang fort gewesen war, verband die Gartenarbeit sie beide noch immer.

Sie zog ihre alten Lederhandschuhe über, schnappte sich ihren kleinen Spaten und begann damit, ein neues Gartenbeet vorzubereiten. Damals, als sie nach Marellen gekommen war, hatte Travis ihr beigebracht, welche Pflanzen wo wuchsen und wie sie in ihrem kleinen Garten am Cottage am effektivsten mit Wasser umging. Obwohl sie eine naive Stadtpflanze gewesen war, hatte er mit ihr gesprochen wie mit seinesgleichen – etwas, das Fergus nie getan hatte. Aber dann war sie schwanger geworden, Regen war nur noch eine ferne Erinnerung, und alles war anders geworden.

Während ihr Leib anschwoll und deutlich machte, dass sie Fergus' Frau war, waren Travis' Besuche in Marellen immer seltener geworden und hatten schließlich ganz aufgehört. Hochschwanger war sie ihm an einem Sommernachmittag im Ort über den Weg gelaufen, und er hatte sie mit seinen ernsten haselnussbraunen Augen angesehen und ihr und den Zwillingen alles Gute gewünscht. Es hatte sich angefühlt, als würde er von ihr Abschied nehmen. An diesem schwindelerregend heißen Tag war ein Stück von ihr gestorben. In der Freundschaft mit Travis hatte sie Freude und emotionale Unterstützung gefunden, die es in ihrer Ehe nicht gegeben hatte. Ohne Travis, mit dem sie reden konnte, war es, als wäre in ihrer Welt ein Licht ausgegangen.

Das nächste Mal, als sie ihn zu sehen bekam, war er gekommen, um ihr mit ernstem, schwermütigem Ausdruck im Gesicht zu sagen, dass er in den Süden gehen und eine Firma für Agrarflüge aufbauen würde, damit er sich eines Tages seine eigene Farm kaufen konnte.

Tish hielt im Graben inne. Sie hatte ihn erst wieder auf Fergus' Beerdigung gesehen. Travis hatte sie aus der Doppeltür hinaus in den Garten geführt und sie unter der mit Blauregen bewachsenen Pergola in den Armen gehalten, bis sie keine Tränen mehr gehabt hatte.

Sie bohrte den Spaten tief in die bröckelige Erde. Ja, sie mochte Witze über Travis' und Ewans Status als Junggesellen machen, aber wenn sie ehrlich zu sich selbst war, würde der Tag, an dem Travis heiraten würde, sie härter treffen als der Verlust ihres Ehemanns, der immer nur eine Ehefrau als Trophäe gewollt hatte und nie ein Vater hatte sein wollen.

Tish richtete sich auf, um sich die schmerzenden Lendenwirbel zu reiben. Ein rotgelber Blitz sprang ihr ins Auge, sie drehte sich um und sah zwei kleine Gestalten, die einen mit Sand beladenen Kipplaster schoben.

»Jungs, ihr hab nicht vor, was ich gerade denke, oder?«

Darby nahm sofort die Hände von dem großen Spielzeuglaster, Braye hingegen schob das beladene Fahrzeug weiter.

»Braye Edward Mackenzie, du bleibst auf der Stelle stehen! Der Sand bleibt im Sandkasten und wird nicht in mein Kürbisbeet geschleppt. Die Erde dort ist schon sandig genug.«

Sie hatte einen ganzen Tag damit verbracht, Pferdedung von dem Haufen bei den Stallungen herzuschaffen und unterzuheben, um die Qualität des Bodens zu verbessern.

Braye blieb zwar stehen, doch sein Blick war noch immer auf das Kürbisbeet am hinteren Ende des Gemüsegartens gerichtet. Das große Feld lud geradezu dazu ein, eine Reihe von Straßen zwischen den sich rasch ausbreitenden Ranken anzulegen.

»Braye, dreh mit dem Laster um!«

Mit einem übertriebenen Seufzer tat Braye, was ihm gesagt worden war.

Tish verkniff sich ein Lächeln. »Danke. Was haltet ihr davon, reinzugehen, etwas zu trinken und ein Stück Schokoladenkuchen zu essen, wenn der Sand wieder im Sandkasten ist? Danach können wir dann mit der Arbeit für den Nachmittag beginnen.«

Die Jungen entluden den Kipplaster in den Sandkasten, dann stürmten sie, dicht gefolgt von der braun-weißen Midget, über den Rasen auf die hintere Schiebetür zu. Neben der Dose mit dem Kuchen stand ein Teller mit Orangenvierteln, aber sie wusste, hätte sie das Wort »Obst« benutzt, hätten die Jungen ihr Spiel niemals so schnell aufgegeben.

Tish streifte sich die Handschuhe ab und trug sie zusammen mit der Schaufel in den Geräteschuppen, den Ewan eigens für sie gebaut hatte. Die Sonne ging bereits unter. Holly, das liebenswerte alte graue Pony, mochte es nicht, wenn man es auf sein Abendessen warten ließ. Sollten Tish und die Jungen mit seinem Eimer Getreide nicht rechtzeitig kommen, würde es wiehern und mit dem rechten Vorderhuf gegen das Metalltor treten. Auch die Hühner würden auf ihr nachmittägliches Futter warten.

Sie und die Jungen würden nachher die obere Hälfte des geteilten Tores zum Hühnergehege öffnen und das Gartenunkraut und die Küchenabfälle hineinwerfen. Danach würden sie es Ewan überlassen, den Futtertrog mit Getreidebrei zu füllen und die üblichen sechs Eier einzusammeln. Hahn Lancelot betrachtete das Hühnergehege als sein persönliches Königreich, und Ewan war der einzige Mensch, den er nicht attackierte. Aus Sorge um die Jungen hatte Ewan schon vorgeschlagen, Lancelot durch einen friedlicheren Hahn zu ersetzen, doch aus irgendeinem Grund hatte Braye sein Herz an den stämmigen rot-schwarzen Hahn gehängt. Lancelot jeden Morgen krähen zu hören machte ihn glücklich.

Als Tish sich dem Wohnhaus näherte, kam Darby mit dem Telefon aus der Küche in den Garten gerannt, doch es war Braye, der sprach: »Da ist so eine Dame, die will dich oder Onkel Ewy sprechen. Sie hört sich echt komisch an.«

Tish nahm das Gerät, hielt es sich ans Ohr und ging näher zum Haus, um einen besseren Empfang zu haben. »Hier spricht Tish Mackenzie.«

»Hallo, Tish, es tut mir leid, dass ich Sie und Ewan schon wieder stören muss«, ertönte Krees amerikanischer Akzent. »Aber ich fürchte, ich habe schon wieder Wasserprobleme … diesmal allerdings im Haus.«

# 6

Was hätte sie nicht alles für eine Dusche gegeben!

Kree goss das Wasser aus dem Bohrloch, das sie im Wasserkocher erhitzt hatte, ins Spülbecken. Sie tauchte die Hände in die seifige Flüssigkeit und wusch die milchige Flasche und den Sauger aus, die sie gerade benutzt hatte, um Fudge zu füttern. Sich die Hände nass zu machen musste genügen. Es gab kein Wasser im Farmhaus.

Kree hatte gehofft, es würde ihre Kreativität anregen, wenn sie ein paar Fotos machte und nach den Schafen sah, die in Kürze Lämmer erwarteten. Sie musste einen Weg finden, der Gemeinde von Glenalla für Seths Rettung zu danken. Ein besonderes Abendessen für Travis und Ewan zu kochen war ein Anfang, aber sie brauchte etwas, von dem der ganze Ort etwas hatte. Ihr nachmittäglicher Spaziergang hatte jedoch keinen kreativen Denkprozess in Gang gesetzt, sondern lediglich dafür gesorgt, dass sie völlig durchgeschwitzt war.

Kree stellte die Flasche zum Abtropfen auf das Gitter, zog den Stöpsel heraus und beobachtete, wie das Wasser nicht in der gewohnten Weise, sondern in die entgegengesetzte Richtung drehend ins Rohr lief. Dann fasste sie ihr Haar zu einem Knoten zusammen.

Tish hatte gesagt, Ewan würde gleich aus dem Schuppen kommen und könnte dann sofort herüberkommen. Zum Glück lag sein Anwesen neben dem der Tylers, sodass er im Nu hier sein würde. Er würde die Pumpe bezirzen, und dann konnte sie endlich die überfällige kalte Dusche nehmen. Sie betrachtete ihre nackten Beine. Auch die Wäsche, die sie aufgeschoben hatte, würde sie erledigen. Alles, was sie noch anzuziehen hatte, waren ein Paar Jeans – nach einem kleinen Unfall, als sie über einen Zaun geklettert war, um Freckle zu retten, mit kurzen Beinen – und ein enges knallrosafarbenes T-Shirt. Die Baumwolle musste in der australischen Sonne eingelaufen sein, oder ihre neue Vorliebe für Lamingtons verlieh ihr Kurven an den völlig falschen Stellen.

Kree beugte sich über die Plastikschüssel mit kaltem Wasser aus dem Bohrloch, die auf der Bank stand, und schaufelte sich Wasser über die Wangen. Die Kälte ließ sie zusammenzucken. Es musste Ewan einfach gelingen, die Pumpe zu reparieren. Falls nicht, konnte sie im schlimmsten Fall in der Stadt duschen und übernachten. Die fünfundvierzigminütige Fahrt nach Berridale konnte sie schaffen, bevor Fudge ihre Morgenflasche brauchte. Natürlich würde es der Ziege und dem Welpen nicht gefallen, die Nacht allein zu verbringen, aber die Alternative wäre, sich in Ewans Privatleben zu drängen, und das kam nicht infrage. Sie war sicher, dass er ihr anbieten würde, bei ihm zu übernachten. Aber das konnte sie nicht annehmen.

Ewan war nicht nur verheiratet. Er hatte auch Kinder.

Kree schnappte sich das saubere Handtuch, das sie aus der Küchenschublade gezogen hatte, und tupfte sich das Gesicht trocken. Als die kleine Stimme vorhin »Hallo« in den Hörer geflüstert hatte, hatte es ihr vor Schreck die Sprache verschlagen. Dann hatte sich eine zweite, lautere, keckere Stimme vernehmen lassen. Dass er Kinder hatte, war ihr bis dahin nicht in den Sinn gekommen. Die Zärtlichkeit und der Respekt, mit denen er Whiskey behandelte, hatten ihr jedoch das Herz erwärmt. Sie konnte sich daher lebhaft vorstellen, wie engagiert und aufmerksam er als Vater sein würde. Tish konnte wirklich von Glück reden.

Das aufgeregte Trippeln von Fudges Hufen und das Tapsen von Freckles Pfoten hallten über die Dielenbretter der Veranda, die die beiden in Richtung Zufahrt hinunterjagten. Kree hängte das Küchenhandtuch über den Türgriff des Schranks. Ewan war da.

Sie schob die Schiebetür auf. Anders als bei seinem letzten Besuch war Ewan für die Farmarbeit gekleidet. Kree biss sich auf die Wange. Nach einem Tag auf den Koppeln hatte ein Mann in einem staubigen smaragdgrünen Hemd und ausgeblichenen Jeans einfach nicht so gut auszusehen.

Als er die Veranda betrat und auf sie zukam, spürte sie einen warmen Wind auf ihrem Bauch, der ihr verriet, dass ihr enges knallrosa T-Shirt einmal mehr aus dem Bund ihrer abgeschnittenen Jeans gerutscht war. Ewans graue Augen glitten an ihr hinunter. Sie glaubte, darin kurz das Aufflackern eines dunklen, tiefen Gefühls wahrgenommen zu haben, wusste aber, dass es eine optische Täuschung in dem hellen Licht gewesen sein musste.

»Diesmal haben Sie also im Haus kein Wasser, Kree?«, fragte er und zog sich die Krempe seines Hutes noch tiefer ins Gesicht.

»Nein, keinen einzigen Tropfen. Ich hoffe, es ist doch nicht so ein Albtraum, die Druckpumpe zu reparieren, wie Sie gesagt haben. Ich brauche unbedingt eine Dusche.«

»Ich weiß, wie Sie sich fühlen. Wir haben heute eine Gluthitze, und im Maschinenschuppen war es vermutlich noch einmal fünf Grad heißer.«

»Tish hat erzählt, Sie arbeiten an einem Airseeder?«

»Ja, ich habe die hydraulische Pumpe ersetzt, damit ich mit der Aussaat beginnen kann, solange noch ein wenig Feuchtigkeit in der Erde ist.«

»Es tut mir leid, dass ich Sie von Ihrer Arbeit weggeholt

habe. Ich hoffe, das ist jetzt wirklich das Letzte, was hier schiefgeht.«

»Keine Sorge.« Er schenkte ihr ein Grinsen, das leider allzu schnell wieder verschwand. »Ich war sowieso fast fertig.«

»Noch einmal vielen Dank. Ich hoffe, wenn Sie das nächste Mal herkommen, dann nur zum Abendessen.«

Als er sich abwandte, blieben ihre Augen an seinem Profil hängen. War er bei der Erwähnung des Abendessens zusammengezuckt?

Sie folgte ihm zur Längsseite des Hauses, wo sich die cremefarbenen Kunststofftanks befanden. An ihrem Sockel war eine stählerne Pumpe angebracht. Ewan beugte sich hinunter, um die kleine runde Anzeigetafel abzulesen.

»Der Druckmesser zeigt nichts an, was bedeutet, dass die Leitung keinen Druck hat. Möglicherweise hat es einen weiteren Kurzschluss gegeben, also überprüfe ich erst mal die Sicherungen.«

Kree packte Freckle, der sich in den Saum von Ewans Jeans verbissen hatte. Der Hund knurrte und schüttelte den Kopf, als wolle er eine Schlange töten. Fudge blökte und schwang auf ihren kleinen Hufen herum, ehe sie losstürmte, um an dem Gras unter der aufgespannten Wäscheleine zu knabbern.

»Sie verdienen einen Orden, Kree. Die beiden würden mich wahnsinnig machen.« Bei diesen Worten lag ein Lächeln in seinen Augen.

Kree gab Freckle einen Kuss auf den Kopf. »Ob Sie es glauben oder nicht: Ich werde die beiden vermissen, wenn ich wieder zu Hause bin. Das Leben wird mir ziemlich langweilig vorkommen.«

Ewan lachte. »Solange Seth Ihr Bruder ist, kann ich mir kaum vorstellen, dass von Langeweile in Ihrem Leben je die Rede sein wird.«

Kree stimmte in sein Lachen ein. »Da haben Sie allerdings recht.«

»Wenn ich mich recht erinnere«, sagte Ewan und erhob sich, »dann ist der Sicherungskasten weiter hinten an dieser Wand montiert. Jedenfalls war er das, als Don verreist war und Maureen Probleme mit dem Strom hatte.«

Ewan ging zu einem an der Wand befestigten Metallkasten. Er öffnete den Deckel, und selbst von dort, wo sie stand, konnte Kree erkennen, dass all die kleinen Hebel der Sicherungen in dieselbe Richtung zeigten.

»Gut, eine Sicherung ist also nicht rausgeflogen«, sagte Ewan mit einem leichten Stirnrunzeln. »Überprüfen wir also mal, ob die Pumpe Strom hat.«

Er ging zurück zur Druckpumpe und folgte dann dem Kabel, das vom Boden der Pumpe zu einer Steckdose außen am Haus verlief. Er prüfte, ob der Stecker fest eingeschoben war.

*Autsch.*

Kree zog ihren Daumen zwischen Freckles nadelspitzen Zähnen hervor. Ewans sich vertiefendes Stirnrunzeln hatte sie so abgelenkt, dass sie nicht auf ihre Finger aufgepasst hatte. Sie setzte Freckle auf den Boden, und er sprang davon, um sich neben Fudge ins Gras zu legen. Mit der Nase auf den Pfoten behielt er Kree und Ewan im Auge.

Ewan kehrte zur Pumpe zurück und untersuchte die runde Anzeige, die noch immer nichts anzeigte. Er lehnte sich gegen den Motor der Pumpe. »Können Sie diesen Geruch von Elektrizität wahrnehmen?«

»Nein.« Alles, was sie roch, war der Duft des blühenden Seidelbasts.

Sorge breitete sich in ihrem Magen aus. Jeglicher Geruch nach Elektrizität bedeutete in der Regel Probleme, und in diesem Fall konnte er bedeuten, dass sie auf absehbare Zeit kein Wasser im Haus haben würde. Jeden Tag fünfundvierzig Minuten lang ins Hotel beziehungsweise von dort zur Farm zu fahren kam ihr auf einmal überhaupt nicht mehr vernünftig vor. Sie hatte sich noch immer nicht daran gewöhnt, auf der falschen Straßenseite zu fahren.

Er richtete sich auf, nahm seinen Hut ab und fuhr sich mit der Hand durchs Haar. »Tut mir leid, Kree. Die Pumpe ist kaputt.«

»Kaputt? Das klingt nicht gut.«

Langsam schüttelte Ewan den Kopf. »Der Motor ist hinüber.«

Er sah zu Freckle und Fudge hinüber, die auf der Wiese eine Art Spiel begonnen hatten. Die kleine Buschziege versetzte Freckle einen sachten Stoß mit dem Kopf, als der Welpe versuchte, ihr auf den Rücken zu springen. Das Ganze endete in einem Ball aus verschlungenen kleinen Gliedern.

Die gebräunte Haut auf seinem Kehlkopf bewegte sich, als er schluckte. »Sie werden alle drei zu uns nach Marellen kommen müssen.«

*

Der eine Mensch, von dem er sich fernhalten musste, würde unter seinem Dach wohnen. Ewan fühlte eine Beklommenheit, die schwerer wog als die Säcke mit Rapssaat, die er gestern Abend vom Ute in den Schuppen geschleppt hatte. Eine Dinnerparty zu überleben, bei der Kree in nächster Nähe sein würde, war nunmehr sein kleinstes Problem. Bis die Pumpe ersetzt war, würde er sie täglich sehen. Und man musste kein Genie sein, um zu wissen, dass seine Selbstkontrolle dabei mächtig leiden würde.

Vor dem weiß verputzten, von einem schmiedeeisernen Zaun umgebenen Wohnhaus von Marellen hielt er an. Einst hatte ihn das große, aus roten Ziegeln erbaute Haus mit Stolz erfüllt. Jetzt war die finanzielle Verantwortung für den Erhalt des historischen Gebäudes eine weitere Bürde, die ihn bei Nacht um den Schlaf brachte.

Die schwere Vordertür flog auf, und Braye und Darby, beide in identische marineblaue Shorts und gelbe T-Shirts gekleidet, kamen den Weg heruntergestürmt. Tish hatte seine Nachricht über die unerwarteten Gäste also zweifellos weitergegeben.

Hinter ihm ertönte das Tuckern des etwas langsameren Diesel-Geländewagens der Tylers, mit dem Kree in die Zufahrt einbog. Kurz ließ sich Tish in ihrer lose übergeworfenen Schürze über der Gartenkleidung blicken, winkte und eilte wieder nach drinnen. Offenbar stand das Abendessen auf dem Herd.

Whiskey und Midget schossen am Haus vorbei in Sicht und liefen auf kürzestem Weg auf das Fahrzeug zu, das Kree inzwischen geparkt hatte. Ewan schob die Tür auf der Fahrerseite auf. Wenn Whiskey auf die Ladefläche sprang, wo Fudge und Freckle angebunden waren, wäre das Chaos in weniger als drei Sekunden perfekt. Er schürzte die Lippen und pfiff. Der schwarz-braune Kelpie kam geradewegs zu ihm. Aber die Art, in der der Hund winselte und seine Augen nicht von der Ziege und dem Welpen abwenden konnte, verriet ihm, dass der Frieden nur von kurzer Dauer sein würde.

»Braye, kannst du dir bitte Midget schnappen?«, bat Ewan, als Kree aus dem Ute stieg und der Jack Russell ihre geborgten Lederstiefel beschnüffelte. »Und Darby, kannst du bitte Whiskey rufen? Bevor wir das Duo Infernale vom Wagen holen, binden wir die großen Hunde besser an.«

»Der arme Whiskey! Er sieht gar nicht glücklich aus«, sagte Kree, als die Jungen ihn und Midget zu dem Zwinger unter dem Jacaranda-Baum führten.

»Er wird's überleben. Und ich bin sicher, nach einer Stunde Spaß mit Fudge und Freckle hätte er sich freiwillig zum Schlafen in den Zwinger zurückgezogen.

Kree lächelte, aber Ewan konnte nicht erkennen, ob ihr Lächeln ihre Augen erreichte. Sie hatte sich eine alte Baseball-Kappe aufgesetzt, die ihren Gesichtsausdruck verbarg. Ewan hatte allerdings keine Schwierigkeiten damit, die starre Linie ihres Rückens unter dem pinken T-Shirt zu deuten, das ihr wie ein Handschuh passte. Der Gedanke hierzubleiben bereitete ihr noch immer Unbehagen.

Als er ihr gesagt hatte, dass die Pumpe ihren Geist aufgegeben hatte und sie bei ihm übernachten müsste, war das Lächeln in ihren Augen erloschen. Als er ihr dann erklärte, dass er die Wasserzufuhr im Haus nicht wiederherstellen konnte, ehe er nicht Don im Ausland erreicht und mit ihm über eine neue Pumpe gesprochen hatte, hatte sie die Lippen zusammengepresst. Er hatte Kree am Rande der Erschöpfung gesehen, hatte erlebt, wie sie gegen die Angst ankämpfte, ihren Bruder verloren zu haben, aber er hatte sie nie so verletzlich gesehen. Aus irgendeinem Grund erschütterte sie die Aussicht, auf Marellen zu bleiben, genauso, wie sie ihn erschütterte.

»Kree«, sagte er sanft, »ich weiß, Sie glauben, Sie belästigen uns, aber Sie können wirklich gern bleiben.«

Sie warf ihm ein hastiges, allzu strahlendes Grinsen zu, ehe sie den Blick abwandte, um den Zwillingen dabei zuzusehen, wie sie auf dem Weg vom Zwinger zur Zufahrt um die Wette rannten. »Danke.«

Braye und Darby schlitterten vor Kree in einen jähen Halt.

»Hallo, ich bin Darby«, sagte Braye und stieß seinem Bruder den Ellenbogen in den Bauch. »Und der da ist Braye.«

Ewan verschränkte die Arme. Die Jungen spielten Bäumchen-wechsle-dich. Er ließ sie gewähren; sie zu unterscheiden war sowieso unmöglich, aber wenn sie reingingen, würde er den übermütigen Braye beiseitenehmen und ein Wörtchen mit ihm reden.

»Schön, euch kennenzulernen, Braye und Darby.«

Verwundert über ihren fremden Akzent rissen die Zwillinge die Augen auf.

»Aber wisst ihr was: Ich hätte geschworen, du wärst Braye«, sagte sie und blickte auf das richtige Kind, »und nicht Darby. Darby hat Midget zum Zwinger gebracht, und er hatte ein Pflaster am Finger.«

Ewan musste lachen, während Braye der Kiefer herunterklappte.

Darby grinste und hielt seinen verbundenen Finger in die Höhe.

»Das ist kein Pflaster«, sagte Braye mit einem Stirnrunzeln.

»Da, wo ich herkomme, heißt es so«, sagte Kree, die ebenfalls grinste, ehe sie sich Fudge zuwandte, die mit dem Fuß stampfte. »Und jetzt würde ich mich sehr freuen, wenn der echte Braye mir mit diesem Schlingel helfen könnte.«

Sofort trat Braye mit schuldbewusster Miene vor. »Prima, Braye«, sagte sie und zwinkerte ihm zu. »Meinst du, du kommst mit Fudge zurecht?«

Der Fünfjährige nickte und nahm das Ende der roten Leine entgegen, das Kree ihm gab. Sie beugte sich über den Ute und hob die kleine Ziege herunter. Sobald deren kleinen Hufe den Boden berührten, jagte sie davon. Braye hielt die Leine fest und rannte hinter ihr her. Als sie ein mit Lavendel bewachsenes Gartenbeet erreichte und nicht weiterlaufen konnte, blieb sie stehen und senkte den Kopf, um Gras zu fressen. Braye blieb neben ihr stehen, sein kleiner Brustkorb hob und senkte sich.

»Und du, Darby, kümmerst du dich um Freckle?«, fragte Kree.

Darbys dunkler Kopf ging nickend auf und nieder.

Kree gab ihm das Ende der grünen Leine und flüsterte. »Keine Sorge, Freckle ist nicht so stark wie Fudge und wird dich nicht so heftig ziehen. Er will einfach nur dorthin laufen, wo sie ist.«

Und richtig, kaum hatte Kree Freckle auf den Boden gesetzt, da versuchte er auch schon, zu seinem Freund zu laufen, und Darby konnte ihn gut halten.

Ewan löste seine verschränkten Arme. Sein Fluchtinstinkt zwang ihn, sich so schnell wie möglich zu entfernen. Die feinfühlige Kree hatte nicht nur Brayes Verwechslungskomödie durchschaut, sondern auch noch bemerkt, dass der sensible, scheue Darby Zuspruch brauchte. Wenn sie die beiden Jungen, die sie vor wenigen Minuten zum ersten Mal gesehen hatte, wie ein offenes Buch lesen konnte, was hatte sie dann über ihn herausgefunden? Etwas, das er niemanden – am wenigsten sie – wissen lassen wollte?

Er gab vor, sein Telefon und seine Geldbörse aus dem Ute holen zu wollen, und drehte sich um. »Ewan …«

Langsam wandte er sich ihr wieder zu.

Sie schob ihre Kappe zurück. Ihre blauen Augen trafen die seinen. »Sind Sie sicher, dass das hier eine gute Idee ist? Ich möchte mich nicht aufdrängen. Es wäre für Sie weit weniger Mühe, wenn ich in der Stadt übernachte.«

»Schon in Ordnung«, sagte er und kämpfte darum, seine Worte gleichmütig klingen zu lassen. »Don und Maureen würden mir wegen mangelnder ländlicher Gastfreundschaft das Fell über die Ohren ziehen, wenn ich Sie anderswo übernachten ließe. Außerdem brauchen Sie so nur einmal täglich hinüber nach Berridale zu gehen, um die Hühner zu füttern und nach dem Wasser für die Kühe und Schafe zu schauen. Ich werde Don so schnell wie möglich kontaktieren, um zu hören, was er wegen der neuen Pumpe unternehmen will ...«

Ewans Worte gingen in dem begeisterten Quieken der Jungen unter, die Fudge und Freckle durch den Garten jagten. Midget und Whiskey bellten, zerrten an ihren Ketten und versuchten verzweifelt, sich dem Tohuwabohu anzuschließen.

»Außerdem wüssten sogar die Jungen, dass es keine gute Idee wäre, Freckle und Fudge sich selbst zu überlassen«, fuhr Ewan fort, während er die Beifahrertür des Geländewagens öffnete, um Krees Gepäck herauszuholen.

»Und Sie sind sicher, dass Ihre Frau nichts dagegen hat?«

Er richtete sich auf und vergaß Krees Gepäck. »Wie bitte?«

»Ihre Frau, Tish. Hat sie nichts dagegen, dass ich bei Ihnen wohne? Es kann manchmal ganz schön anstrengend sein, Gäste zu haben, wenn man kleine Kinder hat.«

Er sah in Krees ernste Augen. »Tish ist nicht meine Frau.« Aus unerfindlichen Gründen verließ diese Erklärung seinen Mund schneller, als Rinder durch ein offenes Tor flüchten.

»Entschuldigung, ich meinte Ihre Partnerin. Sie hat sich am Telefon als Tish Mackenzie gemeldet.«

»Sie trägt den Namen meines Bruders. Tish ist meine Schwägerin. Die Zwillinge sind meine Neffen.« Seine Worte wurden langsamer. »Kree, ich bin nicht verheiratet, und daran wird sich auch nie etwas ändern. Ich bin überzeugter Junggeselle.«

# 7

*Verdammt.*

Kree fuhr zusammen, als sie den dritten Gang verfehlte und in den zweiten rutschte, sodass der überstrapazierte Ute protestierend aufjaulte. So viel zu ihrer Absicht, Marellens von Pappeln gesäumte Zufahrt ordentlich zu verlassen. Der schnarrende Ton war bestimmt noch im Maschinenschuppen zu hören, wo Ewan arbeitete. Dabei hatte sie ihm versichert, dass sie die Gangschaltung samt ihrem Hebel auf der rechten Seite allmählich im Griff hatte.

*Lügnerin.*

Sie hatte den Geländewagen der Tylers so wenig unter Kontrolle wie ihre Gefühle.

Sie hatte geglaubt, es würde schwierig werden, mit einem verheirateten Ewan unter demselben Dach zu leben, aber das war nichts im Vergleich zu einer häuslichen Gemeinschaft mit einem Ewan, der ganz und gar ledig war. Ihre Hormone scherten sich nicht darum, dass er überzeugter Junggeselle war, sondern hatten bei der Nachricht, dass er an niemanden gebunden war, einen Freudentanz aufgeführt. Sämtliche Mahnungen, dass ein australischer Naturbursche nichts für sie war, ignorierte sie. Dabei war in ihrem Leben nur für einen Platz – für Seth.

Ray hatte sie gelehrt, dass sie keine Beziehung eingehen durfte, solange sie ihrem Bruder Mutter und Vater ersetzte. Als Seth – damals noch in seiner Skater-Phase – sich im Skate-Park das Handgelenk gebrochen hatte, hatte Ray nicht verstanden, warum Kree ihre gemeinsamen Urlaubspläne über den Haufen warf. Als Seth im letzten Schuljahr für seine Abschlussprüfungen gelernt hatte, war Ray auf Kree wütend gewesen, weil sie nicht alles stehen und liegen ließ, um ihn bei seinen geschäftlichen Verpflichtungen zu begleiten. Ihr ehemaliger Verlobter war inzwischen Vergangenheit, und der Mann in ihrem Rücken konnte einfach nicht Teil ihrer Zukunft sein.

Marellens Haupttor kam in Sicht. Kree hielt den Atem an und schaltete in den ersten Gang hinunter. Der Ute geriet nicht einen Schlag lang aus dem Takt.

*Ha, da hast du's, Gangschaltung!*

Nachdem sie das holprige Viehgatter, das auf beiden Seiten von einem Zaun gesäumt wurde, hinter sich gelassen hatte, folgte Kree Tishs Anweisungen und bog nach rechts ab. Während sie den Ute rumpelnd über den unebenen roten Schotterweg jagte, warf sie einen Blick nach links, wo die vier Schornsteine des Wohnhauses zwischen den Bäumen sichtbar wurden. Gestern Abend, als sie Ewan von Berridale aus hinterhergefahren war, hatten sie eine Seitenstraße nach Marellen benutzt und den Hauptzufahrtsweg gemieden. Sie musste versuchen, sich den Weg zu merken, da sie am Nachmittag vom Haus der Tylers ja auch wieder zurückfahren musste.

Ihr Fuß senkte sich auf das Bremspedal des Ute, als sie eine Gedenkstätte am Straßenrand passierte. Jemand hatte neben der Straße ein schlichtes weißes Kreuz aufgestellt. Um das Kreuz herum war ein ordentliches Beet mit pinken und weißen Margeriten und üppigen Schmucklilien angelegt. Ihr Herz quoll über vor Mitleid mit der Familie, die einen geliebten Menschen verloren und diese berührende Gedenkstätte für ihn errichtet hatte. Tausende von Meilen entfernt, in einem Kinderpark in den Rocky Mountains, stand eine hölzerne

Bank mit einer polierten Goldplakette, um an das Leben ihrer Eltern zu erinnern. Es schnürte ihr die Kehle zu. Der Job als Farmsitter in Berridale war genau zur richtigen Zeit gekommen. In diesem Monat jährte sich der Tod ihrer Mutter zum achtzehnten Mal, und sie hoffte, dass der vertraute Schmerz nicht ganz so heftig zubeißen würde, wenn sie etwas zu tun hatte.

Kree nahm die scharfe Kurve hinter der Gedenkstätte, fuhr über die Kreuzung und bog in die schnurgerade geteerte Straße ein, die sie in die Stadt bringen würde. In den nächsten fünfzig Minuten prägte sie sich ein, wo sie bei nächster Gelegenheit Fotos machen wollte. Vielleicht wäre sie das nächste Mal nicht so in Eile, nur weil sie Ewan aus dem Weg gehen wollte, und würde daran denken, ihre Kamera mitzunehmen. Vielleicht schaffte sie es das nächste Mal, wenn er mit duschfeuchtem Haar und einem Lächeln in den klaren grauen Augen in die Küche kam, ihn nicht anzustarren und ihr Messer nicht auf den Teller mit dem Toast fallen zu lassen.

Die Zahl der verwitterten Schilder, die für ortsansässige Geschäfte warben, nahm zu, und es dauerte nicht lange, bis ein großes rechteckiges Schild darauf hinwies, dass sie in Glenalla – Ortschaft mit 900 Einwohnern – angekommen war. Sie drosselte die Geschwindigkeit auf die erlaubte Höhe. Wann immer sie zuvor hier hergekommen war, hatte sie entweder in Ewans Ute geschlafen oder war von der Furcht beherrscht gewesen, dass Seth nicht lebend gefunden werden würde. Was für einen Unterschied zehn Tage machten! Sie schob sich ihre Sonnenbrille in die Haare, sodass sie einen ungefilterten Blick auf den kleinen Ort hatte.

Dass Seth in der Nähe von Glenalla Arbeit gefunden hatte, war kein Zufall. Sie wussten wenig über die Vergangenheit ihrer Mutter, nur dass sie ein Einzelkind gewesen war und keine Verwandten mehr hatte. Doch im letzten Jahr hatte Kree die Bücher ihrer Mutter durchgesehen, um sie einem Wohltätigkeitsbasar zu stiften, und war dabei auf ein altes Buch gestoßen, dessen Seiten zusammengeklebt waren. Sie hatte an dem Einband gezerrt, und das Buch hatte sich geöffnet. Im Innern war ein Teil der Seiten herausgeschnitten worden, um ein Versteck zu schaffen. In der Aushöhlung lagen ein gepresster Zweig mit einer Blume, die einst gelb gewesen war, und die Tintenzeichnung eines alten Cottage. Sie hatte angenommen, dass die Zeichnung eine Berghütte in der Umgebung abbildete, bis eine Internetsuche nach dem Schriftzug ›Glenalla‹ sie zu einer Ortschaft im australischen Outback geführt hatte. Die Entdeckung selbst war ihr noch nicht bedeutend genug erschienen – bis sie auf eine vage Vermutung hin den Geburtsort ihrer Mutter auf ihrer Geburtsurkunde überprüft hatte: Sydney, Australien.

Verwitterte Gebäude flankierten die Straße, und Kree drosselte den Ute auf Schritttempo. Von ihrem Besuch bei Mrs. Butler erinnerte sie sich vage an die breite Hauptstraße und an den zweistöckigen Pub an der Ecke. Was sie zuvor nicht bemerkt hatte, war, dass Glenalla wie ausgestorben dalag. Traurigkeit durchströmte sie. Gebäude mit vernagelten Fenstern und Schildern, die sie zum Verkauf anboten, starrten ihr entgegen; ihre verblichenen Fassaden boten einen trostlosen Anblick. Putz blätterte von den sonnenbeschienenen Wänden, während sich roter Rost von den Blechdächern schälte. Glenalla verdiente es, ein quirliges, wimmelndes Zentrum zu sein. Auch wenn die großzügigen Herzen ihrer Bürger noch laut und lebhaft klopften, besaß die kleine Stadt selbst kaum noch einen Pulsschlag. Sie musste einen Weg finden, um zu helfen! Ohne diese eng verbundene, selbstlose Gemeinschaft hätte sie auch noch ihren Bruder verloren.

Ein leuchtendes Flattern, das von einer orangen Fahne vor einer geöffneten Ladentür stammte, brachte Kree dazu, den Wagen anzuhalten. Im Schaufenster des kleinen Ladens kündigte ein großes handgeschriebenes Schild einen Schlussverkauf an. Neben dem Schild war auf der einen Seite Kinderspielzeug in allen Farben arrangiert, auf der anderen lag eine Reihe von Geschenkartikeln. Im Innern des Geschäfts sah Kree Kleiderstangen mit T-Shirts. Als sie in Colorado aufgebrochen war, hatte sie vor lauter Angst um Seth kaum an etwas anderes denken können und hatte nur Kleidung für einen kurzen Aufenthalt eingepackt; Socken hatte sie sogar nur ein einziges Paar in den Koffer gestopft. Jetzt, wo sie länger blieb, brauchte sie natürlich mehr. Außerdem konnte sie ein paar T-Shirts als Mitbringsel kaufen, und sie wollte Geschenke für Tish, Ewan und die Jungen besorgen, weil sie sie aufgenommen hatten. Vielleicht konnte sie diesem Ladenbesitzer helfen, wenn sie das knisternde, bunt leuchtende australische Geld ausgab, das ihr Portemonnaie füllte.

Kree legte die Sonnenbrille auf den Beifahrersitz, setzte sich ihre Kappe auf und schob ihren Pferdeschwanz durch die Öffnung am Hinterkopf. Als sie aus dem Geländewagen der Tylers ausstieg, schlug ihr heiße Luft entgegen. Ohne Zweifel war der Sommer noch nicht bereit, seinen Griff zu lockern. Sie trat in die Kühle des Ladens. Dank eines Wandregals voller Duftkerzen war der Raum mit einem zarten, blumigen Duft erfüllt. Kree lächelte die junge brünette Frau hinter dem Ladentisch an, die ihr ein kleines, hoffnungsvolles Lächeln als Antwort sandte.

»Sie haben ja wirklich tolle Sachen hier«, sagte Kree und betrachtete die überfüllten Regale mit Krimskrams.

»Ich fand das auch, aber in Glenalla gibt es für so etwas einfach keinen Markt. Mein Mietvertrag läuft nächste Woche aus, also biete ich alles zum halben Preis an.«

Kree wählte einen Satz Untersetzer aus, die mit Hühnern verziert waren. Sie hatte gesehen, dass Tish eine Sammlung von Dingen mit Hühnermuster in der Küche hatte. Sie legte einen Satz Küchenhandtücher mit Hühnern über ihren Arm und nahm vorsichtig zwei Hühner-Kaffeebecher aus Porzellan bei den Henkeln. »Kann ich das auf dem Ladentisch abstellen?«, fragte sie. »Ich bin so ein Trampel, ich lasse sonst noch etwas fallen.«

»Aber sicher.« Hastig schob das Mädchen das Buch beiseite, in dem es gelesen hatte.

Als Kree die Porzellanbecher behutsam auf die Theke stellte, vernahm sie eine Babyrassel. In einem Reisebett, das in eine Ecke hinter dem Tresen gezwängt worden war, saß ein kleines Mädchen mit leuchtenden Augen. »Hallo, Süße.«

Das kleine Mädchen strahlte und entblößte einen winzigen weißen Zahn im Unterkiefer. Mit ihrer pummeligen Hand schlug die Kleine die Rassel auf die weiche, bunt bedruckte Matte, auf der sie saß.

»Sie ist bezaubernd.«

»Ja, das ist sie. Ich hatte gehofft, ich könnte Mutter sein und trotzdem arbeiten, deshalb habe ich diesen Laden eröffnet. Jetzt wird meine Schwiegermutter sich um Grace kümmern müssen. Das heißt, wenn ich irgendwo einen Halbtagsjob finde. Drews Einzäunungsfirma ist nach der Trockenperiode noch nicht wieder richtig in Gang gekommen.«

Die Sorge in der sanften Stimme der brünetten Frau war nicht zu überhören, und Kree hatte Mitleid mit ihr. Sie streckte ihr die Hand hin. »Hallo, ich bin Kree.«

»Ich bin Beth«, erwiderte das Mädchen und schüttelte ihr die Hand.

»Es stellt also derzeit niemand Leute ein? Oder gibt es hier einfach nicht so viele Jobs?«

»Beides. Das Café war gut, wenn man halbtags im Schichtdienst arbeiten wollte, aber es hat jetzt zugemacht. Dann wäre da noch der Lebensmittelladen, aber sobald der eine freie Stelle ausschreibt, bewerben sich Milliarden von Leuten.«

»Ich bin an der Post und am Gemischtwarenladen vorbeigekommen, aber ich nehme an, dort wird wohl niemand mehr gebraucht?«

»Nein.«

»Und gibt es eine Touristeninformation? In meiner Heimatstadt in den Staaten suchen sie dort immer nach Aushilfen, vor allem im Sommer.«

»Im Café lagen immer ein paar Broschüren für Touristen aus, aber ich habe keine Ahnung, wo die jetzt sind.«

Krees Aufmerksamkeit wurde von einer Ecke des Ladens abgelenkt, in der sich Schachteln mit Schokolade und große Gläser mit einer Auswahl von Lutschern in allen Regenbogenfarben fanden. »Das gibt es doch nicht!«

Sie griff nach einer Schachtel in der untersten Reihe und zog einen Schokoriegel heraus. Triumphierend hielt sie ihn in die Höhe. »Reese's Peanut Butter Cups in Glenalla?«

Beth grinste. »Jeder Ort braucht einen Süßwarenladen, und ich habe versucht, neben den üblichen Süßigkeiten ein paar originellere Sachen zu bekommen.«

Kree knallte die ganze Schachtel auf den Ladentisch. »Mein Bruder leidet an Entzugserscheinungen, weil er hier keine Erdnussbutter mit Schokolade zu essen bekommt. Jetzt brauche ich keinen Freund zu bitten, ihm ein Carepaket zu schicken, sondern kann das selbst tun!«

»Hershey's Kisses hätte ich auch.«

»Beth, Sie retten gerade Leben!«

Kree fügte sämtliche Packungen Hershey's Kisses ihrem

Stapel hinzu und legte eine Auswahl von T-Shirts mit Kängurus daneben.

»Und jetzt brauche ich noch etwas für zwei Jungen.« Sie fand zwei grüne Spielzeugtraktoren in einem Regal am anderen Ende des Raumes. »Und etwas für einen erwachsenen Jungen, der immer noch an seinem Spielzeug hängt.« Auf einem der Regale entdeckte sie das Modell eines altmodischen Ute. »Das hier ist perfekt.«

Mit den Armen voller Tüten und einem Herz, das Beth' dankbares Lächeln gewärmt hatte, verließ Kree den kleinen Laden und trat hinaus ins helle Licht des Vormittags.

»Kree, mein Gott, wenn das kein schöner Zufall ist! Ich habe Sie seit der Rettungsaktion nicht mehr gesehen!«

Kree drehte sich um und sah Moira Jessop, die auf sie zusegelte. Nicht eines ihrer sorgfältig frisierten Haare tanzte aus der Reihe.

»Hallo, Moira!«

Kree hielt still, während Moira ihr fast ohne Berührung beide Wangen küsste.

»Wie geht es Ihrem Bruder?«

»Gut, danke. Er genießt den Lichterglanz von Sydney nach Kräften.«

»Nach dem, was er durchgemacht hat, kann man ihm das kaum verdenken. Wie ich sehe, waren Sie einkaufen«, bemerkte die ältere Dame und ließ ihren scharfen Blick über Krees Pakete gleiten.

»Ja, ich bin ganz begeistert, weil ich hier amerikanische Süßigkeiten entdeckt habe.«

Kree jonglierte mit ihren Tüten, bis sie eine geöffnet hatte, damit Mrs. Jessop hineinspähen konnte. Beim Anblick der Unmengen an Schokolade hob Moira eine ihrer perfekt gezogenen Augenbrauen.

Kree lachte. »Keine Sorge, die sind nicht für mich. Ich scheine dieser Tage außer Lamingtons nichts zu essen.«

Moiras Blick glitt an ihr hinunter, als wolle sie prüfen, wie ihr weißes T-Shirt und die Jeans saßen. Zum Glück trug sie nicht das zu enge T-Shirt von gestern.

»Na, wenn das kein Zufall ist! Lamingtons sind auch Ewans Lieblingssüßigkeit. Und da wir gerade von Ewan sprechen: Wie kommen Sie auf Marellen zurecht?«

Kree schichtete die schweren Tüten in ihren Armen um. Sie hätte ahnen müssen, dass die Königin der hiesigen Gesellschaft von ihrer vorübergehenden Unterbringung Wind bekommen hatte. »Gut, danke. Ich hoffe aber, dass ich nicht lange dort sein werde. Ich möchte Ewan und Tish nicht mehr als unbedingt nötig zur Last fallen. Sobald Ewan mit den Tylers gesprochen hat, organisiert er eine neue Pumpe.«

»Da dürften Sie noch eine Weile warten müssen, meine Liebe. Ich habe im Lebensmittelladen Maureens gute Freundin Mrs. Fisher getroffen. Don und Maureen sind auf irgendeiner Kreuzfahrt durch die Ägäis und derzeit nicht erreichbar.«

Kree unterdrückte ein Stöhnen. Je eher sie wieder nach Berridale zog, desto besser war es. Sie konnte nicht jeden Tag nach Glenalla fahren, um Ewan und den Gefühlen, die er in ihr wachrief, aus dem Weg zu gehen. »Ich hoffe trotzdem, dass Ewan es bald schaffen wird, mit ihnen Kontakt aufzunehmen.«

»Das wird er. Ewan tut immer, was er sagt. Er ist so ein angesehener Mann, genau wie sein Vater. Wenn er Schwierigkeiten hat, sagen Sie ihm, er soll mich anrufen, und ich sehe zu, was ich tun kann.« Mrs. Jessop trat einen Schritt auf Kree zu, die an dem starken Parfüm der älteren Frau um ein Haar erstickt wäre. »Wissen Sie was? Ewan ist die beste Partie der ganzen Gegend.«

»Ist er das?« Kree trat einen Schritt zurück, um Luft zu holen. »Ich dachte, er wäre überzeugter Junggeselle.«

Sie hatte Marellen verlassen, um einen Ewan-freien Tag zu verbringen, Mrs. Jessop aber schien sich gerade erst richtig für ihr neues Thema zu erwärmen. »Blödsinn. Das können Sie mir glauben: Ewan wird nicht immer Junggeselle bleiben. Er muss nur das richtige Mädchen finden. Und wer weiß? Vielleicht hat er es ja direkt vor seiner Nase!«

»Ja, wer weiß.« Kree bewegte die Tüten in ihren Armen. »Bitte seien Sie mir nicht böse, Mrs. Jessop, aber die werden ganz schön schwer. Ich stelle sie nur kurz in den Ute.«

»Aber natürlich, meine Liebe.«

Kree ging zu dem Geländewagen. Hinter ihr klackerten Mrs. Jessops Absätze über den Asphalt des Gehsteigs.

Kree öffnete die Tür des Ute und stellte ihre Pakete auf den Beifahrersitz. Dann sah sie sich um. Irgendetwas musste es ihr ermöglichen, das Gesprächsthema zu wechseln. Zu ihrer Linken befand sich ein kleiner Park mit einem alten Gebäude, das halb aus Stein und halb aus Holz gebaut war. Sie kniff die Augen zusammen und blinzelte ins blendende Licht, um das Schild zu lesen. Bedeuteten die Buchstaben wirklich, was sie zu lesen glaubte? »Mrs. Jessop, steht auf diesem Schild ›Cobb and Co. ›Kutscherhaus‹?«

»Ja. Hier machten die Postkutschen von Cobb and Co. Ende des neunzehnten Jahrhunderts halt.«

»Glenalla steckt voller Überraschungen. Ich hatte keine Ahnung, dass hier Postkutschen durchgekommen sind.«

Auf der Suche nach ihrer Sonnenbrille tastete Kree unter den Tüten auf dem Sitz herum. Sie setzte die Brille auf und inspizierte das alte Gebäude durch die polarisierten Gläser.

»Einen Pub gab es hier auch«, ergänzte Mrs. Jessop. »Aber der ist in den Vierzigerjahren abgebrannt. Das Kutscherhaus und die massiven steinernen Säulen daneben sind das Einzige, was davon geblieben ist.«

»Für ein historisches Gebäude ist es in einem sehr guten Zustand, aber es wirkt verlassen.«

»Vor der Trockenperiode hat ein Künstler aus Sydney das Haus gekauft. Es hat eine Weile gedauert, aber schließlich bekam er von der Gemeindeverwaltung doch noch die Erlaubnis, Umbauten vorzunehmen. Er hat ein Vermögen dafür ausgegeben, es zu restaurieren und zu renovieren. Er hatte vor, darin eine Kunstgalerie und ein Café zu eröffnen. Aber ich nehme an, ihm ist das Geld ausgegangen, denn in den letzten fünf Jahren ist hier nichts mehr passiert.«

»Aber es ist vollständig ausgestattet, auch mit einer Küche?«

»Ich denke schon. Ich habe mal meinen Kopf reingesteckt, während es restauriert wurde – man kann ja mit Leuten, die nicht von hier sind, nicht vorsichtig genug sein –, und ich erinnere mich, ein Spülbecken gesehen zu haben.«

Kree blickte die leere Straße hinunter. »Gibt es jemanden, der weiß, wie man mit dem Besitzer in Sydney Kontakt aufnehmen kann?«

»Steve im Gemischtwarenladen sollte das wissen. Er hat damals die Arbeiter beauftragt.«

Kree betrachtete das alte Kutscherhaus eingehend. Sie spürte eine freudige Erregung. Ihr war gerade eine Idee gekommen, wie sie Glenalla das lebendige Zentrum geben konnte, das der Ort verdiente. Was sie jetzt noch brauchte, war ein Plan, um Touristen in die Gegend zu locken, dann wäre ihre Schuld der warmherzigen Gemeinschaft gegenüber beglichen.

# 8

»Whiskey, halt dir die Ohren zu«, forderte Ewan den schwarz-braunen Kelpie auf, der auf dem Betonboden des Schuppens lag. Er hatte den ganzen Tag damit verbracht, die hydraulische Pumpe zu ersetzen, und dennoch war der Airseeder noch immer nicht einsatzbereit. Ihm lief die Zeit davon. Er musste den Raps aussäen und gleich danach den Weizen, ehe der Boden wieder völlig ausgetrocknet war. Mit einem Fluch, bei dem selbst Travis errötet wäre, machte er seinem Ärger Luft. Als er sich danach kein bisschen besser fühlte, rieb er sich mit der Hand über das Kinn. Was war mit ihm los? Für gewöhnlich explodierte er doch auch nicht so schnell.

Er warf einen Blick auf seine Uhr. Kree war erst zwei Stunden weg. Ihm kamen sie vor wie fünf.

»Na komm, Whisk. Wir fahren ein Stück.«

Er würde in die Stadt fahren und das Radlager besorgen, das nötig war, um die neueste Störung der Sämaschine zu beheben. Wenigstens würde er dieses Ersatzteil beim Mechaniker im Ort bekommen und musste nicht eigens nach Dubbo fahren, um es aufzutreiben. Er konnte natürlich auch Kree auf ihrem Handy anrufen. Wenn sie noch nicht wieder auf dem Rückweg war, konnte sie das Teil für ihn besorgen. Zumindest hätte er das tun können, wenn er ihre Telefonnummer gehabt hätte. Er runzelte die Stirn. Es war wohl einfach nicht sein Tag.

Mit Whiskey an der Seite verließ Ewan den Schuppen und machte sich auf die Suche nach Tish, die vermutlich im Garten war. Es war nicht schwer, sie oder die Jungen zu finden. Brayes schrille Rufe legten nahe, dass das, was sie gerade taten, mit Wasser zu tun hatte. Und richtig: Sobald er den hinteren Garten betrat, sah er Braye und Darby, die Badeshorts und Sonnenhemden trugen und durch den Rasensprenger rannten. Freckle jagte hinter ihnen her, blieb dann stehen und fing mit der Schnauze die Tropfen auf. Im Schatten saß die nasse Midget mit hängender Zunge, während Fudge in der Nähe graste und sich von dem wilden Treiben nicht stören ließ.

Als Tish seinen Namen rief, drehte er sich um, um in den Gemüsegarten zu gehen. Sie erhob sich aus dem Beet, in dem sie gerade noch gekniet hatte, und strich sich das blonde Haar aus den Augen. »Kein Glück mit dem Airseeder?«

Ewan seufzte. »Nein. Sieht man mir das so deutlich an?«

Sie lächelte. »Sagen wir so: Ich habe ein paar neue Wörter gelernt.«

Ewan warf einen Blick hinüber zu den Jungen. »Tut mir leid.«

Tish kicherte. »Kein Problem. Sie haben nichts gehört, und ich bin sicher, Braye kennt sie sowieso alle. Erinnerst du dich an diesen alten Lkw-Fahrer, der die letzten Rinder abgeholt hat? Braye erzählte mir damals, wie schwer es war, die auf den Lastwagen zu bekommen, und dem Leuchten seiner Augen nach hat er dabei ein paar Dinge gehört, die er nicht hätte hören sollen.«

»Da werden wir noch einiges zu tun bekommen, wenn er ein Teenager ist.«

Wieder lachte Tish. »Vermutlich, aber es könnte noch schlimmer sein – stell dir vor, Darby wäre genauso.«

Die eisigen Finger der Schuld pressten ihm den Brustkorb zusammen. »Da hast du recht, aber weißt du was? Wenn

Darby dafür mehr sprechen würde, würde ich mich mit einem Schimpfwort hin und wieder abfinden.«

Sacht berührte Tish seinen Arm. »Ewan, es ist nicht deine Schuld, dass Darby nicht viel spricht. Er ist einfach ein stilles Kind, und Braye spricht für ihn.«

Ewan wusste, dass Tish keine Antwort erwartete. Sie hatten dieses Gespräch schon unzählige Male geführt, aber das befreite ihn nicht im Mindesten von seinem Schuldgefühl. Ewan war fest überzeugt, dass das Trauma, das Darby als Zweijähriger erlitten hatte, ein Grund dafür war, dass seine sprachlichen Fähigkeiten so schwach ausgebildet waren. Sogar der dreijährige rothaarige Mikey im Pub plapperte in fünf Minuten mehr als Darby an einem ganzen Tag.

Braye hatte Ewan entdeckt. »Komm unter den Sprenger, Onkel Ewy! Es macht wirklich Spaß.«

Das eisige Gefühl in Ewans Brust wurde stärker. Wie üblich nickte Darby einfach nur und fügte dem, was Braye gesagt hatte, kein Wort hinzu.

»Ich muss jetzt in die Stadt fahren, aber wir können alle zusammen schwimmen gehen, wenn ich wiederkomme.«

Beide Jungen strahlten zustimmend und rannten wieder unter den Sprenger.

»Mit Darby wird schon alles in Ordnung kommen, warte nur ab«, sagte Tish und unterstrich ihre Worte durch ein sanftes Lächeln.

»Ich hoffe es.« Er hatte Mühe, seine knappe Antwort durch seine zugeschnürte Kehle zu pressen.

*

Auf der Fahrt nach Glenalla achtete Ewan auf die Fahrzeuge, die ihm entgegenkamen. Bei sämtlichen Autos, die an ihm vorbeifuhren, entsprachen jedoch entweder die Farbe oder das Modell nicht dem Geländewagen der Taylors. Als ein Lastzug mit Rindern vorbeischoss, richtete er seine ganze Aufmerksamkeit wieder auf die asphaltierte Straße und zwang seine Muskeln, sich zu entspannen. Er hatte keinen Grund, derart nervös zu sein. Kree mochte zwar kein australisches Landmädchen sein, aber sie war in der Lage, auf sich selbst aufzupassen. Vermutlich war sie schon auf Berridale und erledigte ihre Aufgaben, und er hatte sie nur aus diesem Grund nicht vorbeifahren sehen. Außerdem hatte sie ihr Handy bei sich und konnte um Hilfe rufen, wenn sie eine Reifenpanne hatte oder mit einem Känguru zusammengestoßen war. Als er in die Hauptstraße einbog und ein vertrautes weißes Fahrzeug vor Beth Porters Geschenkeladen stehen sah, verspürte er dennoch eine Woge der Erleichterung.

Kree stand auf der anderen Straßenseite. Ihr dunkles Haar fiel in einem Pferdeschwanz aus der Öffnung ihrer Kappe, und sie spähte durch das Fenster der alten Cobb-and-Co.-Postkutscherstation.

Ewan parkte seinen Ute. Er würde sich nicht länger als fünf Minuten aufhalten, nur rasch »Hallo« sagen und sich erkundigen, ob sie den Weg zurück nach Berridale finden würde. Statt den Motor auszuschalten, schwebte seine Hand zögernd über dem Zündschlüssel. Er sollte besser das Radlager besorgen und dann nach Hause fahren. Kree brauchte erstens niemanden, der auf sie aufpasste, und zweitens sollte er ihre Gesellschaft nicht auch noch suchen. Darbys Weigerung zu sprechen und die lebenslange Verantwortung, die er für die Jungen und Tish trug, erinnerten ihn beständig daran, dass er kein Happy End verdiente.

Plötzlich klopfte es am Fahrerfenster. Ewan fluchte leise. Er hatte seinen Aufbruch zu lange hinausgezögert.

Es war jedoch das neugierige Gesicht von Mrs. Jessop, das hinter der Scheibe zu sehen war. Er würgte den Motor ab und kurbelte die Scheibe herunter. »Hallo, Moira.«

Ihr starkes Parfum breitete sich in der Fahrerkabine aus, und er unterdrückte ein Husten.

»Schönen Nachmittag, Ewan. Wie schön, Sie mal wieder in der Stadt zu sehen!«

Hatte sie ihm zugezwinkert? Er widerstand dem Drang, nach dem Zündschlüssel zu greifen und die Flucht anzutreten. Tish brauchte ihn bei der Internet-Partnerschaftsvermittlung gar nicht mehr anzumelden – Mrs. Jessop war ihm bereits auf den Fersen. Ihre älteste und seit Kurzem alleinstehende Tochter war von der Universität zurückgekehrt.

»Cassandra hat gerade heute noch gesagt, dass sie Sie nicht mehr gesehen hat, seit sie bei der Suche nach dem amerikanischen Jungen mit Ihnen zusammengearbeitet hat.«

»Das könnte hinkommen, ich hatte viel zu tun.« Seine Worte klangen abweisender, als er es beabsichtigt hatte, also milderte er sie mit einem Lächeln ab. »Grüßen Sie sie von mir. Ihre Hilfe in der Kommandozentrale war unbezahlbar. Und ihre Lamingtons – die waren köstlich.«

»Es freut mich, dass sie Ihnen geschmeckt haben. Sie ist ja so eine gute Köchin! Wissen Sie was? Sie könnten ihr persönlich danken, sie ist drüben in der Bücherei und unterhält sich mit Anne.«

Demonstrativ sah Ewan auf seine Uhr. »Ich wünschte, das könnte ich tun, aber ich muss ein Ersatzteil abholen und meinen Airseeder ans Laufen bringen. Also richten Sie ihr meinen Dank doch bitte aus.«

Mrs. Jessop nickte, ignorierte aber seinen Wink mit dem Zaunpfahl und blieb neben dem Fenster stehen. »Wie gefällt es denn Kree bei Ihnen? Das arme Ding wirkte ziemlich mitgenommen, als ich ihr erklärt habe, dass sie gezwungen sein könnte, noch eine ganze Weile bei Ihnen zu bleiben. Das ist ja verständlich – nach dem Stress mit ihrem vermissten Bruder braucht sie natürlich den Frieden und die Stille von Berridale.«

Ewan unterdrückte den Anflug von Unbehagen darüber, dass Kree offenbar noch immer unglücklich war, weil sie auf Marellen übernachten musste. »Um ehrlich zu sein, ich habe sie nicht oft zu Gesicht bekommen.«

Erleichterung brachte Mrs. Jessops volle Wangen zum Strahlen. »Wie schade! Sie scheint so ein nettes Mädchen zu sein. Aber die Arbeit eines Farmers endet eben nie.« Sie trat vom Wagen zurück. »Cassandra ist noch eine Woche hier, und es wäre uns eine Freude, Sie als Gast zu begrüßen. Sie können ja nicht immer nur arbeiten. Und Cassandra kann wieder Lamingtons backen.«

»Vielen Dank, Moira. Ich werde ganz sicher daran denken, wenn die Aussaat beendet ist.«

Mrs. Jessops Lächeln wurde härter. Sie war selbst mit einem Farmer verheiratet und wusste, dass die Aussaat oft vom Wetter und von Maschinenschäden abhing und länger dauern konnte als geplant. Die Chancen standen gut, dass Cassandra wieder zurück an der Universität sein würde, wenn er mit der Arbeit fertig war. »Sie kommt bald wieder nach Hause. Wenn es jetzt also nicht klappt, können Sie uns das nächste Mal besuchen.«

Ewan zählte bis drei, während Mrs. Jessop abzog. Wenn er bis zehn kam, ohne dass sie zurückkehrte, war er in Sicherheit.

Er zuckte zusammen, als er neben seinem Auto Schritte auf dem Asphalt hörte. Dieses Mal war es Kree. Tief in Gedanken ging sie vorbei, ohne ihn zu bemerken. Vernünftigerweise wäre er jetzt losgefahren, um sein Ersatzteil abzuzuholen, aber der Drang, sie zu sehen, war stärker. Er öffnete die Fahrertür, rief ihren Namen und trat hinaus in die herbstliche Hitze.

Mitten auf der Straße blieb sie stehen und drehte sich um. Dann kam sie zu ihm zurück. »Ewan?«

»Hallo«, sagte er und fühlte sich merkwürdig sprachlos.

Ihre Sonnenbrille bedeckte ihre Augen, aber ihr Mund zeigte ein Lächeln. »Entschuldigen Sie, ich hätte Sie beim Frühstück fragen sollen, ob Sie etwas aus der Stadt brauchen. Das hätte Ihnen den Weg erspart.«

»Keine Sorge. Ich habe erst vor einer Stunde bemerkt, dass ich ein Ersatzteil für meinen Airseeder brauche.«

»Ich hätte es für Sie holen können.«

Er grinste. »Ich habe daran gedacht, aber ich habe Ihre Nummer nicht.«

»Ups.« Sie schob die Hand in die Jeanstasche, ihr weites weißes Hemd hob sich und gab die glatte Haut ihrer Taille und die Kurve ihrer Hüfte frei.

Sein Mund wurde trocken. Wie gestern, als er sie in engen Shorts und dem knappen pinken T-Shirt auf den Stufen von Berridale gesehen hatte, versagte sein Gehirn den Dienst.

»Okay, dann sagen Sie mir Ihre Nummer gerade. Ich rufe Sie an, dann ist meine Nummer auch in Ihrem Telefon gespeichert.«

Ewan sagte seine Handynummer automatisch auf. Gnade ihm Gott, sollte Mrs. Jessop das mitbekommen! An seiner ganzen Körperhaltung musste zu sehen sein, dass er die Frau, die auf Armeslänge von ihm entfernt stand, unwiderstehlich fand. Er trat einen Schritt zurück, aber Krees süßer Vanilleduft verfolgte ihn. Sein Handy klingelte, und er zerrte es aus seiner Hemdtasche. Zum Glück hatte Tish seinen Klingelton nicht wieder geändert. Mit einem Knopfdruck speicherte er Krees Nummer in seiner Kontaktliste.

»Gut, ich gehe dann besser in die Werkstatt und hole mein Radlager ab«, sagte er und wandte sich ab.

»Warten Sie! Könnten Sie bitte etwas für mich mitnehmen?«

So schnell, wie sie seinen Arm gepackt hatte, ließ sie ihn auch wieder los. »Ich habe amerikanische Süßigkeiten aufgestöbert, und Beth hält sie für mich kühl, weil ich Angst hatte, sie könnten in dem heißen Ute schmelzen.« Mit dem Kopf wies sie auf Beth' Laden. »Sie müssen auch ihr Baby kennenlernen, Grace. Sie ist zum Anbeißen.«

Ewan atmete scharf ein. Eine Berührung. Eine simple, bedeutungslose Berührung, und sein ganzer Körper war von Verlangen erfüllt.

Er ging über die Straße und durchsuchte währenddessen die Liste seiner Telefonkontakte nach der Nummer von Dons und Maureens Tochter. Vielleicht hatte Kathleen ihre Eltern nach seinem Anruf heute Morgen ja schon erreicht. Er musste eine Ersatzpumpe organisieren, und zwar schnell. Kree musste zurück nach Berridale, ehe er etwas tat, das sie beide bereuten.

# 9

Tish fegte die Bodenfliesen der Pergola mit einem Strohbesen, aber so viele der verwelkten Blätter vom Blauregen sie auch entfernte, der Wind blies immer wieder neue herüber. Es gab keinen Ort, der süßer duftete, wenn die tief hängenden violetten Blüten sich von dem Spalier rankten, aber wenn im Herbst die Blätter fielen, gab es auch kaum ein größeres Durcheinander.

Sie hörte auf zu fegen, um ihren Armen eine Pause zu gönnen, und sah zum Pool, wo Ewan und die Jungen ein nachmittägliches Bad genossen. Ewan und Fergus waren beide begeisterte Schwimmer gewesen, und als sie nach Marellen gezogen waren, hatten ihre Eltern den Pool mit vier Bahnen ausheben lassen und ein Sprungbrett installiert. Jetzt, wo die Tage des Schwimmtrainings vorbei waren, fanden hier die Poolpartys der Jungen statt, und das Becken bot willkommene Abkühlung in sommerlicher Hitze. Häufig balancierten zierliche blau-schwarze Zaunkönige auf dem Reinigungsschlauch des Pools und schlugen mit ihren Flügeln aufs Wasser. Im Laufe der Jahre hatten auch ein paar wilde Enten und sogar eine Braunschlange hier schon einmal ein Bad genommen.

»Mum, guck mal!«, rief Braye, bevor er vom Sprungbrett mit einem Salto ins Wasser sprang. Tishs Hand fuhr an ihre Kehle. Von dort, wo sie stand, hatte es ausgesehen, als wäre Brayes Kopf nur knapp an dem nachfedernden Brett vorbeigesaust. Glücklicherweise wusste sie, dass es anders ausgesehen hätte, wenn sie direkt daneben gestanden hätte.

»Toll gemacht, Liebling«, sagte sie und ließ ihre Hand wieder sinken. »Du hältst deine Knie immer besser an die Brust, wie Onkel Ewy es dir gezeigt hat.«

Vorsichtig betrat Darby das Sprungbrett und ließ sich Zeit, um sich am Ende des Brettes zu sammeln. Mit den Armen an der Seite trat er aufs Wasser vor und vollführte einen perfekten Kerzensprung.

Tish lächelte. Die beiden völlig verschiedenen Sprünge brachten das Wesen ihrer völlig unterschiedlichen Söhne auf den Punkt, und sie hätte sie sich nicht anders gewünscht. Sie wusste, dass Ewan sich für Darbys schlechte sprachliche Entwicklung verantwortlich fühlte; er zog den Jungen immerhin seit dessen zweiten Lebensjahr mit auf. Aber nichts, was Ewan seitdem getan oder nicht getan hatte, hatte Darbys Sprachvermögen beeinflusst. Schon als Baby war Darby zurückhaltend und still gewesen, ganz anders als sein Bruder, das risikofreudige Plappermaul Braye. Er hatte auch viel stärker zu Krankheiten geneigt und sich eine Erkältung nach der anderen eingefangen, während Braye kaum einmal geniest hatte.

Darby tauchte an der Oberfläche des Pools auf, und Tish lehnte den Besen gegen ihre Brust, damit sie in die Hände klatschen konnte. »Was für ein fantastischer Kerzensprung, Liebling! So gerade und sauber, du hast kaum gespritzt.«

Darby strahlte sie an, bevor er aus dem Pool kletterte und den breiten Rand aus Sandstein entlanglief, um noch einmal zu springen. Am Zaun um den Pool standen Midget und Freckle und bellten ihn im Vorbeilaufen an. Sie waren vom Poolgelände verbannt worden, nachdem sie mit Brayes Handtuch Tauziehen gespielt hatten. Fudge war in den Garten hinübergewandert. Seit die kleine Ziege hergekommen war, hatte Tish gelernt, das Tor ihres Gemüsegartens geschlossen zu halten.

Ein frischer Stoß gelber Blätter segelte zu Boden, aber Tish fing nicht wieder an zu fegen. Mit gerunzelter Stirn sah sie zu, wie Ewan eine weitere Bahn schwamm. Sie hatte geglaubt, die Tage, in denen er wie ein Besessener trainiert hatte, lägen hinter ihm. Kurz nachdem sie Fergus verloren hatten, war Ewan stundenlang geschwommen. Er war abgemagert und erschöpft gewesen, aber es hatte eisigste Winterkälte gebraucht, damit er sein hartes Training unterbrach.

Sie wusste, wie sehr ihn die finanziellen Probleme belasteten, und kannte den Druck, unter den er sich selbst setzte, um den Jungen ein guter Vater zu sein, aber es war Jahre her, seit sie ihn zuletzt mit solchem Zwang und so konzentriert hatte schwimmen sehen. War in der Stadt etwas geschehen? Er hatte erzählt, dass er das Ersatzteil für den Airseeder problemlos bekommen hätte. Außerdem hatte er Kree getroffen, die ihm ihre Tüten mit amerikanischen Süßigkeiten mitgegeben hatte.

Tish begann wieder zu fegen. In ihrem Leben gab es nur eine einzige Veränderung: Kree, die seit ein paar Tage bei ihnen wohnte. Tish warf Ewan, der immer noch schwamm, einen Blick zu. Hatte Ewan sich endlich verliebt? Das hatte sie bisher kaum zu hoffen gewagt. Er verdiente eine eigene Familie und jemanden, der ihn liebte. Tish fegte heftiger, während ihr Magen zu flattern begann. Wenn Ewan Gefühle für Kree entwickelt hatte, musste sie mit Travis reden. Sie würden ein Gespräch führen müssen, das über das übliche »Hallo« und »Wie geht's den Jungs?« hinausging. Der stolze, sture und noch immer verletzte Ewan würde Unterstützung brauchen, andernfalls konnte es gut sein, dass er Kree gehen ließ.

Plötzlich stürmten Midget und Freckle, die eben noch am Zaun des Pools gestanden hatten, los und jagten zur Vorderseite des Hauses. Kree musste nach Hause gekommen sein, auch wenn Tish kein Auto gehört hatte. Tatsächlich. Tish bearbeitete gerade die letzten Blätter, als Kree zu ihr unter die Pergola kam.

»Das nenne ich gute Arbeit«, sagte Kree und begutachtete die sauberen, ordentlich gefegten Fliesen.

Tish blies sich eine Haarsträhne aus den Augen. »Allerdings. Aber wissen Sie was: Wenn ich morgen früh aus dem Haus komme, hat es mit Sicherheit wieder Blätter geschneit.«

»Morgen bin ich an der Reihe.«

»Danke, aber Sie sind unser Gast, und ich bin sicher, dass Sie in diesem Jahr schon genug Laub und Schnee weggefegt haben. Ich werde nie vergessen, wie wir zum Skilaufen in Aspen waren und unser Mietauto ausgraben mussten. So klug und belesen mein Vater auch ist – er hatte nicht die geringste Ahnung, welche Seite der Schaufel er benutzen musste.«

»Sie machen Witze!«

»Wenn Sie meine durch und durch städtischen Eltern, die in ihrem Leben noch nie ein Gartengerät in den Händen hatten, kennen würden, wüssten Sie, dass ich keine mache.«

Kree grinste, aber als sie hinüber zum Pool blickte, erstarb ihr Lächeln. Ewan war aus dem Wasser gestiegen und trocknete sein Haar mit einem Handtuch ab, ohne zu merken, dass er Zuschauer hatte. Seine rot-schwarzen Schwimmshorts saßen tief auf seinen schlanken Hüften. Er war zwar ihr Schwager, aber sogar Tish bewunderte das Spiel der festen Muskeln unter seiner goldgebräunten Haut.

Tish warf Kree einen raschen Blick zu. Sie stand völlig reglos da und starrte Ewan an. Das einzige Lebenszeichen war der Schlag ihres Pulses unten an ihrer Kehle.

Ewan hatte Krees Anwesenheit noch immer nicht bemerkt und schlang sich das Handtuch um die Hüften. Als er die losen Enden einsteckte, drehte er jedoch den Kopf, und sein Blick fiel geradewegs auf Kree.

Tish vergaß zu atmen. Überraschung, Verlangen und Schmerz – all das zeichnete sich in rascher Folge auf seinem Gesicht ab. Sie lebte schon so lange mit Ewan zusammen, dass sie jeden kleinsten Ausdruck in seinen Zügen lesen konnte. Kree mochte lediglich sein gleichmütiges Winken und sein verhaltenes Lächeln zu Gesicht bekommen, sie aber konnte Ewan nicht täuschen. Jedes Mal, wenn Tish eine Sternschnuppe gesehen hatte, hatte sie sich gewünscht, dass Ewan sein Glück doch noch finden würde. Nun war ihr Wunsch in Erfüllung gegangen. Er war verliebt. Total verliebt.

Sie musste Travis anrufen.

*

Kree schob ihren Stuhl vom Küchentisch zurück. »Vielen Dank für das wunderbare Essen, Tish.«

Die Jungen schliefen, Fudge und Freckle lagen auf ihren Lagern auf der hinteren Veranda, und Kree hatte gerade ihren ersten australischen Lammbraten genossen.

»Keine Ursache«, erwiderte Tish und trug die benutzten Teller zum Spülbecken. »Es tut mir leid, dass der Kürbis verbrannt war. Ich war mir so sicher, dass genug Wasser im Kochtopf wäre, dass ich nach draußen in den Kräutergarten laufen und Minze für die Sauce pflücken könnte.«

»Das bisschen, was ich gekostet habe, war völlig in Ordnung. Ich muss mich entschuldigen, dass ich nicht so viel davon gegessen habe, aber zu Hause essen wir Kürbis nur in süßen Pasteten, nicht als Gemüse.«

Kree wagte nicht, Ewan in die Augen zu sehen. Er saß ihr gegenüber am Tisch, und seine langen Finger spielten mit dem kleinen Anhänger am Stiel seines Weinglases. Sie hatte keine Ahnung, ob die winzige Menge Kürbis, die sie gegessen hatte, verbrannt gewesen war oder nicht, aber sie hatte gesehen, wie er zusammengezuckt war, als er einen Bissen genommen hatte.

»Wissen Sie was?«, fuhr sie fort. »Ich schulde Ihnen immer noch ein Abendessen, wenn ich wieder in Berridale bin. Wie wäre es also mit einer Kürbispastete zu meinem Pot Roast?«

»Das hört sich gut an«, sagte Tish, die an der Anrichte Vanilleeis auf drei Schüsseln verteilte.

Kree nickte. Sie konnte nicht schnell genug ins Farmhaus der Tylers zurückkehren. Nachdem sie Ewan am Nachmittag halbnackt am Pool gesehen hatte, konnte sie ihn nicht mehr anschauen, ohne dass ihre Hormone verrücktspielten. Sie riskierte einen flüchtigen Blick in seine Richtung. »Und wo wir gerade von Berridale sprechen: Hatten Sie Glück? Haben Sie Don erreicht?«

Ewan schüttelte den Kopf. Sein Blick war nicht zu deuten. »Kathleen, seine Tochter, wird es heute Abend noch mal versuchen.«

»Mrs. Jessop hat ebenfalls angeboten zu helfen.«

Tish kicherte, während sie die Schüsseln mit dem Nachtisch auf den Tisch stellte. »War das bevor oder nachdem sie Sie auf Leib und Nieren befragt hat? Mrs. Jessop meint es nicht böse, sie hat lediglich zwei unverheiratete Töchter, und sie betrachtet Sie als eine Bedrohung.«

Überrascht hob Kree die Brauen. »Ich wüsste nicht, warum. Australier oder nicht – der Mann, der sich auf mich einlässt, bräuchte Mut, denn er bekäme ein Doppelpack: eine kontrollsüchtige Ehefrau und dazu einen impulsiven Schwager.«

Ewans Lippen zuckten. »Kontrollsüchtig?«

»Ich weiß, dass man das nicht meint«, sagte sie und lächelte ebenfalls. »Sogar ich muss zugeben, dass ich in Freckle und Fudge meine Meister gefunden habe. Die zwei lassen sich nicht kontrollieren.« Sie aß einen Löffel kühler Eiscreme, ehe sie weitersprach. »Allerdings war der Teil von mir, der gern alles unter Kontrolle hat, heute schon sehr fleißig: Ich habe einen Weg gesucht, um mich bei der Gemeinde von Glenalla für das, was sie für mich getan hat, zu revanchieren, und heute Morgen hatte ich eine Idee.«

»Sie brauchen überhaupt nichts zu tun«, sagte Ewan ernst. »Sie opfern sechs Wochen Ihres Lebens, um Seths Verpflichtungen den Tylers gegenüber einzuhalten. Ich denke, das ist in jedermanns Augen Rückzahlung genug.«

»Danke, aber Seth wäre ohne Sie alle nicht mehr am Leben.« Sie strich sich eine einzelne Haarsträhne hinters Ohr, die sich aus ihrem Pferdeschwanz gelöst hatte. »Nachdem ich mit der äußerst reizenden Beth gesprochen habe, war mir klar, dass Glenalla einen Ort braucht, an dem sich Einwohner und Besucher treffen können. Einen Ort, wo man Kaffee trinken und plaudern kann, wo Informationen über den Ort erhältlich sind, wo es Arbeitsplätze gibt und wo einheimische Produkte verkauft werden.«

Tishs Hand mit dem Löffel hielt auf halbem Weg zum Mund inne. »Mir gefällt Ihre Idee jetzt schon.«

»Danke ... Und wie es sich trifft, gibt es bereits einen perfekten Ort in der Stadt, wo sich all dies verwirklichen ließe, nämlich ...«

»... das alte Kutscherhaus von Cobb and Co.«, beendete Ewan ihren Satz. »Es gibt nur ein Problem: Es gehört einem Künstler aus Sydney, und die Stadt kann es sich nicht leisten, es zu kaufen.«

»Das wird auch nicht nötig sein. Ich kenne einen amerikanischen Investor, dem der alte amerikanische Westen am Herzen liegt und der daran interessiert wäre, eine alte Postkutschenstation zu kaufen.«

»In Australien?«, fragte Ewan und runzelte die Stirn.

»Warum nicht? Dieser Mann kauft alle möglichen Andenken an das Leben im Grenzland, und um ein solches Andenken geht es ja auch in diesem Fall, nur eben aus einem anderen Grenzland. Außerdem waren die ersten Fahrer von Cobb and Co. tatsächlich Amerikaner, und dasselbe gilt für die Gründer des Unternehmens.«

Ewan lehnte sich in seinem Stuhl zurück und verschränkte die Hände hinter dem Kopf. »Es gefällt mir, wie Sie denken, Kree, aber wir sprechen hier nicht von ein paar Hundert Dollar für Andenken. Zusätzlich zum Kaufpreis für das Kutscherhaus werden jährlich Kosten für Versicherungen und den allgemeinen Unterhalt anfallen. Dann nehme ich an, dass dem Eigentümer eine Miete zu zahlen ist, und außerdem sind die Kosten für Elektrizität und Wasser aufzubringen. Die Stadt hat nicht die nötigen Rücklagen, um solche Dinge zu bezahlen, schon gar nicht nach Jahren der Trockenheit.«

Kree versuchte, die klar definierten Muskeln seines Oberkörpers zu ignorieren, die sich unter seinem dünnen grauen T-Shirt abzeichneten, und konzentrierte sich darauf, ihren Plan zu präsentieren. »Es wird sicher eine Möglichkeit geben, all das zu finanzieren. Beth hatte die Idee, im Park vor dem Kutscherhaus Märkte abzuhalten. Sie hat außerdem vorgeschlagen, das Kutscherhaus für private Partys und Wohltätigkeitsveranstaltungen zu vermieten. Sie kennt ein Mädchen, das zwei Stunden von hier einen mobilen Partyservice eröffnet hat. Mein Plan war nicht, ein richtiges, arbeitsintensives Café zu betreiben, sondern einfach eine Kaffee-Ecke mit einer richtigen Kaffeemaschine, jeder Menge Sitzgelegenheiten und einer Auswahl an Kuchen und Keksen. Dann müsste ein Bereich für die Touristeninformation eingerichtet werden und ein weiterer für den Verkauf.«

Tish schien gar nicht zuzuhören. Sie hatte ihre Eiscreme vergessen, und ihre schwermütigen Augen ruhten auf einer Kiste, die sie vorhin gepackt hatte und die Flaschen mit etwas enthielt, das wie Salatsauce aussah. »Das ist doch machbar, oder nicht, Ewan?«, fragte sie mit verträumter Stimme. »Krees Plan könnte doch funktionieren?«

Ewan zog die Hände hinter seinem Kopf hervor und beugte sich in seinem Stuhl vor. Langsam nickte er.

# 10

»Das war's, Whisk, wir haben es geschafft. Morgen können wir anfangen, den Raps auszusäen.«

Ewan wischte seine öligen Hände an einem Lumpen ab, der einst ein marineblaues Trikothemd gewesen war. Dann legte er den Lappen voller Ölflecken zurück auf die Werkbank hinter sich. Es hatte lange gedauert, aber jetzt war der Airseeder wieder funktionstüchtig.

Vor der Werkstatt des Maschinenschuppens lag Marellen in der Dunkelheit. Als er Tish verlassen hatte, hatte sie sich über Chutney-Rezepte gebeugt und sich mit flinken Fingern Notizen in das mit Hühnern dekorierte Notizbuch gemacht, das die Jungen ihr zum Muttertag geschenkt hatten. Kree hatte nach dem Abendessen beim Aufräumen geholfen und sich dann zurückgezogen, um einige Telefonanrufe zu erledigen. Nach dem entschlossenen Ausdruck in ihrem Gesicht zu urteilen, waren die Leute, die sie anrufen wollte, besser auf der Hut.

Ewan nahm den Schraubenschlüssel von der Werkbank und machte sich daran, sein Werkzeug einzupacken. Kree war eine Frau mit einer Mission. Wäre er eine Spielernatur, hätte er eine beträchtliche Summe darauf gesetzt, dass ihr Plan für das Kutscherhaus Früchte tragen würde. Und er brauchte nur die Erregung in Tishs Gesicht zu sehen, um zu wissen, dass Krees Idee weit mehr Menschen als seine Schwägerin inspirieren und ihnen neue Energie verleihen würde. Hätte er das Geld gehabt, hätte er das Kutscherhaus selbst gekauft. Nachdem die letzten Jahre so hart gewesen waren, brauchte die Gemeinde von Glenalla ohne Zweifel etwas, auf das sie sich freuen konnte.

»Wir gewöhnen uns besser an verbrannten Kürbis«, sagte er.

Mit seelenvollen Augen blickte der Kelpie zu ihm auf.

Tish würde sofort damit beginnen, Obst, Gemüse und Kräuter in unbegrenzter Menge anzubauen, wenn sie sowohl einen Markt als auch einen Laden zur Verfügung hatte, um ihre Produkte zu verkaufen. Sie hatten darüber nie gesprochen, aber er wusste, wie gern sie etwas zur Finanzierung von Marellen beitragen wollte. Es spielte keine Rolle, wie oft er ihr erklärte, dass er sich um diese Dinge kümmern würde, in ihren grünen Augen funkelte Entschlossenheit. Jetzt, wo die Bank eingewilligt hatte, die halbe Rinderherde zu finanzieren, konnte er sein Ziel, die Zukunft für sie und die Jungen zu sichern und ihren Sorgen ein Ende zu machen, endlich in Angriff nehmen. Es blieb genug Zeit, um den Raps und danach den Weizen auszusäen, bevor er nach Queensland zum Markt für Ultra-Black-Rinder fahren würde.

Er schloss den metallenen Werkzeugkasten. Noch immer wusste er nicht, wie er die restlichen Mittel auftreiben sollte, um sich eine ganze Zuchtherde Ultra-Black-Rinder kaufen zu können. Fred Webb von der Werkstatt hatte wieder einmal gefragt, ob er seinen Ute verkaufen würde. Ewan seufzte. Nächste Woche um diese Zeit wäre er möglicherweise dazu bereit.

Whiskeys Schwanz klopfte auf den Betonboden, als draußen auf dem Kies Schritte knirschten. Im nächsten Augenblick trat Kree in den Schuppen. Die Sekunden, die sie brauchte, um ihre Augen an das grelle Deckenlicht zu gewöhnen, verschafften ihm Zeit, um sich zu sammeln. Zeit, die er heute

Nachmittag nicht gehabt hatte, als er aufgeblickt und sie unter der Pergola entdeckt hatte, von wo sie zu ihm hinübergeschaut hatte. Er konnte nur hoffen, dass sie zu weit weg gewesen war, um den Ausdruck in seinem Gesicht zu lesen. Nach der Reaktion, die sein Körper in der Stadt auf sie gezeigt hatte, wollte er nicht, dass Kree merkte, dass er gefühlsmäßig ebenso heftig auf sie reagierte. Er wollte auch nicht, dass Tish erriet, wie stark die Wirkung war, die ihr Gast auf ihn ausübte. Sie würde sich nur Sorgen machen, dass er ein gebrochenes Herz davontrug.

»Hey«, sagte er.

»Hey«, erwiderte Kree, und ihre neugierigen Blicke schweiften durch den Schuppen und nahmen alles in sich auf. »Tish hat vorgeschlagen, ich solle mir mal eine australische Männerhöhle anschauen. So sieht sie also aus?«

Er lachte. »Wie das Paradies.«

Kree lächelte, schüttelte den Kopf und beugte sich hinunter, um Whiskey zu streicheln, der sich an ihre Beine schmiegte. »Ihr Jungs und euer Spielzeug.«

»Seth wüsste es zu schätzen.«

»Ohne jeden Zweifel. Er versucht immer noch, mich zu überreden, dass ich ihm erlaube, sich einen Ute zu kaufen.«

Sie gab Whiskey einen letzten Klaps, richtete sich auf und ging hinüber zu dem Airseeder. »Das ist also das Ding, das den ganzen Ärger verursacht hat?«

»Ja, und ich bin sehr froh, dass es jetzt endlich wieder funktioniert.«

Sie berührte einen Schlauch, der die Samen in die Gräben transportierte, die von den Metallzinken ausgehoben wurden. »Das sieht nach einer komplizierten Angelegenheit aus.«

»Ja, das tut es wohl, aber seit das Geld durch die Trockenheit so knapp war, gibt es kaum noch etwas, das ich nicht reparieren kann.«

Sie sandte ihm ein reizendes, aber freches Lächeln. »Außer Druckpumpen.«

Er lachte. »Das stimmt. Aber zu meiner Verteidigung muss ich anführen, dass die Druckpumpe der Tylers ein Dinosaurier ist. Travis hat sie sich für den Fall angesehen, dass mir etwas entgangen ist, aber er war ebenfalls der Meinung, dass diese Pumpe das Zeitliche gesegnet hat.«

»Er ist ein feiner Kerl.«

»Der feinste.« Ewan packte die letzten Werkzeuge weg, hängte die Schraubenschlüssel wieder an das Holzbrett, das an der Seitenwand angebracht war. Die Jungen hatten ihm geholfen, indem sie die Umrisse der einzelnen Schlüssel nachgezeichnet hatten, und selbst jetzt entlockten ihm die krakeligen schwarzen Silhouetten noch ein Lächeln. Er und die Jungen liebten die Männerhöhle.

»Sind Sie und Travis zusammen aufgewachsen?«, fragte Kree, blieb vor dem Brett stehen und betrachtete die zahllosen Reihen von Schraubenschlüsseln.

»Als kleine Jungen haben wir miteinander gespielt, aber dann bin ich auf ein Internat nach Sydney gegangen. Später haben wir zusammen an der Universität von Sydney Agrarwissenschaften studiert.« Ewan machte eine Pause und sah zu, wie Kree der Umrisslinie eines fehlenden Schlüssels mit ihrem Zeigefinger nachfuhr. »Danach ist er für ein paar Jahre von hier weggegangen, um richtig Geld zu verdienen. Er ist erst vor zwei Monaten zurückgekommen. Er hat nämlich die Farm gekauft, auf der ich geboren wurde.«

Aus der breiten Tür des Schuppens blickte sie zu dem alten Wohngebäude, das sich in der Dunkelheit abzeichnete. »Sie haben also gar nicht immer hier gelebt?«

»Nein, und um ehrlich zu sein, manchmal wünschte ich mir, ich täte es jetzt auch nicht.« Er versuchte, die Niedergeschlagenheit in seiner Stimme zu unterdrücken, doch es gelang ihm nicht.

Kree sah ihn mit großen Augen an. »Warum, wenn ich fragen darf? Das Wohnhaus ist wundervoll, und Tish hat einen schönen Garten angelegt.«

»Marellen mag beeindruckend aussehen, aber manchmal habe ich das Gefühl, das Haus will uns hier nicht haben. Mein Vater war ein guter Farmer. Er hat unermüdlich gearbeitet und eine Menge Geld verdient. Als dieses Anwesen zum ersten Mal in der Geschichte des Distrikts zum Verkauf stand, hat er es erworben und ist mit uns hier hergezogen. Danach hat er praktisch kein Geld mehr verdient. Sogar in guten Zeiten wuchs das Getreide nicht wie erwartet oder ein später Kälteeinbruch machte alles zunichte. Wir kamen einfach auf keinen grünen Zweig. Gebaut wurde das Haus einst als Heim für eine Familie, aber das Paar hatte nur ein Kind, und die Mutter starb bei der Geburt. Das Kind ist entweder auch gestorben oder weggezogen, in jedem Fall wurde aus dem Vater ein einsamer, alter Eremit.«

Ewan öffnete die stählerne Werkzeugkiste und wühlte in den Werkzeugen. Ein kleiner Schraubenschlüssel fehlte. Braye hatte ihn zuletzt gehabt, als er ihm gestern geholfen hatte.

»Die Familie, für die das Haus gebaut wurde, hat Marellen vielleicht nicht mit Leben erfüllt, aber Ihre Familie tut es. Und ich bin sicher, die ursprüngliche Familie würde Sie hier haben wollen. Ihr Pech wird sich in Glück verwandeln.«

»Vielleicht«, sagte er und zwang sich zu einem leichteren Ton. Er wollte nicht weiter ausführen, warum er sicher war, dass es so nicht kommen würde. Der höchste Preis, den die Mackenzies für das Leben auf Marellen bezahlt hatten, war, dass er von den vier Familienmitgliedern als Einziger noch am Leben war.

»Wie kommt es eigentlich, dass Travis im Unterschied zu Ihnen keine Zielscheibe für Amors Pfeile auf dem Rücken hat?«, neckte sie ihn und hellte damit die Stimmung wieder auf.

Ewan fand den fehlenden Schlüssel und hängte ihn an den freien Platz am Brett. »Zielscheibe für Amors Pfeile?«

»Ja, wenn Travis wie Sie Junggeselle ist, warum richtet Mrs. Jessop dann ihr Auge nicht auf ihn als künftigen Schwiegersohn?«

Ewan antwortete nicht sofort. Er blickte über den Garten hinweg in das sanfte Licht, das aus der Küche schien. »Nun ja ...« Mit der Hand massiert er seinen Nacken. »Jeder hier hat schon immer gewusst, dass Travis ein Mann ist, der nur eine Frau liebt, und das wird immer so sein, auch wenn er die Frau, die er liebt, niemals haben kann.«

Auch Kree sah jetzt hinüber zu dem hellen Küchenfenster. »Tish?«

»Ja.«

»Weiß sie es?«

»Nein. Sie haben doch gesehen, wie zurückhaltend Travis ist. Er hat nicht mehr als ein paar Worte mit ihr gesprochen, seit er zurückgekommen ist. Offen eingestanden hat er es nicht einmal mir gegenüber, aber er liebt sie schon seit sehr langer Zeit.«

»Tish hat natürlich Ihren Bruder geliebt, aber so weich, wie ihr Blick wird, wenn Sie Travis' Namen erwähnen, könnte es doch sein, dass sie jetzt Gefühle für Travis hegt.«

»Ich habe keinen Zweifel daran, dass sie das tut, doch an der Stelle werden die Dinge kompliziert. Travis ist nämlich von hier weggegangen, weil er der Ansicht war, er wäre nicht gut genug für sie. Seine Familie ist nicht sehr wohlhabend, und er glaubte, er hätte ihr nichts zu bieten. In der Zeit, in der er fort war, hat er sich keinen einzigen Tag Pause gegönnt, und nun ist er mit einem Vermögen zurückgekehrt.«

»Lassen Sie es sich von mir sagen: Travis' Ehrlichkeit und Rechtschaffenheit sind mehr wert als jedes Geld auf der Bank.« Sie öffnete die Tür des Traktors und setzte sich auf den Fahrersitz. »Und jetzt, wo er die Farm gekauft hat, hat er noch immer dieselben Gefühle?«

Ewan stieg zwei der vier Stufen des Traktors hinauf und fing die zurückschwingende Tür ab. Er blickte in die Kabine, auf Augenhöhe mit Kree. Sie war ihm so nah, dass er sehen konnte, wie dicht ihre Wimpern waren. »Nein. Jetzt ist es einfach so, dass er Tish nicht zu etwas drängen will, wozu sie nicht bereit ist. Deshalb habe ich Sie gefragt, ob Tish zu Ihnen zum Dinner mitkommen könnte. Ohne die Jungen und nur in dem kleinen Kreis von uns vieren könnten die beiden einander ganz neu kennenlernen.«

Kree umfasste das Lenkrad. »Machen Sie sich keine Sorgen. Ich werde dafür sorgen, dass dieses Dinner sehr bald stattfinden wird.«

Sie hüpfte auf dem Sitz auf und ab, und ihr Pferdeschwanz schwang um ihre Schultern. Er atmete den frischen Duft von Vanille ein.

»Wissen Sie was? Das macht irgendwie Spaß.«

»Sie sind genauso schlimm wie die Jungs! Die hüpfen auf dem Sitz auf und ab und machen dabei noch Brumm-Brumm-Geräusche.«

»Das Hüpfen schaffe ich auch, aber die Brumm-Brumm-Geräusche überlasse ich lieber den Experten.« Sie drehte den Kopf zu einem kleinen Bildschirm zu ihrer Rechten. »Wozu ist das hier?«

»Das ist ein Navigationssystem, das dafür sorgt, dass der Traktor gerade Linien fährt. Es steuert den Traktor so, dass ich dabei Zeitung lesen kann.«

»Aber sicher doch.«

»Ich versuche nicht, Ihnen einen Bären aufzubinden, es stimmt wirklich. Ich säe morgen Raps aus, und Sie sind herzlich eingeladen, mitzukommen und es sich anzusehen.«

Sie runzelte die Stirn und sah sich in der Kabine um. »Viel Platz ist hier drinnen nicht. Ich möchte Ihnen nicht im Weg sein.«

Er wies mit dem Kopf auf den kleineren Sitz zu ihrer Linken. »Die Jungen sitzen immer dort und sind da nicht im Weg. Tish packt ihnen ein Picknick ein.«

Wieder sah Kree durch die Windschutzscheibe nach draußen. »Also wenn eine kurze Fahrt im Angebot wäre, würde ich sehr gern mitfahren. Im Krankenhaus hat sich Seth wie ein Besessener im Internet Videoclips über Farmgeräte angeschaut. Ich würde meine Kamera mitbringen und ein eigenes Video für ihn aufnehmen.«

»Seth ist ein Mann nach meinem Geschmack.«

Ihre Lippen kräuselten sich zu einem Lächeln, und er konnte nicht anders, als es zu erwidern. Mit Kree zusammen zu sein führte stets dazu, dass das Eis in seinem Innern taute.

»Ich muss morgen früh aufstehen«, sagte er. »Also gehe ich jetzt besser ins Bett. Sie dürfen natürlich gern noch bleiben und Brumm-Brumm-Geräusche machen, wenn ich weg bin.«

»Kommt nicht infrage. Damit fange ich besser gar nicht erst an.« Sie folgte ihm die Trittstufen des Traktors hinunter und wartete vor dem Schuppen, während er die Lichter löschte und die große Tür zuzog. Mit Whiskey auf den Fersen gingen sie durch den in nächtliche Finsternis gehüllten Garten. Plötzlich begann der Kelpie zu bellen und rannte hinüber zum Zaun. Wie aus dem Nirgendwo trommelten Hufe über den Boden.

Kree sperrte den Mund auf und schwang herum.

»Keine Sorge«, sagte Ewan ruhig. »Das sind Rocket und Banjo.« Er schob seine Hände in die Hosentaschen, um sich daran zu hindern, sie an sich zu ziehen und zu beruhigen.

Die beiden australischen Stock Horses kamen kurz vor dem Zaun zum Stillstand und schnaubten. Banjos weiße Blesse leuchtete in der Dunkelheit, als er seinen Kopf aufwarf, während Rockets weißes Fesselhaar über den Boden schleifte.

Whiskey bellte noch einmal.

»Whisk, jetzt ist Schluss!«, sagte Ewan. »Du solltest schlau genug sein, dich nicht mit den beiden anzulegen. Die verspeisen dich zum Frühstück.«

»Sie haben Pferde?«, fragte Kree und wartete nicht auf seine Antwort, sondern trat vor. Freude schwang in ihrer Stimme mit. »Ich wusste, dass Sie die beiden Ponys für die Jungen haben, weil Freckle und Fudge sich gestern an ihrem Abendessen bedient haben, aber ich wusste nicht, dass es diese zwei hier gibt.«

»Es gibt sie zweifellos, auch wenn sie eher als Dekoration für die Koppel dienen, nicht als Arbeitspferde, denn geritten werden sie nicht viel. Sie stehen normalerweise beim Wasserlauf und kommen selten so nah ans Haus.«

Sie näherte sich dem Zaun, wo Whiskey inzwischen still sitzen geblieben war, und streckte eine Hand nach Banjo aus. Der Braune senkte den Kopf über den obersten Draht und schnüffelte an ihrer ausgestreckten Hand. »Hallo, mein Schöner«, flüsterte sie, hob die andere Hand und streichelte ihm die Nase.

Ewan schloss sich ihr an und streichelte Rockets Nase, um

den Wallach abzulenken, der versuchte, Banjo beiseitezudrängen und zu Kree zu gelangen.

»Mögen Sie Pferde?«, fragte Ewan.

»Ja, schon immer. Ehe wir in die Berge zogen, hatten wir eine kleine Ranch. Ich habe meine ganze Kindheit mit Reiten verbracht.«

»Die zwei führen ein seliges Faulenzerleben, wenn Sie also gern reiten wollen, sind Sie herzlich eingeladen. Die Jungen können Ihnen zeigen, wo die Sattelkammer ist. Rocket braucht eine feste Hand, er wird sonst alles Mögliche versuchen, aber Banjo ist ein echter Gentleman.«

Sie lachte leise auf, als Banjo den Kopf hob und an ihrem Haar knabberte. »Das sehe ich. Reitet Tish?«

»Ja, das tut sie, aber wenn sie sich zwischen Reiten und Garten entscheiden muss, siegt der Garten um Längen. Vielleicht wollen Sie ja auf Banjo hinüber zu den Tylers reiten, statt zu fahren? Hin und zurück brauchen Sie eine gute Stunde, aber es ist ein schöner Ausritt.«

Kree strich mit der Hand über Banjos weiße Blesse. »Nur zu gern. Wo müsste ich denn langreiten?«

»Folgen Sie dem Weg hinter dem Maschinenschuppen bis zum Doppeltor. Dann wenden Sie sich nach links und reiten, bis die Bienenstöcke in Sicht kommen. Reiten Sie durch das Tor, an den Bienen vorbei, und vom Hügel aus sehen Sie dann schon das Anwesen der Tylers.«

»Okay. Ich muss also nicht den schmalen Kiesweg entlangreiten, den wir neulich genommen haben?«

»Nein, das müssen Sie nicht.«

»Gut, denn heute Nachmittag muss ich eine Biegung verpasst haben, denn ich bin auf einer größeren Straße nach Marellen zurückgekommen. An der Straße findet sich so eine Art Gedenkstätte.«

Rocket scheute vor Ewans Hand zurück.

»Ganz ruhig, Junge«, besänftigte Ewan das Pferd, unternahm aber keinen Versuch, Rocket noch einmal zu berühren. Die Dunkelheit mochte seinen Gesichtsausdruck vor Kree verbergen, aber das sensible Pferd würde als Barometer für seine Spannung agieren. »Es spielt wirklich keine Rolle, welchen Weg Sie nehmen, die beiden Anwesen liegen so nah beieinander, dass Sie sich unmöglich verirren können.«

»Ist der Weg, den wir neulich genommen haben, kürzer als der über die Hauptstraße?«

Ewan öffnete den Mund, um Ja zu sagen, aber die Unwahrheit kam ihm nicht über die Lippen. Er konnte diese ehrliche, sensible Frau an seiner Seite nicht belügen. Er räusperte sich. »Nein.«

»Dann ist sie bestimmt weniger holprig als der Kies auf der befahrenen Straße.«

Mit jeder Frage steuerte Kree unvermeidlich näher auf die Antwort zu, die er ihr nicht geben wollte. Ewan ballte die Hände zu Fäusten. Whiskey drängte sich näher an seine Füße.

»Es gibt da wirklich keinen Unterschied.«

»Warum nehmen Sie dann die kleinere Straße, wenn die weder kürzer noch besser ist?«

Er atmete schneller. In seinen Ohren rauschte das Blut. Er musste ihr die Wahrheit sagen. »Diese Gedenkstätte an der Straße …«, rang er sich ab. »Da ist mein Bruder gestorben.«

Kree brauchte einen Moment, ehe sie sprechen konnte. »Das tut mir leid. Ein Autounfall?«

Er nickte und schloss die Augen, wohlwissend, dass sie ihn ansah.

Ihre Hand tastete nach seiner. Einen Augenblick lang widerstand seine Faust ihrer Berührung, doch die Wärme ihrer Haut ließ seine Entschlossenheit schmelzen. Er öffnete die Faust und schlang seine Finger in ihre. Es war nichts zu hören als ihrer beider Atemgeräusche.

Ewan öffnete seine Augen und blickte in den klaren Sternenhimmel über ihnen. In der Dunkelheit war es, als wären sie in einer anderen Welt, in der es keinen Schmerz, keine Schuld, keine Trauer gab. Nur Hoffnung und Rettung. Er sprach, ehe das Licht der Sterne verebben würde. »Ich bin schuld an seinem Tod.«

# 11

»Ich kann das nicht glauben«, sagte Kree. Ihre Antwort war kaum lauter als ein Flüstern.

Sie kannte Ewan erst seit zwei Wochen, aber sie hielt es für unmöglich, dass dieser feine, anständige Mann jemanden getötet hatte. Ihr Herz sagte ihr: Was immer seinem Bruder geschehen war, Ewan trug nicht die Schuld daran.

»Sie tun besser daran, es zu glauben, denn es ist die Wahrheit.«

»Ich kenne Sie. Ich weiß, dass Sie Ihr Leben der Fürsorge für die Familie Ihres Bruders widmen. Ich weiß, dass Sie alles stehen und liegen gelassen haben, um nach einem Jungen zu suchen, den Sie überhaupt nicht kannten.«

Ewan zog seine Hand aus der ihren und verschränkte die Arme vor der Brust. Sogar in dem schwachen Licht konnte sie sehen, wie er die Schultern anspannte.

»Schuld weiß, wie sie einen Mann motivieren kann.«

»Unsinn! Schuld bringt Sie nicht dazu, den verletzten Darby so lange in den Armen zu halten, bis seine Tränen getrocknet sind. Schuld lässt Sie nicht mit Braye ringen, bis Sie beide lachend auf den Boden fallen. Schuld weckt Sie nicht um zwei Uhr in der Frühe, nachdem Sie gerade mal drei Stunden geschlafen haben, nur damit Sie eine weitere Schicht als Späher in Travis' Flugzeug ableisten können. Ewan – was immer auch geschehen ist, es kann nicht Ihre Schuld gewesen sein.«

Er wandte sich ab. »Sie wissen gar nichts.«

Wieder nahm sie seine Hand. »Dann erzählen Sie es mir.«

Er versuchte, seine Hand zu befreien, aber sie hielt sie fest. »Erzähl. Es. Mir.«

Irgendwo zu ihren Füßen begann Whiskey zu winseln. Kree sprach, ohne ihren Blick von Ewans angespanntem Gesicht abzuwenden. »Es ist alles gut, Whiskey. Ewan geht nirgendwohin, ehe er nicht den Mund aufgemacht hat. Wenn er auch nur einen Muskel bewegt, hast du meine Erlaubnis, mit ihm zu tun, was du tust, wenn du eine sture alte Kuh bewachst.«

Die Anspannung in Ewans Hand lockerte sich ein wenig. »Hetzen Sie … Hetzt du meinen eigenen Hund auf mich?«

»Unbedingt.«

»Und hast du mich eine sture alte Kuh genannt?«

»Ja. Aber ich entschuldige mich, weil ich mich im Geschlecht geirrt habe.«

»Das ist immerhin etwas.«

Die Stille, die sie umgab, wurde nur durch das rhythmische Klopfen der Hufe gestört, mit dem die beiden Pferde sich entfernten.

Ewan seufzte. Es war ein langer, tiefer Laut. »Also gut. Wenn du diesen tödlichen Griff um meine Hand lockerst, damit ich meine Finger wieder fühle, werde ich reden.«

Sie lockerte den Griff, ließ aber seine Hand nicht ganz los.

»Ich nehme an, du willst die ganze Geschichte hören?« Ewans Worte klangen so rau, als kämen sie aus einem dumpfen, finsteren Ort, an dem allein das Elend regierte.

»Ja, bitte.«

Sie sah das Aufblitzen eines Beinahe-Lächelns. »Du bist so höflich, wenn du kein Kontrollfreak bist.«

Sie schwieg. Dieses Geplänkel war seine Art, das Unvermeidliche hinauszuzögern.

Ein Zittern lief durch seine Finger, und sie wusste, dass er den Mut gefunden hatte.

»Es war Erntezeit. Ich arbeitete rund um die Uhr, um den Weizen einzubringen, ehe der vorhergesagte Regen eintreffen würde. Ich wollte nur noch schlafen, aber Fergus hatte andere Pläne. Er hat immer schon gern mal ein Bier getrunken, aber seit die Zwillinge auf der Welt waren, wurden durchgefeierte Nächte bei ihm zur Gewohnheit. An diesem Abend hatten er und Tish sich wegen seiner Trinkerei gestritten. Er hatte schlechte Laune, und damit sich Tish keine Sorgen machte, dass er wieder einmal betrunken nach Hause fahren würde, sagte ich, dass ich ihn begleiten würde. Ich redete mit Bill und schaffte es, in seinem Hinterzimmer zwei Stunden zu schlafen, während Fergus mit seinen Kumpeln trank. Dann kam Wind auf, und wir mussten gehen.«

Ewan machte eine Pause, und Kree strich mit dem Daumen über seinen Handrücken. Als er weitersprach, war seine Stimme schwerer geworden. »Ich war den Weg schon häufiger ohne Probleme nach Hause gefahren, auch wenn ich müde war und heftiger Regen fiel. Aber als ich um diese Kurve bog, in der ich keine Sicht hatte … Ich habe das blinkende Warnlicht auf dem Erntefahrzeug, das am Rand abgestellt war, erst gesehen, als es zu spät war. Auch ohne den Schneidwerkanhänger wäre der Wagen zu breit gewesen, um ihm auszuweichen. Wir streiften die Seite, und der Ute überschlug sich …«

Ein schmerzerstickter Laut verriet Kree, dass Ewan nicht mehr weitersprechen konnte. Tränen stiegen ihr in die Augen. Auch sie wusste nichts zu sagen. Sie berührte seine von Bartstoppeln bedeckte Wange. Unter ihrer Handfläche war seine Haut so kalt wie die Grabsteine ihrer Eltern.

Sie musste etwas sagen, musste ihn zurück ins Leben holen.

»Du hast mir doch selbst gesagt, dass Unfälle nun einmal geschehen, und genau das ist hier geschehen – ein tragischer Unfall. Du kannst nichts dafür, dass das Fahrzeug stand, wo es stand, und du bist auch nicht schuld daran, dass es so stark regnete, dass man kaum noch etwas sehen konnte. Du bist zwar gefahren, aber was passiert ist, war nicht deine Schuld.«

Noch ehe seine Finger aus den ihren glitten und er sein Gesicht abwandte, wusste sie, dass ihre Worte ihn nicht erreicht hatten. Mit gesenktem Kopf ging er in die Dunkelheit davon. Whiskey folgte ihm.

*

*Wie schwierig kann es sein, Travis' Nummer zu wählen?*

Stirnrunzelnd betrachtete Tish ihre zitternde Hand. Wenn sie nicht aufpasste, würde sie die falsche Nummer wählen und einen Fremden mit ihrem nervösen, lauten Atmen belästigen. Sie setzte sich bequemer auf das Kissen des Küchenstuhls.

*Entspann dich.*

Sie warf einen prüfenden Blick auf die Küchenuhr. Wegen Ewans Problemen mit dem Airseeder war Travis ihm bei der Aussaat sicherlich etwa einen Tag voraus. Jetzt aber sollte er von den Feldern zurück sein. Sie lauschte auf Schritte von Kree oder Ewan, vernahm aber nur das heitere Nachtlied der Grillen. Das Licht im Maschinenschuppen mochte verloschen sein, aber als sie nach draußen gegangen war, um den Wassernapf der Hunde zu füllen, waren Fetzen eines gedämpften Gesprächs aus der Nähe der Stallungen zu ihr herübergedrungen. Kree und Ewan waren noch immer draußen. Jetzt brauchte sie nur genug Mut.

Sie hielt den Atem an und wählte Travis' Nummer. Gerade

als sie glaubte, er würde nicht mehr drangehen, tönte seine tiefe Stimme durch die Leitung. »Travis Sullivan.«

Eine Sekunde lang stand ihr Herz still, und sie fürchtete, ihre Lippen ließen sich nicht bewegen. »Hallo, Trav. Hier spricht Tish.«

»Hallo, ist alles in Ordnung mit dir und den Jungs?«

Die Dringlichkeit, mit der er die Frage stellte, ließ ein warmes Gefühl in ihr aufsteigen. Trotz der Jahre des Schweigens hatte sich ihre Freundschaft nicht völlig in Luft aufgelöst.

»Uns geht es gut. Es geht um Ewan.«

»Was hat er angestellt? Er hat sich doch nicht bei der Reparatur des Airseeders verletzt? Ich krieg wegen seinem Stolz noch graue Haare. Ich weiß, ich hätte mich nicht von ihm davon abbringen lassen dürfen, ihm zu helfen.«

»Nein, ihm ist nichts passiert. Nun ja – jedenfalls bis jetzt noch nicht. Es ist nur so, dass er in Kree verliebt ist und ich nicht will, dass er die Sache vermasselt. Du weißt doch, wie er ist. Er verschließt alles in sich und weigert sich zu sagen, was er fühlt.«

Travis lachte. »Wenn du und ich das beide glauben, dann ist er ganz sicher in Kree verliebt. Für gewöhnlich ist er ja ein Meister darin, seine Gefühle zu verbergen.«

Plötzlich sammelten sich warme Tränen hinter ihren Augenlidern. Es kam ihr vor, als sei es eine Ewigkeit her, seit Travis' volles Lachen ihr Leben zum letzten Mal erhellt hatte wie ein Sonnenstrahl den Morgenhimmel. »Du hast es also auch bemerkt?«

»Lass es mich mal so ausdrücken: Es lässt sich nur schwer übersehen, wenn Ewan der Kiefer fast auf den Boden fällt, weil eine Frau ihn anlächelt. Normalerweise ist es ja andersherum.«

»Also habe ich mir das nicht eingebildet?«

»Nein, hast du nicht. Und um ehrlich zu sein, habe ich mich schon ein bisschen als Amor betätigt. Ich habe die Einladung zu Krees Pot Roast angenommen, damit die beiden zusammensein können. Ewan wollte ja eigentlich überhaupt nicht hin.«

»Siehst du, genau das meine ich. Er sollte hingehen, er sollte sich selbst erlauben, Freude am Leben zu haben.«

»Das stimmt. Aber wir wissen beide, wie er ist. Und wir wissen, dass er sich für das, was Fergus passiert ist, noch immer Vorwürfe macht und nicht glaubt, dass er es verdient hat, glücklich zu sein.«

»Ich weiß. Ich mache mir Sorgen, dass er Kree aus diesem Grund von sich wegstoßen wird. Vorausgesetzt, sie empfindet überhaupt etwas für ihn. Ich kenne sie nicht sonderlich gut, aber ich denke, es könnte sein.« Tish rief sich Krees intensives Mienenspiel ins Gedächtnis, als sie Ewan am Pool beobachtet hatte. »Da ist irgendetwas in der Art, wie sie ihn ansieht.«

»Ich nehme an, die nächste Frage lautet: Kann so eine Sache zwischen einem Australier und einer Amerikanerin überhaupt gutgehen?«

»Wenn sie sich ihre Gefühle je eingestehen, bin ich sicher, dass es einen Weg gibt. Kree fühlt sich wohl hier, und sie ist definitiv alleinstehend. Gestern beim Abendessen hat sie gesagt, ein Mann bräuchte Mut, um es mit ihr und Seth aufzunehmen.«

»Ewan ist der mutigste Mann, den ich kenne.«

»Und der dickköpfigste.«

»Wem sagst du das? Wir können nur versuchen, sie so lange wie möglich auf Marellen zu halten. Sobald sie wieder auf Berridale ist, wird sich Ewan wieder hinter seine Mauer zurückziehen, und nicht einmal ein Bulldozer kann die einreißen.«

»Er schwimmt schon wieder.«

Travis seufzte. »Das ist kein gutes Zeichen. Weiß Kree von dem Unfall?«

»Nein.«

»Sie muss davon wissen, wenn so etwas wie eine Beziehung zwischen ihnen möglich sein soll. Aber wir wollen hoffen, dass es dazu noch nicht so schnell kommt.«

»Ja, das wäre besser. Sonst wird Ewan sich verschließen, und vermutlich würde es nicht einmal den Jungen gelingen, ihn wieder aus der Reserve zu locken.« Tish konnte nicht verhindern, dass Sorge in ihrer Stimme mitschwang.

»Mach dir keine Gedanken, wir werden nicht zulassen, dass das passiert. Ich helfe dir, auf ihn aufzupassen.«

»Danke, Trav. Ich halte dich auf dem Laufenden.«

»Mach dir keine Sorgen.«

»Gute Nacht.«

»Gute Nacht. Und Tish ... Danke für deinen Anruf. Wir haben uns schon viel zu lang nicht mehr gesprochen.«

Sie konnte das scheue Lächeln in seinen Worten hören und stellte sich vor, wie sich in den Winkeln seiner haselnussbraunen Augen Fältchen bildeten und wie sein hellbraunes Haar in die Höhe stand, weil er während des Gesprächs mit der Hand hindurchgefahren war. Einen Moment lang kam es ihr vor, als wären die Jahre der Einsamkeit und des Verlustes ausgelöscht. Sie beendete das Gespräch und drückte das Telefon an ihre Brust. Marellens finanzielle Probleme und der Druck, den ihre Mutter ausübte, um sie nach Sydney zurückzuholen, lasteten auf einmal nicht mehr so schwer auf ihren Schultern. Sie hatte mit Travis gesprochen. In ihrer Welt schimmerte wieder ein Licht.

# 12

Zum ersten Mal in seinem Leben als Farmer war Ewan für die Segnungen der Technik nicht dankbar. Er warf dem GPS-Bildschirm zu seiner Rechten einen finsteren Blick zu und trommelte mit den Fingern auf dem derzeit überflüssigen Lenkrad des Traktors herum. Wenn das Navigationssystem den Traktor steuerte, war er normalerweise froh, dass er Zeit hatte, um die Geräte am Armaturenbrett zu kontrollieren oder ein paar Telefonanrufe zu erledigen. An diesem Morgen brauchte er jedoch unbedingt körperliche Betätigung. Er war noch vor Sonnenaufgang etliche Bahnen geschwommen, bis er sich vor Erschöpfung taub gefühlt hatte. Jetzt aber hatte das Adrenalin seine Muskeln neu aufgeladen, und die Untätigkeit trieb ihn in den Wahnsinn. Nicht einmal das hypnotische Summen des Traktormotors schaffte es, ihn zu besänftigen.

Er versuchte, seine verkrampften Schultern zu lockern. Und es war noch nicht einmal Mittagszeit.

Wenigstens blieb es ihm erspart, Kree zu sehen, solange er im Traktor saß. Das einzig Gute an seinem emotionalen Ausbruch der letzten Nacht war, dass sie nun sicher nicht auftauchen würde, um wie versprochen mit ihm auf die Felder zu fahren.

Er konnte es ihr nicht verdenken. Sie hatte versucht, ihm zu helfen, und er hatte nichts Besseres zu tun gehabt, als davonzustürmen wie ein aufgescheuchtes Wildpferd. Sie hatte es wahrlich nicht verdient, in der Dunkelheit allein stehen gelassen zu werden. Er hätte sich gern von ihr überzeugen lassen, dass er am Tod seines Bruders keine Schuld trug, aber seine Schuldgefühle waren lauter gewesen als ihre mitfühlenden Worte. Er hätte keine Sekunde länger dort mit ihr stehen bleiben können. Sein Fluchtreflex war zu stark gewesen. Die andere Welt, an die er so verzweifelt hatte glauben wollen, war eine Illusion. Im gnadenlosen Licht des Tages gab es keine Hoffnung, keine Erlösung. Nur Verstörung, Reue und unerbittliche Qual.

Wenn Kathleen Don bis heute Abend nicht erreicht hatte, würde Ewan selbst eine Entscheidung treffen und eigenmächtig eine Pumpe kaufen. Kree musste nach Berridale zurück. Der gestrige Abend durfte sich nicht wiederholen. Er konnte es sich nicht erlauben, noch einmal so unvorsichtig zu sein. Er beugte sich vor und schaltete das Radio ein. Vielleicht würde er sich entspannen, wenn er die Kabine und sein Hirn mit Musik füllte.

Eine Gestalt am Gatter winkte ihm zu. Ewan winkte zurück. Es war Tish in ihrer Gartenkleidung, die ihm in der vertrauten blauen Kühlbox seinen Lunch brachte. Er schaltete das GPS aus und verlangsamte die Fahrt des Traktors, bis er zum Stehen kam. Erst als die Frau näher kam, sah er das braune Haar unter dem breitkrempigen Akubra. Kree. Nicht Tish.

Langsam atmete er ein und schaltete das Radio aus. Er würde die Sicherheit des Traktors verlassen müssen. Entweder begrüßte er Kree draußen, oder ihr Vanilleduft würde die Kabine erfüllen und ihn auch dann noch verfolgen, wenn sie bereits ins Haus zurückgekehrt war.

Er ließ sich Zeit dabei, die Leiter hinunterzusteigen.

»Hallo«, sagte er, und sosehr er sich auch bemühte, sein Gruß klang eher angestrengt als beiläufig.

»Hallo«, erwiderte sie und blieb vor ihm stehen. Der warme

Wind zupfte an ihrem übergroßen Hemd und gestattete ihm einen Blick auf die glatte Haut über ihrem Schlüsselbein. Seine Kehle wurde trocken. Selbst in einen Leinensack gekleidet würde Kree noch Bedürfnisse wecken, die er zu lange geleugnet hatte. Er hätte im Traktor bleiben sollen.

»Tish dachte, du wärst vielleicht hungrig und hättest deinen Lunch gern früh, da du ja das Frühstück ausgelassen hast.«

»Danke.« Er streckte die Hand nach der Kühlbox mit dem weißen Deckel aus, aber sie gab sie ihm nicht.

Stattdessen zeigte sie ihm den schwarzen rechteckigen Gegenstand, den sie in der linken Hand hielt. »Außerdem habe ich meine Kamera mitgebracht, um meine erste Traktorfahrt im Bild festzuhalten.«

»Traktorfahrt?« Prüfend betrachtete er ihr Gesicht. »Willst du denn immer noch mitfahren?«

Sie mochte so tun, als hätten die Ereignisse der vergangenen Nacht zwischen ihnen nichts verändert, aber er war nicht der Einzige, der nicht geschlafen hatte. Dunkle Ringe umgaben ihre Augen. »Warum denn nicht?«, fragte sie und strahlte wie eine Sonnenblume.

Ehe er ihr antworten konnte, sprach sie schon weiter. »Also – wie machen wir das? Steige ich zuerst in den Traktor oder du?«

Die entschlossene Haltung ihres Kinns sagte ihm, dass sie mit ihm fahren würde, ob es ihm passte oder nicht. Je eher er die Fahrt mit ihr hinter sich brachte, desto schneller würde er wieder allein sein.

»Ich steige zuerst ein.« Wieder streckte er die Hand nach der Kühlbox aus, und diesmal gab sie sie ihm.

»Tish meinte, dass ich dir sagen soll, dass die ganzen Lamingtons nicht für dich allein sind.«

Krees neckender Tonfall ließ ihn hoffen, dass die Entscheidung, sie in den Traktor zu lassen, doch nicht das Dümmste war, was er je gemacht hatte. Das Dümmste, abgesehen von dem Gespräch gestern Nacht.

Er stieg wieder in die Kabine und stellte die Kühlbox auf den Boden. Sie folgte ihm und setzte sich in den kleineren Sitz zu seiner Linken. Sie nahm Tishs Hut ab und verstaute ihn zu ihren Füßen. Er biss die Zähne zusammen, während ihr zarter Duft den engen Raum füllte. Er würde es einfach machen wie Kree und einen lockeren, fröhlichen Ton anschlagen. Vielleicht überlebte er es dann, sie während der nächsten Runde über das Feld zum Küssen nah bei sich zu haben.

»Hübsches Hemd«, bemerkte er, ohne sie anzusehen.

»Danke. Ich hatte eigentlich vor, mir gestern in der Stadt ein paar Sachen zum Anziehen zu kaufen, aber wie du weißt, habe ich mich ablenken lassen. Tish war so nett, mir dieses Hemd zu leihen. Es war wohl mal deins?«

Ewan nickte, ohne seine Aufmerksamkeit vom Display des GPS abzuwenden. In der Enge der Traktorkabine konnte Kree sein Gesicht und damit seine Gedanken sehr genau lesen. Er konnte sich nicht darauf verlassen, dass sein Gesicht verbergen würde, wie gut sie ihm in seinem alten Hemd gefiel.

»Morgen fahre ich wieder nach Glenalla«, fügte sie hinzu. »Tish und die Jungen würden gern mitkommen. Darby hat versprochen, mir bei der Auswahl eines eigenen Akubra-Hutes zu helfen, und Braye meint, ich brauche unbedingt eine riesige Gürtelschnalle mit jeder Menge Glitzerschmuck.«

Trotz allem lachte Ewan. »Na, dann viel Glück damit. Ich bin mal mit den Jungen nach Dubbo gefahren, damit Tish eine Pause hatte. Aber obwohl ich sie mit Fast Food überfüttert und hart verhandelt habe, sind wir mit lauter Sachen zurückgekommen, von denen die Jungen meinten, dass wir sie unbedingt brauchen.«

»Ich hoffe, Beth und ihre Süßigkeitenauswahl verschaffen mir bei den Verhandlungen einen Vorteil.« Kree hielt ihre Kamera vor die Windschutzscheibe, prüfte den Bildschirm und drückte auf »Aufnahme«. »Was säen wir heute überhaupt aus, Farmer Ewan?«

Die Fahrt über das große Feld, während der sie eine weitere Reihe Raps aussäten, dauerte verblüffenderweise gar nicht lange. Ewan beantwortete Krees Fragen und erklärte ihr, was die verschiedenen Instrumente am Armaturenbrett anzeigten, und als Kree die Kamera schließlich herunternahm, kam es ihm fast so vor, als wäre die Fahrt viel zu schnell zu Ende gegangen.

»Danke. Das war toll. Seth wird von seinem persönlichen Aussaat-Video begeistert sein.«

Ewan verlangsamte das Tempo des schweren Traktors, als zu seiner Rechten das Doppeltor auftauchte. »Keine Ursache. Und wie du siehst, habe ich dir über das Navigationssystem die Wahrheit gesagt.«

Sie lachte. »Nicht dass ich wirklich daran gezweifelt hätte, aber du musst ein Auge auf das haben, was vor sich geht, und kannst nicht einfach abschalten und Zeitung lesen.«

Ewan hielt an, aber Kree machte keine Anstalten, den Hut zwischen ihren Füßen aufzuheben. »Wann isst du denn nun deinen Lunch?«, fragte sie.

»Meinen Lunch? Darüber habe ich noch gar nicht nachgedacht. Vielleicht jetzt?«

»Ausgezeichnet. Dann bleibe ich noch für die nächste Runde. Ich höre die Lamingtons nach mir rufen.«

Ewan musterte ihren unschuldigen Gesichtsausdruck. Hatte Kree das hier geplant? Er runzelte die Stirn. Selbst wenn, blieb ihm kaum etwas anderes übrig, als den Traktor wieder in Gang zu setzen. Er konnte sie schließlich schlecht aus der Kabine werfen.

»Also gut. Säen wir die nächste Reihe«, sagte er und versuchte, gleichgütig zu klingen. »Was schickt denn Tish zum Lunch?«

Kree griff nach der Kühlbox auf dem Kabinenboden und stellte sie auf ihren Schoß. Sie nahm ein Brötchen mit Salat und Schinken heraus, entfernte die Plastikfolie, in die es gewickelt war, und reichte es ihm.

»Danke«, sagte er, ohne sie anzusehen. Schon diese flüchtige Berührung ihrer Finger jagte seinen Blutdruck in die Höhe. Sie fuhren über das ausgedehnte Feld, und der Airseeder verstreute eine weitere Reihe Saat, doch diesmal schien die Runde ewig zu dauern.

Er aß schweigend. Kree machte keinen Versuch, eins der Lamingtons zu essen, die sich ebenfalls in der Kühlbox befanden.

»Ewan …«

Er drückte den Rücken durch und machte sich auf etwas gefasst. Ihr ernster Tonfall ließ keinen Zweifel: Kree musste geplant haben, länger in der Kabine zu bleiben.

»Wir müssen noch unser Gespräch von letzter Nacht beenden.«

Das süße Tomaten-Relish auf seinem Salat-Sandwich schmeckte in seinem Mund plötzlich wie Asche. Er trank einen großen Schluck aus der Wasserflasche, ehe er ihr antwortete. »Nein, das müssen wir nicht, Kree.«

»Doch, wir müssen, aber diesmal wird es dabei um mich gehen.« Sie sandte ihm ein kleines, trauriges Lächeln. »Keine Sorge. Du brauchst nichts weiter zu tun, als zuzuhören.«

Entschlossenheit funkelte in dem festen Blick, mit dem sie ihn ansah. Es gab etwas, das Kree ihm sagen wollte, und sie hatte dieses Zusammentreffen nicht arrangiert, um zu gehen, ohne es gesagt zu haben.

»Einverstanden.«

»Also los.« Sie atmete tief ein. »Es war der Winter, in dem Seth zwölf Jahre alt wurde. Mum … war nicht mehr bei uns, und wir waren aus dem Vorgebirge in die Berge gezogen, wo meine Eltern viele glückliche Sommer mit ihrer Malerei verbracht hatten. Ich glaube, wenn er in Elk Falls war, hatte Dad das Gefühl, Mum sei irgendwie noch bei uns. Aber das Leben in solch großer Höhe bedeutet, dass wir im Winter jede Menge Schnee hatten, und in diesem Winter waren die Schneefälle besonders heftig.«

Kree starrte vor sich hin, als wäre sie in einer anderen Zeit, an einem anderen Ort. Ewan schwieg und ließ ihr Zeit. Ihre zusammengepressten Lippen verrieten ihm, dass es in ihrer Geschichte um weit mehr ging als um Winterwetter.

»Es hatte einen schlimmen Schneesturm gegeben. Der Schneepflug war an unserem Haus bereits vorbeigekommen, aber der Sandwerfer noch nicht, sodass die Straßenverhältnisse noch immer gefährlich waren. Dad hatte Angst, ein Auto könnte von der Straße abkommen, also sagte er mir, ich solle dafür sorgen, dass Seth im Haus blieb, während er in unserer Ausfahrt Schnee schaufelte. In vielerlei Hinsicht ist Seth wie Braye – er will ständig draußen sein. Und wie du weißt, ist er impulsiv. Nachdem er schon tagelang drinnen eingesperrt war, war er nicht gerade glücklich.«

Ewan ignorierte das Doppeltor, als sie daran vorbeifuhren. Sie waren mit ihrer zweiten Reihe fertig, aber es war jetzt wichtiger, dass Kree ihre Geschichte zu Ende erzählte, als dass er wieder allein war.

»Ich hätte wissen müssen, dass Seth sich nach draußen stehlen würde, ohne Dad etwas zu sagen.« Er registrierte die zarte Haut an Krees Hals, als sie schluckte. »Aber was ich nicht wissen konnte, war, dass ein Auto von der Straße abgekommen war und direkt auf die Stelle auf dem Gehsteig zuschoss, wo er einen Schneemann baute.«

Ewan legte seinen Arm um Krees schmale Schulter. Ihr seidiges Haar strich ihm über das Handgelenk, als sie ihm den Kopf zuwandte. Schmerz zeichnete sich auf ihrem Gesicht ab. »Mein Vater sah, dass Seth draußen war und direkt in der Schussbahn des Autos stand. Er rannte hin, um ihn zur Seite zu stoßen, aber ... niemand war da, um auch ihm einen Stoß zu geben.«

»Kree ...« Ewan drückte ihre Schulter, wohlwissend, dass es keine angemessenen Worte gab.

»Auch wenn es ein Unfall war, war ich überzeugt davon, dass mein Vater sein Leben nicht verloren hätte, wenn Seth nicht auf dem Gehsteig gewesen wäre. Für lange Zeit gab ich mir die Schuld am Tod meines Vaters.«

Behutsam löste Ewan seine Hand von Krees Schulter. Er wusste, in welche Richtung das Gespräch steuerte.

Kree sah ihn mit traurigen Augen an. »Ich habe dir das erzählt, weil ich dir zeigen wollte, dass das Leben weitergeht, Ewan – ohne die Menschen, die wir lieben, und ob es uns gefällt oder nicht. Und dazu, dass das Leben weitergeht, gehört die Bereitschaft, die Schuld loszulassen – unseren Verlust anzunehmen und uns klarzumachen, dass die, die wir lieben, auch dann nicht mehr bei uns wären, wenn wir bestimmte Dinge anders gemacht hätten. Auch wenn Seth im Haus geblieben wäre, wäre das Auto auf den Gehsteig geraten und hätte meinen Vater überfahren. Die Schaufel, die er fallen gelassen hatte, wo er gestanden hatte, lag hinterher unter der Kühlerhaube.«

»Ich weiß, ich soll nur zuhören, aber ich finde es sehr nett, dass du versuchst, mir zu helfen«, sagte Ewan. »Ich weiß, wie weh es tut, über die Vergangenheit zu sprechen, aber wir sind einfach nicht in derselben Situation. Du hast deinen Vater bei einem schrecklichen, tragischen Unfall verloren. Ich habe meinen Bruder verloren, weil ich zu langsam reagiert habe.«

»Wir sind doch in derselben Situation. Uns beiden kann niemand einen Vorwurf machen. Du hast deinen Bruder aufgrund der Entscheidungen verloren, die *er* getroffen hat, nicht durch etwas, was du getan oder nicht getan hast. *Er* ist in den Pub gegangen, obwohl seine Frau dagegen war und ein Sturm vorhergesagt war, und dort hat *er* zu viel getrunken, sodass er nicht mehr selbst nach Hause fahren konnte.« Kree drehte sich auf dem Sitz um, um ihm ins Gesicht zu sehen. Ihre Augen funkelten. »Es war *sein* Egoismus, der euch beide auf diese Straße gebracht hat.«

Der Zorn über Krees Worte flammte auf wie ein angezündetes Streichholz. »Sprich nicht so über Fergus.«

»Warum nicht? Weil es die Wahrheit ist?«

Ewan bremste und brachte den Traktor mit einem Ruck zum Stillstand. Seine Hände umklammerten das Lenkrad. »Nein, sondern weil er nicht hier ist, um sich zu verteidigen.«

Krees Stimme wurde leiser. »Und wenn er hier wäre, was würde er dann sagen? Dass er tun und lassen kann, was er will?«

Ewan schüttelte den Kopf, doch noch während er das tat, wurde ihm klar, dass Kree die Wahrheit sagte. Zum Teufel mit ihrem Einfühlungsvermögen! Sie hatte seinen Bruder nicht gekannt, und doch hatte sie fast genau die Worte ausgesprochen, die auch Fergus gewählt hätte, um seine Handlungsweise zu rechtfertigen. Fergus' Zwillingsschwester Sarah war bei der Geburt gestorben, und seine Mutter hatte sich von dem Verlust nie erholt. Sie hatte sich ihr ganzes Leben lang an Fergus geklammert und ihn wie etwas ganz Besonderes behandelt. Die Regeln, an die Ewan sich hatte halten müssen, hatten für seinen charmanten, verantwortungslosen Bruder nie gegolten. Aber es spielte keine Rolle, ob Kree damit richtiglag, dass Fergus geglaubt hatte, die Welt drehe sich um ihn. Ewan selbst war gefahren, als der Ute auf das liegengebliebene Fahrzeug aufgefahren war. Er war dafür verantwortlich, dass der Ute sich überschlagen hatte.

Und er war derjenige, der überlebt hatte.

## 13

»Willst du dein Eis nicht?«, fragte Braye, der im Park von Glenalla neben Kree auf einer Bank saß. Sein eigenes, mit Schokolade überzogenes Eis hatte er innerhalb von nicht einmal drei Minuten bis auf die knusprige Waffel verschlungen.

Kree leckte hastig, damit ihr die Schokolade nicht über die Hände lief. »Ups. Doch, ich will!«

Das passierte, wenn sie sich von ihren Gedanken an Ewan ablenken ließ. Wenn sie an ihn dachte, schmolz ihre Konzentration schneller als Eiscreme in der Hitze des Outback. Sie musste einen Weg finden, um ihm zu helfen, die Dinge anders zu sehen – die Vergangenheit hinter sich zu lassen und das Leben zu führen, das ein feiner Kerl wie er verdient hatte.

Braye aß den letzten Rest seiner Waffel mit lautem Krachen. Noch kauend beugte er sich über Kree hinweg, um Darbys noch immer vollkommen symmetrisches Eis ins Auge zu fassen. Darby zog seine Eiswaffel aus Brayes Reichweite und schüttelte den Kopf.

»Wenn du aufgegessen hast, Braye, kannst du doch schon einmal hinüber zur Schaukel gehen und spielen«, schlug Kree mit einem Grinsen vor. »In der Packung, die wir im Lebensmittelladen gekauft haben, ist noch ein Eis, und wenn Darby aufgegessen hat, könnt ihr es euch teilen.«

»Okay. Willst du sehen, wie hoch ich schaukeln kann?«

Als Braye davonlief, legte sich eine wohltuende Stille über die Parkbank. Kree tippte ihre Waffel gegen die von Darby, wie um mit ihm anzustoßen. Sosehr sie Brayes Energie und seinen unabhängigen Geist liebte – sie und Darby konnten erst jetzt ihr Eis in Ruhe und Frieden aufessen. Dasselbe hatte Tish empfunden, die leise »danke« gemurmelt hatte, als Kree die Jungen zu den Tiefkühltruhen des Lebensmittelladens geführt hatte, wo sie sich etwas Besonderes aussuchen durften, um es im Park zu essen. So konnte Tish ihre lange Einkaufsliste abarbeiten, ohne dass die quirligen Fünfjährigen sie dabei störten.

Brayes kräftige Beine katapultierten ihn und die Schaukel rasch hoch in die Luft. Kree winkte, dann leckte sie noch einmal hastig an ihrem Eis, das zu tropfen drohte. Darby tippte ihr gegen den Arm und deutete über die Straße. Kree drehte sich zu dem großen zweistöckigen Gebäude mit den filigranen grünen, schmiedeeisernen Balkonen und Gittern an der Straßenecke um. Seit das Hotel neben dem Kutscherhaus niedergebrannt war, war das Calf and Cow der einzige Pub in Glenalla. Hatte jemand, der ihre Mutter gekannt hatte, hier sein Bier getrunken? Hatte ihre Mutter einst in dem Park gespielt, in dem Kree jetzt saß?

Ein kleiner rothaariger Junge steckte seinen Kopf aus einer Seitentür, winkte Darby zu und verschwand wieder.

»Dein Freund sieht nett aus, Darby. Wie heißt er denn?«

Kree hatte Darby absichtlich eine Frage gestellt, die er nicht durch Körpersprache beantworten konnte. Sie hatte außerdem in gedämpftem Ton gesprochen, damit Braye sie nicht hören und für seinen Bruder sprechen konnte. Bevor das Leben sie auf den Weg einer Künstlerin geschickt hatte, war sie Audiologin gewesen und hatte sich auf die Arbeit mit Kindern spezialisiert. Sie hatte Darby beobachtet und bezweifelte, dass sein Sprachverständnis altersgerecht entwickelt war. Er sah oft Braye an, um herauszufinden, was jemand gesagt hatte oder was er mit Anweisungen tun sollte, die er erhalten hatte, besonders, wenn es Hintergrundgeräusche gab. Ewan und Tish hatten wirklich alles getan, damit sie sich auf Marellen willkommen fühlte, und sie wollte ihnen und den Jungen helfen, wo sie nur konnte.

Sie wandte sich ihm zu, sodass er von ihren Lippen lesen konnte, und fragte noch einmal: »Wie heißt dein Freund, Darby?«

»Er heißt Mikey, und er ist auch mein Freund!«, rief Braye von der Schaukel zu ihnen herüber.

Kree unterdrückte ein Lachen. Sie hatte keinen Zweifel daran, dass der Tausendsassa Braye außergewöhnlich gut hörte und verstand.

Wieder steckte Mikey seinen Kopf aus der Tür und winkte, ehe er verschwand.

Kree stand auf und nahm die Schachtel, die das übrig gebliebene Eis enthielt, unter den Arm. Sie stellte sicher, dass Darby ihr Gesicht sehen konnte, ehe sie sprach. »Darby, wollen wir Mikey fragen, ob er Lust hat, mit uns zu spielen? Vielleicht würde er ja auch gern das Eis essen, das wir übrighaben?«

Darby lächelte und schob seine Hand in ihre.

Braye sprang mitten im Flug ab und tauchte an ihrer Seite auf. »Ich komme auch mit.« Hinter ihm schwang die leere Schaukel weiter.

»In Ordnung, ich esse meine Waffel auf, dann gehen wir.«

Kree verschlang den Rest ihres Eises in einer Geschwindigkeit, auf die Braye stolz gewesen wäre, dann streckte sie ihm die freie Hand hin.

»Wir müssen aufpassen, dass kein Auto kommt«, sagte sie, als sie am Straßenrand stehen blieben und nach beiden Seiten Ausschau hielten. Sie hatte bisher nur vier staubbedeckte Fahrzeuge Glenallas Hauptstraße entlangkommen sehen. Während sie Daumen und Zehen drückte, dass ihr Plan mit dem Besucherzentrum den Verkehrsstrom anschwellen lassen würde, suchte sie in Gedanken immer noch nach einem Trumpf, der Glenalla für Touristen attraktiv machen konnte.

Als sie sich der Seitentür des Calf and Cow näherten, tauchte Mikey auf und strahlte über das ganze Gesicht.

»Hallo, Mikey. Ich bin Kree. Hast du Lust, mitzukommen und im Park mit uns zu spielen?«

Der kleine Junge mit dem struppigen Haar nickte und hüpfte aufgeregt auf und ab.

»Na wunderbar. Ist deine Mum oder dein Dad zu Hause, damit ich sie fragen kann, ob es in Ordnung ist?«

»Mikey hat nur einen Opa«, sagte Braye und befreite seine Hand.

»Ist deine Mum oder dein Opa zu Hause?«, formulierte Kree ihre Frage um.

Mikey flitzte davon. Das Geräusch seiner eiligen Schritte hallte durch den langen Gang, der höchstwahrscheinlich zu den Wohnräumen hinter dem alten Pub führte.

Sanft legte Kree Braye die Hand auf den Kopf. »Warte hier, Kumpel. Er ist bestimmt gleich zurück.«

Mikey kam mit einer jungen rothaarigen Frau im Schlepptau wieder, die ein enges pinkes Shirt mit der Aufschrift »Calf and Cow« trug. Ohne Zweifel war sie Mikeys Mutter. Wie ihr Sohn hatte sie sehr helle Haut, die von Sommersprossen übersät war, und rötliche Wimpern beschatteten dieselben braunen Augen. Aber während die von Mikey vor Aufregung leuchteten, stand Argwohn in denen der jungen Frau. Sie ließ ihren Blick über Kree und die Jungen hinweg über die Straße wandern, als suchte sie nach jemandem. Sobald sie festgestellt hatte, dass außer ihnen niemand da war, zeigte sich ein Lächeln auf ihrem Gesicht. »Hallo, ich bin Jordy. Und Sie müssen Kree sein.«

»Ja, die bin ich. Ich bin die Frau, die komisch spricht.« Die drei Jungen kicherten. »Ich glaube, ich habe Ihren Vater Bill kennengelernt, als er geholfen hat, nach meinem Bruder zu suchen.«

»Ja, Bill ist mein Vater und Mikeys Opa. Er ist inzwischen allerdings grau und kahlköpfig, sodass man die Verwandtschaft nicht mehr an den roten Haaren erkennen kann.« Jordy zerzauste Mikey den dichten Schopf leuchtend roten Haars.

Mikey bewegte sich von den in Jeans steckenden Beinen seiner Mutter weg und stellte sich dicht neben Darby. Krees Herz wurde warm, als Darby leise »Hallo« sagte.

»Mikey hat erzählt, dass Sie ihn gern mit in den Park nehmen würden?«

»Ja, wenn Sie einverstanden sind? Wir hätten auch ein Eis übrig, wenn er nicht allergisch gegen Milchprodukte ist. Ich passe gut auf ihn auf.«

Statt zu antworten, ließ Jordy den Blick noch einmal über die Straße schweifen. Unentschlossen runzelte sie die Stirn.

»Wir bleiben nicht lange«, sagte Kree. »Tish ist einkaufen, und wir vertreiben uns die Zeit. Wir haben ausgemacht, dass wir uns später am Auto treffen.« Kree warf einen prüfenden Blick auf die Uhr. »In genau fünfzehn Minuten.«

»In Ordnung. Es wird Mikey guttun, ein bisschen mit den Jungen herumzutoben. Ich komme mit; meine Schicht beginnt erst in einer halben Stunde. Einen kleinen Moment bitte, ich hole ihm nur schnell eine Mütze.«

Seine Kappe fest auf dem Kopf, folgte Mikey an der Hand seiner Mutter wenig später Kree und den Jungen in den Park. Er brauchte nicht lange, um sein halb geschmolzenes Eis zu verschlingen, von der Bank zu rutschen und zu den Zwillingen zu laufen.

Jordy sah ihm nach. Auf ihrem Gesicht zeichnete sich eine

Mischung aus Stolz und etwas ab, das Kree nur als Qual beschreiben konnte. Es musste hart sein, allein einen Jungen aufzuziehen und zugleich einen Pub zu betreiben.

»Er ist ein tolles Kind«, sagte Kree.

»Ja, das ist er. Er gibt Dad und mir jeden Morgen einen Grund aufzustehen.« Die junge Frau dämpfte ihre Stimme. »Danke, dass Sie ihn zum Spielen abgeholt haben. Er kommt nicht viel raus, und er liebt die Zwillinge. Darby ganz besonders.«

»Das merkt man.«

Wo immer Darby hinging, folgte ihm Mikey: hoch auf die Rutsche und wieder hinunter, auf die Schaukel und in das hölzerne Fort. Braye lief ihnen oft hinterher oder spielte für sich. Kree winkte ihm mehrmals, um sicherzustellen, dass er sich nicht ausgeschlossen fühlte. Aber sein breites Lächeln sagte ihr, dass in seiner Welt alles in Ordnung war.

Jordy lachte. »Mikey muss noch ganz schön wachsen. Zwischen ihm und den Zwillingen liegen zwei Jahre, und seine kleinen Beine haben ordentlich zu tun, um Schritt zu halten.«

»Ich kann mir vorstellen, wie müde er sein muss, wenn er mit ihnen gespielt hat, vor allem draußen auf Marellen. Der Garten ist ja riesig.«

Jordy brauchte eine Sekunde, ehe sie antwortete. »Mikey besucht sie nicht auf Marellen. Er spielt mit den Zwillingen nur, wenn Ewan herkommt, um Bill zu besuchen.« Die junge Frau rutschte nervös auf der Bank hin und her und hielt ihren Blick fast verzweifelt auf ihren Sohn gerichtet.

Ein geräuschvoll gurgelnder Ute schoss vorbei. Er hatte riesige Antennen und eine mit Aufklebern beklebte Heckklappe, und der Fahrer drückte auf die Hupe. »Die Jungs kommen von den Minen nach Hause. Ich sorge besser dafür, dass ein paar zusätzliche Zimmer bereitstehen.«

»Das muss gut fürs Geschäft sein.«

»Das ist es. Aber für den Ort ist es hart, dass so viele junge Männer weggehen. Wenn es nicht die Minen sind, dann gehen sie in die Stadt – und das gilt nicht nur für die Männer, sondern auch für die jungen Mädchen. Eine ganze Generation zieht weg, um sich anderswo ausbilden zu lassen oder zu arbeiten, und die meisten kommen nicht zurück, weil sie hier keine Zukunft sehen.«

Kree blickte über den Park hinüber zum Kutscherhaus. Die Sonne wärmte die Steinmauern von Cobb and Co. Ihr Plan, Glenalla ein Herz zu geben, das wieder Leben in den Ort brachte, nahm weiter Gestalt an. Es musste ein Weg gefunden werden, um vor Ort Arbeitsplätze zu schaffen, damit die Massenflucht der Jugend in die Minen und in die Stadt gestoppt wurde. In ihrer Heimatstadt Elk Falls waren Touristen für die Wirtschaft entscheidend, sie sorgten dafür, dass Geld floss und es Arbeit gab.

Sie wandte sich Jordy zu. »Ich würde furchtbar gern einige Sehenswürdigkeiten oder historische Stätten in der Umgebung sehen. Was können Sie mir empfehlen?«

Jordy schürzte die Lippen. »Um ehrlich zu sein, hier gibt es nicht viel zu sehen. Rings um die Stadt liegt nur Farmland.« Sie wies mit dem Kopf in Richtung des Kutscherhauses. »Die Poststation und unser Pub sind historisch betrachtet die bedeutendsten Gebäude. Marellen ist eine weitere historische Sehenswürdigkeit, und auf der anderen Seite der Stadt liegen Banora Downs und das niedergebrannte Killora Downs.«

»Also gibt es keine alten Hütten oder so etwas in der Art in der Gegend?«

»Nicht dass ich wüsste. Aber da Cobb and Co. hier mit ihren Postkutschen durchgefahren sind, könnte es vielleicht auch andere, kleinere historische Stätten geben, von denen die

Leute nichts wissen. Manchmal kann man in einem Feld Reste eines alten Gartens erkennen, oder man findet die Überreste eines Ziegelschornsteins. Anne, unsere Bibliothekarin, kann Ihnen am meisten über Glenallas Geschichte erzählen.«

Kree nickte und unterdrückte einen Anflug von Enttäuschung. Viel Hoffnung bestand nicht, dass sie die Hütte von der Zeichnung ausfindig machen würde, die sie in den Sachen ihrer Mutter gefunden hatte. Und noch weniger Hoffnung bestand, dass sie das Geheimnis um die Kindheit ihrer Mutter enthüllen würde. Sie würde Anne dennoch besuchen und ihr eine Kopie der Zeichnung zeigen, nur für den Fall, dass sie irgendetwas wusste.

Jordy überlegte und fuhr dann fort: »Eine Stadt in der Nachbarschaft veranstaltet im Januar ein Elvis-Festival, das Touristen herbringt, aber im Januar werden Sie ja nicht mehr hier sein. Dubbo hat einen weltbekannten Zoo mit offenen Gehegen, der einen Besuch wert ist. Aber das ist dann auch schon alles. Obwohl ...« Sie drehte sich auf der Bank um und blickte in Richtung Pub. »Wissen Sie, was Sie sich ansehen sollten und was nicht viele Leuten kennen?«

»Was denn?«

»Unsere Wandmalereien.«

Krees Finger schlossen sich um die Rückenlehne der hölzernen Bank. Auch sie drehte sich nun um und betrachtete den Pub. »Sie meinen große Gemälde auf Mauerwerk?«

»Ja, riesige Gemälde, die ganze Wände und sogar Decken bedecken. Lange bevor ich geboren wurde, hat ein Reisender hier übernachtet, und um für Kost und Logis zu bezahlen, hat er die schönsten Landschaften gemalt. Die meisten Einwohner wissen nicht einmal, dass sie existieren, denn Dad hält den Flügel geschlossen, weil wir nicht genug Gäste haben, um die Betten zu belegen.«

*Wandgemälde.*

Erregung durchströmte Krees Adern. Sie wusste, wie beliebt die Wandgemälde im Internationalen Flughafen von Denver waren, und von einem befreundeten Künstler hatte sie gehört, dass eine Stadt in Kanada ihr Glück gemacht hatte, indem sie sich als Stadt der Wandmalereien präsentierte. Sie drehte sich um und betrachtete die Gebäude rund um den Park, in dem die Jungen spielten, genauer. Mauer an Mauer aus öden, leblosen Ziegeln und Mörtel. Sie lächelte.

Ewans Männerhöhle mochte sein Paradies sein. Sie aber hatte gerade ihres gefunden.

Glenalla war eine einzige große leere Leinwand.

# 14

Das also war das kühlere Wetter, das der Herbst bringen sollte.

Ewan nahm seinen Hut ab und rieb sich mit dem Handrücken über die Stirn. Es fühlte sich an, als würde die Hitze des Bodens ihn langsam von den Schuhsohlen an rösten. Beißende Dämpfe füllten die Luft, während der Diesel durch den Schlauch sickerte, der den tragbaren Benzinkanister mit dem Tank des Traktors verband. Er hatte noch genug Diesel, um aufzutanken, aber er würde den Kanister mit zum Wohnhaus nehmen müssen, wenn er nachher mit dem Ute zum Abendessen nach Hause fuhr. Neben dem Maschinenschuppen stand der größere Benzintank, der von der Tankstelle im Ort aufgefüllt wurde.

Ewan blickte durch die flimmernde Luft über dem ebenen Feld zu der Reihe von Bäumen, die in der Ferne die Straße markierten. Vor einer Stunde hatte er eine Staubwolke in der Luft gesehen, als Tish und die Jungen aus der Stadt zurückgekommen waren, aber er wartete auf eine weitere Staubwolke, die ihn wissen lassen würde, dass Kree von ihrem täglichen Besuch bei den Tylers zurück war. Beim Frühstück hatte Tish erwähnt, dass Kree auf dem Heimweg aus Glenalla noch in Berridale vorbeifahren wollte.

Whiskey lag in dem Schatten, den der geparkte Traktor warf. Der Kelpie hatte sich nicht bewegt, seit er sich mit einem Knurren auf den Boden hatte sinken lassen.

»Whisk, denk nur: Bald seid ihr beide, du und Midget, wieder allein. Kree und ihre lärmenden Rabauken werden bald wieder in Berridale sein. Ich habe endlich mit Don gesprochen und kann mich jetzt um die neue Pumpe kümmern.«

Aber der Schwanz des Kelpie wedelte nicht, und sein starrer Blick blieb unverändert.

Auch wenn Ewan es sich nicht eingestehen wollte, teilte er Whiskeys trübe Stimmung. Marellen würde sich für ihn ohne Krees Lebensfreude, ihr Lachen und ihre Wärme leer anfühlen. Er würde sogar Fudges fröhliches Blöken und den verspielten Freckle vermissen, über den er jeden Morgen stolperte, wenn er das Haus verließ.

Die Tülle klickte und signalisierte damit, dass der Tank des Traktors bis an die Grenze seines Fassungsvermögens gefüllt war. Ewan befestigte den Einfüllschlauch wieder an dem tragbaren Kanister, ehe er den Tankdeckel des Traktors schloss. Whiskeys Bellen verriet ihm, dass sich ein Auto näherte. Es war ein verstaubter weißer Wagen mit Vierrad-Antrieb. Das Fahrzeug kam zum Stillstand, und Travis stieg aus, er trug zerrissene Jeans, ein verblichenes rotes T-Shirt und einen zerknautschten Hut.

Ewan drückte sich seinen Hut fester auf den Kopf. Für ihn selbst mochte kein Happy End vorgesehen sein, aber er würde verdammt hart dafür arbeiten, dass es in Travis' Zukunft eines gab. Es musste einen Weg geben, um Travis und Tish dazu zu bringen, dass sie sich entspannten und miteinander redeten. Sosehr Ewan sich vor dem Dinner fürchtete, zu dem Kree ihn eingeladen hatte, es bot doch noch immer die perfekte Gelegenheit dazu.

»Ah, du lässt es heute etwas langsamer angehen, wie ich sehe«, sagte Travis mit einem Grinsen.

»Ich würde es eher tanken nennen. Was ist das für ein Wetter? Ich hoffe, wir haben keinen heißen trockenen Herbst vor uns. Wir alle brauchen diese Aussaat und eine anständige Ernte erst recht.«

»Wem sagst du das? Aber die langfristige Wettervorhersage verspricht einen feuchten Herbst, also schaffst du deinen staubigen Hintern am besten wieder auf deinen Traktorsitz und bringst deine Aussaat zu Ende.«

Ewan hob seine Arme über den Kopf, um die Verspannungen in seinem Rücken zu lösen, bevor er genau das tun und wieder in seinen Traktor steigen würde. »Aus deiner Anwesenheit hier und aus deinem triumphierenden Grinsen schließe ich, dass du schon fertig bist?«

»Und ob ich fertig bin. Heute Morgen habe ich den letzten Weizen ausgesät.« Travis' Grinsen wurde noch breiter. »Und da ich jetzt so viel Zeit habe, dachte ich, ich komme mal rüber und frage, ob du Hilfe brauchen kannst.«

Ewan lächelte auch. »Du kostest deinen Sieg aus, was?«

»Ich fange gerade erst an.«

»Zu deinem Glück bin ich ein guter Verlierer, also lasse ich dich deine knappe Freizeit genießen. Ich habe gerade aufgetankt und werde dieses Feld und den Raps noch vor dem Abendessen fertigmachen. Dann säubere ich den Airseeder und kann morgen mit dem Weizen anfangen, vorausgesetzt, es gibt nicht wieder einen Maschinenschaden.«

»Für mich hast du also nichts zu tun?«

»Nein, tut mir leid, Kumpel.« Ewan wollte in den Traktor klettern, dann zögerte er und drehte sich noch einmal zu Travis um. »Etwas könntest du doch für mich tun.«

»Spuck's aus.«

»Ich habe mit Don gesprochen. Wo jetzt die Strompreise so steigen, will er eine Druckpumpe mit Solarenergie installieren. Ich habe ein bisschen herumtelefoniert, und der Händler in Dubbo schickt mit einem Kurier eine Pumpe zu Bruce, damit ich sie mir ansehen kann. Das Problem ist nur, dass ich es nicht in die Stadt schaffe, bevor ich meinen Weizen in der Erde habe. Falls du also in den nächsten Tagen in den Ort kommst, könntest du sie dir vielleicht anschauen, um zu sehen, ob sie der Aufgabe gewachsen ist.«

Travis nahm seinen Hut ab und fuhr sich mit der Hand durchs Haar. Die Geste überraschte Ewan. Aus irgendeinem Grund musste Travis über die Bitte nachdenken. Für gewöhnlich konnten beide davon ausgehen, dass das, worum der eine den anderen bat, erledigt werden würde.

»Es ist kein Problem«, sagte Ewan. »Wenn du selbst nicht in die Stadt kommst, werde ich es früher oder später schon schaffen. Es ist nur so: Je eher die Sache mit der Pumpe geregelt ist, desto eher kann Kree nach Berridale zurückkehren.«

»Nein, ich mache das«, sagte Travis so langsam, als müsse er über seine Worte nachdenken. »Aber vergiss nicht, dass Bruce sich den Rücken verletzt hat. Selbst wenn die Pumpe in Ordnung ist, wird er sie nicht einbauen können, bevor sein Junge aus den Minen zurück ist. Ich würde dir anbieten, die Pumpe selbst einzubauen, aber Bruce braucht das Geld für die Installation.«

»Verdammt, das mit seinem Rücken hatte ich ganz vergessen! Du hast recht, Bruce braucht das Geld, also würde ich mich auch nicht wohlfühlen, wenn ich sie selbst installieren würde.« Ewan warf Whiskey einen Blick zu. »Du kannst aufhören, mich so anzusehen. Heute ist dein Glückstag. Kree und das Duo infernale bleiben noch ein bisschen bei uns.«

*

In Marellens langem Flur läutete das Telefon. Das hartnäckige Klingeln hallte laut durch die abendliche Stille des Wohnhauses. Kree stand auf. Die Zwillinge schliefen, Ewan war noch mit dem Traktor draußen bei der Aussaat, und Tish war in der Küche damit beschäftigt, mehr von der köstlichen Mohnsauce herzustellen, die sie auf ihrem selbst gezogenen Salat zum Abendessen genossen hatten. Kree warf einen letzten Blick auf die Website auf ihrem Laptop und verließ die Bibliothek. Drüben in Amerika war jetzt Vormittag, und sie erwartete wegen des Kutscherhauses einen Anruf von einem Anwalt. Aber nachdem Kree den Hörer abgenommen und ihren Namen gesagt hatte, antwortete eine Stimme mit geschliffener australischer Aussprache: »Kree – wer?«

»Kree Garrett.«

»Sind Sie Amerikanerin?«

Die Anruferin musste Tishs Mutter sein, denn Krees Ohren füllten die gleichen abgerundeten Vokale, die auch Tishs geschliffene Aussprache charakterisierten. Aber wo Tishs Stimme sanft und melodiös klang, war die Stimme dieser Frau hart wie Marmor.

»Ja, das bin ich. Ich stamme aus Colorado.«

»Und was machen Sie auf Marellen?«

»Unter anderem lerne ich von den Jungen, wie man mit Traktoren spielt.«

»Das wurde auch höchste Zeit.«

»Wie bitte?« Kree unterdrückte die aufkommende Abneigung. Sie wusste, dass man sich in den ersten zehn Sekunden einen Eindruck von einem Menschen machte, aber sie hatte ja lediglich die Stimme von Tishs Mutter, um zu urteilen, und keinerlei nonverbale Signale. Von Angesicht zu Angesicht mochte die ältere Frau wärmer und entgegenkommender sein, als ihr brüskes Benehmen am Telefon vermuten ließ.

»Vier Jahre lang habe ich sie gedrängt, sie solle sich eine Kinderfrau oder ein Au-pair-Mädchen nehmen. Als ich meine

Tochter das letzte Mal gesehen habe, sah sie regelrecht ... ungepflegt aus. Sie hatte schmutzige Fingernägel, um Himmels willen!«

Vielleicht lag sie mit ihrem Vorurteil ja doch nicht so falsch?

»Mrs. ...?«

»Mrs. MacTavish-West.«

»Es tut mir leid, wenn ich einen falschen Eindruck erweckt habe, Mrs. MacTavish-West, aber sosehr ich es auch genieße, mit den Jungen zusammen zu sein, ich bin weder ihre Kinderfrau noch ihr Au-pair-Mädchen.«

»Nicht?«

»Nein. Ich wohne bei Tish und Ewan, bis das Haus, in dem ich eigentlich wohnen sollte, wieder Wasser hat.«

Mrs. MacTavish-West bemühte sich nicht einmal, ihr Missfallen zu verbergen. »Ich habe keine Ahnung, warum Tish darauf besteht, dort draußen zu leben, es ist alles so primitiv. In Sydney würde es nicht passieren, dass man ohne Wasser dasteht.«

»Nach allem, was ich gesehen habe, ist das Outback ein wundervoller Ort. Die Sonnenuntergänge sind wunderschön, und die Gemeinschaft der Menschen um Glenalla ist sowohl eng als auch hilfsbereit. Alle hier haben Tish und die Jungen sehr gern.«

»Aber was kann man dort denn unternehmen? Es gibt kein Theater, keine Kultur, ganz zu schweigen von dem Mangel an Bildungsmöglichkeiten für meine Enkelsöhne.«

Tishs Schritte hallten durch den Flur. »Meine Mutter?«, fragte sie.

Kree nickte. Tish schloss kurz die Augen, ehe sie die Hand ausstreckte, um das Telefon entgegenzunehmen.

»Mrs. MacTavish-West, Tish ist jetzt da, also wünsche ich Ihnen eine gute Nacht.«

Kree gab das Telefon an Tish weiter, die ihre schmalen Schultern spannte.

Auf leisen Sohlen kehrte Kree in die Bibliothek zurück und schloss die Tür, damit Tish in Ruhe telefonieren konnte. Kree hatte Mrs. MacTavish-West die Wahrheit gesagt: Der wolkenlos blaue Himmel, das klare Licht und das offene Land schrien förmlich danach, in all ihrer Schönheit auf der Leinwand festgehalten zu werden. Die Wärme und Widerstandsfähigkeit der Bewohner, die das entlegene Buschland zu ihrer Heimat gemacht hatten, berührten sie und gaben ihr ein Gefühl der Demut. Es war, als würde sie in Amerikas Westen leben, nur auf einem anderen Erdteil. Das Outback, das Tishs Mutter so niedermachte, hatte etwas, das ihr unter die Haut ging.

So wie Marellen. Kree saß am Tisch und ließ ihren Blick durch die schwach beleuchtete Bibliothek wandern. Dieses friedliche, würdevolle Wohnhaus hatte etwas an sich, das ihr gefiel und ihr das Gefühl gab, willkommen zu sein. Liebend gern hätte sie die Regale voller Bücher inspiziert und sich dann an das Erkerfenster mit Blick über Tishs Rosengarten gesetzt, um zu lesen.

Und es gab weitere stilvoll eingerichtete Zimmer, die sie sich gern genauer angesehen hätte. Der Raum zwei Türen weiter musste das Musikzimmer sein. Sie war zwar nur widerwillig hier eingezogen, aber jetzt, so stellte sie fest, würde sie auch ungern wieder gehen.

Kree rief die Website über Wandmalereien auf ihrem Laptop wieder auf. Tish war lauter geworden, und Kree hatte keine Schwierigkeiten, ihre gereizten Worte zu verstehen, obwohl die Tür der Bibliothek geschlossen war.

»Das ist aber schön, dass du Mrs. Wilkins getroffen hast. Ja, ich weiß, dass sie eine Enkelin im Alter von Braye und Darby hat. Und ja, ich weiß auch, dass sie schon *Old MacDonald*

*Had a Farm* lesen kann, denn du hast es mir erzählt, als du das letzte Mal angerufen hast.«

Dann senkte Tish ihre Stimme wieder. Kree scrollte durch die Abbildungen von Wandgemälden. Wenn sie das nächste Mal in der Stadt war, würde sie Jordy fragen, ob sie sich die Malereien an den Wänden des Pubs anschauen durfte, um zu sehen, ob es ein Thema gab, das sie aufgreifen konnte.

Tish hob von Neuem die Stimme. »Ich sage es dir noch einmal: Ich will nicht, dass du die Jungen in Sydney in irgendeiner Vorschule anmeldest. Es ist mir egal, ob du bereits einen Termin mit dem Direktor vereinbart hast oder ob Mrs. Wilkins sagt, dass ich die Chance verpasse, die Jungen in der richtigen Schule anzumelden. Wir gehen von Marellen nicht weg!«

# 15

»Noch einen Tag, Whisk, dann haben wir es geschafft.«

Im Garten war es so dunkel, dass Ewan nicht sehen konnte, ob der Kelpie mit dem Schwanz wedelte oder auch nur den Kopf hob, um ihn anzusehen. Der Weg vom Maschinenschuppen zum Wohnhaus kam ihm ungewöhnlich lang vor. Der Tag war heiß gewesen, und sie hatten beide keine Energie mehr. Wie er vorhergesagt hatte, war er mit dem Raps vor zwei Tagen fertig geworden, und seitdem war er ununterbrochen mit der Aussaat des Weizens beschäftigt gewesen. Zwischen dem Säen und Krees Kreuzzug für das Besucherzentrum hatte er die attraktive Amerikanerin kaum zu Gesicht bekommen. Wenn sie nicht noch am Telefon hing oder die Lage in Berridale überprüfte, schlief sie schon, wenn er nach Hause kam.

Er ignorierte das Gefühl des Verlustes, das sich über seine Erschöpfung legte. Es gab wesentlich wichtigere Dinge, mit denen er sich beschäftigen musste, als die Tatsache, dass er Kree vermisste. Er musste den Weizen in die Erde bekommen, damit er nach Norden fahren und die Ultra-Black-Rinder kaufen konnte. Außerdem musste er das fehlende Geld auftreiben, um den Viehkauf zu finanzieren, da die Bank ihm ja nur die Hälfte lieh. Wenn er sich auf eine geringere Anzahl an Rindern beschränkte und den Ute verkaufte – bei dem Gedanken zog sich ihm der Magen zusammen –, müsste er zurechtkommen.

Im Haus war kein Licht mehr zu sehen. Es war schon fast Mitternacht, und alle lagen schon im Schlaf. Sein Magen rebellierte, als er in den hinteren Garten zum Pool ging. Tish hatte ihn über Funk angerufen, um zu fragen, ob er sein Abendessen auf dem Feld haben wollte. Er hatte vorgehabt, nur noch eine weitere Reihe auszusäen, also hatte er ihr gesagt, sie solle sich nicht die Mühe machen. Dann waren die Scheinwerfer des Traktors durchgebrannt, und er hatte beim Ersetzen der Kabel wertvolle Zeit verloren.

Als er um die Ecke der Veranda ging, sprang der Lichtsensor an. Auf der vom Wind bewegten Oberfläche des Poolwassers tanzten Lichter. Er fuhr sich mit der Hand durch sein schmutziges Gesicht. Staub bedeckte seine Haut, und in seinen Kleidern hing der Gestank des Diesels. Er würde schnell eine Runde schwimmen und dann sehen, was Tish ihm zum Abendessen hingestellt hatte.

Midget bellte irgendwo zu seiner Rechten, und Whiskey stürmte zu ihr. Im Dunkeln sah er lediglich einen weißen Blitz, als der Jack Russell durch den Garten in Richtung Hühnergehege stürmte. Ein Fuchs trieb sich bei Lancelot und seinen Hennen herum. Aber durch Midgets Wachsamkeit und den Hühnerdraht, den Ewan in den Boden gegraben hatte, als er das Gehege gebaut hatte, würde Lancelots Königreich uneinnehmbar bleiben.

Ewan öffnete das Tor zum Pool und hängte seinen Hut an den Türschließer. Da die Jungen schon im Bett waren, machte es nichts, wenn das Tor nicht richtig schloss. Er öffnete die beiden obersten Knöpfe seines Arbeitshemds, zog es sich über den Kopf und hängte es über das Tor. Dann ging er über die Sandsteinfliesen zum Beckenrand, wo er sich niederbeugte, um Schuhe und Socken auszuziehen. Obwohl er sich vorsichtig aufrichtete, fuhr ihm ein Schmerz durch den unteren Rücken. Braye schlug beim Rugby wirklich ordentlich zu, wenn er angriff. Das nächste Mal, wenn ein Spiel der Wallabies im Fernsehen übertragen wurde, würde er Braye nicht erlauben, aufzubleiben und es sich anzuschauen.

Als er seine Gürtelschnalle öffnete, hörte er das entfernte Meckern einer Ziege. Ewan suchte den Garten ab und versuchte jenseits der Reichweite der Lampe etwas zu erkennen. Warum war Fudge noch wach? Und wenn Fudge noch auf den Beinen war – galt das auch für Freckle? Er rieb sich das Schlüsselbein und lauschte, aber alles, was er hören konnte, war das Kratzen des Schmutzes zwischen seiner Haut und seinen Fingerspitzen. Alles schien ruhig. Falls Fudge noch wach war, würde er sie in ihr Lager auf der Veranda bringen, wenn er seine Schwimmrunde beendet hatte.

Er öffnete den Knopf seiner Jeans und war gerade im Begriff, sich den staubigen Denim-Stoff abzustreifen, als Fudge von Neuem ein Meckern hören ließ. Ein lauter Knall ertönte, und dann vernahm er eine Stimme mit unverkennbar amerikanischem Akzent: »Verdammt! Das war Tishs Vogelbad.«

Fudge stob in den Lichtkegel, gefolgt von der humpelnden Kree, die den sich windenden Freckle trug. »Kommt nicht infrage«, sagte Kree, ganz auf den unruhigen Welpen konzentriert. »Wenn ich dich runtersetze, läufst du mir nur weg. Du bist noch nicht groß genug, um es mit dem Spuk da draußen im Garten aufzunehmen. Und falls du es noch nicht weißt: Es ist Zeit fürs Bett.«

Ewan erstarrte. Es fiel ihm schon schwer genug, die Wirkung, die Kree auf ihn ausübte, zu verbergen, wenn er Kleider und einen Hut mit weiter Krempe trug. Jetzt, wo er nur noch seine Jeans anhatte und das Licht ihm direkt ins Gesicht schien, würde sie in ihm lesen können wie in einem der Bilderbücher der Jungen. Er floh vom Pool weg in die Dunkelheit und hoffte, Kree würde annehmen, der Wasserball, der auf der Wasseroberfläche trieb, hätte den Lichtsensor ausgelöst.

Mit ein bisschen Glück würde sie nicht merken, dass er da war.

Aber das Glück war nicht auf seiner Seite. Fudge stürmte blökend in seine Richtung. Er sah genau, wann Kree ihn entdeckte. Der Welpe sprang ihr aus den Armen, landete im dichten Gras und rannte in dieselbe Richtung, in die Midget und Whiskey gerannt waren.

Kree stemmte ihre Hände in die Hüften. »Ich gebe auf.«

Sie hinkte auf ihn zu. Ihre Jeans schmiegte sich eng um ihre Hüften, und ein pink-weiß gestreiftes Hemd steckte im Bund ihrer Hose. Im Licht der Lampe blitzte die kleine Schnalle ihres neuen Ledergürtels. Kree mochte sich in den Verhandlungen in Bezug auf die Größe der Schnalle durchgesetzt haben, doch nach dem Blinken zu urteilen, war Braye in Sachen Glitzerschmuck Sieger geblieben. Sein Magen zog sich zusammen. In ihren neuen Kleidern und mit der leichten Sonnenbräune auf ihrer vorher so winterbleichen Haut wirkte sie wie eine Einheimische. Aber egal, wie sehr sie in seiner Welt mittlerweile auch zu Hause zu sein schien, sie würde bald fort sein.

»Ihm passiert nichts – in allzu große Schwierigkeiten kann er sich hier nicht bringen«, sagte Ewan und versuchte, die Entfernung zwischen sich und seinem Hemd einzuschätzen. »Der Spuk im Garten war vermutlich ein Fuchs oder ein Känguru. Darum kümmert sich Whiskey.«

Kree blieb hinter Fudge am Tor zum Pool stehen. »Ich schwöre, vor einer halben Stunde hat er noch fest geschlafen. Midget hat gebellt, also bin ich rausgegangen, um zu sehen, was los ist. Draußen bin ich dann auf Fudgy gestoßen, die auch wach war.«

Kree tätschelte die kleine Ziege, um sie daran zu hindern, an seinem Hemd zu knabbern, das genau in Höhe ihres Kopfes hing.

Ewan verschränkte die Arme. »Ich sorge dafür, dass er wieder im Bett ist, bevor ich ins Haus komme.«

»Danke.« Ihre mitternachtsblauen Augen blitzten im starken Licht der Lampe. »Du kommst spät. Tish hat sich schon Sorgen gemacht. Sie hat ein Hühnerragout für dich in den Kühlschrank gestellt.«

»Ich hatte ihr geschrieben, dass ich einen Maschinenschaden hatte. Sie macht sich zu viele Sorgen. Der Arzt hat gesagt, dass es nur einen Weg gibt, wie sie ihre Spannungskopfschmerzen loswerden kann: weniger Stress.«

Kree runzelte die Stirn. »Hat sie diese Kopfschmerzen oft?«

»Jetzt nicht mehr. Sie ist entschlossen, ihre Anspannung nicht auf Darby zu übertragen, denn auch er neigt dazu, sich Sorgen zu machen.«

»Sie ist eine wundervolle Mutter.«

»Das ist sie.« Er fühlte einen Windstoß auf seiner nackten Brust und erinnerte sich daran, wie verletzlich er gerade war. Noch einmal sah er zu seinem Hemd, das über dem Tor zum Pool hing.

Kree sandte ihm ein kleines Lächeln, während ihr Blick über sein staubbedecktes Gesicht und seine Brust glitt. »Offenbar gehört zu einem Maschinenschaden dazu, sich ordentlich im Staub zu wälzen.«

»Das könnte man so sagen.«

Er wusste, dass er sie nicht ermuntern sollte, weiter mit ihm zu sprechen. Je länger sie hier zusammen standen, desto größer wurde das Risiko, dass sie etwas zu sehen bekam, das er sie nicht sehen lassen wollte. Aber die Erschöpfung hatte seine Vernunft offenbar ausgeschaltet, denn sosehr er sich auch wünschte, dass sie ging, so sehr wünschte er sich auch, dass sie blieb. Bald schon würde sie auf Berridale und dann wieder in Colorado sein.

»Wie kommt es, dass du noch wach bist?« Die Worte waren ihm entwischt, bevor seine Selbstkontrolle seinen Mund am Sprechen hindern konnte.

»Zuhause ist es jetzt Vormittag, und ich musste ein paar Anrufe erledigen«, sagte sie und zog einen Ärmel seines Hemdes aus der Reichweite der entschlossenen Fudge.

»Was machen die Pläne für das Kutscherhaus?«

»Es sieht gut aus. Ich kann dir davon erzählen, während du isst. Ich brauche eine Packung Tiefkühlerbsen für mein Knie. Tishs armes Vogelbad wird nie wieder so schön sein wie vorher.«

»Ist mit dir alles in Ordnung?«

Er sah ihr zu, wie sie sich das Knie rieb. Ihr langes braunes Haar fiel ihr über die Schultern, und er spürte das Verlangen, es durch seine Finger gleiten zu lassen. Er ballte die Hände unter den verschränkten Armen zu Fäusten.

»Mir geht es gut.« Sie richtete sich auf. »Ich addiere den blauen Fleck zu dem dazu, den ich mir geholt habe, als ich über Brayes Stiefel gestolpert bin, den Freckle verschleppt hatte.«

Ewans Blick folgte dem Weg, den ihre Hand von ihrem Knie über die Kurve ihres Schenkels beschrieb, während sie sprach. Viel zu spät bemerkte er, dass Fudge durch das Tor zum Pool spaziert war und jetzt auf den Hinterbeinen stand, um sich sein Hemd zu schnappen. Die kleine Ziege erwischte den Ärmel mit der Schnauze und zog daran. Das Hemd fiel herunter und wickelte sie in marineblauen Stoff ein. Fudge sprang nach links und schoss auf Ewans Beine zu. Er griff nach ihr, aber sie schlug einen wilden Haken, jagte geradewegs über den Rand des Pools hinweg und landete im Wasser.

Ohne nachzudenken, sprang Ewan hinterher. Die unerwartete Kälte des Wassers traf ihn wie ein Schlag. Er umschlang das zappelnde blaue Bündel und schwamm zum Beckenrand, wo Kree kniete. Er hielt die um sich schlagende Fudge in den Armen, stellte sich auf und hob das Kinn, um keinen Stoß ihres Kopfes abzubekommen.

»Hierher, ich nehme sie«, sagte Kree. Ihre Hände glitten über seinen Bauch, als sie Fudge mit ihren Armen umfing. Die Spitzen ihres offenen Haars klebten wie neugierige Finger an seiner Brust. Sie war ihm so nah, dass er durch den dunklen Fächer ihrer Wimpern sehen konnte. So nah, dass sie sicher bemerkt hätte, wie scharf er bei ihrer Berührung die Luft einzog, wenn sie zugehört hätte.

»Ganz ruhig, Fudgy«, murmelte sie und drückte die Ziege an sich. »Halt still, damit wir dir das Hemd abnehmen können.«

Ewan befreite Fudges Kopf und Nase von dem Ärmel, und ihr Gesicht tauchte endlich wieder auf. Krees Hand streifte die seine, während sie ihm half, den Rest des kleinen Ziegenkörpers aus dem schweren Baumwollstoff zu wickeln.

Kree küsste die kleine Ziege auf die Stirn und umarmte sie. »Na, siehst du, dein Abenteuer ist zu Ende. Jetzt ist alles wieder gut.«

Als Ewan Kree anstarrte, die Fudge fest und sicher in ihren zarten Armen hielt, wusste er jedoch, dass ganz und gar nicht alles gut war. Das Zittern seiner Muskeln, das ihre flüchtige Berührung ausgelöst hatte, und das Ziehen in der Brust, das er angesichts ihres zauberhaften Wesens verspürte, bestätigten, dass ohne Kree für ihn nie wieder etwas gut sein würde.

*

Kree trank einen Schluck ihrer heißen Schokolade. Nach der nächtlichen Aufregung brauchte sie etwas, das ihr beim Einschlafen half. Fudge war inzwischen wieder trocken und aufgewärmt und lag auf der hinteren Veranda in tiefem Schlaf; Freckle rollte sich an ihrer Seite zusammen. Die Schiebetür hatte sich geöffnet und geschlossen und sie wissen lassen, dass Ewan seine Bahnen geschwommen war und gleich hier sein würde, um zu Abend zu essen. Sie warf einen Blick auf die Küchenuhr. Gut, um ein Uhr morgens war es wohl eher ein Mitternachtsmahl. Sie wusste, dass er vor Sonnenaufgang aufgestanden war, und wie sie ihn kannte, würde er morgen dasselbe tun. Sie unterdrückte ein Gähnen. Wie sie sich kannte, würde sie wachliegen und auf seine Schritte lauschen, wenn er an ihrer Schlafzimmertür vorbei zur Küche ging.

Sie rückte die Packung Tiefkühlerbsen auf ihrem Knie zurecht. Die Geschwindigkeit, mit der er Fudge in den Pool nachgesprungen war, und die Zärtlichkeit, mit der er die kleine Ziege anschließend gehalten hatte, wärmten Kree das Herz. Und wie er ausgesehen hatte, als er ohne Hemd in dem hellen Licht dastand ... Krees Finger schlossen sich um ihren Becher. Er sah nicht nur gut aus, ihre Hände, die über die festen Stränge seiner Bauchmuskeln geglitten waren, hatten den unverrückbaren Beweis dafür, dass er sich auch verdammt gut anfühlte. Zarte Schmetterlinge breiteten sich in ihrem Bauch aus. Zudem wusste sie nun endlich, dass die Verbindung zwischen ihnen nicht einseitig war. Als sie ihn berührt hatte, hatte sie den hastigen Atemzug gehört und in seinen Augen dunkles Verlangen gesehen. Sein Schuldgefühl hatte eine undurchdringliche Mauer errichtet, die die Außenwelt auf Abstand hielt, aber fingen nicht gerade ein paar Steine an zu wackeln?

Ewans Schritte hallten durch den Flur. Sekunden später trat er in die spärlich beleuchtete Küche. Er trug ein dunkelgraues T-Shirt und verblichene Jeans. Sein Haar war feucht und wirr.

»Was macht dein Knie?«, fragte er und ging zum Herd, wo Kree das Hühnerragout für ihn schon aufgesetzt hatte.

»Ist in Ordnung, hoffe ich. Aber was das Vogelbad angeht ...«

»Mach dir keine Sorgen. Ich sehe es mir an, bevor ich morgen früh losgehe.« Ewan stellte die hitzebeständige Schüssel auf einen Untersetzer und ein Bier auf einen Filz, ehe er sich ihr gegenüber auf den Küchenstuhl setzte.

»Danke, aber du hast schon genug zu tun. Ich bin sicher, die Jungen können mir helfen.«

»In der Tat, ich könnte wetten, Braye weiß, wie man die metallene Wasserschüssel wieder auf den Ständer montiert. Es gab da mal so einen Unfall mit einem außer Kontrolle geratenen Kipplaster ...« Ewan nahm seine Gabel und betrachtete das Hühnerragout. »Danke fürs Warmmachen.«

»Keine Ursache.«

Er grinste, und die Schmetterlinge in ihrem Bauch begannen zu flattern. »Hast du gerade ›keine Ursache‹ gesagt?«

»Ja, ich glaube, das habe ich gesagt.«

»Wir machen noch eine Australierin aus dir.«

Eine Art verschwörerisches Schweigen breitete sich zwischen ihnen aus, während Ewan aß und sie an ihrer heißen Schokolade nippte. Es war, als hätten sie beide beschlossen, die Tiefe ihrer vorangegangenen Gespräche zu meiden und die Stimmung leicht zu halten. Keine weiteren Bekenntnisse, keine tiefen Gefühle.

»Geht es Fudge gut?«, fragte er.

»Ja, sie und Freckle schlafen aneinandergekuschelt, als hätten sie die ganze Nacht nichts anderes gemacht. Danke, dass du sie gerettet hast.«

Ewan zuckte mit den Schultern. »Gehört alles zum Job.«

Kree lachte. »Du großer Held, du.«

Über den Tisch hinweg sah er sie an. Sein Blick blieb an ihrem Mund hängen. »Wie geht es denn Seth?«

»Gut. Er kann seinen Arm wieder voll gebrauchen und hilft die nächsten zwei Wochen bei einem Landschaftsgärtner aus.«

»Wirst du dich mit ihm treffen, bevor du nach Hause fliegst?«

Ewans Frage klang gleichmütig, doch um seinen Mund lag ein angespannter Zug.

»Er hat gesagt, er kommt mich besuchen, wenn ich wieder in Berridale bin. Ich glaube, er hat eine Überdosis glitzernde Stadtlichter genossen und braucht jetzt wieder ein bisschen Ruhe und Frieden.«

»Wenn er etwas zu tun braucht, finden Travis und ich sicherlich etwas, das ihn von neuen Dummheiten abhält.«

»Danke. Ich werde das Angebot annehmen, sobald er anfängt, mich mit seinem Gerede über Maschinen verrückt zu machen.«

Kree legte die Tiefkühlerbsen auf den Tisch. Es war Zeit, ins Bett zu gehen. Sie wusste nicht, was sie mehr berührte: der nasse, halb nackte Ewan oder der Ewan, der ganz normal mit ihr redete und dessen klare graue Augen ihrem Blick standhielten. Er hörte ihr auf eine Art zu, die sie wünschen ließ zu reden, wirklich zu reden – und das machte ihr Angst. Die Kontrolle zu behalten bedeutete, einem anderen nie alles von sich anzuvertrauen. Ray war in ihre Hoffnungen, Träume und Wünsche nie eingeweiht gewesen.

Ewan betrachtete die Erbsen. »Du wolltest mir erzählen, wie es mit deinen Plänen für das Kutscherhaus vorangeht.«

Kree legte sich die Erbsen wieder auf das schmerzende Knie. Dann würde sie eben das Schicksal noch ein bisschen weiter herausfordern. Ewan war mit seinem Ragout und seinem Bier ja fast fertig.

»Es läuft alles wirklich gut. Der Anruf, auf den ich heute Abend gewartet habe, hat bestätigt, dass das Kutscherhaus uns gehört und von der Stadt genutzt werden kann.«

Ewan pfiff durch die Zähne. »Du fackelst wirklich nicht lange. Dein Investor hat also angebissen?«

»Ja, das hat er. Das Kutscherhaus gehört nun Montfield Incorporated, der Firma meines Investors. Sie hat ihren Anwalt als Ansprechpartner für Dinge wie Versicherungen, Reparaturen und so weiter benannt.« Sie bemühte sich um einen neutralen Gesichtsausdruck. Je weniger Fragen Ewan über den Investor stellte, desto besser. Er wäre mit Sicherheit nicht damit einverstanden, wie sie den Verkauf des Kutscherhauses zuwegegebracht hatte. »Der Eigentümer aus Sydney konnte das Haus gar nicht schnell genug loswerden, also musste rasch eine Einigung erzielt werden. Nächste Woche sollten wir die Schlüssel bekommen.«

»Und was sieht dein Plan dann vor?«

»Ich habe die letzten paar Tage damit zugebracht, mit Leuten zu sprechen und mich über die Meinung der Leute im Ort zu informieren. Der Stadtrat ist mit an Bord – Mrs. Jessop hat die Neuigkeit verbreitet, und Beth hat zugesagt, bei uns als Geschäftsführerin in Teilzeit anzufangen. Jetzt müssen wir nur noch das Gebäude in Schuss bringen, Vorräte einkaufen und Informationsmaterial für die Touristen besorgen.«

Ewans sah sie betrübt an. »All das kostet Geld.«

»Ich weiß, aber hier können Seth und ich einspringen. Als Starthilfe für das Unternehmen stiften wir die Einnahmen, die Seth durch den Verkauf seiner Überlebensgeschichte an die Medien bekommen hat.«

»Wird das genügen?«

»Ja. Eine amerikanische Zeitung hatte so großes Interesse daran, dass sie ihm ein Angebot für einen Exklusivbericht gemacht hat. Das Geld sollte der Gemeinde von Glenalla so oder so zugutekommen. Es hängt natürlich von den Kosten für das Kutscherhaus ab, aber ich hoffe immer noch, dass wir außerdem dem Rettungsdienst eine Spende zukommen lassen können.«

»Kree, du hast die Schuld, in der du Glenalla gegenüber zu stehen glaubst, bereits mehr als abgegolten.« Der Ernst ließ Ewan langsam sprechen. »Eher sind wir jetzt dir etwas schuldig.«

»Ich kann euch allen nicht genug dafür danken, dass ihr Seth gerettet habt.«

Ewan lächelte sie liebevoll an. »Du hast es schon tausendmal getan.« Er schob seinen Stuhl zurück. Sein Teller war leer. »Nächste Woche fahre ich ein paar Tage nach Queensland. Danach teil mich bitte für alles ein, was ich tun kann.« Er zwinkerte ihr zu. »Ich bin sicher, mein Werkzeug – oder mein Männerspielzeug – wird irgendwo zu gebrauchen sein.«

»Danke.« Kree legte die Tiefkühlerbsen wieder auf die Tischplatte. »Mrs. Jessop hat bereits erwähnt, dass ich dich fragen soll. Wie es aussieht, wird ihre Tochter Cassandra an den Wochenenden von der Uni nach Hause kommen, um mit anzupacken.«

Ewan stöhnte auf und erhob sich. »Vielleicht bleibe ich doch etwas länger in Queensland.«

Kree legte die Hände flach auf den Tisch und wollte aufstehen.

Ewan trat neben sie. Seine Augen wurden schmal. »Tut dir das Knie noch weh?«

»Nein, es ist nur ein wenig empfindlich. Ich bin sicher, morgen früh ist alles wieder in Ordnung. Ich will mit Banjo nach Berridale reiten, also muss es gefälligst funktionieren.«

Ewan bot ihr seine Hand an. Nach kurzem Zögern nahm sie sie.

»Fertig?«, fragte er.

»Leg los.«

Seine Finger schlossen sich fest um ihre, und er zog sie auf die Füße.

Kree sog den Duft von Seife und seinem in der Sonne getrockneten T-Shirt ein und ließ ihre Hand noch ein wenig in seinem warmen, kräftigen Griff. Alles, was sie sehen konnte, war sein breiter Brustkorb. Die Vorstellung von Ewan, der mit einem Werkzeuggürtel um den Leib arbeitet, bis der Schweiß floss, würde nicht nur die Tochter von Mrs. Jessop dazu bringen, sich freiwillig zum Hilfsdienst im Kutscherhaus zu melden.

»Schmerzen?«, fragte er.

»Nichts, was sich durch guten Nachtschlaf nicht kurieren ließe.«

Ewan machte keine Anstalten, ihre Hand loszulassen, und sie machte keine Anstalten, ihre Finger zu befreien. Das Ticken der Küchenuhr zeigte, wie die Zeit verstrich.

»Kree?« Ewans raue Stimme schien von irgendwo tief in seinem Innern zu kommen.

Langsam löste sie ihren Blick von seinen Schlüsselbeinen und sah ihm ins Gesicht. Anspannung machte seine Züge hart und ließ seine Augen dunkel wie eine Sturmnacht erscheinen.

Sie hatte ihren Aufbruch zu lange hinausgezögert, und nun musste sie den Preis dafür zahlen. Auch ohne dass Ewans Lippen die ihren berührten, war ihre Selbstbeherrschung völlig dahin. Sie war fünf Jahre lang mit Ray zusammen gewesen, aber nach nur fünf Sekunden, in denen ihre Hand in der von Ewan gelegen hatte, fühlte sie sich nackter und ausgelieferter als je zuvor. Es war, als wäre ihre Selbstkontrolle regelrecht zusammengeschmolzen und hätte sie schutzlos und verletzlich zurückgelassen. Er brachte sie dazu, Dinge zu fühlen und zu wollen, von denen sie nicht gewusst hatte, dass sie wichtig waren. Dinge, die sie nie würde kontrollieren können. Ihre Hand zitterte.

Der Ausdruck in Ewans Augen änderte sich, als sei ein Vorhang geschlossen worden. Er ließ ihre Finger los, als würde ihn der Kontakt mit ihrer Haut verbrennen. Er wandte sich ab, um seinen Teller wegzuräumen, damit sie sein Gesicht nicht sehen konnte.

»Also gut, wenn dir nichts fehlt, lege ich mich aufs Ohr«, sagte er heiser. »Ich muss morgen sehr früh aufstehen.«

# 16

Tish schlug auf das tränennasse Kissen ein, das sich weigerte, eine bequeme Form anzunehmen. Die Anspannung hatte ein straffes Band aus Schmerz um ihren Kopf gelegt. Die Türen zu den Zimmern von Kree und Ewan hatten sich längst geschlossen. Dass die beiden endlich einmal Zeit miteinander verbracht hatten, machte ihre Not jedoch nicht geringer. Sie warf einen Blick auf ihr Handy, das auf dem Nachttisch lag. Sie musste Travis anrufen. In der Vergangenheit war es ihm immer gelungen, ihren wilden Erklärungen einen Sinn zu entnehmen, und seine ruhige Logik hatte sie durch die Nebel ihrer Ängste erreicht. Was sie wachhielt, hatte allerdings nichts damit zu tun, dass sie ihn über Kree und Ewan auf dem Laufenden halten wollte. Sie hatten gerade erst angefangen, ihre Freundschaft zu erneuern, und sie wollte ihn nicht mit noch mehr Sorgen belasten.

Sie presste sich die Hand auf den Mund. Die Welt stürzte über ihr zusammen. Sie brauchte Geld. Sie und Ewan hatten auf vieles verzichtet, sparsam gelebt und es so durch die Trockenperiode geschafft. Jetzt aber hatten sie keinerlei finanzielle Reserven mehr, und es war fraglich, ob sie weiterhin überleben würden. Die Kosten für die erste Aussaat seit fünf Jahren hatten ihr Budget erschöpft. Bis das Getreide reif war – und niemand garantierte ihnen, dass es je so weit kommen würde –, würde das Geld knapp sein. Sie hatten kein Vieh mehr, und ohne Schafe und Rinder, die eine Einkommensquelle neben dem Getreide bildeten, war Marellen finanziell nicht lebensfähig.

Ewan hatte gesagt, dass er die Mittel für den Kauf der Ultra-Black-Rinder aufgetrieben habe, und sie hatte geglaubt, das würde bedeuten, dass die Bank ihnen die gesamte Summe zur Verfügung stellte. Aber als sie Ewan den Bankbrief mit dem Kreditangebot aufs Feld gebracht hatte, damit er ihn in seiner Mittagspause unterschreiben konnte, hatte sie die Kreditsumme gesehen, und sogar sie wusste, dass das nicht ausreichen würde. Als sie Ewan danach gefragt hatte, hatte er ihr versichert, dass alles gut werden würde.

Dann war Tish nach Hause gekommen und hatte einen Anruf von Fred Webb angenommen, der mit Ewan über den Kauf des Ute reden wollte. Jetzt wusste sie, dass alles nur deshalb gut werden würde, weil Ewan bereit war, seinen Ute zu verkaufen, um Marellen für sie und ihre Söhne zu erhalten. Ewans Ute war sein ganzer Stolz. Er hatte ihn sich vor der Trockenperiode gekauft, und Ewan und Fergus hatten Monate im Maschinenschuppen verbracht, um ihn herzurichten. Sie durfte nicht zulassen, dass er das Letzte verkaufte, was ihn mit seinem Bruder verband.

Damit blieb nur noch eine Möglichkeit, Geld aufzutreiben ... ihre Eltern. Sie presste ihre Hand noch fester auf den Mund. Die Entscheidung, die sie heute Nacht getroffen hatte, würde das Leben für sie und die Jungen unwiderruflich verändern.

Morgen würde sie ihre Mutter anrufen und einen Pakt mit dem Teufel schließen.

*

Das Geräusch von zerspringendem Glas, das aus der Küche drang, brachte Kree dazu, im Flur nicht wie geplant nach links, sondern nach rechts abzubiegen. Trotz der Schmerzen in ihrem Knie plante sie noch immer, mit Banjo nach Berridale zu reiten. Die Jungen waren im Sandkasten und Ewan auf seinem Traktor. Der einzige andere Mensch im Haus war Tish. Kree drehte den Knauf aus Messing und schob die Küchentür auf. Tish stand mit hängendem Kopf da. Verstreut um ihre Füße, die in Stiefeln steckten, lagen die Überreste eines Einmachglases.

»Tish, ist alles in Ordnung?«

Tish hob den Kopf, aber sie sah Kree nicht in die Augen. »Alles bestens. Ich sterilisiere Gläser für Tomaten-Chutney, und mit meinen zittrigen Händen habe ich eines fallen lassen.«

Kree trat in die Küche. Ihr Ausritt konnte warten. Tishs niedergeschlagener Tonfall sagte ihr, dass die Dinge alles andere als bestens standen. Kree schaltete den elektrischen Wasserkocher ein. »Wie wär's mit einem Tee?«

»Danke. Ja. Das wäre schön.« Tish lächelte ein kleines Lächeln und beugte sich hinunter, um vorsichtig die größte Scherbe aufzuheben. »Wissen Sie was? Sie werden immer australischer.«

Kree holte Kehrbesen und Schaufel aus dem Küchenschrank. »Ewan hat dasselbe gesagt, aber ganz egal, wie viele australische Ausdrücke ich auch lerne, Darby sieht mich noch immer an, als würde ich eine völlig andere Sprache sprechen.«

Tish trat zur Seite, damit Kree um sie herum fegen konnte. »Ich glaube nicht, dass das an Ihrem Akzent liegt. Darby hat manchmal Schwierigkeiten mit dem Hören. Er hatte viele Mittelohrentzündungen, als er kleiner war, und obwohl die Hörtests ergeben haben, dass er tadellos hört, glaube ich nicht, dass das stimmt.«

Kree fegte die letzte der kleinen Glasscherben auf die Kehrschaufel und stand auf. »Tish, ich bin nicht sicher, ob Sie das wissen: Ich war früher einmal Audiologin. Manchmal hören die Ohren sehr gut, aber das Gehirn hat Probleme, die Informationen zu verarbeiten, die die Ohren aufnehmen. Vielleicht würde es sich lohnen, sein Gehör noch einmal untersuchen zu lassen, diesmal aber einen spezifischeren Test zu machen.«

»Das ist eine gute Idee. Ewan fürchtet, dass Darby seinetwegen nicht spricht.« Sie machte eine Pause. »Hat ... Hat Ewan mit Ihnen ... über ... seinen Bruder gesprochen?«

»Das hat er.« Die Schärfe seiner Worte bereitete Kree immer noch schlaflose Nächte. »Er hat mir erzählt, was passiert ist. Es tut mir so leid, dass Sie Ihren Mann verloren haben, Tish.«

»Danke.« Tish nahm Kree die Kehrschaufel aus der Hand, schüttete die Glasscherben in den Abfalleimer und stellte Besen und Schaufel zurück in den Schrank. »Ewan macht sich immer noch Vorwürfe, und es gibt nichts, was ich tun oder sagen könnte, um ihn vom Gegenteil zu überzeugen.«

»Ich weiß. Ich habe es auch versucht.«

Kree nahm zwei Tassen aus dem Geschirrschrank und machte sich daran, den Tee aufzubrühen.

»Er fühlt sich auch wegen Darby schlecht«, fuhr Tish fort und reichte Kree die Milch aus dem Kühlschrank. »Er glaubt, dass die Ereignisse Darby emotional sehr stark belastet haben, und Ewan ist überzeugt davon, dass er deshalb nicht viel spricht.«

Kree stellte die beiden gefüllten Tassen auf die runden Hühner-Untersetzer, die bereits auf dem Küchentisch lagen. Tish verstaute die Milch wieder im Kühlschrank, setzte sich Kree gegenüber und zog die heiße Tasse zu sich.

»Darbys Schweigsamkeit könnte durchaus von den Mittelohrentzündungen in seiner frühen Kindheit verursacht worden sein«, sagte Kree. »Sie muss mit dem Verlust seines Vaters überhaupt nichts zu tun haben.«

»Um Ewans willen hoffe ich, dass es so ist.« Tish starrte in ihren Tee, von dem sie noch nicht getrunken hatte. »Ich werde dafür sorgen, dass Darby einen Hörtest macht, sobald ich mich in der Stadt eingelebt habe.«

Kree konnte nicht verhindern, dass ihre Brauen sich hoben. »In der Stadt?«

Tish antwortete nicht. Aber die Tränen, die ihre grünen Augen füllten, waren Antwort genug. »Tish, was ist los? Ich hoffe, ich trete Ihnen nicht zu nahe, wenn ich offen spreche. Ich habe neulich Nacht Ihr Gespräch mit Ihrer Mutter mit angehört. Sie haben zu ihr gesagt, dass Sie nicht von hier weggehen werden.«

»Ich weiß. Das habe ich gesagt. Und es macht mir nichts aus, dass Sie mein Gespräch mit angehört haben. Der Einzige, von dem ich nicht möchte, dass er irgendetwas, was zwischen mir und meiner Mutter gesprochen wird, hört, ist Ewan. Es wird ihm das Herz brechen, dass die Jungen wegziehen. Und mir auch.«

»Ganz sicher wird es dazu nicht kommen.«

»Es ist schon dazu gekommen.«

»Warum? Was ist denn passiert?«

Tish rieb sich die Augen. »Ich möchte Sie nicht mit meinen Familiendramen behelligen, ich bin sicher, Sie haben genug eigene Probleme.«

»Ich hoffe, ich bin inzwischen mehr als nur ein Gast«, sagte Kree und gab das förmliche Sie auf. »Ich hoffe, ich bin eine Freundin. Es ist völlig in Ordnung, wenn du mir erzählst, was dich quält.«

Ein kleines Lächeln vertrieb kurz die Traurigkeit aus Tishs

Gesicht. »Ja. Wir sind Freundinnen. Ich habe es genossen, dich hier zu haben, und ich werde dich ganz sicher vermissen, wenn du weg bist.« Tish seufzte. »Die Sache ist die: Ewan braucht Geld. Wir haben uns durch die Trockenheit gekämpft, aber jetzt fehlen uns die finanziellen Mittel, um wieder auf die Füße zu kommen. Es gibt keine Garantie dafür, dass die Saat gedeihen wird, und Marellen ist immer als Farm mit gemischter Landwirtschaft betrieben worden. Wir brauchen Vieh, um genügend Einkünfte zu erzielen. Die Bank wird uns die Hälfte der Summe finanzieren, die zum Kauf neuer Rinder notwendig ist, aber Ewan wird seinen Ute verkaufen müssen, um den fehlenden Betrag aufzutreiben.«

»Das klingt nach etwas, das Ewan tun würde. Mir ist bewusst, wie viel ihm sein Ute bedeutet, aber die Fürsorge für dich und die Jungen kommt bei ihm definitiv an erster Stelle.«

»Ich weiß, aber der Ute ist das Letzte, was ihn mit Fergus verbindet, also kann ich nicht zulassen, dass er ihn verkauft. Er hat schon so viel aufgegeben, um mir zu helfen, die Jungen aufzuziehen, und er hat dafür nie eine Gegenleistung verlangt.« Tish verschränkte die Finger. »Wenn ich aufgehört habe, zu zittern und Gläser fallen zu lassen, rufe ich meine Mutter an. Sie wird mir das Geld geben, aber nur, wenn ich bereit bin … nach Hause zu kommen.« Tishs heiserer Tonfall verriet, wie groß ihre Not war.

Kree konnte nachfühlen, wie es ihr gehen musste. Tish und die Jungen würden nicht nur Marellen und Ewan vermissen, Tish würde auch Travis vermissen. Krees Gedanken überschlugen sich. »Vielleicht musst du deine Mutter gar nicht anrufen. Es könnte einen anderen Weg geben.«

»Einen anderen Weg? Ich wüsste nicht, was es da noch geben könnte. Ich habe die ganze Nacht damit verbracht, über Alternativen nachzudenken.«

»Wie wäre es, wenn ich euch das Geld leihen würde?«

»Das ist ein sehr nettes Angebot, aber ich kann es nicht annehmen. Wir sprechen hier von einer beträchtlichen Summe.« Tish zögerte. »Ich bin sicher, dass du eine begabte Künstlerin bist, aber die Künstler, die ich kenne, verdienen nicht allzu viel.«

Kree berührte ihre Hand. »Mach dir keine Sorgen, ich komme ganz gut zurecht. Ich könnte das Geld morgen für euch bereithaben.«

Tish blinzelte. »Morgen?«

»Ja.«

Tish legte den Kopf zur Seite, und Hoffnung ließ die harte Linie ihres Mundes weicher erscheinen. »Könntest du es wirklich morgen schon haben?«

»Hundertprozentig.«

»Und es wäre für dich kein Problem?«

»Überhaupt kein Problem. Das Geld ist da. Ewan hat mir bei der Suche nach Seth so sehr geholfen, bitte lasst mich jetzt euch helfen. Die Jungen sind hier so glücklich, und ich hasse die Vorstellung, sie könnten irgendwo hinverschleppt werden, wo sie sich nicht wohlfühlen. Um ehrlich zu sein: Ich bin nicht sicher, wie so ein freier Geist wie Braye und deine Mutter miteinander auskommen würden. Ich weiß nur, wie sehr Seth es hasst, wenn ihm Fesseln angelegt werden.«

Tish stand von ihrem Stuhl auf und kam um den Tisch herum zu Kree. »Der Gedanke, dass Braye und meine Mutter aneinandergeraten könnten, macht mich ganz krank. Sie hat feste Vorstellungen, wie alles zu sein hat, und ihre einzige Erfahrung mit der Erziehung von Kindern war ich. Und wie du dir vermutlich denken kannst, war ich still, angepasst und sehr ordentlich.« Tish umarmte Kree fest. »Danke.«

Kree erwiderte ihre Umarmung. »Sehr gern geschehen.«

Tish setzte sich wieder hin und trank einen Schluck von ihrem Tee. »Aber wir müssen überlegen, wie wir es bewerkstelligen. Ewan ist der Ansicht, dass er für Marellen verantwortlich ist, und er wird jeden zurückweisen, der versucht, ihm zu helfen.«

»Was schlägst du vor?«

»Ewan weiß, dass ich so viel Geld nicht habe, und selbst wenn ich es hätte, würde er annehmen, dass es von meiner Mutter kommt und dass Bedingungen daran geknüpft sind. Meine Mutter macht aus ihrer Abneigung gegen Ewan keinen Hehl. Sie glaubt, dass er schuld an meiner ›Garten-Besessenheit‹ ist, wie sie es nennt. Sie ist der Ansicht, dass er mich besser im Haus beschäftigt halten sollte, zum Beispiel mit der Veranstaltung von Dinnerpartys.«

»Und von mir dürfte das Geld nicht kommen, nehme ich an?«

»Auf keinen Fall. Sein Mackenzie-Stolz würde das einfach nicht zulassen. Es gibt nur einen Menschen, dessen Hilfe er einigermaßen problemlos annimmt, und für finanzielle Hilfe gilt das besonders: Travis. Und selbst Travis müsste sich alle Mühe geben, um ihn zu überzeugen.«

Kree nippte an ihrem Tee und sah Tish über den Rand ihres Bechers hinweg an. »Meinst du, Travis würde mitspielen? Dass er seinen besten Freund anlügen soll, ist ganz schön viel verlangt.«

»Ich weiß. Aber ich glaube, er würde es tun. Nun ja, ich hoffe es zumindest.« Sie errötete. »Er hat eine Schwäche für die Zwillinge, er wird nicht wollen, dass sie wegziehen.«

*

Nach einem frühen Mittagessen und einem langen Telefongespräch mit Travis hatte Tish Kree mit einem erleichterten Lächeln grünes Licht gegeben. Kree wickelte sich die Führleine über den Arm und betrat mit beschwingtem Schritt die Pferdekoppel. Tish und die Jungen würden auf Marellen bleiben können, und Ewan konnte das Vieh kaufen, das er brauchte, um das historische Anwesen wieder rentabel zu machen. Er mochte denken, die Farm wolle seine Familie nicht haben, aber auch wenn er es nie erfahren würde, war ihm und den Menschen, die er liebte, hier etwas Gutes widerfahren.

Am oberen Ende der Koppel, unter einem ausladenden Gummibaum, konnte sie die beiden Pferde erkennen.

»Banjo!«, rief Kree. Die Pferde bewegten sich nicht.

»Banjo!«, rief sie noch einmal. Tish hatte ihr versichert, dass der große Braune sie hören und hinunter zu den Stallungen kommen würde.

Sie blickte sich um und sah, dass sie ein kleines Publikum hatte: Hinter dem Metalltor standen Darby und Braye mit Fudge an der Seite. Midget und Freckle hatten bereits die Geduld verloren und zogen mit den Nasen auf dem Boden auf der Spur eines Kaninchens durch den Garten.

»Vielleicht versteht Banjo kein Amerikanisch«, sagte sie mit einem Lächeln.

Braye atmete tief ein und brüllte: »Ban–jo!«

Kree hielt Ausschau. Sie war sicher, die beiden braunen Gestalten unter dem Baum hatten sich bewegt. Als sie gleich darauf das Trommeln der Hufe auf dem harten Boden hörte, hatte sie keinen Zweifel mehr: Brayes australischer Ruf war am anderen Ende der Koppel auf Gehör gestoßen.

»Hallo, mein Junge«, sagte sie, als Banjos samtige Nase den neuen Akubra untersuchte, den sie sich mit Hilfe von Braye und Darby ausgesucht hatte. Rocket, der bemerkt hatte, dass Kree kein Futter, sondern eine Führleine dabeihatte, trottete hinüber zu den Zwillingen.

Kree schwang auf dem Absatz herum, um nach den Jungen zu sehen, aber das breite Grinsen in beiden Gesichtern versicherte ihr, dass sie sich von dem großen Pferd, das seinen Kopf über das Tor neigte und ihnen in die Gesichter schnaubte, nicht eingeschüchtert fühlten.

»Igitt, Pferdesabber«, sagte Braye und wischte sich die Wange ab, wobei sein Gelächter ganz und gar nicht nach Ekel klang.

Kree befestigte die Führleine an Banjos Halfter und führte das Arbeitspferd durch ein kleineres Seitentor zu den Stallungen. Sie band es an einen Aufzäumpfosten und begann, sein glänzendes braunes Fell zu striegeln. Sie atmete den vertrauten Pferdegeruch ein, den sie in ihrem Erwachsenenleben so vermisst hatte. Endlose Sommertage hatte sie damit verbracht, auf ihrem geliebten gefleckten Pony Monty durch die Berge von Colorado zu streifen und wilden Elchen zu folgen. Heutzutage nahm sie hin und wieder an einem Treck in den Bergen teil, entweder zusammen mit Seth oder mit einer Freundin, die dazu aus der Stadt zu Besuch kam. Wenn sie nach Elk Falls kam, musste sie unbedingt versuchen, wieder genug Zeit für ein eigenes Pferd zu finden.

Die Jungen kamen, um ihr beim Striegeln zu helfen. Banjo wieherte vor Vergnügen, senkte den Kopf und schloss die Augen. Darby und Braye halfen ihr, ihm Zaumzeug, Satteldecke und Sattel anzulegen. Als Kree Branjos rechtes Vorderbein leicht anhob und behutsam daran zog, um sicherzugehen, dass der Sattelgurt ihn nirgendwo kniff, trat auch Tish zu ihnen.

Zwar fühlte sich Kree nicht ganz wohl damit, Ewan zu

betrügen und Travis in die Sache hineinzuziehen, aber das Strahlen, mit dem Tish Darby und Braye umarmte, sagte Kree, dass sie das Richtige getan hatte. Tish und die Jungen gehörten hierher, in den Busch, zu Ewan. Und, wenn ihre gedrückten Daumen halfen, dann eines Tages auch zu Travis.

»Können wir nicht mit Kree reiten?«, fragte Braye und zerrte an der Hand seiner Mutter.

Sie zerzauste ihm das Haar. »Heute nicht. Kree muss Banjo doch erst einmal kennenlernen. Aber ihr könnt vielleicht ein andermal alle zusammen einen Ausritt machen. Jetzt, wo die Aussaat fast erledigt ist, kommt Ewan womöglich auf Rocket mit, und ihr könntet Kree das Wasserloch zeigen, wo ihr zum Campen und Fischen hingeht.

Als hätte er verstanden, worüber gesprochen wurde, begann Rocket zu wiehern. Es gefiel ihm nicht, allein zu sein, und er galoppierte am Zaun der Pferdekoppel auf und ab. Von der kleineren Koppel der Ponys, die hinter den Stallungen lag, ertönte ein schrilles Wiehern, mit dem eines der Ponys antwortete.

Tish lachte. »Wie es aussieht, wollen alle mit von der Partie sein. Wie wäre es, wenn wir Kree losreiten lassen und wir satteln Holly und Buzz, damit ihr ein bisschen durch den Garten reiten könnt?«

Beide Jungen rannten zu Kree und umarmten sie, dann flitzten sie in die Sattelkammer, wo die Führleinen ihrer Ponys an der Wand hingen.

Mit feuchten Augen wandte Tish sich an Kree. »Noch einmal danke für alles.«

»Nicht der Rede wert. Ich bin froh, helfen zu können«, erwiderte Kree. Ihre Augen füllten sich ebenfalls mit Tränen. »Ich weiß, dass Travis darauf besteht, dass alles schriftlich festgehalten und ein ordentlicher Zinssatz bezahlt wird, aber bitte erinner ihn daran, dass es für die Rückzahlung des Kredits keine feste Frist gibt.«

»Gut, ich erinnere ihn daran.«

Kree band Banjo los und befühlte die Taschen ihrer Jeans, um zu überprüfen, ob sie die Schlüssel der Tylers und ihr Handy bei sich hatte.

»Auf einem Teil des Weges müsste dein Handy Empfang haben«, sagte Tish. »Aber wenn irgendetwas schiefgeht, weißt du ja, dass Ewan über Funk auf dem Kanal UHF 4 zu erreichen ist. Hat Maureen dir gezeigt, wo ihr Funkgerät steht und wie es bedient wird?«

»Ja, es steht in der Küche neben dem Geburtsbesteck für die Schafe. Es ist auch eine Gebrauchsanweisung dabei. Maureen hat dafür gesorgt, dass ich alles zur Hand habe, was ich brauche.«

»Sehr gut. Bevor du durch das Doppeltor kommst, reitest du an dem Feld vorbei, auf dem Ewan heute sät. Wenn du ihn brauchst, ist er also nicht weit.«

Kree griff nach dem Steigbügel, und nach zwei Hüpfern schaffte sie es, sich in den Sattel zu schwingen. Sie ignorierte den Schmerz in ihrem angeschlagenen Knie und nahm die dünnen, weichen Lederzügel auf. Banjo tänzelte unruhig hin und her, und sie besänftigte ihn mit ein paar sanften Worten und einem Klaps auf den muskelbepackten Hals. Es tat so gut, wieder im Sattel zu sitzen.

Als Banjo sich in Bewegung setzte, schenkte sie Tish zum Abschied ein Lächeln. »Danke, es ist gut, zu wissen, dass er da ist. Aber du musst dir keine Sorgen machen. Ich bin sicher, alles wird gut laufen.«

# 17

»Fertig mit der Aussaat. Gerade noch rechtzeitig«, sagte Ewan zu Whiskey, während der Traktor die letzte Reihe beendete. Der Kelpie klopfte mit dem Schwanz auf den Kabinenboden, wo er geschlafen hatte. Eine Kältefront bewegte sich auf die Gegend zu. Schon jetzt war der Wind spürbar schärfer geworden, und über den Himmel bewegten sich Wolken im Grau von Gewehrläufen. Mit ein bisschen Glück würde der Regen, der für morgen angesagt war, geradewegs auf die frisch eingesäten Felder fallen.

Vielleicht würde Marellen dieses Jahr eine grandiose Ernte einfahren. Vielleicht würde das Pech, das die Mackenzies verfolgte, seit sie vor einem Jahrzehnt den Besitz übernommen hatten, in diesem Jahr ein Ende haben. Vielleicht würde sich in diesem Jahr Ewans Glaube, dass Marellen um seine ursprüngliche Familie trauerte, deren Folgegenerationen nicht mehr in seinen Mauern gelebt hatten, als Irrglaube erweisen. Er seufzte. Für Tish und die Jungen hoffte er verzweifelt, dass es so war.

Er verschränkte die Hände hinter dem Kopf und streckte sich. Zwei Stunden Schlaf pro Nacht gaben einem Mann das Gefühl, hundert Jahre alt zu sein. Langsam nahm er die Arme wieder herunter. Er konnte niemandem als sich selbst einen Vorwurf machen. Während der meisten Nachtstunden hatte er wachgelegen und an die Decke gestarrt. Sein Urteil war gefällt: Was Kree betraf, war er ein hoffnungsloser Fall. Seine ganze Selbstbeherrschung hatte ihn im Stich gelassen. Die letzte Nacht hatte ihm gezeigt, dass er auf sie reagierte, wie er nie zuvor auf eine Frau reagiert hatte. Er musste aufhören, gegen ihre Anziehungskraft anzukämpfen, und seine Niederlage eingestehen. Er konnte nichts dagegen tun.

Als er in ihre blauen Augen gesehen hatte, während sie in der Küche seine Hand gehalten hatte, war es ihm vorgekommen, als blicke er auf sein eigenes Spiegelbild. Er hatte Verlangen und Sehnsucht gesehen, doch zugleich auch Angst und Verletzlichkeit. So gut sie sich auch beherrschte: Die Verbindung zwischen ihnen erschreckte auch sie bis ins Mark. Als er das Zittern ihrer Finger in den seinen gespürt hatte, war ihm das mit einem Schlag klar geworden. Er konnte nichts tun, was bewies, dass ihre Angst berechtigt war. Er konnte sie nicht verletzen, indem er etwas anfing, das ihnen beiden das Herz brechen würde. Ihre Welten waren durch Ozeane voneinander getrennt, und sie waren nicht einmal aus derselben Hemisphäre.

Neben ihm erwachte das Funkgerät krächzend zum Leben. »Ewan?«, ließ sich Krees amerikanischer Tonfall vernehmen. »Bist du auf Empfang?«

Er nahm den Empfänger auf. Maureens ausführliche Anweisungen würden dafür sorgen, dass Kree die Ausdrücke der Funker verstand. Er presste den Sprechknopf. »Ja, ich bin hier, Kree. Ist alles in Ordnung?«

Das Knistern elektrischer Spannung überbrückte das Schweigen zwischen ihnen. »Ich habe hier ein Schaf, das offenbar Probleme hat, sein Lamm zur Welt zu bringen. Maureen hat mir eine Liste von Dingen hiergelassen, auf die ich achten soll, wenn ein Lamm zur Welt kommt, und dieses Schaf liegt seit mehr als einer Stunde da.«

»Ich mache mich sofort auf den Weg. Ist irgendwo ein Geburtsbesteck für Lämmer zur Hand?«

»Ja, neben dem Funkgerät auf der Arbeitsfläche in der Küche.«

»Sehr gut. Schnapp dir die Ausrüstung. Wir treffen uns auf der Lämmerweide.«

»Gut, bis dann. Ach, und Ewan … danke. Irgendwann höre ich auf, dich ständig um Hilfe zu bitten, das verspreche ich dir.«

»Das ist kein Problem, Kree. So machen wir es hier im Busch. Wir helfen uns gegenseitig.«

*

Ewan bog ab und schlug den Weg zur üppigen Lämmerweide ein, wo Kree auf dem stählernen Tor sitzend wartete. Sie trug keinen Hut, und der Wind blies ihr das glänzende Haar ins Gesicht. Als sie ihn erblickte, schickte sie ihm ein erleichtertes, bezauberndes Lächeln. Er verspürte einen Stich in der Brust. Sie stieg vom Tor herunter, winkte ihn durch und schloss es hinter ihm.

Ewan fuhr auf die Koppel und entdeckte das gebärende Schaf unter einem verkrüppelten Gummibaum. Das rasche Heben und Senken der Flanken verriet, dass es tatsächlich in Schwierigkeiten steckte. Dieses Schaf, das während der Trockenperiode mit der Hand aufgezogen worden war, und sein Lamm standen gleichzeitig für Maureens und Dons Vergangenheit und Zukunft.

Er brachte den Wagen in sicherem Abstand zum Stehen, nahm den Hut ab und stieg aus. Whiskey leinte er an der Kette auf der Ladefläche des Ute an. »Sitz still, Whisk. Ich will nicht, dass du das Schaf erschreckst.«

Der Kelpie legte sich hin, bettete den Kopf auf die Pfoten und schloss die Augen. Ewan packte den Griff des großen blauen Wasserkanisters, der hinter Whiskey stand, und hob ihn aus dem Wagen.

»Noch mal danke, dass du gekommen bist«, sagte Kree, als er auf sie zukam.

»Keine Ursache. Dass du angerufen hast, war genau richtig. Die Geburt des Lamms hat begonnen, und die Fruchtblase ist geplatzt, aber von dem Lamm ist noch keine Spur zu sehen.«

Vom Haus drang das Wiehern eines Pferdes herüber.

»Banjo ist nicht besonders glücklich«, sagte Kree. »Ich habe ihn abgesattelt, ihn in den Rinderhof geführt und ihm Wasser gegeben, aber wie es aussieht, gefällt ihm sein Heim auf Zeit nicht.

»Er wird's überleben, und er wird ja nicht lange dableiben müssen.« Ewan warf einen Blick auf das Schaf. »Wie hat sich dein Knie beim Reiten angefühlt?«

»Mit dem Knie ist alles in Ordnung, aber heute Abend wird mir der Hintern wehtun. Hierher zu reiten hat eine Ewigkeit gedauert.«

Er kämpfte, um sich auf das Schaf zu konzentrieren statt auf die Frau neben ihm, deren weibliche Kurven die engen Jeans genau an den richtigen Stellen ausfüllten.

»Sag mir, was ich tun soll«, bat sie ihn, als sie vor dem länglichen Kasten stehen blieben, der das Geburtsbesteck enthielt, das sie aus dem Haus mitgebracht hatte.

»Im Moment gar nichts.« Ewan stellte den Wasserkanister neben den Behälter. »Ich mache mich sauber und sehe es mir mal an.« Er beugte sich hinunter, um das obere Fach aus dem Kasten zu nehmen und die Geräte darunter zu inspizieren. Glücklicherweise war das Geburtsbesteck der Tylers gut ausgestattet und enthielt alles, was er brauchte: von einem weichen Seil für das Lamm bis zur Sandfeile, falls ein Lamm einen so scharfen Zahn hatte, dass das Mutterschaf ihm nicht erlaubte zu saugen.

»Ich habe auch noch die Flasche Penicillin hineingetan, die Maureen im Kühlschrank aufbewahrt. Sie hatte auf die Liste geschrieben, dass ich die nicht vergessen soll.«

»Danke.« Ewan nahm seine Armbanduhr ab und legte sie in den Kasten mit dem Geburtsbesteck, bevor er seine marineblauen Hemdsärmel bis über die Ellenbogen hochkrempelte. Er wühlte in dem Behälter und förderte ein Handtuch, Latexhandschuhe, eine mit einem Reißverschluss verschlossene Tasche mit Seife und eine Flasche mit Gleitmittel zutage. Während er sich die Hände und Unterarme mit der angefeuchteten Seife abrieb, hievte Kree den Wassercontainer in die Höhe. Sie drehte den Plastikhahn auf und spülte ihm die Arme ab. Dann zog er die langen Latexhandschuhe an und strich Gleitmittel auf den rechten Handschuh.

»Ganz ruhig, Mädchen«, sagte er leise, während er auf das Schaf zuging, das ängstlich den Kopf hob. »Ich will nur mal sehen, was los ist. Ich tue dir nicht weh.«

Er kniete nieder und untersuchte vorsichtig Zustand und Position des Lamms. Kree kam näher und brachte das Geburtsbesteck und den Wasserkanister.

»Ich kann den Kopf ertasten«, sagte er. Er achtete darauf, leise und ruhig zu sprechen. »Auch einen Huf, aber das andere Bein ist hinter dem Ohr des Lammes eingeklemmt.«

»Das ist nicht gut, oder?«, fragte Kree und passte sich seinem beruhigenden Tonfall an.

»Nein, aber wenn ich es schaffe, das Lamm ein bisschen zurückzuschieben, kann ich das Bein vorziehen.«

»Ganz ruhig, Mädchen«, murmelte er noch einmal, als das Schaf den Kopf hob. »Ich mache so schnell, wie ich kann.«

Er tastete sich am Kopf und an der Schulter des Lamms entlang, bis er die feste Form eines Hufs entdeckte. Sanft zog er ihn vor und stieß den angehaltenen Atem aus, als er das Bein langsam in die richtige Position bewegte. Ewan warf einen Blick hinüber zu Kree, die völlig still dasaß.

Lämmer mochten zwar niedlich, weiß und wollig aussehen, wenn sie einen Tag alt waren, aber ihre Geburt war eine schmutzige Angelegenheit. Die Nabelschnur, alles, was von der Fruchtblase des Lammes übrig geblieben war, lag links vom Mutterschaf, und blutige Flüssigkeit bedeckte den Handschuh. Für ein Mädchen aus der Stadt oder jemanden, der mit den Realitäten des Lebens auf einer Farm nicht vertraut war, mochte die Geburtshilfe bei einem Schaf eine Herausforderung darstellen. Als Kree seinen Blick erwiderte, sah er jedoch keinen Ekel. Sie wirkte vielmehr besorgt.

»Wird das Lamm gesund zur Welt kommen?«

»Ich hoffe es. Jetzt, wo die Füße neben seiner Nase liegen, kommt es darauf an, ob das Mutterschaf stark genug ist, es herauszupressen. Bei der nächsten Wehe helfe ich mit.«

Als das Schaf zu pressen begann, zog er behutsam an den Füßen des Lamms. Eine Sekunde lang passierte nichts, dann aber glitt das Lamm mit einem Ruck hinaus auf den Boden.

Eilig wischte Ewan dem Lamm Maul und Nase ab, um dessen Atemwege von dem gelben Schleim und dem Fruchtwasser zu befreien. Er öffnete eins der winzigen Augenlider und berührte den Augenwinkel. Das Lamm zwinkerte, und dann bewegten die zarten Nüstern sich. Neben ihm unternahm das Mutterschaf zwei Versuche, sich auf die Füße zu kämpfen. Ewan trat von den beiden zurück, doch als das Schaf vorwärtsstolperte, schien es ihn ohnehin nicht länger zu bemerken. Es beschnüffelte sein Baby und begann, das Lamm sauber zu lecken.

»Gut so, Mädchen«, sagte Ewan mit einem Lächeln. Obwohl die Geburt so schwierig gewesen war, konnte sich das Mutterschaf um sein Lamm kümmern. »Wir haben es fast geschafft. Ich muss noch kurz überprüfen, ob du keine Zwillinge bekommst, und dann lasse ich euch beide in Ruhe.«

Nach einer kurzen Untersuchung, die ergab, dass das Schaf nicht mehr als ein Lamm erwartete, stand Ewan auf. Er streifte sich die Latexhandschuhe ab, die seine Hände und Unterarme saubergehalten hatten, und sah zu, wie das Lamm versuchte, seine zerbrechlichen Glieder zu koordinieren.

»Ich werde dem Lamm ein antiseptisches Spray auf den Nabel sprühen, um einer Infektion vorzubeugen, und dem Mutterschaf eine Dosis Penicillin geben. Wenn das Lamm dann eine ordentliche Portion Vormilch getrunken hat und wir sicher sein können, dass die Plazenta abgegangen ist, haben wir unsere Arbeit erledigt.«

Kree gab keine Antwort. Er warf ihr einen Blick zu und vergaß das Mutterschaf und das Lamm.

Kree gab keinen Laut von sich. Doch der nasse Schimmer auf ihren Wangen und die zusammengekniffenen Lippen verrieten ihm, dass sie weinte.

*

Kree vergaß den letzten Rest ihres Stolzes und fuhr sich mit der Hand über die Augen. Es hatte keinen Sinn, ihre Verzweiflung zu verbergen. Auch ohne Ewan anzusehen, wusste sie, dass sein Blick auf ihr ruhte. Sie wandte sich ab und biss sich auf die Lippe.

»Kree? Was ist los?«, fragte Ewan dicht hinter ihr. Er sprach mit derselben tiefen, tröstlichen Stimme, mit der er das Schaf beruhigt hatte.

Seine Sorge ließ ihre Tränen nur umso heftiger fließen. Während sie nach Seth gesucht hatten, hatte sie sich geweigert zu weinen. Aber die bedingungslose Liebe, die das Mutterschaf dem Lamm entgegenbrachte, ließ ihre so lange aufrechterhaltene Beherrschung in sich zusammenfallen. Und jetzt, wo die Schleusen geöffnet waren, konnte sie die Flut nicht mehr aufhalten.

»Kree, sprich mit mir.«

Sie schwieg weiter und wischte sich die Haarsträhnen weg, die an ihren nassen Wangen klebten. Sie konnte nicht sprechen, doch ihr abweisender Rücken würde genügen, um ihm klarzumachen, dass sie allein sein wollte. Sie brauchte einen Moment, um sich wieder zu fangen. Wenn es jemanden gab, vor dem sie die Beherrschung nicht verlieren wollte, war es Ewan.

Sie presste sich die Hand auf die Augen, als könnte diese simple Geste die gewaltige Woge der Gefühle unterdrücken, die über ihr zusammenschlug. Die Wucht ihrer Trauer und der gleichzeitige Wunsch, die Kontrolle zurückzugewinnen, schüttelten ihre Schultern. Was war mit ihr los? Sie ließ sich doch sonst nicht so gehen!

Sanft legte Ewan ihr seine Hand den Nacken. Sie verkrampfte sich. Verdammt! Ihre stumme Bitte hatte ihn nicht erreicht. Sie war weit davon entfernt, ihre Selbstbeherrschung zurückzugewinnen. *Steh auf, und geh!* Aber noch während sie dies dachte, strömte die Wärme seiner Berührung durch ihren Körper, tröstete und beruhigte sie und machte ihr Mut. Sie entspannte sich und protestierte nicht, als er sie an sich zog und sie in die Arme nahm.

Der Duft nach Sonnenschein, Staub und Diesel umfing sie. Sie schlang die Arme um seinen Leib und legte ihren Kopf an seine Schulter. Sein Kinn ruhte auf ihrem Kopf. Genau wie das letzte Mal, als er sie in der Kommandozentrale in den Armen gehalten hatte, versank die Welt um sie und es gab keinen Schmerz mehr. Keinen Tod. Keinen Verlust.

Langsam verebbten ihre Schluchzer, und ihre heftige Atmung passte sich an das langsame, regelmäßige Heben und Senken seines Brustkorbs an. Die Traurigkeit, die sie überwältigt hatte, legte sich. Die Welt um sie herum kehrte zurück. Der Wind kühlte ihr tränennasses Gesicht. Ein Kakadu flog kreischend über sie hinweg. Ihre Fingerspitzen ertasteten die glatten, muskulösen Konturen unter Ewans Hemd.

Sie hob den Kopf, lockerte den Griff um seinen breiten Rücken und rückte von ihm ab.

»Kree?« Das einzelne Wort enthielt eine Flut ungestellter Fragen.

Ohne ihm in die Augen zu sehen, schüttelte sie den Kopf. Zu sprechen wagte sie nicht. Auf der verzweifelten Suche nach einer Ablenkung packte sie das Geburtsbesteck wieder ein.

»Was quält dich denn so? Ich hab dich noch nie weinen sehen, nicht einmal, als wir nach Seth gesucht haben.«

Sie schluckte. Der Schmerz schnürte ihr die Kehle zu. »Es ist nichts.«

Das kleine Lamm kämpfte sich auf die Knie, und Kree ging zu ihm, um ihm zu helfen, obwohl sie wusste, dass sie das nicht sollte. Die Hinterbeine des Lamms brachen ein, und es plumpste zu Boden.

Ewan stand neben Kree, seine Schulter berührte ihre.

»Es wird es schon schaffen«, sagte er mit rauer Stimme. »Es wird ein paar Versuche brauchen, aber dann steht es auf seinen Füßen.«

Sie wusste, sie hätte von ihm abrücken sollen, aber die Wärme und der Trost, die allein die Berührung ihrer Arme ihr schenkte, ließen sie stehen bleiben. Sie hatte zwar aufgehört zu schluchzen, doch der Aufruhr in ihrem Innern hatte sich noch nicht gelegt.

»Ich vermisse meine Mutter.« Kree fuhr zusammen, als die Worte einfach so ihrem Mund entwichen. Ewans Finger schlossen sich um ihre, aber er sagte nichts und wandte sich ihr nicht zu.

»Einer der Gründe, weshalb ich als Farmsitter auf Berridale bleiben wollte, ist, dass der achtzehnte Jahrestag ihres Todes bevorsteht. Da wollte ich nicht zuhause sein.«

»Das kann ich verstehen.« Tiefes Mitgefühl lag in seiner Stimme. »Dieses Weihnachten ist es elf Jahre her, dass meine Mutter ihren Kampf gegen den Krebs verlor.«

Kree betrachtete sein ernstes Profil. »Das tut mir so leid.«

Seine Hand schloss sich fester um ihre, aber er sah ihr nicht in die Augen. Es war, als wisse er, dass sie die Nerven verlieren und davonlaufen würde, wenn er Blickkontakt aufnahm.

Das Lamm stemmte sich auf seine wackligen Knie, während das Mutterschaf ihm weiterhin den zarten Körper ableckte. Dieses Mal waren die zitternden Hinterbeine des Lammes stark genug. Es streckte die Vorderbeine, schwankte und stand. Als es den ersten vorsichtigen Schritt machte, blökte es. Das Mutterschaf antwortete ihm mit einem Blöken, und das Lamm hoppelte vorwärts. Sein Instinkt führte es zum prallen Euter der Mutter. Während das Lamm die warme Vormilch trank, die voller Antikörper steckte, wedelte der kleine Schwanz vor Wohlbehagen. Das Mutterschaf beschnüffelte das Lamm und besiegelte damit den kostbaren Bund zwischen Mutter und Kind.

»Die bedingungslose Liebe einer Mutter ist etwas Besonderes«, sagte sie mit unsicherer Stimme.

»Ja, das ist sie.«

Kree betrachtete das friedliche Bild, das Mutterschaf und

Lamm boten. Sie schuldete dem Mann neben ihr, dessen Finger noch immer mit den ihren verschlungen waren, eine Erklärung für ihren Zusammenbruch. Er hatte ihr von der Nacht erzählt, in der Fergus gestorben war, einerlei, wie sehr ihn die Erinnerung daran schmerzte.

Sie atmete tief ein. »Es quält mich, dass Seth nie die Chance hatte, eine solche Liebe zu erleben. Wenn ich das Schaf mit seinem Lamm sehe, muss ich an Seths Verlust denken ... und an meine Mutter. Sie hat fast zehn Jahre darauf gewartet, noch ein Kind zu bekommen, und dann durfte sie nicht leben und es aufwachsen sehen.«

Ewan ließ ihre Finger los und strich das Haar beiseite, das der Wind ihr über das Kinn geblasen hatte. »Seth hat zwar die Liebe seiner Mutter nicht gekannt, aber die Liebe seines Vaters. Und jetzt bekommt er die bedingungslose Liebe seiner großen Schwester, die um den halben Globus geflogen ist, um ihn zu finden.«

Kree war im Dunkel ihrer Erinnerungen so verloren, dass Ewans Worte sie kaum erreichten und sie gar nicht wahrnahm, dass seine Lippen ihre Stirn berührten.

»Seth war sechs Monate alt, und mein Vater war auf einer Kunstausstellung außerhalb der Stadt. Meine Mutter und ich wollten für den Kuchenstand auf dem Schulfest backen. Aber jedes Mal, wenn meine Mutter mir helfen wollte, fing Seth an zu schreien. Leider muss ich zugeben, dass mein zehnjähriges Ich deshalb einen Wutanfall bekam. Ich habe ihr vorgeworfen, dass sie mich nicht mehr liebt. Als mein Anfall vorüber war, legte sie die Arme um mich und sagte zu mir: ›Ich liebe dich bis zu den Sternen und wieder zurück.‹ Das war unser Satz, den wir immer sagten. Und sie sagte, sie würde niemals damit aufhören. Sie schlug vor, dass ich ein bisschen reiten gehen sollte, um ihr Zeit zu geben, Seth zu beruhigen, und wenn ich zurückkäme, würden wir den Kuchen backen. Also umarmte ich sie, und dann ging ich, um Monty zu satteln.«

Sie schloss die Augen und versuchte, den Schmerz zu ignorieren. Sie würde nicht noch einmal weinen. »Ich muss eine ganze Weile lang weg gewesen sein, denn als ich zurückkam, war es bereits dunkel. Das Erste, was ich bemerkte, war, dass im Haus kein Licht brannte. Das Zweite war Seth, der in seinem Zimmer so laut brüllte, dass ich ihn vom Stall aus hatte hören können, und das Dritte ...«

Sie hielt inne.

Ewans Hände schlossen sich um ihr Gesicht. Er küsste ihre geschlossenen Augenlider mit einer solchen Sanftheit, dass sie nicht sicher war, ob sie sich seine Berührung nicht nur eingebildet hatte. Sie zwang sich, fortzufahren und ihren Kopf nicht an seine Brust zu legen und Frieden in seinen Armen zu suchen.

»Das Dritte war meine Mutter, die auf dem Küchenboden lag.«

Ewan küsste eine Träne, die Krees Wange hinunterlief.

»Sie hatte einen Herzstillstand.«

Ewan küsste sie inniger und fand eine weitere Träne, ehe sie ihr Kinn erreichte.

»Auch wenn niemand etwas hätte tun können, um sie zu retten, bleibt die Tatsache, dass Seth mutterlos aufwachsen musste. Er hatte nie die Chance, mit ihr zu backen ... Er hatte nie die Chance ...« Ihre Stimme brach.

Ewan küsste ihren Mundwinkel. Federleicht strich sein Atem über ihre Lippen. Sie zitterte. Alles, was sie fühlte, war die Wärme seiner Hände, die sich um ihr Gesicht geschlossen hatten. Alles, was sie hörte, war das Hämmern ihres Herzens. Alles, was sie schmeckte, war das Salz ihrer Tränen. Alles, was sie schmecken wollte, war ... Ewan.

Zusammen mit ihrer Beherrschung verlor sie plötzlich auch all ihre Ängste. Sie wandte sich ihm zu wie eine Sonnenblume, die die Sonne sucht.

Wieder berührten seine Lippen ihren Mundwinkel. Dieses Mal bewegte sich sein Kopf jedoch nicht weg. Stattdessen stahlen seine Lippen sich über ihre und küssten sie langsam und so intensiv, als könne nur er allein sie von ihren Schmerzen erlösen.

## 18

»Erde an Ewan.« Travis' amüsierte Worte drangen durch den Nebel, der Ewan einhüllte, seit Kree ihn gestern Nachmittag geküsst hatte.

»Tut mir leid, Kumpel. Was hast du gesagt?«

Travis wies mit dem Kopf in Richtung der Zufahrt von Berridale, wo Bruce' Sohn Calvin durch den Regen zu seinem Auto rannte.

»Ich habe gesagt, mit dem Einbau dieser Druckpumpe hat Calvin ganze Arbeit geleistet.«

»Ja, das hat er.« Ewan hob eine Hand, als Calvin zum Abschied hupte.

Der Regen, der auf das Blechdach des tylerschen Farmhauses trommelte, wurde heftiger. Ewan hob die Stimme, damit Travis ihn dennoch hören konnte. »Danke, dass du hergekommen bist, um Calvin in Empfang zu nehmen. Ich bin durch einen Anruf aufgehalten worden, und Kree ist ja heute früh in die Stadt gefahren. Ich wollte nicht, dass Calvin allein hier ist, für den Fall, dass er Hilfe brauchte.«

»Keine Sorge. Ich war ohnehin in die Richtung unterwegs, weil ich zu dir wollte.« Travis' haselnussbraune Augen betrachteten Ewans Gesicht. »Für einen Kerl, der mit der Aussaat fertig ist und letzte Nacht genug Schlaf bekommen haben sollte, siehst du ziemlich erledigt aus.«

Ewan rieb sich mit der Hand über die von Bartstoppeln bedeckte Wange. »Ja, es hat eine Weile gedauert, den Airseeder sauber zu machen.«

*Und dann bin ich mehr geschwommen, als zu schlafen.*

»Wenn du morgen nach Norden zum Ultra-Black-Markt fahren willst, solltest du besser ein bisschen schlafen. Das sind mindestens zehn Stunden Fahrt.«

»Eher zwölf Stunden. Ich nehme den Diesel-Ute von der Farm.«

Travis hob eine Braue. »Was? Der Farm-Ute hat doch keine Federung – von einer Klimaanlage ganz zu schweigen. Willst du deinen eigenen Ute nicht schmutzig machen?« Er betrachtete Ewans in der Zufahrt geparkten Ute. Das Wasser rann in Rinnsalen über die glänzende silberne Karosserie. »Bist du sicher, dass das der Airseeder war, den du gestern mitten in der Nacht saubergemacht hast? Ich könnte schwören, wenn es um deine Rostlaube geht, bist du besessen.«

»Na schön, du hast recht, ich habe den Ute saubergemacht. Aber erst heute Morgen. Und nur damit das klar ist: Es ist nirgendwo auch nur ein Fleckchen Rost daran.« Ewan seufzte. »Ich hoffe daher, Fred Webb teilt meine Besessenheit, wenn der Wagen ihm gehört.«

Travis runzelte die Stirn. »Zum Teufel, das hast du doch wohl nicht gemacht?«

»Doch, das habe ich, oder besser: Ich werde es tun. Ich werde ihm den Ute verkaufen, sobald ich in die Stadt komme, jetzt, wo die Sache mit der Druckpumpe erledigt ist.«

»Du kannst deinen Ute nicht verkaufen, Kumpel«, sagte Travis, und seine Stimme war vor Sorge rau.

»Wenn ich Rinder kaufen will, werde ich es müssen.«

»Nein, wirst du nicht.« Er räusperte sich. »Deswegen war ich auf dem Weg nach Marellen. Ich habe etwas für dich.«

Diesmal war Ewan an der Reihe, die Stirn zu runzeln. Was war mit Travis los? Hätte er es nicht besser gewusst, hätte er geschworen, dass sein bester Freund so nervös war wie ein hochgezüchtetes Vollblutpferd am Renntag.

Travis wischte sich die Handflächen an der Jeans ab, bevor er vorn in seine Hemdtasche griff und einen zusammengefalteten Bogen weißes Papier herauszog. Er hielt ihn Ewan hin. Als Ewan nach dem Papier griff, ließ Travis nicht los. Sein ernster Blick traf den von Ewan. »Ich sage dir das am besten gleich jetzt: Ein Nein als Antwort akzeptiere ich nicht.«

»Du machst mich nervös. Was ist das denn?«

Travis ließ das Papier los. »Mach's auf.«

Ewan tat es, las und gab Travis den Bogen augenblicklich zurück. »Kommt nicht infrage.«

Mit erhobenen Händen trat Travis einen Schritt zurück. »Das Geld ist bereits auf deinem Konto. Das ist die Quittung, die bestätigt, dass die Transaktion durchgeführt wurde.«

»Ich weiß das zu schätzen, aber für Marellen bin ich verantwortlich.«

Travis gab sich stur. »Ich dulde keine Diskussion. Das Geld gehört dir. Punkt.«

Ewan ließ den Arm sinken. In der Hand hielt er noch immer die Quittung der Überweisung. So entschlossen hatte er Travis nicht mehr erlebt, seit er auf der Versteigerung für die Farm geboten hatte, auf der Ewan seine Kindheit verbracht hatte. Und so breitbeinig und breitschultrig, wie er jetzt vor ihm stand, wusste Ewan, dass er seinem besten Freund nichts entgegenzusetzen hatte. Wenn der ernsthafte, schweigsame Travis sich einmal etwas in den Kopf gesetzt hatte, war seine Entscheidung so unverrückbar wie die Granitblöcke, die auf der Koppel hinter seinem Haus herumlagen.

»Das Geld gehört dir, Trav, und du brauchst es und ich nicht. Du hast dir gerade erst eine Farm gekauft. Du wirst Maschinen und Vieh anschaffen müssen.« Ewan hob den

Arm, um Travis die Quittung zurückzugeben. »Ich kann dein Geld nicht annehmen. Es wäre nicht richtig.«

Travis machte keine Anstalten, das Papier entgegenzunehmen. »Dann nimm es eben nicht – nicht für dich selbst. Nimm es für Tish und die Jungen.«

Flüchtig schloss Ewan die Augen. Travis hatte ihn erwischt. Er hatte auf seine Achillesferse gezielt. »Fair spielst du nicht, oder?«

»Entweder du nimmst es, oder ich stehe hier den ganzen Tag und diskutiere mit dir.«

Ewan starrte auf die Quittung und war nicht überrascht, dass seine Hand zitterte. Das Geld, das sich jetzt auf seinem Konto befand, konnte über das Schicksal des einzigen Heims entscheiden, das Tish und die Jungen je gekannt hatten. Das Geld würde es ihm ermöglichen, so viele Rinder zu kaufen, wie er brauchte. Er hatte genau berechnet, welche Anzahl er benötigte, um die besten Chancen zu haben, seinen neuen Geschäftszweig zu einem Erfolg zu machen. Sorgfältig faltete er das Papier zu einem ordentlichen Viereck und ließ es in die Brusttasche seines Hemdes gleiten. »Was die Zinsen betrifft, wird es keinen Freundschaftstarif geben. Ich zahle dir dieselben Zinsen wie der Bank. Und ich bezahle dich zuerst.«

»Einverstanden«, sagte Travis. In seinem breiten Grinsen lag Erleichterung.

Ewan zog ihn in einer brüderlichen Umarmung an sich und klopfte ihm auf den Rücken. »Danke. Ich bin dir was schuldig.«

»Geht schon in Ordnung, Kumpel.«

»Ich darf also meine Rostlaube behalten.«

»Ja, dieser alte Staubsauger, den du für deinen Ute im Maschinenschuppen hast, kann noch nicht in Pension gehen.«

Beide drehten sich um und betrachteten den silbernen Ute,

auf dem Regentropfen glitzerten. Der heftige Regen war in ein feines Nieseln übergegangen.

Ewan warf einen prüfenden Blick in den noch immer bewölkten Himmel. »Ich hoffe, es gibt noch mehr Regen. Das Getreide braucht mehr als einen kurzen Guss.«

»Dein Wort in Gottes Ohr.« Travis lief die Stufen der Veranda hinunter zu seinem Wagen. Die Regentropfen hinterließen dunkle Sprenkel auf dem hellen Braun seines verbeulten Akubra. Ewan schloss zu ihm auf. Die Regentropfen fielen auch auf den steifen Filz seines eigenen Hutes.

Travis warf ihm einen Blick zu. »Ich nehme an, jetzt, wo die Pumpe eingebaut ist, wird Kree nach Berridale zurückkehren?«

»So ist es geplant.« Ewan kämpfte darum, seinen Gesichtsausdruck neutral zu halten, während ihm die Röte in die Wangen stieg. Die Erwähnung von Krees Namen rief augenblicklich Erinnerungen wach – an den süßen Geschmack ihrer Lippen, an die seidige Glätte ihrer Haut.

Travis drückte seinen Hut fester auf seinen Kopf. »Weißt du was? Jetzt, wo du nach Norden fährst, wäre es vielleicht gut, wenn Kree noch auf Marellen bleibt und Tish Gesellschaft leistet. Tish hat gesagt, die Jungen beten sie an und sie hat sogar diesen übellaunigen Hahn im Griff, den du immer zu grillen drohst.«

Ewan warf Travis einen kurzen Seitenblick zu. »Du hast mit Tish gesprochen?«

»Ja.«

»Das wurde auch Zeit.«

Travis ging schneller. Unter den Sohlen seiner Arbeitsstiefel knirschte der nasse Kies. »Es ist keine große Sache. Sie ... Sie hat mich angerufen.«

»Ich habe immer gesagt, dass sie von euch beiden die Vernünftige ist.«

»Sehr komisch. Also, was hältst du jetzt davon, dass Kree noch etwas länger bleibt?«

Auch wenn er nach diesem Kuss so viele Meilen wie nur irgend möglich zwischen sich und Kree brauchen konnte, würde es Tish guttun, Kree bei sich zu haben, während er weg war.

Er nickte. »Ich frage sie, wenn sie aus der Stadt kommt.«

*

Ewan schaltete die Scheibenwischer ein, als ein weiterer Regenschauer auf den Ute niederging. Um Kree an diesem nasskalten Nachmittag die Fahrt nach Berridale zu ersparen, hatte er die Hühnereier eingesammelt und fuhr jetzt zur Lämmerweide, um nach den Schafen zu sehen. Da sein Ute nun nicht länger zum Verkauf stand, gab es keinen Grund mehr, in die Stadt zu fahren. Sobald er Krees Aufgaben erledigt hatte, würde er sich also auf den Heimweg machen und Fred Webb anrufen. Außerdem würde er Bill anrufen und fragen, ob der vielleicht von einem anderen Ute wusste, der dem jungen Mechaniker gefallen könnte.

Ewan hielt an, um das Tor der Lämmerweide zu öffnen. Die Erinnerung an Kree, die in ihren engen Jeans und dem grünen Hemd auf der obersten Stange gesessen und auf ihn gewartet hatte, ließ seinen Puls höher schlagen. Als er gesehen hatte, wie sie wegen des Mutterschafs und des Lamms geweint hatte, hatte er nur noch den einen Gedanken gehabt: Ich muss ihren Schmerz lindern. Er hatte geglaubt, er hätte sich selbst und auch den Kuss unter Kontrolle. Aber als sich Krees Lippen geöffnet hatten und sie ihm die Hände in den Nacken gelegt hatte, um ihn zu küssen, war seine Welt aus den Fugen geraten. Und bis jetzt war sie nicht in geordnete Bahnen zurückgekehrt.

Als sie sich endlich getrennt hatten, hatte er seine Stirn gegen ihre gelehnt und war nicht fähig gewesen, ein Wort zu sprechen. Ihre Fingerspitzen waren langsam die Linien seines Gesichts entlanggefahren, als wollte sie sich jeden Zug genau einprägen. Dann hatte sie geflüstert: »Danke. Jetzt geht es mir besser.« Sie hatte ihn sanft geküsst und sich aus seinen Armen befreit.

Ewan fuhr auf die Weide und zog die Handbremse. Als er ausstieg, um das Tor zu schließen, erspähte er ein einsames Lamm, das abseits von den anderen Schafen unter einem Gummibaum Schutz suchte. Sollte das Neugeborene verlassen worden sein, war es dem nassen, stürmischen Wetter hilflos ausgesetzt. Langsam fuhr Ewan in seinem Ute auf das Tier zu. Das zierliche Lamm rappelte sich auf die Füße. Zu Ewans Linken stürmte ein Schaf herbei. Ewan lächelte, als das Mutterschaf sein Lämmchen zurück in die Sicherheit der übrigen Herde trieb. Krees Worte waren wahr: Die bedingungslose Liebe einer Mutter war in der Tat etwas Besonderes.

Er wendete den Ute, um zum Tor und anschließend nach Hause zu fahren. So überwältigend der gestrige Kuss mit Kree auf der Weide auch gewesen war – es durfte keine Wiederholung geben. Er musste ihre Beziehung auf einer freundschaftlichen Ebene halten und ihrer Anziehungskraft widerstehen. Seine Fahrt nach Norden, zum Viehmarkt, hätte zu keinem besseren Zeitpunkt kommen können. Je näher sie sich kamen, desto schwerer würde es einem jeden von ihnen fallen zu gehen. Und dass einer von ihnen ging, war unvermeidlich.

*

Tish starrte aus dem breiten Küchenfenster auf die drei gelbbrüstigen Kakadus, die aus dem Vogelbad tranken, das Kree und Braye wieder zusammengesetzt hatten. Für gewöhnlich entlockte ihr der Anblick der großen weißen Vögel, die auf dem Rand der eisernen Schüssel saßen, ein Lächeln. Nachdem sie so lange in der Betonwüste der Stadt gelebt hatte, war es noch immer ein kleines Wunder für sie, dass wilde Tiere ihren Garten besuchten. Sie hatte einheimische Sträucher gepflanzt, um Vögel anzulocken, und verführte Schmetterlinge mit nektarreichen Blüten. An diesem Nachmittag brachte der grandiose Blick aus ihrem Küchenfenster ihr jedoch keine Freude.

Sie hatte gerade ein erregtes Telefongespräch mit ihrer Mutter beendet.

Tish wandte sich einer Kiste Salatsauce zu, die verpackt werden musste. Sie hatte einiges zu erledigen und konnte sich nicht ihren Sorgen hingeben. Amanda Butler wollte noch mehr Flaschen, und Tish musste einen Vorrat verschiedener Sorten für die Eröffnung des Tourismuszentrums zusammenstellen. Amanda hatte auch vorgeschlagen, den Pub anzurufen und zu fragen, ob dort Interesse an Tishs Sauce bestünde. Tish hatte diesen Anruf jedoch hinausgezögert, da womöglich nicht Bill, sondern Jordy den Anruf entgegennehmen würde.

Am anderen Ende des Raumes läutete das Telefon, und sie stand auf. Rief ihre Mutter an, um das letzte Wort zu behalten? Tish zögerte, doch als sie sich dem Apparat näherte, erkannte sie Travis' Nummer auf dem Display. Sie griff nach dem Telefon und atmete vor Erleichterung auf. »Hallo, Trav.«

»Hallo, Tish. Entschuldige die Störung, kommst du gerade aus dem Garten? Du klingst so außer Atem.«

»Ich wünschte, ich wäre im Garten. Ich habe die ganze letzte Stunde hier drinnen am Telefon verbracht. Darby hat gesagt, dass ihm der Hals wehtut, also sind die Jungen im

Wohnzimmer und sehen sich einen Film an, statt rumzurennen. Bist du noch in Berridale?«

»Nein, ich bin gerade losgefahren und wollte dich wissen lassen, dass Ewan das Geld angenommen hat.«

Das machte ihren Tag deutlich schöner. »Das sind ja fabelhafte Neuigkeiten und eine solche Erleichterung! Musstest du ihn in den Schwitzkasten nehmen, damit er Ja sagt?«

Travis lachte, und die Anspannung, die das vorige Telefongespräch hinterlassen hatte, wich von ihr. Travis' kehliges Lachen weckte in ihr grundsätzlich den Wunsch mitzulachen.

»So was in der Art.«

»Vielen Dank, dass du uns hilfst. Du und Ewan, ihr seid immer ehrlich zueinander, und es tut mir leid, dass ich dich gebeten habe, ihm gegenüber unehrlich zu sein.«

»Das ist kein Problem. Ich bin sicher, wenn die Situation umgekehrt wäre, würde Ewan dasselbe für mich tun. Ewan hat außerdem darauf bestanden, dieselben Zinsen zu bezahlen, die die Bank verlangt, also kann ich sicher sein, dass Kree am Ende nicht mit einem Verlust dasteht.«

»Ausgezeichnet.«

»Tish, ist alles in Ordnung? Du klingst wirklich nicht so wie sonst.«

Sie presste die Lippen zusammen, um ein Seufzen zu unterdrücken. Travis hatte stets gespürt, wie sie sich fühlte, aber ihr war nicht wohl dabei, ihm ihre Probleme aufzubürden. Sie waren gerade erst dabei, ihre Beziehung neu aufzubauen. »Mit mir ist alles in Ordnung.«

»Tish, ich höre doch, dass es das nicht ist. Machst du dir immer noch Sorgen, dass du und die Jungen von hier weg müsst?«

Sie ließ sich mit der Antwort Zeit. »Danke, dass du fragst, Trav, aber es ist wirklich alles in Ordnung.«

»Unsinn. Ich wette, wenn ich dich jetzt sehen könnte, würdest du auf einem Fingernagel herumkauen. Jetzt spuck's schon aus.«

Tish zog den Finger aus dem Mund und atmete tief ein. Ihre Finger umfassten das Telefon fester.

»Meine Mutter … kommt zu Besuch.«

# 19

Kree streichelte Freckles samtweichen Kopf, damit er einschlief. Sie hatte nicht oft die Gelegenheit, den quirligen Welpen zu liebkosen. Der kleine Hund seufzte und vergrub seinen Kopf in ihrer Armbeuge. Fudge hatte sich bereits in ihr Lager auf der hinteren Veranda gekuschelt, nachdem sie ihre abendliche Milchflasche geleert hatte.

Links von dem weißen Korbsessel auf der vorderen Veranda, in dem Kree saß, zirpten Grillen, während zur Rechten ein zufriedener Frosch neben dem vollen Regenwassertank quakte. Der Regen der vergangenen zwei Tage hatte Tishs Garten in ein leuchtendes Grün getaucht und die Luft mit dem Duft feuchter Erde erfüllt. In der Stadt wurden verstaubte Fahrzeuge sauber gewaschen, und das einzige Gesprächsthema war, wie viel Regen jeder Einzelne abbekommen hatte.

Kree betrachtete den dunkelblauen Himmel, an dem die ihr unbekannten Sterne der südlichen Hemisphäre funkelten. Am Nachmittag hatten die Wolken sich aufgelöst, und der morgige Tag versprach schön zu werden. Würde Ewans Morgenhimmel ähnlich aussehen? Er hatte vor dem Abendessen angerufen, um Tish wissen zu lassen, dass er in Queensland angekommen war und dass es so gut wie die ganze Fahrt über geregnet hatte.

Kree unterdrückte ein Seufzen, um den dösenden Freckle nicht zu wecken. Ewan war erst seit zwölf Stunden weg, aber es fühlte sich an wie eine Woche. Nachdem er Tish und die Jungen heute früh zum Abschied umarmt und geküsst hatte, war er vor ihr stehen geblieben. Sein Blick war unergründlich gewesen. Kree, die sich der neugierigen Augen von Braye und Darby bewusst war, hatte gelächelt und ihm eine gute Reise gewünscht. Sie gehörte nicht zur Familie, und Ewan musste sie nicht behandeln, als täte sie es. Aber Ewan beugte sich vor und küsste sie auf die Wange, wie er es zuvor bei Tish getan hatte. Nichts Platonisches lag in der Zärtlichkeit seiner Lippen oder in dem Hunger, den sie in seinen schiefergrauen Augen sah, als er sich zurückzog. Und auch nicht in dem Satz, den ihr Herz als Antwort vollführte. Ein einziger kopflos getauschter Kuss würde niemals genug sein.

Kree legte eine Hand an ihre erhitzte Wange. Nicht einmal jetzt konnte sie an Ewans Berührung denken, ohne dass ihr heiß wurde. Sie durfte nicht länger zulassen, dass ihre Hormone über ihren Verstand triumphierten. Statt ihn zu vermissen, musste sie die Tage, die sie getrennt verbrachten, nutzen, um ihre Beziehung wieder auf eine Ebene zu bringen, die sicher und kontrollierbar war. Je näher sie ihn an sich heranließ, desto höher war das Risiko, dass sie nicht mehr von ihm loskommen und verletzt werden würde. Der einzig mögliche Schluss daraus war, dass sie ihren Bruder und ihre familiären Pflichten vor ihre Gefühle setzen musste, ganz egal, wie sehr ihr Herz dagegen protestierte.

Freckle bewegte sich. Sie strich ihm mit der Hand über den warmen Rücken, um ihn zu beruhigen. Sie hatte unendlich viel zu erledigen, und hier zu sitzen und an Ewan zu denken stand nicht auf ihrer To-do-Liste. Morgen war ein wichtiger Tag: Die Schlüssel für das Kutscherhaus sollten per Einschreiben eintreffen, außerdem würde sie den Vormittag in der Bibliothek verbringen, um auf der Suche nach Inspirationen für Wandmalereien mit Anne die historischen Archive durchzugehen. Womöglich hatte Anne sogar herausgefunden, wo die Hütte gestanden hatte, die auf der Zeichnung ihrer Mutter zu sehen war. Sie sollte jetzt wirklich ins Haus gehen.

Ihre seltsame Lethargie war jedoch nicht nur eine Nebenwirkung des Umstands, dass sie Ewan vermisste. Heute jährte sich der Todestag ihrer Mutter. Kree hatte früh am Morgen mit Seth telefoniert und dann dafür gesorgt, dass sie mit der Recherche und den Bestellungen für das Besucherzentrum genügend zu tun hatte. Trotz der enormen emotionalen Belastung, die dieser Tag mit sich brachte, verspürte sie heute aus unerklärlichen Gründen ein Gefühl des Friedens. Sie sah sich auf der geräumigen Veranda um und betrachtete das kunstvolle weiße schmiedeeiserne Geländer. Das alte Wohnhaus hatte etwas an sich, das ihr die Hoffnung gab, dass eines Tages auch in ihrer Familiengeschichte wieder ein neues Kapitel aufgeschlagen werden könnte.

Vielleicht lag es an der Freude, die ihr Herz erfüllte, wenn sie mit Ewan, Tish und den Jungen in der von Lärm erfüllten Küche bei den Mahlzeiten um den Tisch saß. Vielleicht lag es auch an dem Flattern in ihrem Magen, wenn sie feststellte, dass Ewans graue Augen auf ihr ruhten. Oder es lag an dem Gefühl, dass das Haus ihre Stimmungen teilte und dass es heute ebenfalls traurig war, weil Ewan fort war. Jedes Dielenbrett, das knarrte, jede Scheibe, die klirrte, erschien ihr wie ein Echo auf ihr eigenes Gefühl des Verlustes. Das Wohnhaus war für eine Familie erbaut worden, die nie die Gelegenheit gehabt hatte, es mit Lachen und Leben zu füllen. Das kleine Zimmer, das neben dem großen der Jungen lag, war einst als Kinderzimmer für eine Generation eingerichtet worden, die hier nicht mehr geboren worden war.

Sie kuschelte sich tiefer in die Polster ihres Sessels. Was auch immer der Grund dafür war, dass sie sich in Marellen so zuhause fühlte – sie hatte hier beinahe das Gefühl, wieder heil zu sein. So hatte sie sich zum letzten Mal gefühlt, als ihre Eltern beide noch gelebt hatten.

*

»Braye, du machst doch wohl nicht das, was ich denke, oder?«, rief Tish hinter dem flatternden Laken hervor, mit dem sie kämpfte, um es an der Wäscheleine zu befestigen. Der Regen mochte vorüber sein, aber der stürmische Wind war geblieben.

»Braye?«, rief sie noch einmal. Doch nur das Trällern einer schwarz-weißen Elster, die auf dem eisernen Vogelbad hockte, gab ihr Antwort. Tish war sicher, dass es sich bei ihr um das Männchen handelte, das jeden vertrieb, der sich dem hohen Gummibaum näherte, in dem seine Jungen nisteten.

Sie befestigte die letzte Wäscheklammer und ging dann unter dem nassen Laken hindurch zurück zum Haus. Wie sie befürchtet hatte, führte der grüne Gartenschlauch von dem Hahn neben der Hintertür zum Sandkasten der Jungen. Braye hatte beim Frühstück gefragt, ob er und Darby eine Sandburg bauen durften. Sie hatte es erlaubt, da diese Beschäftigung die beiden davon abhalten würde, alle fünf Minuten nachzufragen, wann Ewan endlich wieder nach Hause kommen würde. Offensichtlich hatte Braye in der Zwischenzeit beschlossen, dass jede Sandburg einen Burggraben brauchte. Darby hatte dem womöglich zugestimmt, obwohl er die Regel kannte, dass im Sandkasten kein Wasser erlaubt war, seit Braye dort einmal eine Überschwemmung verursacht hatte, weil er Treibsand herstellen wollte.

Tish verkniff sich ein Lächeln. Die Willensstärke, die es manchmal schwer machte, den kleinen Braye zu handhaben, würde ihm später zugutekommen, wenn es galt, mit den

Herausforderungen des Erwachsenenlebens fertigzuwerden. Sie hegte keinen Zweifel daran, dass Braye und Ewan die gleichen dickköpfigen Mackenzie-Gene teilten. Bevor Alice, die Mutter von Ewan und Fergus, an Bauchspeicheldrüsenkrebs gestorben war, hatte sie ihre Freude daran gehabt, Geschichten über den wild entschlossenen Ewan zu erzählen, der sich als kleiner Junge inmitten einer Hitzewelle die Stiefel angezogen und einen Hut aufgesetzt hatte, um die lange Zufahrt hinunterzulaufen und ihre Geburtstagspost für sie abzuholen.

Tish strich sich ihr schulterlanges Haar hinter die Ohren und machte sich auf den Weg zum Sandkasten. Alice hatte auch Geschichten von Fergus erzählt, aber für gewöhnlich ging es in diesen Geschichten um die Probleme, die er gemacht hatte, und sie endeten meistens mit den Worten: »Seht euch doch dieses Lächeln an! Wie hätte ihm irgendwer böse sein können?«

Tish betrachtete das Gartenhaus, das zwischen den Koniferen zu sehen war, die erst noch in die Höhe und Breite wachsen mussten. Fergus' charmantes Lächeln hatte sie glauben lassen, dass sie in ihn verliebt war. Sie hatten sich in Sydney beim Pferderennen kennengelernt. Fergus war amüsant und aufmerksam gewesen, und er hatte seine helle Freude daran gehabt, sie mit nach Hause in den Busch zu nehmen und sie bei jedem gesellschaftlichen Anlass vorzuzeigen.

Was ihre Mutter betraf, so war sie außer sich vor Begeisterung gewesen, weil ihre Tochter sich einen Mann mit Landbesitz geangelt hatte und das Leben einer Art Landadligen führen würde. »All die Kurse in französischer Küche, der Benimmunterricht und die Privatschulen waren jeden Penny wert!«, hatte sie an dem Abend gejubelt, an dem Tish und Fergus übereilt ihre Verlobung verkündet hatten. Nur ihr besonnener, belesener Vater hatte sie beiseitegenommen und gefragt, ob Fergus denn der richtige Mann für sie sei. In ihrer Naivität hatte sie ihn umarmt und ihm versichert, dass er es war.

Nach der Hochzeit und ihrem Einzug im Cottage von Marellen hatte sie festgestellt, dass sie sich lieber die Hände schmutzig machte, als an Renntagen Picknicks zu besuchen. Aber je mehr sie herausfand, wer sie wirklich war, desto mehr wollte Fergus, dass sie die wohlerzogene, angepasste Ehefrau blieb, die er geheiratet hatte. Kurz nach ihrem ersten Hochzeitstag hatte sie begriffen, dass es die Freiheit des weiten, offenen Landes und die Kameradschaft innerhalb der engen Gemeinschaft waren, in die sie sich verliebt hatte – und nicht Fergus. Kurz nach jenem ersten Hochzeitstag stellte sie außerdem fest, dass sie schwanger war.

Ihr Stirnrunzeln verwandelte sich in ein Lächeln, als sie um die Ecke des Hauses bog und sah, wie Braye seinen Kipplaster mit dem Gartenschlauch füllte. Darby stand neben der Sandburg, stützte die Hände in die Hüften und bekundete stumm sein Missfallen. Wie sie ihre so gegensätzlichen Zwillinge liebte! Schon ehe sie geboren waren, hatten die Jungen beständig Licht in ihr Leben gebracht und ihr die Kraft gegeben, um ihre Ehe zu kämpfen. Ein Kampf, den sie verloren hatte, lange bevor Fergus an jenem stürmischen Sommerabend darauf bestanden hatte, mit seinen Freunden auszugehen. Ein Kampf, den sie noch immer ausfocht.

Ihre Schultern verspannten sich. Ewan würde nie erfahren, warum Fergus an jenem schicksalhaften Tag wirklich in die Stadt gefahren war.

*

Das Ortseingangsschild von Glenalla flog vorbei, und Ewan drückte den Rücken durch. Nach zehn Stunden Autofahrt fühlte er sich, als wäre ihm das Rückgrat zusammengeschmolzen. Es war eine lange, aber erfolgreiche Reise gewesen. Er hatte die Ultra-Black-Rinder gekauft und einen Transporter organisiert, der sie liefern würde.

Er verlangsamte die Fahrt des Ute, als ein brauner streunender Hund über die Straße lief. Bald würde er zu Hause bei seinem eigenen vierbeinigen Freund sein. Er vermisste es, mit Whiskey zu reden. Er vermisste auch die wilde Midget und das Duo infernale, Fudge und Freckle. Er hatte Tish und die Jungen jeden Morgen und jeden Abend vor dem Schlafengehen angerufen. Doch sosehr er sie auch vermisst hatte, eine andere Person, die er zurückgelassen hatte, beherrschte seine Gedanken Tag und Nacht.

Dass er über Glenalla nach Marellen fuhr, verlängerte seine Reise um eine Stunde, aber um Kree zu sehen, nahm er die zusätzliche Fahrzeit in Kauf. Seine Sehnsucht grenzte an Besessenheit, und je eher er sie wiedersah, desto eher konnte er sich wieder auf das konzentrieren, was wirklich wichtig war. Er musste sich um die Rinder kümmern, er musste seine Farm wieder rentabel machen und seine Gefühle unter Kontrolle bringen. Als er am Mittag mit Tish telefoniert hatte, hatte sie ihm erzählt, dass Kree im Kutscherhaus war. Tish hatte vorgeschlagen, dass er dort vorbeifahren und sich anschauen solle, was dort bereits geschafft worden war. Er hatte keine weitere Ausrede gebraucht.

Jetzt aber verspürte er ein nagendes Gefühl des Unbehagens. Er sollte Abstand von ihr halten. Warum unternahm er also all diese Anstrengungen, um sie zu sehen? Seine Anspannung wuchs im selben Maß wie seine Vorfreude, als er vor dem kleinen Park parkte. Der Geländewagen der Tylers war das einzige andere Fahrzeug, das dort stand. Gut. Er brauchte nicht noch Publikum, das mitbekam, wie sehr es ihn drängte, Kree zu sehen.

Mit trockenem Mund klopfte er an die Vordertür des Kutscherhauses.

»Die Tür ist offen!«, rief Kree mit gedämpfter Stimme von drinnen. »Komm rein!«

Er trat in das schlecht beleuchtete Gebäude und sah sie mit dem Rücken zu ihm auf einer Trittleiter stehen, auf der sie sich streckte, um eine Glühbirne auszuwechseln.

»Brauchst du Hilfe?«, fragte er.

Wen immer sie auch erwartet hatte, er war es nicht. Augenblicklich ließ sie die Arme sinken und schwang herum. Die Leiter schwankte. Ihre Hände blieben auf seinen Schultern liegen, während sie ihr Gleichgewicht wiederfand. Der vertraute Duft von Vanille hüllte ihn ein. Ihr erschrockener Blick traf seinen, dann sah sie weg.

Sein Magen verkrampfte sich. Sie hatte ihn nicht so sehr vermisst, wie er sie vermisst hatte. Als er sicher war, dass sie wieder fest auf der Leiter stand, ließ er sie los und vergrub seine Hände tief in den Taschen seiner Jeans. Er hätte seinem Verlangen, sie zu sehen, nicht nachgeben dürfen. Er würde ein paar höfliche Worte mit ihr wechseln und dann gehen.

»Danke«, sagte sie und stieg die Stufen hinunter. »Ich bin mit Höhe noch nie so gut zurechtgekommen.« Sie legte die Glühbirne auf den Stuhl, der ihr am nächsten stand, und wandte sich ihm mit einem Lächeln zu. »Ich dachte, du wärst Bill, der vom Pub herüberkommen wollte. Umso netter ist die Überraschung. Ich hatte nicht erwartet, dass du vor heute Abend zurück bist.«

In den Tagen, in denen er sie nicht gesehen hatte, hatte er

vergessen, wie ihre Augen leuchteten, wenn sie lächelte, welches Verlangen, sie zu berühren, ihre glatte, weiche Haut in ihm auslöste und wie sehr er sich danach sehnte, diese Frau an seiner Seite zu haben.

Er zuckte mit den Schultern. »Ich bin früh aufgebrochen.«

»Die Jungen werden sich freuen. Sie haben Tish schon vor dem Frühstück mit der Frage in den Ohren gelegen, wann du wieder zu Hause bist.«

»Ich kann es auch nicht erwarten, sie zu sehen. Aber ich hatte Tish versprochen, alle zwei Stunden Halt zu machen. Und hier bin ich nun.«

»Ich bin froh, dass du Pausen eingelegt hast.«

Er zog die Hände aus den Hosentaschen. Ein wenig Farbe stieg ihr in die Wangen. War sie also doch froh, ihn zu sehen? »Was hältst du davon, wenn ich mich um diese Glühbirne kümmere, solange ich hier bin? Sogar mit Leiter dürftest du Schwierigkeiten haben, da oben dranzukommen.«

»Das wäre toll«. Sie nahm die Glühbirne vom Stuhl. »Aber nur, wenn du auf einen Kaffee bleibst. Du siehst müde aus.«

Er runzelte die Stirn. Er hatte sie gesehen, und jetzt musste er sich wieder auf den Weg machen.

»Das ist nicht verhandelbar«, sagte sie. »Wer keinen Kaffee trinkt, darf auch nicht auf die Leiter klettern.«

Entschlossenheit klang aus ihren Worten, aber es war die Verletzlichkeit in ihren Augen, die den Ausschlag gab. Sie wollte, dass er blieb.

»In Ordnung. Ein schneller Kaffee wäre fantastisch. Und mit einer Frau, die nach eigener Aussage kontrollsüchtig ist, lege ich mich besser nicht an.«

»Ein weiser Entschluss.« Sie strahlte wie die Sonne, als sie ihm die Glühbirne reichte.

Sie sah zu, wie er auf die Leiter stieg, bevor sie in einen

kleinen Raum hinter der Theke ging. Das Summen eines elektrischen Wasserkochers ertönte.

»Tut mir leid«, sagte sie, als sie wiederkam. »Die Kaffeemaschine ist noch nicht geliefert worden, also musst du mit Pulverkaffee vorliebnehmen. Der Kurier sollte morgen kommen. Er bringt uns auch das Material, das ich für das erste Wandbild brauche.«

»Alles, was Koffein enthält, ist gut für mich«, sagte er, stieg von der Leiter herunter und warf die durchgebrannte Birne in den Mülleimer. »Die Jungen haben mir ganz begeistert von der Farbe erzählt. Ich glaube, sie stellen sich vor, dass sie mit einem Pinsel auf die Wände losgelassen werden.«

Krees weiches Lachen verscheuchte seine Müdigkeit.

»Ich habe ihnen gesagt, dass sie auch malen dürfen«, sagte sie noch immer lächelnd, »aber egal, wie oft Braye mich noch zu überreden versucht, die Spritzpistole wird er nicht in seine übereifrigen Hände bekommen.«

Sie drückte auf den Lichtschalter hinter ihr, und das Licht der neuen Glühbirne erhellte das ganze Kutscherhaus.

Ewan blickte sich um. »Du warst aber fleißig.«

Als er das Gebäude zum letzten Mal von innen gesehen hatte, war es eine leere Hülle gewesen. Einige der Einbauschränke stammten vermutlich von der Renovierung, die der Kunstgalerist hatte durchführen lassen, aber nach dem Werkzeug und den zusammengefalteten Plastikplanen zu urteilen, die in einem der hinteren Winkel lagen, hatte es noch jede Menge zu tun gegeben. Außerdem war alles tadellos sauber – die Fensterscheiben glänzten, und sämtliche Spinnen des Hauses hatten die Kündigung erhalten.

»Ja, ich war fleißig, aber ich hatte Hilfe. Die Großzügigkeit und die Unterstützung der Leute aus Glenalla war fantastisch.« Ein Lachen brachte ihre Augen zum Strahlen. »Du bist allerdings schmerzlich vermisst worden. Mrs. Jessop kann deine Rückkehr kaum erwarten. Cassandra kommt nämlich dieses Wochenende zur zweiten Schicht nach Hause.«

Ewan stöhnte. »Cassandras letzter Freund trug Anzüge und fuhr ein Luxusauto. Wann wird Moira endlich einsehen, dass ich nicht der Typ ihrer Tochter bin?«

»Das bist du vielleicht nicht, aber du bist alleinstehend – auch wenn du überzeugter Junggeselle bist.«

Der pfeifende Wasserkocher ersparte Ewan die Antwort. Die Erleichterung darüber, dass Kree ihn vermisst hatte, schwand. Stattdessen senkte das Gefühl der Schuld seine Klauen tiefer in sein Herz. Er betrachtete den seidigen Fall von Krees langem Pferdeschwanz, der ihr beim Kaffeemachen über den Rücken schwang. Wenn er sich auf die schöne Frau vor seinen Augen einließ, würde er sie nie wieder gehen lassen können.

# 20

Kree ließ sich mit der Zubereitung der beiden Tassen Kaffee Zeit. Ihre Hände zitterten noch immer von dem Schreck, Ewan plötzlich vor sich zu sehen. Es war, als hätte ihre Sehnsucht ihn aus der staubigen Luft herbeibeschworen. Ihre Gefühle schwankten zwischen Freude und Entsetzen. Freude, weil er wieder zu Hause war, und Entsetzen, weil sie ihre Selbstbeherrschung offensichtlich immer noch nicht wiedergewonnen hatte. Sie wäre wirklich fast von der Leiter gefallen, und das hatte nichts mit ihrer Höhenangst zu tun.

Es fühlte sich so richtig an, dass er da war und sie in den Armen hielt. Gefährlich richtig. Sie hatte nicht angenommen, dass das Wiedersehen mit ihr auch in ihm eine solche Woge von Gefühlen auslöste. Erschöpfung hatte feine Linien in sein Gesicht gegraben, und er hatte ihre Taille losgelassen, als hätte sie die Pest. Dann aber hatte er ihre Einladung zum Kaffee angenommen, und als er das tat, hatte sie in seinen Augen dasselbe Verlangen aufblitzen sehen, das in ihr brannte.

»Hier, für dich.« Sie kam hinter der Theke hervor, in jeder Hand einen Becher. Sie gab ihm einen. Ihre Blicke trafen sich. Ihre Hand zitterte. Sie betete, dass er es nicht sah.

Sie ging hinüber zu den beiden umgedrehten Holzkisten und setzte sich auf eine von ihnen. »Tut mir leid. Tische und Stühle sind auch noch nicht da.«

Ewan setzte sich auf die andere Kiste und nahm einen hastigen Schluck von seinem Kaffee. »Gegen das rustikale Leben ist doch nichts einzuwenden. Braye und Darby lieben es, wenn wir zelten gehen und sie mit den Fingern essen und auf Holzblöcken um das Feuer sitzen dürfen.«

»Ich weiß, es gibt nichts Besseres, als am Feuer zu sitzen und Nochmehrs zu essen, wenn man zeltet.«

»Nochmehrs?«

»Ja, weil man immer ›noch mehr‹ will.«

Als sie Ewans leises Lachen hörte, war sie froh, zu sitzen und nicht auf ihre Knie als Stütze angewiesen zu sein.

»Ich hoffe, zu den Zutaten für die Nochmehrs gehören nicht diese Erdnussbutter-Dinger, die du bei Beth gekauft hast. Ich weiß, dass Seth sie liebt, aber ich bin sicher, Erdnussbutter und Schokolade sind nicht dazu gemacht, zusammen gegessen zu werden.«

»Und das sagt ausgerechnet der Mann, der Vegemite und Avocado auf Toast isst.«

Wieder lachte Ewan. »Was ist denn dagegen zu sagen?«

»Alles. Vegemite ist für sich allein schon schrecklich genug. Ich habe keine Ahnung, wie ihr Australier eine derart salzige Paste überhaupt runterbekommt.« Sie nippte probeweise an ihrem Kaffee, ehe sie weitersprach. »Du wirst froh sein zu hören, dass Nochmehrs aus gerösteten Marshmallows, Schokolade und Graham-Crackern gemacht werden. Das alles setzt man zusammen wie ein kleines Sandwich, und die heißen Marshmallows lassen dann die Schokolade schmelzen.«

»Graham-Cracker?«

»Ja, eure Entsprechung dazu wären flache Kekse.«

»Wenn du sicher bist, dass da keine Erdnussbutter drin ist, würde ich es tatsächlich für essbar halten.«

»Es ist essbar.«

Ein entspanntes Schweigen breitete sich zwischen ihnen aus.

»Wie ist es mit dem Viehkauf gelaufen? Tish hat erzählt, du hast die Rinder zu einem guten Preis bekommen?«

»Ja. Ein Transporter wird sie morgen Nachmittag bringen.« Ewan warf ihr einen raschen Blick zu. »Du wirst morgen früh vermutlich nach Berridale fahren wollen, aber vielleicht hast du ja später Lust, wieder rüberzukommen und dir anzusehen, wie sie abgeladen werden.«

»Das würde ich gern tun. Ich bin sicher, diese besonderen Kühe haben Hörner aus Gold.«

Er rutschte auf seinem Sitz herum. »Kree, wir müssen über das sprechen, was neulich bei den Tylers passiert ist.«

»Das geht in Ordnung. Du hast versucht, mich zu trösten, und ich ... habe mich einfach hinreißen lassen.«

Ewan lächelte. »Du kannst dich gern öfter hinreißen lassen. Ich habe nichts dagegen.«

Unter seinem Blick wurde ihr ganz heiß. Sie erwiderte sein Lächeln. »Ich auch nicht.« Ihre Heiterkeit verflog. »Aber ich kann mir nicht erlauben, mich noch einmal hinreißen zu lassen. Ich reise bald ab. Ich muss in die Wirklichkeit zurückkehren und mich um Seth kümmern.«

Ewan lächelte noch immer, aber der Glanz in seinen Augen war verschwunden. »Und ich muss meinen Status als überzeugter Junggeselle weiter verteidigen.«

Kree dachte sorgfältig nach, ehe sie antwortete. »Nein, das musst du nicht. Du hast eine eigene Familie verdient. Fergus würde sich wünschen, dass du glücklich wirst. Er würde sich auch wünschen, dass Braye und Darby Cousins und Cousinen bekommen, mit denen sie aufwachsen können.« Sie senkte die Stimme. »Ewan, du kannst dich nicht immer weiter bestrafen.«

»Nein, vielleicht nicht.« Er stand auf, obwohl er seinen Kaffee erst zur Hälfte ausgetrunken hatte. Seine Schultern spannten sich unter dem blauen Hemd, aber als er sprach, lag kein Zorn in seiner Stimme, nur tiefe Erschöpfung. »Danke für den Kaffee. Ich mache mich dann besser auf den Weg.«

Kree vergaß ihren eigenen Kaffee und stand ebenfalls auf. »Danke, dass du vorbeigekommen bist und die Lampe ausgewechselt hast.«

»Keine Ursache.« Sein Blick schweifte über die leeren Regale, die Travis am Morgen angebracht hatte. »Tut mir leid, dass ich den ganzen Spaß verpasst habe.«

»Der Spaß geht ja noch weiter. Am Samstag startet ein weiterer Arbeitseinsatz.«

»Auf mich kannst du zählen. Ich tue alles, solange ich mich dafür nicht mit den Müttern alleinstehender Frauen unterhalten muss.« Er gab ihr seinen Becher. »Welche Arbeit steht denn an?«

Kree ging in die Küche, um die Becher ins Spülbecken zu stellen, und rief ihm über die Schulter zu: »Phase B.«

»Phase B?«, fragte Ewan, als sie wieder auftauchte.

»Ja, Phase B. Hast du noch fünf Minuten Zeit? Dann zeige ich es dir. Wir müssen dazu allerdings Bill besuchen.«

Ewan strich sich mit der Hand über den Nacken. »Okay. Ich komme mit und sage ihm schnell guten Tag.«

Sie traten hinaus in das schwindende Licht des Nachmittags. Der kürzlich gefallene Regen hatte den kleinen Park erfrischt, der einst als Dorfplatz vor dem Kutscherhaus gedient haben musste. Sie berührte das Blatt eines verkrüppelten immergrünen Strauchs, der ums Überleben kämpfte. »Glaubst du, es würde Tish etwas ausmachen, wenn ich sie bitten würde, mir einen einfachen Entwurf für die Gestaltung des Parks zu zeichnen?«

Ewan passte seinen Schritt dem ihren an, während sie die verlassene Hauptstraße überquerten. »Nicht im Geringsten. Sie hatte ganze Skizzenblöcke voller Zeichnungen für Marellen. Vielleicht ist das etwas, das Tish und Travis zusammen machen könnten.«

»Das ist eine gute Idee.« Sie warf Ewan einen Blick zu, als sie den Pub erreichten und er die Tür für sie aufhielt. »Vergiss mein Dinner nicht. Da werden sie eine weitere Chance haben, miteinander zu reden.«

Bill begrüßte sie mit einem breiten Lächeln und einem Augenzwinkern. »Kree hat dich also auch dienstverpflichtet, ja, Ewan?«

Ewan grinste den älteren Mann an, und Fältchen bildeten sich in den Winkeln seiner grauen Augen. »Das hat sie. Und ich bin noch nicht sicher, auf was ich mich eingelassen habe.«

Bill wies mit einer Kopfbewegung auf die Tür, die zu dem Flügel mit den Wandmalereien führte. »Das wirst du früh genug erfahren.«

Kree öffnete die Tür und ging voran. Mikeys kleine Füße in Stiefeln donnerten über die Dielen, als er ihnen im Gang entgegenrannte.

Ewan beugte sich hinunter, um das vor Freude strahlende Kind aufzufangen. Er richtete sich auf und warf den Jungen hoch in die Luft. Mikeys Lachen hallte durch den Gang und traf Kree direkt ins Herz. Ewan war der geborene Vater. Was immer er auch getan zu haben glaubte – er hatte es nicht verdient, sein Leben allein zu verbringen. Er verdiente es, geliebt zu werden und eine Familie zu haben. Sie ignorierte den Kloß in ihrem Hals. Sie konnte ihm all das nicht schenken. Ihr war mit Seth eine zweite Chance gegeben worden, und das was alles, was sie erhoffen durfte.

Ewan stellte Mikey wieder auf die Füße und zerzauste ihm das rote Haar. »Hast du Kree und mich über die Straße kommen sehen?«

Mikeys Kopf nickte so heftig, dass Kree nicht anders konnte, als zu lachen. Mikeys Bewunderung für Darby wurde höchstens von seiner Bewunderung für Ewan übertroffen.

»Mikey«, sagte sie und öffnete die geschlossene Tür zu ihrer Linken. »Wollen wir Ewan zeigen, was wir vorhaben?«

Mikey grinste und nahm Ewans Hand, um ihn durch die Tür zu ziehen. Ewans leiser Pfiff verriet ihr, dass die Szenen des ländlichen Australien, die die Wände und die Decke des Treppenhauses schmückten, auch ihn beeindruckten.

»Das ist unglaublich.«

»Ich weiß.« Sie blieb neben ihm stehen. »Jedes Wandgemälde ist so komplex und enthält so viele Details, dass man gar nicht weiß, wohin man zuerst schauen soll.«

»Ich wusste nicht einmal, dass diese Bilder existieren.« Ewan trat dichter an ein Wandgemälde heran, das einen Wanderarbeiter an einem Wasserloch zeigte. Mikey hielt noch immer seine Hand und trat mit ihm vor. »Das ist also Phase B?«

»Genau. Mein Plan ist, Glenalla als Stadt der Wandmalereien zu vermarkten. Das Straßenbild ergibt eine perfekte leere Leinwand. Wir können das Australien-Thema fortsetzen, und ich habe für das erste Wandgemälde eine Szene mit Straßenräubern entworfen.«

Ewan lächelte Mikey an. »Kree ist ganz schön clever, oder?«

Wieder nickte der Dreijährige.

Kree wandte sich ab, bevor sich der Kloß in ihrem Hals in Tränen auflöste. Warum bedeutet Ewans Lob ihr nur so viel?

Sie stieg die Stufen zu einem Absatz hinauf, auf dem sich noch weitere Wandmalereien befanden. Sie brachte so ein wenig Abstand zwischen sich und Ewan. Das würde ihr helfen, sich wieder zusammenzureißen. Kree stieg noch einen Absatz höher hinauf. Sie hielt sich mit beiden Händen an dem hölzernen Geländer fest und sah hinunter in die Tiefe, wo Ewan und Mikey standen. Ihr drehte sich der Magen um. Sie kam mit Höhe wirklich nicht gut zurecht. Vorsichtig wandte sie sich um, um das Bild in ihrem Rücken zu betrachten. Der Kamm eines Wasserfalls markierte den Beginn eines Wandgemäldes. Der Wasserfall ergoss sich die Wand hinunter, strömte am ersten Absatz vorüber und runter bis zum Boden.

Neugier ließ sie ihre Höhenangst vergessen, und sie löste ihre Hände vom Geländer. Bisher war sie nie so hoch hinaufgestiegen, doch jetzt studierte sie den Wasserfall, die fachmännische Pinselführung und die lebendige Farbgebung. Wer auch immer der Künstler war, er verfügte über echtes Talent, dazu über Geduld und Hingabe. Es musste Monate gedauert haben, diese Wandmalereien fertigzustellen.

Ein Umriss zog ihren Blick auf sich. Dort, unter dem Wasserstrom, war das ein Buchstabe? Sie beugte sich vor. Weitere Umrisse und Linien fügten sich zu einem möglichen Wort zusammen.

Der Raum drehte sich um sie. Sie sank zu Boden. Die harten Sohlen ihrer Stiefel schlugen laut auf das Holz der Treppe.

»Kree?«, rief Ewan und nahm zwei Stufen auf einmal, um zu ihr zu gelangen. Mikey lief hinter ihm her.

»Ist alles in Ordnung mit dir? Du bist ganz blass«, fragte Ewan, die Stirn in sorgenvollen Falten. »Du bist ziemlich weit nach oben gestiegen, und du hast gesagt, du kommst mit Höhe nicht gut zurecht.«

Er bot ihr seine Hand an, doch sie schüttelte den Kopf. Ihr war klar, dass sie nur aufrecht stehen konnte, wenn er sie festhielt, und selbst jetzt, wo ihr schwindlig war, wusste sie, dass das keine gute Idee war.

Er ließ die Hand sinken. »Brauchst du ein paar Minuten Zeit?« Sein liebevoller Tonfall beruhigte sie und erdete sie wieder.

»Nur ein oder zwei.« Sie klopfte neben sich auf den Absatz.

»Komm her, Mikey, setz dich zu mir.« Mit ängstlicher Miene setzte sich Mikey neben Kree. Sie legte den Arm um seine schmalen Schultern und drückte ihn an sich. »Es ist alles in Ordnung, nichts ist passiert. Ich habe mich nur nicht wohlgefühlt und musste mich hinsetzen, das ist alles.«

Sie zeigte auf den Wasserfall. »Ich bilde es mir vermutlich nur ein, aber, Ewan, kannst du hinter dem Wasserfall einen Namen erkennen?«

»Ich sehe es mir mal an.« Sein Blick verriet ihr, dass ihm das Zittern ihrer Stimme nicht entgangen war.

Er schob sich an ihr und Mikey vorbei, um das Wandgemälde zu untersuchen. »Ja, das muss der Name des Künstlers sein. Da steht D...«

Sie musste Ewan nicht ansehen, um zu wissen, dass sein Blick jetzt auf ihr ruhte.

Kree schloss die Augen, damit die Welt, die sich um sie drehte, zum Stillstand kam. Sie hatte sich das, was sie gesehen hatte, nicht eingebildet. Der Name, den Ewan nicht zu Ende vorgelesen hatte, lautete D. Garrett.

Der Name ihres Vaters.

# 21

*Endlich.*

Ewan hörte das Tuckern des Viehwagens, kaum dass der Fahrer die Hauptstraße verlassen hatte und durch das offene Doppeltor auf Marellens Rinderhöfe zufuhr. Er hatte sich unterwegs verfahren und kam deshalb mit einer Stunde Verspätung, aber jetzt waren die Ultra-Black-Rinder endlich da. Ewan schluckte. Alles würde gut werden. Es musste einfach. Die Zukunft von Marellen hing von diesen Rindern ab, die ihre Nasen durch die Spalten in den Seitenwänden des Viehtransporters steckten.

Er stieg aus dem Ute, den er im Schatten eines ausladenden Gummibaums neben den Ställen geparkt hatte, und ging hinüber zum Geländewagen der Tylers. Braye, Darby und Kree saßen auf der offenen Ladefläche, baumelten mit den Beinen und spielten »Ich sehe was, was du nicht siehst«. Sehr zum Ärger der Hunde und von Fudge hatten die Tiere bei Tish im Haus bleiben müssen. Ewan wollte nicht, dass Whiskey einen Kampf mit den Hunden des Fahrers anfing oder dass der neugierige Freckle von den Rindern getreten wurde.

Als Ewan sich dem Wagen näherte, ließ sich Braye von der Ladefläche gleiten. Ewan fing ihn auf, ehe seine Stiefel das Gras berührten, und setzte ihn wieder zurück.

»Du kennst die Abmachung, Braye. Du bleibst bei Kree und Darby.«

»Das ist nicht fair«, murrte der Fünfjährige.

»Und ob es fair ist. Wenn der Transporter an der Rampe

steht, kannst du kommen und dir ansehen, wie die Rinder ausgeladen werden. Ich will aber nicht, dass du ihnen im Weg stehst und womöglich verletzt wirst.«

Kree knuffte Braye die Schulter. »Es dauert doch nicht mehr lange. Die Rinder sind ja gleich hier.«

Ewans Blick blieb an Kree hängen. Seit sie herausgefunden hatte, dass ihr Vater der Künstler war, der die Wandgemälde gemalt hatte, lag ein abwesender Ausdruck auf ihrem Gesicht. Sie hatte kaum ein Wort gesprochen, seit sie gestern aus Glenalla gekommen waren. Am Morgen war sie dann nach dem Frühstück zurück ins Farmhaus der Tylers gezogen. Schon jetzt schien Marellen ohne sie nicht mehr dasselbe zu sein. Zumindest würde er sie morgen sehen. Kree hatte Travis angerufen, um die Dinnereinladung festzumachen, und Tish hatte ihre Nachbarin Pru Knight als Babysitter engagiert. Das Pot-Roast-Dinner, das er bisher so gefürchtet hatte, konnte für ihn jetzt nicht schnell genug kommen.

Der Transporter näherte sich, und der Wind trug den methanhaltigen Geruch von Rinderdung zu ihnen herüber.

»Es stinkt«, sagte Darby leise. Sowohl Ewan als auch Kree drehten sich um und lächelten ihn an.

Die Ladefläche wackelte, als Braye heruntersprang. »Ich kann ein paar Kühe sehen. Ich mag Kühe mit weißen Köpfen.« Er wandte sich um, um mit Darby zu sprechen. »Weißt du noch? Die verrückte Kuh mit den großen Hörnern und den dünnen Beinen, die über den Zaun gesprungen ist?«

Darby nickte, ohne den Transporter aus den Augen zu lassen.

»Diese Kühe sind alle schwarz, Braye«, sagte Ewan. »Und sie werden keine hysterischen Anfälle haben. Sie sind es gewohnt, angefasst zu werden, und sie sind zu Pferd ebenso getrieben worden wie mit Hunden und Fahrrädern. Sie sind auch an Fahrzeuge und Fußgänger gewöhnt.«

Ewan betrachtete die erregten Gesichter der Jungen und spürte vor lauter Liebe einen Kloß im Hals. Die Ultra-Black-Rinder mussten Marellen einfach wieder in ein rentables Unternehmen verwandeln. Er musste den Jungen ein Erbe hinterlassen, das es ihnen ermöglichen würde, auf dem Land zu leben, das sie liebten, so wie es ihr eigener Vater für sie getan hätte.

»Ewan? Stimmt etwas nicht?« Krees leise gestellte Frage erinnerte ihn an ihre Feinfühligkeit. Und an seine eigene Schwäche.

»Nein, alles in Ordnung, jetzt, wo der Transporter endlich da ist.« Er zog sich die Krempe seines Hutes ein bisschen tiefer ins Gesicht. »Ich gehe und helfe dem Fahrer. Ihr bleibt alle hier, bis der Wagen seine Position erreicht hat.«

*

Dank der Fahrkünste des Fahrers und Ewans im richtigen Moment platzierten Anweisungen stand der Viehwagen bald ordnungsgemäß an der Laderampe des Rinderhofes. Metall knirschte, als der Fahrer die hintere Tür zum unteren Deck aufschob. Ewan drehte sich um und winkte Kree und den Jungen zu. Braye kam als Erster, kletterte auf den Zaun des Rinderhofs und setzte sich auf die oberste Stange. Dieser Teil des Hofs würde leer bleiben, sodass die Jungen dort oben auf ihrem Aussichtspunkt sicher waren. Darby schloss sich Braye an. Ewan betrachtete sie, während sie mit großen Augen den Transporter anstarrten. Mit ihrem identischen Profil und den gleichen roten Kappen, die er ihnen auf einem Informationstag für Landmaschinen gekauft hatte, sahen sie aus wie Bild und Spiegelbild.

Kree kam und stellte sich neben Ewan. Ihr heller Akubra

hatte ein paar Schrammen, seit Freckle ihn von einem Küchenstuhl stibitzt hatte.

»Hier kommen sie!«, rief Braye mit spürbarer Erregung, als ein Kopf aus der hinteren Tür des Lastwagens auftauchte. Die Kuh zögerte, dann jedoch stürmte sie die Laderampe hinunter und lief über den schmalen Steg in den Hof. Donnernder Hufschlag ertönte, als weitere Kühe aus dem Wagen nachdrängten, und bald quoll ein gleichmäßiger schwarzer Strom von Rindern die Rampe hinunter. Als der Strom abriss, ging der Fahrer die Rampe hinauf und in den Wagen. Eine Pfeife ertönte, und es stürmten noch zwei weitere Kühe ins Freie. Die Hunde bellten aus den Hundeboxen unter dem Wagen, wo sie hatten bleiben müssen. Sie waren beim Zusammentreiben eine Hilfe, doch beim Abladen brauchte der Fahrer sie nicht.

»Ich verstehe nichts von Kühen, aber die hier machen einen ziemlich guten Eindruck auf mich«, sagte Kree und betrachtete die glatten schwarzen Körper der Tiere am hinteren Ende des Hofes. »Nur goldene Hörner habe ich bis jetzt nicht entdeckt. Um genau zu sein, habe ich überhaupt keine Hörner entdeckt.«

»Nein, Ultra Blacks sind gestutzt und ohne Hörner gezüchtet. Sie sind außerdem gezüchtet, um bei hohen Temperaturen und in unwirtlicher Umgebung zu überleben und sich zu vermehren. Travis und ich haben einen Studienfreund, der landwirtschaftliche Anwesen in den Tropen betreut und für Asien eine boomende Nachfrage nach Rindfleisch vorhersagt. Er braucht für seine brahmistischen Züchter kommerziell gezüchtete Bullen mit hoher Fertilität und großer Hitzeverträglichkeit, und ich habe vor, sie ihm zu liefern.«

»Also werden sie Kälber bekommen?«

»Ja, sie erwarten sogar bereits Kälber. Deshalb sind sie so

teuer, und deshalb will ich nicht, dass ihnen irgendetwas passiert.«

»Da du so weit fahren musstest, um sie zu kaufen, nehme ich an, es gibt nicht viele Ultra Blacks in der Gegend?«

»Das ist richtig.« Er lächelte. »Sie sind in Australien noch relativ neu, aber ihr Amerikaner habt bereits herausgefunden, welche Vorteile es bringt, hervorragende Brangus-Bullen mit Angus-Kühen zu kreuzen. Diese Rinder sind genetisch das Beste, was man bekommen kann.«

»Wenn sie also Hörner hätten, dann wären sie wirklich aus Gold?«

Ewan gab keine Antwort. Eine Kuh war beim Verlassen der Rampe gestolpert und gestürzt. Eine Sekunde lang, in der sein Herz raste, blieb sie auf dem Boden liegen, ehe sie wieder aufstand. Er hatte nicht bemerkt, dass er sich am Zaun des Rinderhofs festgeklammert hatte, bis Krees Arm den seinen streifte. Wie er auf der Lämmerweide neben ihr gestanden hatte, um sie zu trösten, blieb jetzt Kree neben ihm stehen. Die Wärme ihres Arms erreichte ihn durch den dicken Drillich-Stoff seines Arbeitshemds. Er ließ die Metallstange los.

»Der Kuh ist nichts passiert, Ewan. Alles wird gut. Diese Kühe werden den Mackenzies das Glück bringen, das sie verdient haben.«

»Das hoffe ich. Unsere Pechsträhne hier auf Marellen muss ein Ende haben«, sagte er in grimmigem Ton.

Der Fahrer des Transporters ließ per Knopfdruck eine interne Rampe herunter, sodass nun die Kühe aus dem oberen Deck den Wagen verlassen konnten. Die Hufe trommelten über den Steg, als die Rinder losstürmten, um ins Freie zu gelangen.

»Was geschieht jetzt mit ihnen?«, fragte Kree. Ihr Arm berührte immer noch seinen.

»Für heute lasse ich sie auf dieser Koppel. Morgen treibe ich sie dann auf eine größere. Normalerweise treibe ich die Rinder mit meinem Quad Bike, aber da diese hier so ruhig sind, könntet ihr mir vielleicht helfen, du und die Jungen – auf Banjo und den Ponys?«

»Das würde ich liebend gern tun, und ich bin sicher, den Jungen geht es genauso.«

Der Fahrer folgte der letzten Kuh die Rampe hinunter. Ewan wusste, er hätte von Kree abrücken sollen. Aber es war, als hätte er von den Jungen den alltäglichen Widerwillen übernommen, ins Haus zu kommen und ein Bad zu nehmen. Er wollte einfach noch ein bisschen länger hier neben ihr stehen bleiben. Obwohl sich lediglich ihre Oberarme berührten, genügte das, damit er ein lange vergessenes Gefühl von Frieden verspürte. Er wartete bis zum letzten möglichen Moment, dann löste er sich von ihr.

Ihre Hand schloss sich um seinen Unterarm. Er hielt inne.

»Glaub mir, Ewan, es wird wirklich alles gut. Ich spüre es.« Ihre Finger schlossen sich fester um seinen Arm, als wolle sie ihn zwingen, ihr zu glauben.

Er betrachtete ihre Lippen, dann hob er den Blick und traf auf ihre ernsten blauen Augen. Er wollte ihr glauben. Er versuchte es. Aber er konnte nicht.

An dem Tag, an dem er seinen Bruder getötet hatte, hatte sein Leben aufgehört, gut zu sein.

*

Tish winkte den Jungen hinterher, die auf ihren kleinen Ponys saßen. Um Darby musste sie sich keine Sorgen machen. Der unerschrockene Buzz würde nicht einmal mit der Wimper zucken, wenn sich eine Schlange zwischen seinen Hufen schlängelte. Aber auch der risikofreudige Braye war in Sicherheit. Der gefräßigen Holly war mehr daran gelegen, sich hier und da das Maul voll Gras zu stopfen, als sich danebenzubenehmen. Da sie an Hufrehe litt, bekam Holly ausgewähltes Spezialfutter und wurde für gewöhnlich von üppigem Gras, das einen hohen Zuckergehalt hatte, ferngehalten.

Tish winkte noch einmal, dieses Mal galt es Kree. Banjos Ohren waren gespitzt und nach vorn gedreht, und sein Schritt war schwungvoll, als wisse er, dass an diesem Morgen die Arbeit mit den Rindern auf dem Programm stand. Ewan hatte das rote Quad bereits dröhnend aus dem Maschinenschuppen gelenkt und war mit Whiskey auf dem Hintersitz losgefahren, um das neue Gatter zu öffnen. Er hatte panische Angst, dass den Ultra-Black-Rindern etwas zustoßen könnte, deshalb hatte er vor, sie in der Nähe des Farmhauses unterzubringen.

Aber es waren nicht nur die Rinder, die Ewans Gedanken beschäftigten. Es war Tish nicht entgangen, wie sein Blick am Frühstückstisch auf Krees leerem Platz geruht hatte, genauso wenig, wie ihr Krees sehnsüchtige Nachtwachen entgangen waren, die sie mit Freckle allnächtlich auf der Veranda verbracht hatte, während Ewan im Norden war. So, wie sie den Seiteneingang im Blick behielt, hatte es ausgesehen, als warte sie darauf, dass er nach Hause kam. Tish wusste nicht, wie Ewans gestriger Überraschungsbesuch im Kutscherhaus verlaufen war. Die Nachricht, dass Krees Vater der Maler der Wandgemälde war, hatte alles andere überlagert, das in der Stadt geschehen sein mochte. Sie konnte nur hoffen, dass das Dinner in Berridale Ewan und Kree heute Abend die Gelegenheit verschaffen würde, in Ruhe miteinander zu reden.

Der heutige Abend würde auch ihr und Travis die Chance geben, ihre neue Freundschaft weiter auszubauen. Sie war vor Nervosität ganz kribbelig. Was sollte sie anziehen? Sie warf einen letzten prüfenden Blick auf die Jungen, die Kree und Banjo voraus vom Hof ritten, dann ging sie in ihr Schlafzimmer.

Wie liebte sie ihr helles, luftiges, idyllisches Zimmer! Es lag gegenüber vom Zimmer der Jungen, sodass sie hören konnte, wenn Darby hustete oder Braye im Schlaf redete. Sie konnte die Doppeltüren öffnen, damit der Duft des nahen Rosenbeets hineinströmte, oder das zarte Blumenmuster betrachten, das die geprägten Zinnpaneele an der Zimmerdecke schmückte. Es war, als würde die friedliche Ruhe ihres Gartens sie sogar noch umgeben, wenn sie schlief.

Tish öffnete die hölzerne Tür ihres Schranks. Die nach Farben geordnete Folge von Designerstücken, die einst hier gehangen hatte, war lange verschwunden. Als während der Trockenheit das Geld knapp gewesen war, hatte sie die teuren Kleider über das Internet verkauft. Alles, was ihr von ihnen geblieben war, war ein kleines Schwarzes. Sie berührte das feine Gewebe des Stoffs. Fergus hatte den Schnitt gehasst. Der Ausschnitt war ihm nicht tief und der Saum nicht hoch genug, doch von ihrer gesamten Garderobe war dies das Kleidungsstück gewesen, in dem sie sich am wohlsten gefühlt hatte.

Sie nahm das Kleid vom Bügel und hielt es sich vor den Körper. Sie hatte sich schon jahrelang nicht mehr gewogen, doch es mochte ihr noch ungefähr passen. Die Gartenarbeit hielt sie fit, auch wenn ihr Körper sich durch die Schwangerschaft verändert hatte. Ihre Taille war breiter geworden, und ihre einst so glatte Haut hatte Streifen davongetragen. Sie kaute auf der Innenseite ihrer Wange, während die Erinnerungen sich ihren Weg bahnten. Da sie sicher gewesen war, dass Fergus ihre Figur als Schwangere hassen würde, hatte sie so gut wie möglich versteckt, wie ihr Körper sich veränderte. Die Abscheu, mit der er sie jeden Morgen musterte, wenn sie hochschwanger unter die Dusche ging, hatte sich ihr für immer eingeprägt.

Sie drehte sich um und legte das Kleid auf ihr Bett. Sie würde es tragen. Die Jahre, die seit Fergus' Ablehnung vergangen waren, hatten ihr Selbstvertrauen, Klugheit und Einsicht gebracht. Es war Fergus' Fehler, dass er sie nicht schön gefunden hatte, als sie sich am lebendigsten gefühlt hatte. Es war sein Problem, dass er in seiner verwöhnten Kindheit nicht gelernt hatte, mit Verantwortung umzugehen.

Und es war seine Entscheidung gewesen, sie und seine Söhne zu betrügen.

# 22

*Gleich ist es so weit.*

Kree stellte die letzten beiden Teller aus dem Abtropfständer an ihren Platz und warf noch einen Blick auf die Uhr. Auf dem Esstisch des Farmhauses lagen ein weißes, spitzenbesetztes Tischtuch und rosa Platzdecken, von denen sie wusste, dass sie Tish gefallen würden. Sie hatte den Pot Roast in den Schongarer gestellt, bevor sie gegangen war, um beim Treiben der Ultra-Black-Rinder zu helfen, und jetzt erfüllte sein verführerisches Aroma das ganze Haus. Es war ihr gelungen, australische Zutaten zu finden, durch die sich die amerikanischen ersetzen ließen, die sie normalerweise verwendete, und sie hatte eine Kürbispastete zustande gebracht, von der sie hoffte, dass sie halbwegs schmeckte. Für den Notfall hielt sie eine Packung Honig-und-Macadamianuss-Eiscreme als Nachtisch bereit. Alles, was jetzt noch fehlte, waren ihre drei Gäste.

Sie rückte den dünnen Träger ihres schwarz-weiß geblümten Kleides zurecht. Bei ihrer letzten Fahrt nach Glenalla hatte sie dem Gemischtwarenladen einen Besuch abgestattet, und dieses Kleid, das kürzer war als die Kleider, die sie gewöhnlich trug, war ihre einzige Option gewesen. Sie prüfte, ob der Zweig duftenden Seidelbasts noch in ihrem locker geschlungenen Haarknoten steckte. Parfum gehörte ebenfalls zu den Dingen, die sie in der rasenden Eile, mit der sie nach Australien aufgebrochen war, vergessen hatte. Sie wackelte mit den Zehen. Wenigstens war es ihr gelungen, Nagellack in Glenalla aufzutreiben, denn bis Tish ihr gleich ein Paar Sandalen mit

Keilabsätzen mitbringen würde, war der pinke Lack das Einzige, was sie an den Füßen trug.

Freckle bellte und ließ sie damit wissen, dass jemand angekommen war. Noch einmal prüfte sie ihr Haar. Heute Abend ging es allein um Tish und Travis, nicht um sie und Ewan. Warum fühlte sie sich also trotzdem wie eine Schülerin im letzten Jahr, die darauf wartete, dass ihr Tänzer sie zum Abschlussball abholte?

Auf der Veranda war das Klappern von Absätzen zu hören. Kree öffnete die Tür, und der Duft von Tishs leichtem Parfum, vermischt mit der Holznote von Ewans Aftershave, stieg ihr in die Nase. Eilig drängte sie ihre beiden Gäste ins Haus, bevor Fudge und Freckle sie anspringen konnten. Sie schloss die Schiebetür, ließ die hölzerne Tür aber offen.

»Bitte sei nicht böse, dass wir ein bisschen zu früh kommen«, entschuldigte sich Tish und umarmte Kree im Flur. »Die Jungs haben uns regelrecht aus dem Haus geworfen, damit sie sich mit Pru einen Film ansehen können.«

»Ihr kommt genau richtig. Also nehme ich an, es hat Braye und Darby nichts ausgemacht, dass ihr ausgegangen seid?«

Tish schüttelte ihren blonden Kopf, und Kree konnte nicht aufhören, sie anzustarren. Jetzt, wo sie anstelle der formlosen Gärtnerkleidung ein auf Figur geschnittenes schwarzes Kleid trug, das perfekt auf ihren zierlichen Kurven saß, sah Tish einfach umwerfend aus. Sie hatte ihr von Natur aus helles Haar in einen losen Knoten geschlungen und eine leichte Spur von Make-up aufgelegt, die das Grün ihrer Augen und den Schimmer ihrer makellosen Haut intensivierte. Perlen glänzten an ihren Ohren. So zurechtgemacht und glamourös sah sie aus, als sei sie unterwegs zu Fotoaufnahmen für ein Hochglanzmagazin, nicht zu einem Pot-Roast-Dinner. Travis hatte heute Abend keine Chance, ihr zu widerstehen.

»Ich dachte, die könnten dir gefallen.« Tish reichte ihr einen Strauß zarter pinker Pierre-de-Ronsard-Rosen, eingewickelt in weißes Krepppapier und durchsichtiges Zellophan. »Und dann habe ich noch die hier. Ich hoffe, sie passen.«

Kree spähte in die Tüte mit den schwarzen Sandalen. »Danke, ich bin sicher, das werden sie. Ich habe im Internet nachgesehen, eure Größe sechs entspricht der unseren.«

»Wunderbar.« Tish nahm Kree die Blumen ab und reichte ihr die Tüte mit den Sandalen. »Ich lasse dich die mal anprobieren und suche nach einer Vase für die Blumen.«

Kree trat zur Seite, um sie vorbeizulassen, und wandte sich Ewan zu, der noch immer vor der Tür stand und eine Flasche Rotwein in den Händen hielt. Als sie in seine Augen sah, flatterten in ihrem empfindlichen Magen wieder die Schmetterlinge. Travis war nicht der Einzige, der heute Abend keine Chance haben würde – wenn es um Ewan ging, hatte sie offensichtlich ebenfalls keine. Es spielte keine Rolle, dass der Tag ihrer Abreise immer näher kam oder dass sie ein Versprechen zu halten hatte. Alles, an was sie denken konnte, war der Mann, der sie ansah.

Mit einem kleinen Lächeln auf den Lippen trat er durch die Tür und blieb stehen, um sie auf die Wange zu küssen. Sie legte die Hand auf die glatte Baumwolle des blau-weiß karierten Hemds, das er in die Jeans gesteckt hatte, und reckte sich auf Zehenspitzen. Ohne Schuhe war sie ein ganzes Stück kleiner. Unter ihrer Handfläche spürte sie den regelmäßigen Schlag seines Herzens. Seine Lippen ruhten auf ihrer Wange.

»Du siehst toll aus und duftest auch so«, sagte er heiser.

»Danke.« Sie senkte ihre Fersen wieder auf den Boden. »Tish ist so schön. Travis hat die Schlacht schon verloren.«

»Drücken wir ihnen die Daumen.«

Sie widerstand der Versuchung, mit dem Finger die glatt rasierte Linie von Ewans Kiefer nachzufahren.

»Sollten wir uns irgendeine Strategie zurechtlegen?«

»Vielleicht sollten wir ihnen einfach so viel Zeit für sich allein geben wie möglich?«

»Gute Idee. Also buche ich dich für den Abwaschdienst, damit die beiden eine lange, romantische Kaffeestunde nach dem Essen genießen können?«

Seine Mundwinkel verzogen sich zu einem Grinsen. »In Ordnung. Ich opfere mich für mein Team.«

Auf die Haustür fiel das Licht von Scheinwerfern. Kree hörte das Wasser in der Küche laufen, wo Tish eine Vase für die Rosen füllte.

»Travis kommt.« Sie zog Tishs Sandalen aus der Tüte und beugte sich hinunter, um sie anzuziehen. Das plötzliche Ziehen in den Oberschenkeln ließ sie zusammenzucken.

»Muskelkater vom Viehtreiben heute Morgen?«

»Muskelkater ist eine Untertreibung, aber bestimmt habe ich mich bald wieder ans Reiten gewöhnt.« Sie richtete sich auf und rückte den Träger des Kleides zurecht, der ihr von der Schulter gerutscht war. »Was für einen Unterschied Schuhe machen können. Jetzt fühle ich mich nicht mehr wie ein Zwerg.«

Ewan aber gab keine Antwort. Stattdessen starrte er auf ihre Schulter, auf die sie gerade den Träger des Kleides zurückgeschoben hatte. Sie hatte keine Zeit mehr, über die Anspannung nachzudenken, die den Muskel in seiner Wange zucken ließ, da Freckle fröhlich zu bellen begann.

»Ich gehe besser und erlöse Travis«, sagte sie und war schon auf dem Weg zur Tür. »Und du sagst Tish Bescheid, dass er da ist.«

»Hallo, Trav«, sagte sie und hielt die Schiebetür für ihn auf. »Komm herein, hier bist du in Sicherheit.«

»Hallo, Kree«, sagte Travis lachend, wich Fudge aus und stellte gleichzeitig sicher, dass er nicht über Freckle stolperte, während er sich durch die Tür schob. Kree schloss hastig beide Türen hinter ihm.

Er küsste sie auf die Wange und überreichte ihr eine große Packung Pralinen.

»Danke, die werden perfekt zum Kaffee nach dem Abendessen passen.«

Travis aber hörte ihr gar nicht zu. Tish war aus der Küche in den Flur zurückgekommen und hielt die mit Blumen gefüllte Vase in den Händen. »Kree, wo soll ich die hinstellen? Auf den Tisch im Esszimmer?« Sie lächelte. »Hallo, Trav.«

»Ja, danke, der Tisch im Esszimmer wäre perfekt«, antwortete Kree, wobei sie Travis im Auge behielt.

Der Anblick von Tish hätte jeden richtigen Mann umgehauen, was mochte er dann erst bei einem auslösen, der tiefe Gefühle für sie hegte? Travis stand da wie vom Donner gerührt. »Hallo, Tish«, sagte er in ruhigem, beherrschtem Ton, den der rasche Pulsschlag an seinem Hals Lügen strafte.

Kree nahm Tish die Blumen ab. »Was hältst du davon, wenn ich die Rosen auf den Tisch stelle? Und du könntest vielleicht mit Travis nach Ewan suchen. Er scheint verschwunden zu sein.«

Tish gab ihr die schwere Vase. »Er ist in der Küche und entkorkt den Wein, um ihn atmen zu lassen.«

Kree drehte sich an der Tür zum Esszimmer um und sah, wie die beiden ein schüchternes Lächeln austauschten und Travis Tishs errötende Wange küsste.

*

Das Dinner verging wie im Flug. Es wurde viel gelacht, Geschichten wurden ausgetauscht, Weingläser aufgefüllt, Teller gefüllt und die Kürbispastete probiert und für gut befunden.

Kree schob ihren Stuhl vom Esstisch zurück. »Hätte jemand gern einen Kaffee zu Travis' Pralinen?«

»Ich bin dabei.« Ewan schob seinen Stuhl ebenfalls zurück. »Und nach der ganzen Kürbispastete muss ich mich unbedingt bewegen. Ich komme mit und helfe dir.«

Als sich die Küchentür hinter ihnen geschlossen hatte, sah Kree Ewan an. »Es läuft wirklich gut! Die beiden haben nur Augen füreinander.«

Ewan stellte die Dessertschüsseln auf der bereits überfüllten Anrichte ab. »Jetzt weiß ich, was die anderen meinen, wenn sie sagen, sie fühlten sich wie das fünfte Rad am Wagen. Ich glaube, die beiden merken gar nicht, dass wir da sind.«

Er knöpfte die Manschetten seines Hemds auf und schob die Ärmel nach oben. Kree konnte ihren Blick kaum von der Bewegung seiner muskulösen Arme lösen. Ewan spielte immer mit den kleinen Anhängern an den Stielen der Weingläser, aber aus irgendeinem Grund fand sie es heute besonders schwierig, ihre Aufmerksamkeit von der sanften Kraft seiner schönen Hände abzuwenden. Kree holte Travis' Pralinenschachtel. Der Zauber des intimen Abendessens sollte seine Wirkung auf Tish und Travis ausüben, nicht auf sie.

»Wir lassen uns viel Zeit fürs Kaffeekochen. Ich bin sicher, sie werden es überhaupt nicht bemerken.« Sie füllte die in glänzendes Papier gewickelten Pralinen in eine Kristallschüssel.

»Gute Idee.« Ewan drehte den Heißwasserhahn auf, fand das Spülmittel im Schrank unter dem Becken und spritzte eine großzügige Menge ins Spülbecken.

»Maureen und Don sind die Einzigen, die ich kenne, die keine Geschirrspülmaschine haben.«

Kree ließ ihren Blick über den Berg aus Tellern und Gläsern wandern. »Nach ein paar Abendessen mit der ganzen Familie, zu denen ihre vier Kinder samt Partnern und Kindern einrücken, entscheiden sie sich vielleicht, sich eine anzuschaffen.«

»Hoffen wir es, um Maureens willen.«

Kree zog ein Küchenhandtuch aus einer Schublade und begann, die Teller, die auf dem Abtropfständer warteten, abzutrocknen. Schweigen senkte sich auf sie herab.

»Hat Seth wirklich beim Golfen das Auto deines Verlobten getroffen?«, fragte Ewan nach einer Weile, ohne sie anzusehen.

»Leider ja. Einer dieser Unfälle, an denen mein kleiner Bruder beteiligt war. Zu Seths Verteidigung muss ich allerdings sagen, dass Ray mitten auf Seths Golfplatz geparkt hatte, weil er vermeiden wollte, dass Blätter auf sein Auto fallen.«

»Das kann ich nachvollziehen.«

»Ich bin sicher, das kannst du. Kostbares Männerspielzeug darf schließlich nicht schmutzig werden.« Kree hielt beim Abtrocknen inne. »Du und Ray, ihr mögt beide sehr an euren Autos hängen, aber damit haben die Ähnlichkeiten zwischen euch auch schon ein Ende. Seth mag dich.«

»Aha. Seth war also nicht am Boden zerstört, als ihr die Verlobung gelöst habt?«

»Nein.« Kree seufzte. »Und, um ehrlich zu sein, ich war es auch nicht. Es tut mir leid, das zu sagen, aber es entspricht der Wahrheit.«

Ewan nickte, noch immer auf den Abwasch konzentriert. »Und wie sieht es mit Ray aus? War er am Boden zerstört?«

»Ich denke, er war eher ... verärgert. Er hatte unser Leben geplant und kommt mit Veränderungen nicht gut zurecht.«

»Also auch ein Kontrollsüchtiger?«

»Ja.« Kree nahm sich einen weiteren Teller zum Abtrocknen. »Ich habe ihn am College kennengelernt, und unsere Ähnlichkeiten haben uns zusammengebracht. Zu der Zeit schien es ganz natürlich zu sein, auch gemeinsame Lebenspläne zu schmieden.«

»Was hat sich geändert?«

»Er lehnte Seth ab, und ich glaube, ich habe mich verändert. Aus einer organisierten Audiologin wurde eine unorganisierte Künstlerin, die malte und vergaß, das Essen zu kochen.«

»Und Ray mochte es, wenn sein Dinner pünktlich auf dem Tisch stand?«

»Und sein Frühstück und sein Lunch.«

»Ich nehme also an, du hast das künstlerische Talent von deinem Vater geerbt?«

»Und von meiner Mutter. Sie waren beide Künstler. Ich male, weil es das ist, was mich ausmacht, aber auch, weil es mir das Gefühl gibt, den beiden näher zu sein.«

»Ich nehme an, Seth hat von den Künstlergenen nichts abbekommen?«

Kree lachte. »Damit triffst du ins Schwarze. Er kann nicht lange genug stillsitzen. Ich bin sicher, der Vorfahre, dem er nachschlägt – wer immer es ist –, hat auch nicht gemalt.«

Sie stellte den trockenen Teller auf den Stapel neben sich. »Aber jetzt genug von mir. Erzähl mir von all den heißen Verabredungen, die du während des Studiums hattest und von denen Travis mir erzählt hat. Du warst gar nicht immer so ein überzeugter Junggeselle, oder?«

Ewan zuckte mit den Schultern. »Dazu gibt es nicht viel zu

sagen. Ja, es waren heiße Verabredungen, aber anders als Travis habe ich ›die eine‹ nie gefunden.«

»Nun ja, du bist weder glatzköpfig noch zahnlos, und dir hängt nicht der Bauch über den Gürtel, also hast du noch Zeit.«

Ewan grinste und hörte auf abzuwaschen, ließ aber seine Hände im Wasser. »Hast du mir gerade tatsächlich ein Kompliment gemacht?«

Ohne nachzudenken, schlug sie ihm mit dem Küchenhandtuch auf den Hintern, der in engen Jeans steckte. »Warum sollte ich denn so etwas tun? Der begehrenswerteste Junggeselle des Distrikts hat wohl kaum Komplimente von mir nötig!«

Er zog die Hände aus dem Wasser, und Seifenschaum lief seine gebräunten Unterarme hinunter. »Und hast du mich gerade nach bester Känguru-Art geschlagen?«

Kree wich vor dem Glänzen in seinen Augen zurück. »Nach Känguru-Art? Ich bin eine Amerikanerin, vergiss das nicht.«

Sein Grinsen wurde breiter. »Ich sehe, du brauchst eine Lektion in Küchenkampftechnik. Wo sind die Küchenhandtücher?«

»Nicht hier!« Kree stellte sich vor die Schublade. »Auf diesem Gebiet bin ich bereits Expertin. Ich habe Seth als Bruder.«

Ewan streckte eine nasse Hand aus. »Küchenhandtuch her.«

»Nie im Leben. Goldene Regel der Küchenkriegskunst: Die Person mit dem einzigen Küchenhandtuch trägt immer den Sieg davon.«

Ewan trat einen Schritt auf sie zu. Er war ihr nun so nahe, dass sie die helleren Flecken in seinen grauen Augen sehen konnte, so nahe, dass sie die Hitze seines Körpers spüren konnte. »Stimmt das?«

»Darauf kannst du Gift nehmen.« Sie lächelte und schob das Küchenhandtuch hinter ihren Rücken.

Aber die Geste brachte sie einander noch näher. Ihre Brüste streiften seinen Brustkorb. Seine Reaktion erfolgte augenblicklich. Sein Blick wechselte zu dunkler Begierde, und seine Augen richteten sich auf ihren Mund.

Ihr Atem wurde flach. Ewan noch einmal zu küssen war das Letzte, was sie tun sollte. Aber zugleich war es das Erste, an das sie gedacht hatte, als sie ihn im Flur hatte stehen sehen. Dann sah er ihr wieder in die Augen, und ohne seinen Blick von ihrem zu lösen, legte er die Arme um sie, als wollte er nach dem verborgenen Küchenhandtuch greifen. Aber er unternahm keinen Versuch, ihr das Tuch aus den Händen zu reißen.

Sie hielt den Atem an. Sein Mund war nicht mehr weit von ihrem entfernt, sie brauchte sich nur ein wenig in die Höhe zu recken. Noch ehe sie den Gedanken zu Ende gedacht hatte, bog sich ihr Kopf auch schon nach hinten, und ihre Fersen lösten sich vom Boden. Sofort erkannte sie, wie Ewans Selbstkontrolle schwand. Verlangen blitzte in seinen Augen auf. Er verstärkte den Griff seiner Arme um ihre Taille und zog sie an sich. Sein Kopf neigte sich ihr entgegen. Sein warmer Atem strich ihr über die Lippen.

»Müsst ihr beide den Kaffee etwa erst mahlen …?«

Tishs Frage und das anschließende verblüffte Schweigen erwiesen sich als wirkungsvoller als Eiswasser auf Flammen.

Ewan erstarrte. Er hob den Kopf, und statt sie an sich zu drücken, schoben seine Hände sie behutsam zurück und stellten sie wieder auf die Füße.

»Tut mir leid«, fuhr Tish in zerknirschtem Ton fort. »Der Kaffee hat wirklich keine Eile.« Damit schloss sich die Küchentür.

Aber der Augenblick war vorbei. Noch ehe er sie wieder losgelassen hatte, hatte sie gewusst, dass er sich emotional wieder zurückgezogen hatte.

»Ewan, es ist alles in Ordnung«, sagte sie, während er sie anstarrte. Seine Augen, in denen eben noch Verlangen gestanden hatte, waren jetzt trübe und grau wie die Morgendämmerung.

»Nein, das ist es nicht. Ich habe eine Grenze übertreten, und Tish hat mich dabei gesehen.«

»Es gibt keine Grenze zu übertreten. Und Tish sagt dir ständig, du sollst die Dinge leichter nehmen und dich amüsieren.«

»Das ist das Problem, Kree.« Er machte eine Pause und fuhr sich mit der Hand durchs Haar. »Was immer das zwischen uns ist, für mich ...« Seine Stimme wurde rauer, »für mich ist es mehr als ... Amüsement. Und Tish weiß das.«

Trotz des verzweifelten Wunschs, ihn zu berühren und dem Schmerz, der in seinen Worten schwang, ein Ende zu machen, verschränkte Kree die Arme. Ihr Instinkt sagte ihr, dass jetzt nicht der richtige Zeitpunkt war, um ihn körperlich zu erreichen. »Und das ist ein Problem, weil ...?«

»Weil Tish sich jetzt schon zu viele Sorgen macht.« Er wandte sich ab, um seine Hände wieder im Spülwasser zu versenken und mit dem Abwasch fortzufahren.

»Ewan, für mich ist es auch mehr als nur Amüsement.« Sie stellte sich neben ihn. »Ich fühle es auch ... diese Sache zwischen uns. Und die Kraft, die es hat, macht mir Angst.«

»Ich weiß.« Seine rauen Worte hallten in der stillen Küche nach. Er griff nach dem vergessenen Küchenhandtuch und trocknete sich die Hände ab. Mit einem entschlossenen Ausdruck umfasste er mit sanften Händen ihr Gesicht. »Das macht es noch schlimmer. Ich habe schon so viele Menschen verletzt, ich kann jetzt nicht auch noch dich verletzen.«

Er drückte ihr einen allzu kurzen Kuss auf die Lippen. Die Wärme seiner Berührung verebbte auf ihrer Haut, während er seine Arme wieder sinken ließ. »Ich muss tun, was ich längst hätte tun sollen. Ich muss gehen.«

# 23

»Tut mir leid, Whisk.« Ewan entschuldigte sich und vollführte mit dem Quad eine abrupte Vollbremsung. Er drehte sich um, um sicherzustellen, dass es dem Kelpie auf der hinteren Fläche des Bikes gut ging. Whiskey bleckte die Zähne und zeigte seine gewohnte hündische Begeisterung.

Ewan wandte sich wieder den Ultra-Black-Rindern zu. Sorge ließ die Adern an seinen Schläfen pochen. Bei seiner ersten Zählung hatte eine Kuh gefehlt. Er konnte es sich nicht leisten, dass den trächtigen Kühen irgendetwas zustieß. Die Umzäunungen auf dieser Koppel waren gut, aber das bedeutete nicht, dass sie ausbruchssicher waren. Bei einer seiner früheren Herden hatten wilde Hunde eine Kuh durch einen Zaun gezogen, und er hatte sie Wochen später auf dem Anwesen des alten Harry gefunden.

Er zählte noch einmal, und dieses Mal stimmte das Ergebnis. Er atmete auf und lenkte das Quad in weitem Bogen auf das Tor zu. In weniger als einer Stunde wurde er zur zweiten Schicht im Kutscherhaus erwartet, und er würde auf jeden Fall zu spät kommen.

Obwohl alle Ultra Blacks vollzählig versammelt waren, wollte sich der Knoten der Anspannung in seinem Magen nicht auflösen. Das gestrige Dinner mochte Tish und Travis einander nähergebracht haben, aber ihn und Kree hatte es auseinandergetrieben. Nie war sie ihm schöner erschienen, als in dem Moment, als sie Berridales Vordertür geöffnet und ihn angelächelt hatte. Nie war der Drang, sie zu berühren, so groß gewesen, wie in dem Moment, als sie sich niederbeugte, um ihre Sandalen anzuziehen, und der Träger ihres Kleides von ihrer seidenglatten Schulter gerutscht war. Und nie waren Worte so hart gewesen, wie in jenem Moment, als er ihr sagen musste, dass es zwischen ihnen keine Art von Beziehung geben durfte.

Die ganze Nacht hindurch hatte das Bild ihrer großen Augen ihn verfolgt, und ihre leisen Worte hatten ihn in seine Träume verfolgt.

»Ich verstehe«, hatte sie in die angespannte Stimmung hinein gesagt, die so unangenehm durch den Raum wehte wie ein trockener Sommerwind. »Ich verstehe, warum du glaubst, dass du es nicht verdienst, glücklich zu sein, und warum du denkst, dass du mich am Ende nur verletzen wirst. Aber in keiner Beziehung gibt es eine Garantie, dass die Dinge immer ganz glattlaufen.« Sie hatte eine Pause gemacht und ihr Kinn gehoben. »Also verstehe ich dich zwar, aber ich stimme dir nicht zu. Ich sehe jedoch ein, dass du darüber gründlich nachgedacht hast und dass es keinen Weg gibt, dich umzustimmen.«

Ewan jagte auf dem Quad den Weg zum Maschinenschuppen hinunter. Alles, was er jetzt noch tun musste, war, diese letzten Wochen zu überleben, die Kree hier im Distrikt verbrachte. Glücklicherweise würden alle möglichen Leute aus der Stadt bei dem Arbeitseinsatz dabei sein, sodass sie kaum Gelegenheit haben würden, allein zu sein. Außerdem wohnte Kree jetzt wieder auf Berridale, was es ihm leichter machte, Abstand zu halten. Sie mochte seine Entscheidung nicht gutheißen, und – wenn er ehrlich war – er war selbst nicht einmal sicher, dass er das Richtige getan hatte, aber so schmerzlich und hart es werden würde, er würde dafür sorgen, dass die Dinge zwischen ihnen unverbindlich und platonisch blieben.

Und wenn dann der Tag ihres Aufbruchs kam, würde keinem von ihnen das Herz brechen.

*

Ewan fuhr Glenallas Hauptstraße hinunter und pfiff leise, als er die Menge der staubigen Fahrzeuge sah, die vor dem Pub und dem Kutscherhaus am Bordstein parkten. Es war Jahre her, dass er so viele Einwohner in der Stadt gesehen hatte. Sogar der griesgrämige, menschenscheue alte Harry war gekommen, um mitanzupacken.

Kree hatte allen Grund, stolz auf das zu sein, was sie in so kurzer Zeit für Glenalla auf die Beine gestellt hatte. Ihre Großzügigkeit und ihr gutes Herz würden schmerzlich vermisst werden, und das nicht nur von ihm. Er musterte die verblichenen, leeren Wände der Gebäude, während er einparkte. Wenn die Bilder an den Häusern nur halb so lebendig und dramatisch ausfielen wie die Wandmalereien im Pub, hegte er keinen Zweifel, dass die Touristen kommen würden. Er ging den Weg zur Postkutschenstation hinauf. Von jetzt an würden Touristen und Einwohner auch einen Ort haben, an dem sie zusammenkommen konnten, was ebenfalls Kree zu verdanken war.

»Steht auf einer dieser Bratwürste zufällig mein Name?«, fragte er Jordy, als er sich dem Grill näherte, den sie im Park aufgebaut hatte. Auf einem Tapetentisch, der danebenstand, fanden sich Plastikteller, Flaschen mit Sauce und Brotlaibe, die alle ordentlich aufgereiht waren. Sein Magen knurrte beim Duft der gebratenen Würste und erinnerte ihn daran, dass er das Frühstück ausgelassen hatte.

»Nur wenn du reingehst und mitarbeitest. Kree hat mich strikt angewiesen, keine Faulenzer zu verköstigen, schon gar nicht, wenn sie auch noch zu spät kommen.«

Ewan lachte. Jordy hatte Bills Arbeitsethos ebenso geerbt wie seinen trockenen Humor. Wer auch immer der Mann gewesen war, der durch die Stadt gezogen war und in einem One-Night-Stand den kleinen Mikey gezeugt hatte, er war ein Idiot, weil er nicht geblieben war.

»Okay, dann bewege ich also meinen faulen, zu spät gekommenen Hintern nach drinnen und verdiene mir mein Mittagessen.«

»Ich bin ganz sicher, du findest etwas zu tun. Mrs. Jessop hat bereits Aufgaben für dich und Cassandra reserviert.«

Ewan stöhnte. »Bist du sicher, dass du hier draußen keine Hilfe brauchst?«

Jordy drohte ihm mit der Grillzange. »In zehn Minuten sind die Würste fertig. Das ist noch genug Zeit, um dir die Hände schmutzig zu machen, und für Moira reicht es, um eine Blitzhochzeit zu organisieren.«

»Ich brauche ein Schild, auf dem ›überzeugter Junggeselle‹ steht.«

»Das wird dir nichts nützen.« Jordys Augen blitzten. »Eine Chance, in Ruhe gelassen zu werden, hättest du nur, wenn du einen Ring am Finger tragen würdest. Sowohl Mikey als auch Dad sind der Meinung, dass du den Sturm auf Kree eröffnen solltest.«

Ewan kämpfte darum, seinen Gesichtsausdruck neutral zu halten. »Die beiden meinen das ernst, oder?«

»Und sie sind nicht die Einzigen. Mit Ausnahme von Mrs. Jessop denkt die gesamte Stadt darüber nach, wie wir Kree hierbehalten können.«

»Mich können sie aus ihren Plänen streichen. Ich habe Tish und die Jungen, um die ich mich kümmern muss, und Kree hat ihren Bruder. Ganz zu schweigen davon, dass sie auch in Amerika ein Zuhause hat, in das sie zurückkehren muss.«

Jordy schaute weg, um sich den Würsten zuzuwenden, doch Ewan bemerkte, dass sich ein Schleier über ihre Augen gelegt hatte. Er hätte Tish nicht erwähnen sollen. Jordy verlor über niemanden ein schlechtes Wort, aber seine eloquente Schwägerin hatte etwas an sich, das Jordy dazu brachte, sich unbehaglich zu fühlen. Sie hatte seine Einladungen nach Marellen nie angenommen, egal, wie gerne Mikey und die Zwillinge auch miteinander spielten. Jordy war in Glenalla geboren und aufgewachsen, und er konnte nur vermuten, dass sie sich als Kleinstadt-Mädchen neben der glamourösen, weltgewandten Tish eingeschüchtert fühlte. Als Tish damals mit Fergus nach Glenalla gekommen war, hatten alle jungen Mädchen versucht, so zu sein wie sie. Tish war von Natur aus hellblond, und diese Haarfarbe war zum Modetrend geworden. Ewan war sicher, wenn Jordy Tish besser kennengelernt hätte, hätte sie gemerkt, dass sie mehr mit ihr gemeinsam hatte, als sie dachte.

Jordy blickte auf, doch ihre Augen waren noch immer überschattet. »Ehe ich es vergesse, Dad hat mich gebeten, dir zu sagen, dass du diese teuren Rinder, die du dir gekauft hast, im Auge behalten sollst. Er hat Gerüchte über Viehdiebstahl weiter westlich gehört, und in der Stadt sieht man eine Menge Leute, die hier niemand kennt und über die niemand etwas weiß.«

»Sag Bill, ich lasse ihm danken. Und ich werde die Ultra Blacks sehr gut im Auge behalten.«

Jemand kam näher und klopfte Ewan auf den Rücken. Er drehte sich um.

»Du hast also beschlossen, dich uns anzuschließen«, sagte Travis mit einem Lächeln, von dem Ewan sicher war, dass es noch genauso strahlte wie bei seiner Begegnung mit Tish gestern Abend.

»Ein paar von uns haben Farmen, auf denen sie arbeiten müssen, weißt du?«

Travis grinste. »Wenn du nicht zu spät kommst, weil du deinen Ute geputzt hast, kann ich es dir noch mal durchgehen lassen, denke ich.«

Auch Jordy lachte. »Der sieht aber ziemlich sauber aus, Travis.«

»Was ist denn heute los? Alle auf Ewan, oder was?«

»Aber nicht doch«, sagte Travis, und sein Grinsen wurde breiter. »Ich sorge nur dafür, dass du auf dem Teppich bleibst. Sobald du nämlich durch diese Tür trittst, wird man dich behandeln wie einen König. Ich glaube, Mrs. Jessop hat eine ganze Dose voller Lamingtons mitgebracht, auf deren Etikett ›Nur für Ewan Mackenzie‹ steht.«

Ewan rieb sich mit der Hand übers Gesicht. »Ich glaube, ich gehe dann mal.«

»Untersteh dich«, erwiderte Travis mit einem Schmunzeln. »Ich hole Tishs Buch über Gartendesign aus dem Auto, und wir sehen uns drinnen. Beth kümmert sich um das Einräumen der Regale, Kree organisiert die Tourismusinformation, und Mrs. Jessop führt die allgemeine Aufsicht, also schlage ich vor, dass du dich geradewegs zu Kree durchschlägst und dich für eine Aufgabe einteilen lässt.«

»Und beeil dich. Du hast jetzt nur noch fünf Minuten Zeit, um etwas zu tun, wenn du Lunch willst«, fügte Jordy amüsiert hinzu.

Ewan seufzte und ging auf die Tür des Kutscherhauses zu. Er trat in das vor Leben wimmelnde Gebäude, und es schienen sich sämtliche Blicke auf ihn zu richten. Nur der von Kree nicht. Sie trug ihr enges knallrosa T-Shirt, das ihn verrückt machte, und blickte von der Kiste mit Broschüren, die sie auspackte, nicht auf. Er nickte den Menschen zu, die er schon sein ganzes Leben lang kannte, und wurde das Gefühl nicht los, dass sich ihre neugierigen Blicke zuerst auf ihn richteten und dann zu Kree hinüberwanderten. Er ging nicht dorthin, wo Kree arbeitete, sondern in die entgegengesetzte Richtung. Wenn das, was Jordy sagte, der Wahrheit entsprach, durfte er nicht noch Wasser auf die Mühlen der Kuppler und Klatschbasen des Ortes schütten. Kree verdiente es, dass aus den richtigen Gründen über sie gesprochen wurde. Ein einziges unvorsichtiges Lächeln in ihre Richtung, und die Gerüchteküche würde brodeln.

»Hallo, Onkel Ewy!«, rief Braye. Er rannte mit Darby und Mikey vorbei und blieb gerade lange genug stehen, um hastig Ewans Bein zu umarmen. Anschließend kopierten sowohl Darby als auch Mikey seine Geste. Auf der anderen Seite des Raumes sah Ewan, wie Beth mit einer Gruppe Männer mit Bohrmaschinen und Akkuschraubern über die Platzierung der Regale an der Wand diskutierte. Zu ihnen musste er sich gesellen. Aber noch ehe er sich zwischen den Kisten einen Weg zu ihnen bahnen konnte, tauchte Mrs. Jessop an seiner Seite auf.

»Ewan, ich bin ja so froh, dass Sie kommen konnten.«

»Hallo, Moira.« Sein Lächeln erstarrte, als Mrs. Jessop sich umdrehte und nach einer üppigen Brünetten rief, die beide Hände voller Flaschen mit Tishs Mohnsauce hatte. »Cassandra, lass die jetzt mal stehen! Ewan ist da.«

Cassandra nickte, fuhr aber fort, die Flaschen in dem Regal zu arrangieren. Dann erst kam sie herüber, und Ewan bemerkte ein aufsässiges Glimmen in ihren braunen Augen. Was immer ihre Mutter auch plante – Cassandra war alles andere als wild darauf, demnächst mit ihm vor den Altar zu treten.

»Schön, dich mal wiederzusehen, Cassandra.«

Mrs. Jessops Lächeln hätte sich unmöglich noch weiter ausdehnen können. »Na, dann werde ich euch beide mal euch selbst überlassen. Ihr habt ja in der Kommandozentrale so wunderbar zusammengearbeitet, da dachte ich, es wäre eine gute Idee, euch jetzt auch wieder zusammen einzuteilen. Cassandra weiß, was getan werden muss.«

Ewan sah zu, wie Moira davonstapfte, ehe er sich Cassandra zuwandte, die ihn entschuldigend ansah.

»Da wären wir wieder«, sagte sie mit einem ironischen Zug um die Lippen. »Wie es aussieht, haben wir beide eine Aufgabe, die außer uns niemand erledigen kann. Und nur damit das klar ist: Ich backe die schrecklichsten Lamingtons auf der Welt.«

»Keine Sorge. Wir erledigen unsere Arbeit wie das letzte Mal, und dann sehen wir zu, dass wir uns verdrücken.«

Mit zwei Wurstsandwichs in den Händen betrat Travis das Kutscherhaus. »Jordy hat sich deiner erbarmt. Es gibt doch etwas, wobei du ihr helfen kannst«, flüsterte er Ewan im Näherkommen verschwörerisch zu.

»Na bestens.« Ewan nahm die Wurstsandwiches und reichte eines an Cassandra weiter. »Wollen wir die draußen essen?«

»Gute Idee. Hauptsache, wir sind so weit wie möglich von meiner Mutter weg.«

Am anderen Ende des Raumes sah Ewan, wie Kree ihren dunklen Kopf hob und ihm einen Blick zuwarf, ehe sie ihm flüchtig winkte. Mühsam zügelte er die Woge der Erleichterung darüber, dass sie ihn nach dem gestrigen Abend nicht völlig ignorierte, und hob ebenfalls die Hand zum Gruß.

Nachdem er zum Pub gegangen war, um ein weiteres Tablett mit Würsten abzuholen, setzte sich Ewan mit Cassandra auf eine Parkbank, wo sie ihre Wurstsandwiches aßen. Auf dem Spielplatz im Park spielten ein paar Kinder, deren Eltern im Haus halfen. Mrs. Jessop steckte die Nase aus der Tür des Kutscherhauses, und als sie Ewan und Cassandra dicht nebeneinandersitzen sah, sah sie hocherfreut aus und winkte ihnen zu.

Neben ihm seufzte Cassandra. »Es tut mir wirklich leid.«

»Keine Ursache. Sie macht sich eben Sorgen um dich, das ist alles. Du und ich, wir wissen beide, dass ich nicht dein Typ bin. Und sie wird es hoffentlich auch bald merken.«

»Und Schweine werden fliegen lernen.«

»Du wirst sehen, sie wird es begreifen. Nun erzähl mal, wie geht es denn deinem Ex und seiner neuen Freundin? Da du zu Hause bist, nehme ich an, sie sind noch zusammen.«

»Ja, das sind sie, aber ich kann nicht weiter jedes Wochenende nach Hause kommen, damit ich sie nicht zusammen sehen muss.« Ihre Worte klangen niedergeschlagen. »Irgendwann muss ich mich der Tatsache stellen, dass ich ihn verloren habe.«

Ewan legte ihr den Arm um die Schultern und drückte sie an sich. »Er mag zwar schicke Designeranzüge tragen, aber der Mann hat trotzdem keinen Geschmack.«

Sie kicherte. »Danke.«

Ewan blickte auf und sah geradewegs in Krees wachsame Augen. Sie stand neben Jordy, hielt ein Stück Brot in der Hand und wartete auf eine Wurst. Überraschung und etwas, das er nicht deuten konnte, zeichneten sich auf ihrem Gesicht ab. Jordy sagte etwas zu ihr, und sie wandte sich um, um ihr zu antworten.

Ohne sich noch einmal nach ihm und Cassandra umzudrehen, ging sie zurück ins Kutscherhaus.

# 24

Ewan und Cassandra erledigten, was ihnen aufgetragen worden war, und entluden Beth' Auto. Als sie die letzte Kiste mit Waren aus Beth' früherem Laden ins Haus getragen hatten, schlug Ewan vor, dass Cassandra erst einmal die SMS lesen sollte, die sie fortwährend erhielt, bevor noch ihr Telefon explodierte. Ewan sah sich nach Kree um. Er musste ihr erklären, warum er und Cassandra auf der Parkbank so vertraut gewirkt hatten. Da er sie jedoch nicht finden konnte, schlüpfte er aus der Seitentür, um zu sehen, ob Jordy Hilfe benötigte. Der junge Fred Webb stand hinter dem Grill und drehte gerade eine frische Ladung Würste um. Aus der Röte auf Jordys Wangen konnte Ewan schließen, dass seine Hilfe nicht länger nötig war.

Ewan kehrte nach drinnen zurück und suchte in dem organisierten Chaos ein weiteres Mal nach Kree. Endlich entdeckte er ihr leuchtend pinkes T-Shirt in einer Ecke. Sie sprach mit Anne, und aus der Intensität ihrer Mimik schloss er, dass es in der Diskussion mit der örtlichen Historikerin und Bibliothekarin um die Wandmalereien und um ihren Vater ging.

»Sie ist zwar nicht von hier, aber das Mädchen ist in Ordnung«, flüsterte der alte Harry neben ihm und starrte ebenfalls Kree an.

»Ja, das ist sie.«

»Du könntest es weit schlimmer treffen als mit ihr, weißt du das?«

Ewan lachte. »Du wirst doch auf deine alten Tage wohl nicht sentimental, Harry. Seit wann interessierst du dich denn für das Leben anderer Leute?«

»Du hast recht. Ich bleibe lieber für mich allein. Kühe sind mir hundertmal lieber als Menschen.« Harry sah ihn aus trüben grauen Augen an. »Aber du weißt, dass du nicht jünger wirst, oder?«

Ewans Lachen sorgte dafür, dass Kree zu ihm hinübersah. »Wem sagst du das? Ich knirsche und knacke ja jetzt schon, als ob ich hundert Jahre alt wäre.«

»Ihr jungen Leute habt es viel zu leicht. Zu meiner Zeit gab es keine Klimaanlagen und keine neumodischen Geräte, um einen Traktor in gerader Linie zu halten.«

»Und weil es auf Yuulong immer noch keine Klimaanlage gibt, schaue ich auch nur im Winter auf eine Tasse Tee bei dir vorbei.«

Die Lippen des alten Harry, die für gewöhnlich nicht lächelten, verzogen sich. »Was habe ich gesagt? Ihr jungen Leute habt keinen Biss.« Sein Lächeln verschwand. »Lass dir das von mir sagen: Du brauchst jemanden, mit dem du alt werden willst. Ich habe den Mund nicht aufgekriegt, als ich die Chance dazu hatte, und mein Mädchen hat einen anderen Mann geheiratet.«

»Das tut mir leid, Harry.« Ewans Tonfall wurde ernst. »Ich wusste nicht, dass du mal jemanden hattest. Dad hat immer nur erzählt, du wärst ein eingefleischter Junggeselle.«

Harrys verkrümmte Schultern zuckten. »Lass dir das von mir gesagt sein: Das Leben spielt nicht immer fair.« Er sah hinüber zu Kree, die ihr Gespräch mit Anne beendet hatte und sich auf den Weg zur Hintertür machte. »Also verpass deine Chance nicht, mein Junge.«

Harry sah Ewan an und blickte anschließend bedeutungsvoll auf die Hintertür, dann schlurfte er davon.

Am Rand seines Sichtfeldes strebte Mrs. Jessop auf ihn zu. Wenn sie ihn erwischte, würde er nie die Chance bekommen, mit Kree zu sprechen. Mit vier langen Schritten durchquerte Ewan das Kutscherhaus und schlüpfte durch die Hintertür.

Kree stand draußen, hatte die Hände in die Hüften gestemmt und betrachtete eine Reihe von übergroßen hölzernen Platten, die am Zaun lehnten. Als er näher kam, fuhr sie herum. Sie sah blass und erschöpft aus, und dunkle Ringe lagen um ihre Augen. Es war nicht das erste Mal, dass er sie völlig erschöpft sah, aber zum ersten Mal, seit sie auf australischem Boden gelandet war, lag ein Schatten auf ihrem Gesicht und hielt ihn auf Abstand.

Er hatte bekommen, was er sich gewünscht hatte. Der Anziehungskraft zwischen ihnen waren Zügel angelegt worden. Weshalb fühlte er sich also wie von einer Lanze durchbohrt?

»Wie läuft es denn, Kree?«

Schon diese förmliche, steife Frage fühlte sich völlig falsch an.

»Gut. Der Vormittag war ein großer Erfolg. Alle haben hart gearbeitet, und wir haben so viel geschafft.« Ihre Lippen formten ein müdes Lächeln. »Danke, dass du gekommen bist, und danke, dass du es mit Mrs. Jessop aufgenommen hast.«

»Keine Ursache.«

Ein unbehagliches Schweigen breitete sich zwischen ihnen aus.

»Sind das die Tafeln für dein Wandgemälde mit den Straßenräubern?«

»Ja. Sie sind aus qualitativ hochwertigem Sperrholz gefertigt, das eigens für die Verwendung im Freien hergestellt wird. Nachdem sie nun abgeschliffen sind, werde ich sie vorbehandeln, und dann können sie bemalt werden. Wenn das Bild fertig ist, befestigen wir die Tafeln an der Hütte am Eingang des Parks. Wenn die Leute dann den Park betreten, sehen sie rechts von sich das Kutscherhaus und gleich links von sich das Wandgemälde. Weitere Wandgemälde können dann auf die glatten Wände der Gebäude in der Hauptstraße gemalt werden. Da fällt mir ein ...« Sie sah ihn kurz an. »Ich wollte dich um einen Gefallen bitten.«

»Aber gern.«

»Ich bin auf der Suche nach einem großen sauberen Raum mit Licht und Strom, in dem ich malen kann.«

»Du meinst die Männerhöhle. Das geht in Ordnung.«

Dieses Mal sah sie ihn länger an. »Bist du dir sicher?«

»Ja.« Er rieb sich das Kinn. »Kree, was mich und Cassandra betrifft: Sie hat sich von ihrem Freund in der Stadt getrennt, und ich habe versucht, sie zum Lachen zu bringen, das ist alles. Ich bin wirklich nicht ihr Typ, und um es noch genauer zu sagen, sie ist nicht meiner. Es tut mir leid, wenn du einen falschen Eindruck bekommen hast.«

»Du bist mir keine Erklärung schuldig. Es war schön zu sehen, dass du Spaß hast. Außerdem habe ich über das, was du gestern Abend gesagt hast, ein bisschen nachgedacht.« Sie trat vor, um eins der Bretter genauer anzusehen, und er konnte ihren Gesichtsausdruck nicht länger erkennen. »Du hast recht, wenn du sagst, dass es für uns keine Zukunft geben kann, aber nicht weil du es nicht verdient hast, eine Beziehung zu haben. Es gibt in unser beider Leben Menschen, die von uns abhängig sind und deren Bedürfnisse und Wohlbefinden an erster Stelle stehen müssen. Also stimme ich dir zu, dass es das Beste ist, wenn wir als Freunde auseinandergehen.«

*

Tish sah sich in dem umgestalteten Kutscherhaus um. Das einst staubige, leere Gebäude war jetzt erfüllt von Farbe und Energie. Zu ihrer Linken war die Kaffeeecke, auf deren Theke eine kirschrote Kaffeemaschine thronte. Hinter ihr glänzte ein großer Kühlschrank mit einer Glastür, in dem sich Muffins und andere süße Spezialitäten präsentieren ließen. Neben dem Schrank befand sich eine Reihe von Holzregalen, auf denen große Glasbehälter aufgereiht waren. Sie waren mit den Süßigkeiten aus Beth' einstigem Laden gefüllt. Die Jungen überlegten bereits, was sie sich davon kaufen wollten.

Travis hatte einen Teil der Wand hinter der Kaffeemaschine mit Tafelfarbe gestrichen, und demnächst würde dort eine Liste mit der Auswahl und den Preisen für die warmen Speisen stehen. Im Augenblick schmückte den Bereich der verschnörkelte, farbenfrohe Schriftzug »Danke für die Hilfe«, den Kree und die Jungen gemalt hatten.

Runde hölzerne Tische und Stühle standen in einiger Entfernung von der Theke, sodass die Besucher in Ruhe Kaffee trinken und in der Auswahl an Informationsbroschüren blättern konnten, die in den Fächern der Wandregale steckten. Den Tischen gegenüber markierte eine dicke rote Matte die Spielecke für Kinder. Zwei passende rote Boxen waren bis zum Rand mit Spielzeug und Büchern gefüllt. Auch Braye und Darby hatten jeder drei Bücher aus ihren Regalen gestiftet. Tish ging hinüber in den Teil des Tourismuszentrums, der Geschenkartikeln, Souvenirs und regionalen Produkten vorbehalten war. Sie blieb vor ihren Flaschen mit Mohnsauce und

Tomatenchutney stehen, die auf dem Regal einen Ehrenplatz erhalten hatten.

»Sie sehen toll aus, Tish«, sagte Travis, der neben sie getreten war.

»Danke. Es war ein Gemeinschaftswerk. Die Tomaten, die ich für das Chutney verwendet habe, stammen von den Pflanzen, die du mir geschickt hast.«

Travis' schönes Lächeln sorgte dafür, dass sie ein Kribbeln im Bauch spürte. Seit er am Morgen zur Arbeit gekommen war, war er ihr kaum von der Seite gewichen. Nachdem sie bei dem Essen am gestrigen Abend so viel gelacht hatten, war es, als hätten sich die Reste der Unbeholfenheit zwischen ihnen in Luft aufgelöst.

»Wo wir gerade von Pflanzen sprechen: Ich habe dein Buch mit den Gartendesigns neben deine Tasche gelegt. Vielleicht ist jetzt ja der richtige Moment, um mit dem Entwurf für den Park anzufangen?«

Tish nickte. Aber als sie durch die offenen Vordertüren blickte und die Freiwilligen sah, die sich um den noch immer rauchenden Grill scharten, entschied sie sich um. »Vielleicht warten wir lieber, bis die Würstchen aus sind. Dann haben wir den Park für uns.«

»Einverstanden. Wie wäre es dann, wenn du jetzt mal etwas essen würdest? Jordy ist wirklich eine prima Grillchefin.«

»Danke, aber ich habe keinen Hunger. Ich könnte allerdings einen Kaffee gebrauchen.« Tish warf einen Blick auf die Kaffeemaschine. »Außerdem kann ich es gar nicht erwarten zu lernen, wie man das Ding bedient. Beth hat gesagt, sie hält nächste Woche eine Schulung für alle ab, die Lust haben zu helfen, bis das Kutscherhaus sich reguläres Personal leisten kann. Ich habe versprochen zu kommen.«

»Gute Idee.« Travis hielt inne. »Falls Ewan keine Zeit hat,

könntest du die Jungen so lange zu mir bringen, wenn du willst.«

»Das wäre toll. Die Jungs würden sich freuen. Ewan hat ihnen von dem Baumhaus erzählt, das sein Vater in dem Gummibaum am Fluss gebaut hat. Gibt es das noch?«

»Und ob. Bevor die Jungen zu Besuch kommen, werde ich allerdings mal nachsehen, ob die Bodenbretter nicht durchgefault sind.«

»Danke. Vielleicht könnte ich ja schon ein bisschen früher kommen, und du zeigst mir deinen Gemüsegarten?«

»Ich würde mich freuen.« Er wies mit dem Kopf in Richtung Küche. »Komm, ich mache uns einen Kaffee.«

Darby und Braye stürmten durch die Vordertür ins Haus. Ihre Wangen waren vom Spielen im Park fast so rot wie ihre Kappen. Dicht vor ihr kamen sie zum Stehen.

Tish sah Darby und Braye an. »Habt ihr genug Wasser getrunken?«

Die beiden Köpfe nickten im Gleichklang.

»Und habt ihr eure Wurstsandwiches aufgegessen?«

Braye nickte, aber Darby schüttelte den Kopf.

Tish hatte schon früh gelernt, dass Hunger Braye übellaunig und gereizt machte. Deshalb sorgte sie immer dafür, dass er genügend Pausen machte, um zu essen und zu trinken. Sie hatte auch gelernt, dass Darby extrem wählerisch war, wenn es ums Essen ging. »Im Korb neben meiner Handtasche in der Küche sind ein paar Snacks, falls einer von euch Hunger bekommt.«

Beide umarmten sie kurz und bedachten Travis mit einem Grinsen, ehe sie wieder nach draußen rannten.

»Sie haben so viel Spaß«, sagte sie und ging mit Travis in die Küche. »Wenn doch nur meine Mutter einsehen würde, dass sie hier hergehören.«

»Das wird sie.«

Tish nahm zwei Kaffeebecher aus ihrem Korb und stellte sie auf die Arbeitsfläche. »Ich weiß nicht, ob sie je begreifen wird, warum ich nicht in die Stadt zurückkehren kann.«

»Was ist mit deinem Vater? Ich dachte, ihr beide versteht euch gut.«

»Das tun wir, aber wir sprechen nicht viel miteinander. Als ich klein war, sind wir immer in den Park gegangen und haben Eis gegessen, während Mum geglaubt hat, dass ich beim Ballettunterricht bin. Aber je älter ich wurde, desto mehr vergrub sich Dad in seiner Bibliothek. Und ich kann es ihm nicht zum Vorwurf machen.« Tish setzte sich auf eine Kiste beim Eingang der Küche. »Meine Mutter ist anstrengend. Er verbringt den ganzen Tag damit, andere zu verteidigen, und dann kommt er nach Hause zu meiner Mutter, die allem, was er sagt, widerspricht. Ich denke, er hat es einfach satt.«

»Und hat deine Mutter schon bekanntgegeben, wann sie ankommt?« Travis schaltete den Wasserkocher ein, und sein Summen erfüllte die Küche.

»Sie wollte eigentlich in einer Woche kommen, aber gestern Abend hat sie angerufen und bei Pru die Nachricht hinterlassen, dass sie schon morgen eintreffen wird.«

»So schnell?«

»Ja. Ich glaube, Ewan hatte vor, einen Angelausflug mit dir zu organisieren, um ihr aus dem Weg zu gehen, aber wenn sie schon morgen kommt, wird er ihr wohl oder übel begegnen.«

Travis lachte. »Ich nehme an, an der gegenseitigen Abneigung der beiden hat sich nichts geändert?«

»Nein, gar nichts. Ewan lässt sich von niemandem herumkommandieren, und meine Mutter hasst es, wenn man ihr beweist, dass sie unrecht hat.«

»Na dann viel Spaß.«

»Du sagst es. Ich hoffe, Braye besinnt sich auf seine Manieren. Meine Mutter hat ihn nicht gesehen, seit wir damals bei ihnen waren, um Dads siebzigsten Geburtstag zu feiern. Hier hat er ein Heimspiel und wird es wohl kaum für sich behalten, wenn meine Mutter etwas tut, das ihm nicht passt, zum Beispiel Darby zu zwingen, bei Tisch sitzen zu bleiben, bis er seinen Brokkoli gegessen hat.«

»Braye ist inzwischen ein Jahr älter, und vielleicht überrascht er dich ja.« Travis füllte Kaffeepulver in die beiden Becher und goss es mit kochendem Wasser auf. »Wie lange bleibt sie denn?«

»Das ist die Hundert-Millionen-Dollar-Frage. Wenn ich sie frage, sagt sie nur: ›Das kommt darauf an.‹ Ich werde einfach das Gefühl nicht los, dass sie aus einem bestimmten Grund anreist.«

Travis lächelte sein ruhiges Lächeln und reichte Tish ihren Kaffee. »Ich bin nur einen Telefonanruf weit entfernt, falls du mich brauchst.«

»Danke, Trav.«

Statt noch etwas zu sagen, zog er die Brauen zusammen und starrte über Tishs Schulter. Ewan war durch die Hintertür ins Kutscherhaus getreten und durchquerte den Raum, er sah angespannt aus. Die Sorgen über den Besuch ihrer Mutter schwanden. Etwas stimmte nicht. Die gleichgültige Maske, die Ewan aufsetzte, um seine Gefühle zu verbergen, hatte sie eigentlich nicht mehr auf seinem Gesicht sehen wollen. Er war in den letzten Wochen doch so weit gekommen! Dann kam Kree durch die Hintertür. Ihre Lippen waren zusammengepresst. Sie holte eine große Dose weißer Farbe und eine Streichrolle, dann drehte sie sich um und ging zur Hintertür wieder hinaus. Tish sah Travis in die Augen.

Wie schnell sich die Dinge doch änderten! Gestern Abend hatte sie Ewan und Kree bei einem Kuss überrascht, heute aber gab es keinen Zweifel mehr daran, dass Travis' und ihre Kuppler-Pläne gescheitert waren.

# 25

»Whiskey, nur wir zwei Kaninchen sind noch wach.«

Kree streckte ihre müden Arme über ihren Kopf und seufzte leise. Neben ihr klopfte Whiskey mit seinem Schwanz auf den Betonboden von Ewans Männerhöhle. Jenseits des hell erleuchteten Maschinenschuppens war es längst tiefste dunkle Nacht. Trotz der Erschöpfung, die an ihr zerrte wie die Unterströmung eines Ozeans, war sie noch nicht bereit, schlafen zu gehen. Ihr Hirn war alles andere als müde.

Fudge und Freckle lagen zusammengerollt auf der hinteren Veranda von Marellen. Tish schlief hoffentlich schon. Sie und Travis hatten unermüdlich gearbeitet, und anschließend hatte Tish den Abend damit zugebracht, das Zimmer für ihre Mutter herzurichten. Je näher der morgige Tag rückte, desto mehr verschwand das Licht aus ihren grünen Augen. Und was Ewan betraf: Er hatte die inzwischen grundierten Sperrholzplatten in den Schuppen gebracht und war dann gegangen.

Auch wenn seine Entscheidung, dass es keine Beziehung zwischen ihnen geben sollte, mehr als sinnvoll war, lieferten sich ihr Herz und ihre Hormone noch immer einen Kampf mit ihrem Verstand. Sie hatte eine ruhelose Nacht damit verbracht, über seine Worte nachzusinnen, und am Morgen hatte sie begriffen, dass es besser war, wenn sie lediglich Freunde waren. Ihr Entschluss hatte nichts damit zu tun, dass er es nicht wert war, sondern allein mit den familiären Verpflichtungen, die sie beide hatten. Sie musste an Seth denken, er an Tish und die Jungen.

Und dann hatte sie gesehen, wie Ewan im Park mit Cassandra lachte, und all die logischen Gedankengänge waren unter der Lawine von Gefühlen begraben worden. Zwar mochte ihr Mund gesagt haben, dass sie seiner Entscheidung zustimmte, aber ihr Herz hatte eine Mini-Revolte dagegen gestartet. Und angesichts seines abweisenden Gesichtsausdrucks nach ihrem Gespräch im Kutscherhaus wünschte sie sich, dass sein Herz ebenfalls eine Rebellion angezettelt hätte.

Kree betrachtete die kleine Skizze der Straßenszene, die sie angefertigt hatte. Sie zeigte eine Postkutsche, die von Straßenräubern überfallen wurde. Sie hatte hart daran gearbeitet, dass die Proportionen und die Farben so realistisch wie möglich ausfielen. Sie wollte nicht nur eine Szene gestalten, die eine Verbindung mit der Geschichte der Poststation von Cobb and Co. hatte, sondern zugleich eine Komposition entwerfen, die den detaillierten Wandmalereien ihres Vaters ebenbürtig war.

Das lange Gespräch, das sie mit Anne geführt hatte, hatte weder über ihren Vater noch über ihre Mutter neue Informationen gebracht. Sie hatte auf Neuigkeiten über die Wandbilder und zudem auf einen Hinweis auf die mysteriöse Hütte aus dem Buch ihrer Mutter gehofft. Anne hatte eine ältere Frau namens Mrs. Fisher erwähnt, deren Mann einst in dem Pub gearbeitet hatte und die womöglich noch etwas wusste. Freundlicherweise hatte Anne sich erboten, mit ihr in Kontakt zu treten, da Mrs. Fisher nicht gut hörte und Krees amerikanischer Akzent für sie vielleicht nur schwer zu verstehen war. Also würde Kree sich gedulden müssen, bis Anne Mrs. Fisher angerufen hatte.

Sie tauchte den Pinsel in die himmelblaue Acrylfarbe und stieg auf die Trittleiter.

Whiskeys Ohren drehten sich in Richtung der offenen Tür,

ehe Ewan in den Lichtkegel trat. Er trug saubere Jeans und das vertraute dunkelgraue T-Shirt. Sein nasses Haar zeugte davon, das er gerade eine nächtliche Runde im Pool absolviert hatte.

Sie stieg die Trittleiter wieder hinunter und legte den Pinsel auf die bunte Palette.

Ewan beugte sich nieder, um Whiskey hinter den Ohren zu kraulen, dann lächelte er Kree vorsichtig an.

»Ehe Tish zu Bett gegangen ist, hat sie gesagt, dass ich dich auf keinen Fall noch nach Berridale fahren lassen darf. Ich soll dir ausrichten, dass sie dein Zimmer fertiggemacht hat.«

»Danke, aber ich komme zurecht. Ich würde allerdings Freckle und Fudge gern hierlassen, wenn das in Ordnung geht? Ich komme morgen früh zurück, um weiterzuarbeiten, und ich habe eine Flasche mit Fudges Milch in den Kühlschrank gestellt, falls die Jungen sie füttern wollen.«

»Ich bin sicher, das würden sie gern tun.« Ewan verschränkte die Arme. Sie ignorierte die Bewegung der glatten Haut auf seinen Bizeps. »Aber du fährst nicht mehr zu den Tylers. Es ist zu spät.«

»Nein, das ist es nicht.« Die Schwere ihrer Augenlider strafte ihre Worte Lügen.

Er entfaltete seine Arme wieder. Sie hielt den Atem an, als er mit dem Daumen über die Schatten fuhr, von denen sie wusste, dass sie unter ihren Augen lagen. »Doch. Das. Ist. Es. Du bist todmüde. Tish hat auch vorgeschlagen, dass du hier wieder einziehst, solange du an dem Wandbild arbeitest. So kannst du malen, wann immer du willst, ob am Tag oder in der Nacht.«

Kree schüttelte den Kopf, obwohl sie dank dieser Idee garantiert bis zur offiziellen Eröffnung des Tourismuszentrums fertig werden würde. Beth hatte sie für Ende nächster

Woche angesetzt. »Du und ich unter einem Dach – das ist nicht gerade die cleverste Methode, um sich voneinander fernzuhalten.«

Ewan bewegte sich nicht und gab auch keine Antwort. Er starrte sie an wie ein verdurstender Mann, dem man das Wasser verweigerte. Sie wusste, sie hätte einen Schritt zurücktreten sollen, aber ihr selig tanzendes Herz verbot ihr, auch nur einen Muskel zu rühren. Sein Daumen fuhr zärtlich über ihre Lippen. Ihre Knie wurden schwach.

»Ich dachte, wir wären uns einig, dass es das Beste ist, wenn sich die Sache zwischen uns abkühlt«, flüsterte sie.

»Ich weiß.« Er strich ihr eine Haarsträhne hinter das Ohr. Seine Lippen öffneten sich in dem Moment, in dem ihre Haut die Zärtlichkeit seiner Berührung wahrnahm. »Aber«, fuhr er fort, während sein Mund den ihren suchte, »das hält mich nicht davon ab zu wollen, was ich nicht haben darf.«

*

Noch ehe Ewan am folgenden Nachmittag Hazel MacTavish-Wests beigefarbenes Prestigeobjekt von einem Auto auf Marellens Zufahrt erblickt hatte, wusste er, dass Tishs Mutter angekommen war. Midget versteckte sich in ihrem Zwinger, nur ihre kleine schwarze Nase lugte daraus hervor. Eine unheimliche Stille lag über dem Wohnhaus. Vom Pool her ertönten keine Rufe der Jungen, keine Country-Musik plärrte aus der Küche – das einzige Geräusch waren seine langsamer werdenden Schritte auf dem Kies, als er mit Whiskey von seinem Kontrollbesuch bei den Rindern zurückkehrte.

Gleich nachdem Darby am Morgen den letzten Bissen seines Vegemite-Toasts heruntergeschluckt hatte, hatte Tish wieder wie manisch zu putzen begonnen. Über den Tisch hinweg hatte Kree ihm in die Augen gesehen. Aus der Röte, die ihr in die Wangen stieg, schloss er, dass sie an den Kuss dachte, den sie nicht hätten teilen dürfen. Einen Kuss, an den auch er nicht aufhören konnte zu denken. Als sie in seinen Armen lag und ihre weichen Lippen die seinen berührten, waren all die Gründe verschwunden, auseinanderzugehen.

Kree hatte die Jungen mit nach Berridale genommen, um nach den Schafen zu sehen, die Lämmer erwarteten, und um ihre Tasche für ihren Aufenthalt auf Marellen zu packen. Trotz ihrer anfänglichen Weigerung, hier zu übernachten, hatte sie gestern in ihrem alten Zimmer geschlafen und beim Frühstück auch Tishs Einladung angenommen zu bleiben, bis sie das Wandgemälde beendet hatte. Sie hatte dabei allerdings auf ihrer Unterlippe gekaut und ihn angesehen. Außerdem hatte sie Tish erklärt, dass sie nur bleiben könne, wenn sie ihr mit den Jungen zur Hand gehen dürfe, damit sich Tish entspannen und den Besuch ihrer Mutter genießen könne. Nach dem Lunch war Kree in den Schuppen gegangen, um weiter zu malen, und er hatte es übernommen, die Jungen zu beschäftigen. Er war nur rasch verschwunden, um nach den Ultra Blacks zu sehen.

Kree mochte überzeugt sein, dass seine Pechsträhne auf Marellen vorüber war, aber er selbst war sich da nicht so sicher. Die Ultra Blacks waren der Traum jeden Viehdiebs: Sie waren ein Vermögen wert, leicht zu handhaben und in guter Verfassung und somit ein Ziel, das sich geradezu aufdrängte. Jetzt, wo die Trockenperiode vorüber war, lebte der Viehmarkt wieder auf. Die Nachricht von seinen ungewöhnlichen Rindern war gewiss nicht nur von den Buschtrommeln von Glenalla verbreitet worden. Heute hatte er mit seinem Handy Fotos gemacht und sich einige charakteristische Eigenschaften der Tiere gemerkt. Das Erste, was Viehdiebe tun würden, war, den Tieren das grüne Identifikationsschild im Ohr abzuschneiden.

Whiskey wich von Ewans Seite, um hinüber zu dem Jack Russell und seinem eigenen Zwinger zu trotten.

Ewan gab Tishs Mutter und sich selbst nicht länger als fünf Minuten, ehe die Feindseligkeiten wieder ausbrechen würden. Hazel war an ihren gebildeten, sanftmütigen Ehemann gewöhnt, aber Ewan besaß weder Richards Langmut noch seine selektive Taubheit.

*»Leticia!«*, kreischte eine gebieterische und zugleich entsetzte Stimme von drinnen. »Da ist eine Ziege im Haus!«

Kleine Hufe klapperten über Holz, dann stürmte Fudge durch die offene vordere Schiebetür, als würde sie von einer bösen Hexe verfolgt. Die schwarze Ziege rannte blökend an Ewan vorbei auf Whiskey und Midget zu.

Hazel erschien auf der Veranda. Sie hielt einen Besen in der Hand, und auf ihrem chirurgisch geglätteten Gesicht stand ein Ausdruck abgrundtiefen Ekels. Ein Ausdruck, der sich nicht änderte, als sie Ewan erspähte. Mit schleppendem Schritt stieg er die Stufen hinauf. Ihre gepuderte Wange zu küssen, vermied er tunlichst. Er neigte den Kopf zum Gruß. »Hazel.«

Als Antwort warf sie das zu einem tadellosen Bob geschnittene Haar zurück und glättete den Rock ihres flaschengrünen Kostüms. »Ewan.«

Der süßliche Geruch von teurem Parfüm hüllte ihn ein und nahm ihm den Atem.

Über ihre Schulter hinweg sah er, wie Tish sich durch den Flur drückte, ihm rasch ein erleichtertes Lächeln schenkte und in der Küche verschwand.

»Eine Ziege war im Haus.«

»Ja, sie heißt Fudge.«

»Mir ist egal, wie sie heißt. Sie hat …« Hazels manikürte

Fingernägel trommelten auf ihrem Brustkorb. »Sie hat kleine runde Bälle im Flur hinterlassen.«

»Sie ist noch nicht stubenrein.«

Zorn dünnte die allzu volle Linie von Hazels Lippen aus. »Noch nicht stubenrein? Wenn du glaubst, ich sehe tatenlos zu, wie du eine Ziege zusammen mit meinen Enkelsöhnen im Haus wohnen lässt, dann hast du dich geirrt! Alle meine Freunde denken ohnehin schon, dass sich Leticia gehen lässt. Als sie uns zu Richards Geburtstag besucht hat, waren alle über den Zustand ihrer Nägel schockiert. Von ihren Haaren fange ich besser gar nicht erst an.«

»Nein, das tust du besser nicht.« Ewan rieb sich mit der Hand über das Gesicht. Von einem fünfminütigen Waffenstillstand auszugehen war zu optimistisch gewesen. »Hazel, um Tishs willen können wir doch sicher zumindest so tun, als wären wir zivilisierte Menschen. Ich habe nur einen Witz gemacht. Fudge lebt draußen. Sie ist nur ins Haus gekommen, weil jemand seinen Kosmetikkoffer in die Schiebetür gestellt hat.«

»Oh.«

Beide drehten sich nach dem Designerkoffer um, der als Türstopper fungierte.

Hazel gab ihm den Besen. Ewan schüttelte die Abneigung, die ihre harten, grünen Augen ausdrückten, mit einem Schulterzucken ab. Hazel hasste es, nicht das letzte Wort zu haben. Sie nahm den Kosmetikkoffer, und die Tür knallte zu.

»Wenn du eine Schiebetür hättest, die sich schneller schließen würde, hätte ich sie nicht offenhalten müssen, um die Fliege hinauszuscheuchen, die mir ins Haus gefolgt ist.«

Ewan nickte einfach. Sie hatten beide gesehen, wie schnell die Schiebetür zufiel. Durch die Scheibe erhaschte er einen

Blick auf Tish, die mit der Kehrschaufel in der Hand Fudges Missgeschick im Flur beseitigte.

»Also, Hazel, wie lange haben wir denn das Vergnügen deiner Gesellschaft?«

»Das hängt von Tish ab.«

Ewan horchte auf. »Wie meinst du das?«

Hazel wandte sich um, um die Tür wieder zu öffnen. »Das ist eine Sache zwischen meiner Tochter und mir.«

Die Schiebetür fiel hinter ihr ins Schloss.

Seine Hände schlossen sich fester um den Besen. Mehr brauchte sie nicht zu sagen. Er wusste, warum sie gekommen war. Tish glaubte, dass er nichts davon wusste, aber ihm war sehr wohl klar, was für einen Druck Hazel ausübte, damit Tish in das Leben zurückkehrte, das sie hinter sich gelassen hatte: Hazel war gekommen, um Tish und die Jungen zurück in die Stadt zu locken.

»Ewan, was ist denn los?«, fragte Kree leise hinter ihm.

Er lockerte seinen Griff um den Besenstiel und wandte sich ihr zu. Er war so in Gedanken versunken gewesen, dass er gar nicht bemerkt hatte, dass sie vom Maschinenschuppen herübergekommen war. Ein Farbspritzer in Orange schmückte ihre Wange. Er hielt sich mit beiden Händen am Besen fest, um sich daran zu hindern, die Farbe abzuwischen. Gestern Nacht hatte er mit dem Feuer gespielt, als er sie berührt hatte, und er durfte es nicht noch einmal tun. Er musste sich an ihre Vereinbarung, sich voneinander fernzuhalten, halten.

»Macht Tishs Mutter jetzt schon Probleme?«, fragte sie und betrachtete prüfend sein Gesicht.

»Ist der Himmel blau? Das da drüben mag zwar ihr Auto sein, aber ich bin sicher, sie ist auf dem hier eingeflogen.« Ewan hielt ihr den Besen hin.

Kree lächelte. »So schlimm ist sie sicher nicht.«

Ewan zog eine Augenbraue hoch. »Sag das mal Fudge. Ich habe das arme kleine Ding noch nie so schnell flitzen sehen. Und was Freckle betrifft, so muss er sich bereits irgendwo in Sicherheit gebracht haben, denn ich habe ihn bis jetzt noch nicht zu sehen bekommen.«

Die vordere Schiebetür flog auf, und Hazels gewaltige Absätze klapperten über die Dielen der Veranda. Was immer Hazel hatte sagen wollen, blieb ungesagt. Stattdessen ließ sie ihren Blick an Kree auf und ab wandern. Ihre in Form gezupften Augenbrauen hoben sich. Ewan wusste, sie würde über das zu große, mit Farbe bespritzte Hemd nicht hinwegsehen können, um die Schönheit und Anmut darunter wahrzunehmen, die Kree Garrett ausmachten.

»Hallo, Mrs. MacTavish-West«, sagte Kree und streckte ihr die Hand entgegen. »Ich bin Kree. Die Amerikanerin. Wir haben am Telefon schon einmal miteinander gesprochen.«

Ewan glaubte schon, Hazel würde sich weigern, Krees in Regenbogenfarben bemalte Hand zu ergreifen, doch dann gab sie nach.

»Guten Tag. Ja, ich erinnere mich. Ich dachte, Sie wären die hier seit Langem überfällige Kinderfrau.« Hazel befreite ihre Hand. »Tish sagte, Sie würden noch länger bleiben, um irgendeine ... Art von Wandmalerei anzufertigen.«

Unbeeindruckt von Hazels Kälte lächelte Kree. »Ja, das ist richtig.«

Ewan begann zu sprechen und kümmerte sich nicht darum, dass Hazel den Stolz in seiner Stimme hören konnte. »Kree hat es im Alleingang in die Hand genommen, Glenalla für Touristen attraktiv zu machen. Die Postkutschenstation von Cobb and Co. ist jetzt ein Tourismuszentrum, und die Stadt wird demnächst offiziell als ›Stadt der Wandmalereien‹ promotet werden.«

»Danke, Ewan, aber das habe ich nicht alleine zuwegegebracht. Der ganze Ort hat mitgeholfen. Und falls ich dieses Wandgemälde nicht fertig bekomme, wird es keine offizielle Eröffnung geben. Wenn Sie mich also bitte entschuldigen würden.«

Hazel nickte nur kurz.

Krees Hand lag schon auf der Türklinke, als sie sich noch einmal kurz umdrehte und sagte: »Ich glaube, wir haben eine gemeinsame Bekannte, Mrs. MacTavish-West. Sally Willis ist eine Freundin unserer Familie.«

Ohne auf eine Antwort zu warten, trat Kree aus der Tür.

Erschrecken breitete sich auf Hazels starren Zügen aus, aber kurz darauf folgte etwas, das Ewan für Freude hielt. Dass Hazel lächelte, hatte er in der Tat noch nie gesehen. Sie rannte Kree hinterher, so schnell ihre Absätze es ihr erlaubten.

Ewan lachte und ging ins Hausinnere, um den Besen zurück in die Kammer zu stellen. Kree war spielend mit Hazel fertiggeworden. Wer immer diese Sally Willis war – Krees Verbindung zu ihr schien ihr Hazels Wohlwollen gesichert zu haben.

Aus dem Wohnzimmer ertönte ein Kreischen, gefolgt von Krees ruhiger Stimme: »Es ist alles in Ordnung, Hazel, das ist Freckle, er wird Ihnen nichts tun.«

»Und warum schläft dieses Vieh hier auf dem Sofa? Ich hätte mich fast auf ihn gesetzt! Er könnte Flöhe haben oder alle möglichen anderen ekelhaften Sachen. Sehen Sie sich nur diese Zähne an …«

»Er ist ein Schatz. Sie brauchen sich keine Sorgen zu machen. Setzen Sie sich in diesen Sessel, und ich bringe ihn nach draußen, wo er hingehört.«

Auf Ewans Gesicht machte sich ein Grinsen breit. Freckle hatte den perfekten Platz gefunden, um sich zu verstecken.

# 26

Tish zählte bis drei und atmete tief durch. Ihre Mutter war erst seit zwei Stunden auf Marellen, aber das war lang genug, um ihre Nerven wie Bogensehnen zu spannen und Kopfschmerzen zu verursachen. Sie wischte sich die Hände an ihrer grün-pink gestreiften Schürze ab und versuchte, eine neutrale Miene aufzusetzen. Darby hatte ihr immer besorgter werdende Blicke zugeworfen, und sie musste den Anschein erwecken, als würde dieser Besuch seiner Großmutter ihr Freude bereiten. Tish hob den Deckel des Kochtopfs, der auf dem Herd stand, und nahm eine Gabel, um zu prüfen, wie lange die Kartoffeln noch kochen müssten.

Ewan, Kree und ihre Mutter saßen in den weißen Korbstühlen auf der Veranda und betrachteten die letzte Phase des Sonnenuntergangs. Darby und Braye hatten bereits gegessen, und sie hatte sie in den Garten geschickt, damit sie vor dem Schlafengehen noch ein wenig spielen konnten. Je mehr sie sie beschäftigte und von ihrer Mutter fernhielt, desto besser. Braye hatte seiner Großmutter bereits einen tödlichen Blick zugeworfen, nachdem sie ihn zurechtgewiesen hatte, weil er eine Frage beantwortet hatte, die sie Darby gestellt hatte. Tish war nicht sicher, ob die Erbsen, die über den Tisch gerollt und im Schoß ihrer Mutter gelandet waren, nicht vielleicht doch mit Absicht von Brayes Gabel gesprungen waren. Er hatte mit großen Augen und unschuldigster Miene dagesessen, aber sie hatte ein Grinsen aufblitzen sehen, als ihre Mutter den Atem angehalten hatte und vom Stuhl aufgesprungen war.

Tish atmete tief ein und prüfte, ob ihre französische Hochsteckfrisur noch richtig saß. Sie trug die Perlenkette, die ihre Eltern ihr zum achtzehnten Geburtstag geschenkt hatten, ihr bestes weißes Leinenhemd und perfekt geschnittene Hosen, aber dennoch hatten die Lippen ihrer Mutter vor Missfallen gezuckt. Und nach dem harten Zug um Ewans Mund zu urteilen, ahnte er , warum ihre Mutter hier war.

Tish nahm Messer und Gabeln aus der Besteckschublade und sah hinüber zum Telefon. Im Schnellwahlsystem war auch Travis' Nummer gespeichert. Eine wohlige Wärme stieg ihr in die Wangen. Seit Travis sie geküsst hatte, war es, als läge ihr Weg nun klar vor ihr.

Gestern Nachmittag, als sich die Helferscharen zerstreut hatten, waren sie zu zweit zu einem Spaziergang durch den Park aufgebrochen, um die Neuanlage des Gartens zu planen und über ein geeignetes Bewässerungskonzept nachzudenken. Mit ein paar einheimischen Schlüsselpflanzen und einer anderen Sorte Rindenmulch würde der Garten das ganze Jahr hindurch mit Farbenpracht aufwarten und außerdem Vögel und Insekten anlocken. Tish hatte darüber hinaus die Anlage eines Gartens für die Sinne angeregt, der sowohl für die Einwohner als auch für die Touristen gedacht war. Sie war ganz damit beschäftigt gewesen, im Kopf Listen mit duftenden Pflanzen wie Lavendel und Geranien zu erstellen, und hatte nicht bemerkt, dass sie in einen entlegenen Winkel des Parks geraten waren, der von einem sommergrünen Seesternbaum überschattet wurde. Durch das orangerote Dach hatte Tish in den wolkenlosen Himmel gesehen, um dann Travis' haselnussbraunen Augen zu begegnen, der dicht neben ihr stand.

Ihr Kuss war alles gewesen, was sie sich erträumt hatte. Zart. Hingebungsvoll. Voller Liebe.

Der geheime leere Raum, der beständig in ihrem Herzen existiert hatte, füllte sich mit Freude. Travis sah sie, wie sie wirklich war, und liebte sie trotzdem. Schwangerschaftsstreifen, abgebrochene Fingernägel und der Wunsch, mehr zu sein als eine Trophäe, würden für ihn niemals ein Grund sein, sie abzulehnen. Und ihre wundervollen Jungen würden nicht zwischen ihnen stehen.

Als sie das Besteck auf die Anrichte legte, fiel ihr ein, dass sie den Servierlöffel brauchen würde, der sich in der eingeschalteten Spülmaschine befand. Sie drückte auf den Pausenknopf und öffnete die Tür. Dampf quoll heraus, und zu spät dachte sie daran, dass dieser Dampf den Rauchalarm in Gang setzen würde. Sie schnappte sich den heißen metallenen Servierlöffel und drückte die Tür der Spülmaschine wieder zu. Der hohe Ton des Rauchmelders schrillte durch die Küche. Sie warf den Servierlöffel auf die Arbeitsfläche, blies sich auf die verbrannten Fingerspitzen und schnappte sich das nächste Geschirrhandtuch, um damit unter dem Rauchmelder hin und her zu wedeln und so zu versuchen, den Wasserdampf zu verteilen.

Ewan schob die Küchentür auf. »Brauchst du Hilfe?«, fragte er durch den Qualm.

Sie gab ihm das Küchenhandtuch. Drei Wedelbewegungen später gab die Sirene des Rauchmelders Ruhe.

Tish strich sich das Haar aus dem Gesicht. Angesichts des Wasserdampfs und ihrer energischen Bewegungen mit dem Handtuch hatte ihre Hochsteckfrisur keine Chance gehabt. Sie zog die Nadeln heraus und ließ den Rest ihres Haars ebenfalls wieder frei.

Ewan ging hinüber zum Herd und hob den Deckel von den Kartoffeln, bevor das Wasser im Topf überkochte.

»Ich nehme an, die hier sind fertig. Soll ich sie stampfen?«

»Ja, bitte. Ich setze noch Erbsen auf, dann verschwinde ich und gebe den Jungen einen Gutenachtkuss. Danke, dass du sie ins Bett gebracht hast.«

»Keine Ursache. Wie geht es dir?«

»Gut, wenn man bedenkt, dass heute erst der erste Tag ist.«

Ewan umarmte sie. »Halte durch. Sie kann ja nicht für immer bleiben.«

Sie erwiderte seine Umarmung. »Bist du dir sicher? Sie hat mir noch immer nicht verraten, wann sie wieder abreist. Sie sagt einfach nur: ›Das kommt darauf an …‹«

Ewan ließ sie los. »Ich habe das Gefühl, es hängt von deiner Antwort auf die Frage ab, ob du wieder nach Sydney ziehst.«

Ewans Stimme klang beiläufig, doch das Funkeln in seinen Augen verriet ihr, dass er alles tun würde, um sie und die Jungen hier zu halten, wo sie am glücklichsten waren.

»Sie kann nicht für immer bleiben, und ich werde meine Meinung nicht ändern. Hier gehören die Jungen hin, und hier werden wir bleiben.«

Ewan nickte. Um seinen Mund lag noch immer ein entschlossener Zug. »Ich wette, sie wird schneller abreisen, als sie gedacht hat. Freckles Welpenpfützen im Haus könnten sich als Geheimwaffe erweisen.«

Tish kicherte. »Lieber das als irgendeine von Brayes Geheimwaffen. Ich bin sicher, nach dem Erbsenvorfall heute Abend denkt er sich bereits etwas Neues aus, um ihre Aufmerksamkeit von Darby abzulenken.«

»Und es gibt noch eine weitere Geheimwaffe, die wir noch nicht erwähnt haben. Eine Geheimwaffe, die dir nach Sydney folgen und dich wieder nach Hause bringen würde, wenn es sein müsste.«

Tish wurde rot.

»Mach dir keine Sorgen«, sagte er und zog die Schublade auf, um den Kartoffelstampfer zu suchen. »Alles wird gut.«

Tish fand die tiefgefrorenen Erbsen im Tiefkühlfach des Kühlschranks. Die Sorgen, die ihr die Brust zusammengepresst hatten, ließen nach, und sie konnte wieder leichter atmen.

Ewan hatte recht. Sie musste sich entspannen. Alles würde gut werden.

*

»Danke, Leticia, die Mahlzeit war zwar einfach, aber sättigend.«

Ewan sah Kree in die Augen, und Zorn stand ihm ins Gesicht geschrieben. Hazel war wirklich ein Fall für sich. Es war ein Rätsel, wie Tish sich bei einer Mutter wie Hazel zu einer so sanftmütigen, mitfühlenden Seele hatte entwickeln können. Das Dinner, mit dem Tish sich so viel Mühe gegeben hatte, war alles andere als einfach gewesen.

Zustimmung blitzte in Krees Blick auf, ehe sie wegsah. Dieses eine Mal fühlte er sich nicht durch ihre Feinfühligkeit bedroht.

Hazel winkte ablehnend, als Tish vier Kristallschalen mit Schokoladenmousse zum Dessert auf den Tisch stellte. »Liebling, du weißt doch, ich esse keine Schokolade.«

»Ich dafür umso lieber«, sagte Ewan mit einem Lächeln, das die Spannung lösen sollte, und zog zwei der Schalen zu sich.

Kree lachte. »Du bist genauso schlimm wie Braye.«

»Ja«, sagte Hazel mit geschürzten Lippen. »Ich habe beim Abendessen bemerkt, was für eine große Portion Eis er hatte.«

»Tut mir leid, das war meine Schuld«, entschuldigte sich Kree. »Ich habe den Jungen ihr Dessert aufgetan. Wie Sie sicher schon erraten haben, habe ich keine Kinder. Ich glaube ihnen, wenn sie sagen, dass sie noch nicht genug haben.«

Hazel stimmte in das Lachen nicht ein. »Ich habe Darby gefragt, was seine Lieblingseiscreme ist, und er hat mir keine Antwort gegeben.«

Neben ihm umfasste Tish den Griff ihres Löffels fester. »Vielleicht hat er dich nicht gehört.«

»Ich bin sicher, das hat er«, erwiderte Hazel. »Er hat mich ja angesehen. Das war, als du meinen Tee gemacht hast.« Sie runzelte die Stirn. »Ich habe gedacht, wenn er älter wäre, würde er mehr sprechen.«

»Mit Darby ist alles in Ordnung«, antwortete Kree. »Wenn ihm eine Frage gestellt wird, braucht er manchmal einfach nur ein bisschen mehr Zeit für seine Antwort.«

Hazels Stirnrunzeln vertiefte sich. »Sind Sie sicher? Ich dachte schon, er wäre vielleicht, na, Sie wissen ja ... nicht ganz richtig im Kopf.«

Ewan legte seinen Löffel ab, denn der Appetit auf Süßes war ihm vergangen. Hazel hatte sich selbst übertroffen. Nicht einmal ihr eigener Enkelsohn war vor ihrer Kritik sicher. Wie konnte eine Großmutter so etwas über ihr Enkelkind sagen? Und selbst, wenn zutreffen würde, was sie unterstellte, hätte es sie nicht davon abhalten dürfen, ihn anzunehmen und zu lieben. Hazel würde morgen abreisen, und wenn er sie persönlich nach Sydney fahren musste.

Tish legte ihre Hand besänftigend auf seine. »Ist schon in Ordnung«, sagte sie sanft. Aber noch ehe sie ihrer Mutter antworten konnte, sprach Kree, ohne Hazel anzusehen.

»Ich kann Ihnen versichern, Darby ist ein cleverer kleiner Bursche.«

Ewan hatte keine Schwierigkeiten, ihre Worte zu verstehen, Hazel aber beugte sich vor. »Was haben Sie gesagt?«

Kree wiederholte ihre Worte, doch auch dieses Mal sah sie Hazel nicht an. Hazel beugte sich noch weiter vor und neigte den Kopf. Ungeduld formte einen harten Zug um ihren Mund. »Sprechen Sie lauter, Kree.«

Kree wandte sich Hazel mit einem freundlichen Lächeln zu. »Ich habe gesagt, Darby ist ein cleverer kleiner Bursche – aber genau wie seine Großmutter bekommt er manchmal nicht alles mit, was die Leute sagen. Wenn Tish gerade Tee gebrüht hat, summte wahrscheinlich der Wasserkocher, und das Hintergrundgeräusch hat es Darby erschwert, Ihre Frage zu verarbeiten.«

»Wie kommen Sie darauf, dass ich nicht richtig hören könnte?« Die Schärfe in Hazels Frage hätte Glas zerschneiden können.

»Ich habe früher als Audiologin gearbeitet, und ich kann nichts dagegen tun, aber mir fällt noch immer auf, wie Menschen hören. Als der Rauchalarm losging, haben Sie den Kopf nach rechts gedreht, um zu hören, woher das Geräusch kommt. Wenn jemand mit Ihnen spricht, richten Sie Ihren Körper entsprechend aus, sodass Ihr gutes Ohr dem Sprecher am nächsten ist und Sie von seinen Lippen lesen können.«

Das leichte Zittern von Hazels Unterlippe brachte Ewan um ein Haar dazu, Mitleid mit ihr zu empfinden, bis sie den Mund öffnete. »Ich habe noch nie etwas derart Absurdes gehört. Danke, aber ich höre noch sehr gut! Ich bin noch nicht im Greisenalter.« Hazel strich sich das Haar aus der Stirn, als sei sie überzeugt, dass das Thema Hörprobleme damit abgehandelt sei. »Und Braye ist also auch clever, ja?«

Kree nickte langsam. »Für einen Fünfjährigen hat er ein ausgezeichnetes Gedächtnis.«

»Gut, dann passt das, was ich zu sagen habe, ja umso besser. Das geistige Potenzial der Jungen darf nicht länger hier draußen vergeudet werden. Sie brauchen eine ordentliche Schule.«

»Und die werden sie auch bekommen, Mum. Aber ich ziehe nicht in die Stadt«, sagte Tish mit leiser, fester Stimme.

»Doch, das wirst du, meine Liebe.« Hazels Lippen verzogen sich zu einem Lächeln, das nicht einmal annähernd ihre Augen erreichte. »Es ist deine Pflicht, nach Hause zu kommen. Ich habe die Mühe auf mich genommen, den ganzen Weg hierher zu fahren, um es dir zu sagen. Dein Vater hatte einen leichten Schlaganfall.«

# 27

Es gab nicht viele Dinge, die Kree sprachlos machten, aber die kaltherzige Frau, die vor ihr saß, gehörte in jedem Fall dazu.

Wie man es auch betrachtete: Die Show, die Hazel abgezogen hatte, war sowohl unmöglich als auch unbegreiflich. Warum saß sie nicht am Bett ihres Mannes im Krankenhaus? Warum hatte sie Tish nicht sofort bei ihrer Ankunft mitgeteilt, was geschehen war, oder vielmehr sogar gleich, nachdem ihr Vater den leichten Schlaganfall erlitten hatte?

Kree biss sich auf die Wange und versuchte, ruhig zu bleiben. Familiäre Verpflichtungen sollten nicht als Waffe oder als Falle benutzt werden. Jeder Mensch hatte das Recht, das Leben zu führen, das für ihn das richtige war, ohne dass seine Bedürfnisse hinter denen seiner Familie zurückstehen mussten. Es brach Kree das Herz, den Schmerz in Tishs Augen zu sehen und die Verzweiflung, mit der sie Ewans Hand umklammert hielt. Aus früheren Gesprächen wusste sie, dass Tish ihren ruhigen, zurückhaltenden Vater innig liebte und zweifellos bei ihm sein wollte. Aber auch das Glück der Jungen stand auf dem Spiel, ganz zu schweigen von ihrem eigenen. Kree war die Seligkeit auf den Gesichtern von Travis und Tish nicht entgangen, als die beiden gestern nach dem Planungsspaziergang ins Kutscherhaus zurückgekehrt waren.

»Hazel, Tish geht nirgendwohin, sie will nämlich nicht gehen.« Ewans Worte klangen kalt und fest wie Stahl.

»Oh doch, das wird sie. Ihr Vater braucht sie. Wenn er nach Hause kommt, muss sich jemand um ihn kümmern.«

Kree konnte nicht länger den Mund halten. »Ich bin sicher, das ist richtig, und ich bin auch sicher, dass Tish ihm zur Seite stehen will. Aber müssen Tish und die Jungen Marellen verlassen, damit das geschehen kann?«

»Natürlich.« Hazels zusammengepresste Lippen warnten Kree, dass sie sich trotz ihrer gesellschaftlichen Verbindung mit Sally Wallis nicht alles herausnehmen konnte. »Ihr Zuhause ist in Sydney.«

Jetzt sprach Tish: »Nein, das ist es nicht. Unser Zuhause ist hier.« Zorn ließ ihre Worte erregt klingen. »Ich kann nicht fassen, dass du Dad allein zu Hause gelassen hast, um hier herzufahren und mich zu bedrängen, in die Stadt zu ziehen.«

»Was blieb mir denn sonst übrig? Dein Vater wird Monate für seine Rehabilitation brauchen. Er kann nicht allein essen und auch nicht richtig sprechen.« Ihre Stimme, die hart wie Marmor war, begann zu zittern. »Jemand muss … das alles organisieren.«

Auf einmal wusste Kree, was los war: Egal, wie egoistisch oder herzlos Hazel sein mochte, der Schlaganfall ihres Mannes hatte ihr persönliches Königreich zum Einstürzen gebracht. Die Schichten des sorgfältig aufgetragenen Make-ups konnten die schlaflosen Nächte und die nervöse Anspannung, die sie umtrieb, nicht übertünchen. Sie war verängstigt und verstört, und ihr Instinkt hatte sie vor Tishs Tür getrieben. Dann aber hatte sie nicht mehr gewusst, was zu tun war. Zu stolz und ohne eine Ahnung, wie man um Hilfe bittet, hatte sie sie einfach eingefordert, auf die einzige Weise, die sie kannte. Ihr hartnäckiges, unduldsames Drängen, Tish und die Jungen sollten nach Hause kommen, war ein Versuch, die

Herrschaft über ihre plötzlich außer Kontrolle geratene Welt zurückzuerlangen.

»Ja, jemand muss alles organisieren«, stimmte Kree ihr zu und sandte Tish ein aufmunterndes Lächeln. »Aber vielleicht gibt es ja eine Möglichkeit, das zu schaffen, ohne dass das Leben aller Beteiligten durcheinandergebracht wird. Tish kann mit Ihnen nach Sydney fahren. Die Jungen bleiben hier. Ich bin noch mindestens eine Woche hier, und Ewan und ich werden gemeinsam gut für sie sorgen. Während sie in Sydney ist, kann Tish mit sämtlichen Behörden und Stellen, die für die Reha-Maßnahmen zuständig sind, Kontakt aufnehmen. Wenn es erst einmal einen Plan gibt, wird die Pflege Ihres Mannes keine so unüberwindbare Hürde mehr sein.«

Erleichterung ließ Hazels Augen kurz sanfter wirken, und Kree entdeckte eine schwache Ähnlichkeit zwischen Mutter und Tochter. Aber als Hazel sprach, verschwand diese Ähnlichkeit wieder. »Und was ist mit der Einschulung der Jungen? Ihr Plan bezieht die Zukunft von Braye und Darby nicht mit ein.«

Kree schöpfte aus dem Vorrat ihrer Geduld, so tief sie konnte. »Um ganz ehrlich zu sein: Keine noch so vornehme Schule in Sydney wird für Darby geeignet sein, wenn sie seine Bedürfnisse nicht berücksichtigt. Tish hat die Adresse eines Audiologen und Sprachtherapeuten in Dubbo, der sich auf die Diagnose von auditiven Verarbeitungsstörungen spezialisiert hat. Ich kann Ihnen jetzt schon sagen, wie einige seiner Empfehlungen lauten werden: Darby wird einen ruhigen Klassenraum mit so wenig Hintergrundgeräuschen wie möglich brauchen. Er wird auch Einzelunterricht benötigen, um Zusammenhänge zu erfassen. Und wo könnte ihm das besser ermöglicht werden als in der kleinen Schule im nahegelegenen Allington, von der Tish mir erzählt hat und in die lauter Kinder gehen, die ihn schon seit seiner Geburt kennen?«

»Und was ist mit Braye?«

»Was Braye betrifft, so wird dank der größeren Flexibilität in einer kleineren Schule auch für seine individuellen Bedürfnisse gesorgt sein. Es wird Sie nicht überraschen, dass er viel Bewegung braucht, um sich zu konzentrieren, und das könnte sich in einem normalen Klassenraum als störend erweisen und schwierig zu bewerkstelligen sein.«

»Sie haben auf alles eine Antwort.«

Trotz der bissigen Worte fehlte in Hazels Worten der übliche Stich.

Tish stand auf und reckte ihr Kinn. »Hör zu, Mum. Wir werden es genau so machen, wie Kree gesagt hat, ob es dir gefällt oder nicht. Ich will die Nummer des Krankenhauses, damit ich mit Dad sprechen kann. Außerdem muss ich noch einen weiteren Anruf erledigen, und während ich packe, will ich, dass du mir genau erklärst, was passiert ist. Wir brechen morgen um Punkt sieben auf, auch wenn du deine Haare oder dein Make-up dann noch nicht fertig hast.«

*

Kree überquerte den mondbeschienenen Hof und ging vom Maschinenschuppen hinüber zum Wohnhaus. Ewan hatte sie nach dem Abendessen aus der Küche geschickt und gesagt, er würde sich um den Abwasch kümmern, da sie doch sicher malen müsste. Ray hatte dem, was er ihr »Hobby« nannte, immer so viel Ablehnung entgegengebracht, dass Ewan seine Worte wiederholen musste, ehe Kree klar wurde, dass Ewan ernst meinte, was er sagte.

Das Licht in Tishs Zimmer war aus, und dasselbe galt für

das Gästezimmer, in dem Hazel schlief. Kree beneidete Tish nicht um die achtstündige Fahrt nach Sydney mit ihr, aber aus irgendeinem Grund war Kree sicher, dass das Verhältnis zwischen Mutter und Tochter an diesem Abend eine unwiderrufliche Veränderung zum Besseren erfahren hatte. Hazel hatte kein Wort gesprochen, sondern bei Tishs Anweisungen nur genickt. Und Kree war sicher, dass Hazels Gang aufrechter war, während sie Tish aus der Küche folgte, als wäre ein Gewicht von ihren Schultern genommen worden.

Kree unterdrückte ein Gähnen und stieg die Verandastufen hinauf. Im gedämpften Licht sah sie eine breitschultrige Gestalt im Korbstuhl sitzen. Sie zögerte. Sie hätte zu Bett gehen sollen, aber nach den hochemotionalen Ereignissen dieses Tages konnten sie beide ein Gespräch zum Abschluss gebrauchen.

Als sie sich näherte, schickte er ihr mit weiß blitzenden Zähnen ein Willkommenslächeln durch die Dunkelheit. »Hast du viel geschafft?«

»Genug.« Sie setzte sich in den Stuhl neben seinem. »Es ist viel Arbeit.«

Kree hörte das Schnarchen eines Welpen und sah, dass Freckle sich in Ewans Arm gekuschelt hatte.

Er lachte leise. »Für einen so kleinen Welpen macht er eine ganze Menge Lärm.«

»Wem sagst du das?«

»Das Dinner hat Spaß gemacht.«

Nun lachte sie leise. »Ich bin nicht sicher, ob Spaß das richtige Wort ist. Ereignisreich trifft es vielleicht eher.«

»Stimmt. Ich hätte nie erwartet, dass ich den Tag erlebe, an dem Hazel menschlich erscheint.«

»Heute war dieser Tag. Für Tish und die Jungen hoffe ich, dass es so bleibt.«

»Dem schließe ich mich an.« Er machte eine Pause, und als er wieder zu sprechen anhob, klang seine Stimme tiefer. »Was du vorhin über Darby gesagt hast ... über diese auditive Verarbeitungsstörung – wird das wieder in Ordnung kommen?«

»Mit der richtigen Unterstützung in der Schule und vielleicht einer Sprachtherapie mit Übungen, die er zu Hause absolvieren kann, wird alles wieder in Ordnung kommen.«

Sie spürte mehr, als dass sie es sah, dass ihre Beteuerungen seine Zweifel nicht auflösen konnten.

»Warum ist Braye nicht genauso?«

»Sie sind eineiige Zwillinge, also sollte man annehmen, er müsste es sein, aber man glaubt inzwischen, dass zwischen chronischen Mittelohrentzündungen und auditiven Verarbeitungsstörungen eine Verbindung besteht. Tish hat erzählt, dass Darby früher ganze Winter hindurch Ohrenschmerzen gehabt hätte.«

»Das stimmt. Braye war noch ein Kleinkind, als ich angefangen habe, ihn auf dem Traktor mitzunehmen, damit Tish schlafen konnte, nachdem sie die ganze Nacht über mit Darby aufgewesen war.«

Kree spähte in die Dunkelheit, um seinen Gesichtsausdruck zu erkennen. Fergus war noch da gewesen, als die Jungen Kleinkinder waren. Hatte Ewan die Verantwortung für Tish und die Jungen etwa schon lange vor dem Unfall übernommen?

Ewan sprach weiter, seine Stimme war so leise, dass sie sich anstrengen musste, um seine Worte zu verstehen. »Es gibt also nichts anderes, was diese auditive Verarbeitungsstörung verursachen könnte?«

»In Darbys Fall nicht, nein.«

»Nicht einmal ... der Verlust seines Vaters?«

Kree blutete das Herz. Ewan fühlte sich nicht nur schuldig

am Tod seines Bruders, sondern auch an den Sprachschwierigkeiten seines Neffen. Sie beugte sich vor und berührte flüchtig seinen angespannten Unterarm. »Nein.«

»Und die Schwierigkeiten, die er bei der Verarbeitung von Informationen hat, sind der Grund dafür, dass er so wenig spricht?«

»Zum Teil. Ich denke, es ist eine Kombination. Er ist von Natur aus ruhig, Braye spricht für ihn, und Darby fühlt sich nicht sicher genug, selbst zu sprechen. Er macht sich eine Menge Sorgen, also hat er vielleicht einmal Fragen falsch beantwortet, hat sich dafür geschämt und will jetzt nicht, dass ihm dasselbe noch einmal passiert. Also schweigt er lieber. Aber was immer auch der Grund dafür ist – mit dir hat es nichts zu tun.«

Als Ewan ihr keine Antwort gab, nahm sie seine Hand. Nach einem langen Augenblick drückte er ihre Finger. Sie erwiderte den sanften Druck, bevor sie ihre Hand befreite.

»Glaubst du, Tish wird wirklich aufbrechen, wenn Hazel sich die Haare noch nicht gemacht hat?«, fragte sie, um die Stimmung wieder aufzuhellen.

»Ja. Sie hat den Wecker in Hazels Zimmer auf sechs Uhr gestellt. Hier ist übrigens ein weiser Ratschlag für dich: Geh Hazel aus dem Weg, bis sie ihren ersten Kaffee getrunken hat.«

»Das werde ich machen. Weißt du was? Ich bin sicher, unter ihrem ganzen Geschnaube und Geschimpfe mag sie dich.«

Ewan lächelte sie an. »So weit würde ich nicht gehen. Ich habe noch die Narben meiner Kriegsverletzungen, um das Gegenteil zu beweisen.«

»Wie ist Fergus mit ihr klargekommen?«

»Gut. Fergus konnte jeden bezirzen.«

»Außer dir?«

»Und Bill und den alten Harry.«

»Da hast du's. Ich habe keinen Zweifel daran, dass Hazel dich mag. Es ist Rückgrat, das sie bewundert, keine hübschen Worte.«

»Und was ist mit dir? Was bewunderst du?«

»Ehrlichkeit. Einsatz für andere. Freundlichkeit. Treue. Und am meisten von allem: Rückgrat.«

»Nicht sonderlich viel, was?«

»Ganz und gar nicht. Ich bin leicht zufriedenzustellen.« Sie grinste. »Und dich frage ich nicht, was du bewunderst, weil ich sicher bin, irgendwo auf der Liste steht: Vorliebe für Männerspielzeug.«

Er erwiderte ihr Lächeln. »Damit könntest du richtigliegen.«

»Erinnere mich daran, dass ich ein Wörtchen mit Darby und Braye rede, bevor aus den beiden ebenfalls hoffnungslose Fälle werden.«

Ewan lachte. »Ich fürchte, du kommst zu spät. Braye wünscht sich bereits einen roten Ute mit Scheinwerfern zu seinem sechsten Geburtstag.«

Kree stöhnte gespielt auf, dann wurde sie wieder ernst. »Glaubst du, sie werden ohne Tish zurechtkommen? Ich nehme an, sie hat sie noch nie alleingelassen?«

Ewan setzte sich in seinem Stuhl auf, wobei er darauf achtete, Freckle nicht zu wecken. »Nein, das hat sie nicht, aber ich bin sicher, sie kommen klar, wenn sie jeden Tag mit ihr sprechen können und du da bist. Sie können es nicht erwarten, morgen im Schuppen malen zu dürfen. Danke, dass du uns hilfst.«

»Gern geschehen. Ich werde auch Seth anrufen. Sein Job in der Landschaftsgärtnerei ist erledigt, und er kann vielleicht schon ein paar Tage früher kommen. Ich bin sicher, dass die

Jungen ihn lieben werden. Und Tish hat gesagt, Travis steht ebenfalls bereit, falls wir ihn brauchen.«

»Ich glaube, er steht vor allem bereit, nach Sydney zu fliegen und sie abzuholen, sobald sie so weit ist und wieder nach Hause kommen kann. Es hat ja eine ganze Weile gedauert, aber nun sind die beiden endlich ein Paar.« Ewan stand auf, wobei er Freckle noch immer im Arm hielt. »Aber jetzt lasse ich dich besser zu Bett gehen, denn du willst morgen sicher wieder früh in den Schuppen.«

Sie nickte.

Er schwieg einen Augenblick lang, dann drehte er sich um. »Schlaf gut.«

»Du auch.«

Kree blieb sitzen. Der raue Ton in Ewans Stimme, als er erwähnt hatte, dass Tish und Travis ein Paar waren, hatte einen Kloß in ihrem Hals hinterlassen. Ewan lagen sein bester Freund und seine Schwägerin sehr am Herzen, und das war eine weitere Eigenschaft, die sie an ihm zutiefst bewunderte. Die Liste der Charaktereigenschaften, die sie eben aufgezählt hatte, war keine zufällige gewesen. Ihre Grundlage war Ewan. Und es gab noch weitere Adjektive, die sie hinzufügen konnte, um den australischen Naturburschen zu beschreiben, der bald nur noch eine Erinnerung sein würde, wenn sie ihn sich jetzt nicht schnappte und ihn nie mehr losließ.

Plötzlich erkannte sie eine einfache Wahrheit. Tish war nicht die Einzige, die sich von familiären Verpflichtungen fesseln ließ. Der Schmerz, den sie heute Abend bei Tishs Anblick empfunden hatte, war auch ihr eigener.

Sie hatte sich so sehr darauf konzentriert, ihr Versprechen ihren Eltern gegenüber zu erfüllen, dass sie ihr eigenes Leben aus den Augen verloren hatte. Sie hatte immer geglaubt, ihr Glück stünde erst an zweiter Stelle hinter ihrer Pflicht. Aber auf einmal erkannte sie, dass in Zukunft ihr Glück Priorität haben musste. In ihrer Welt musste für mehr als nur für Seth Platz sein. Sie war immer für ihren kleinen Bruder da gewesen, aber ohne Ewan erstreckte sich ihre Zukunft vor ihr wie eine endlose, einsame Straße.

Ihr Herz und ihre Hormone hatten den Sieg davongetragen. Sie war nicht länger Ewans Meinung, dass sie ihre Beziehung besser platonisch hielten. Kree stand auf. Sie würde gegen seine Entscheidung, vor dem Glück davonzulaufen, ankämpfen.

# 28

»Es ist alles gut, Kumpel«, sagte Ewan zu Darby und hoffte, dass seine Stimme beim Anblick der lautlosen Tränen, die seinem Neffen die Wangen hinunterrannen, nicht brach. »Deine Mum kommt doch bald zurück.« Er hob Darby in die Höhe und drückte ihn an sich. »Du kannst jeden Tag mit ihr sprechen, und auf Krees Computer kannst du sie sogar sehen.«

»Und ob du das kannst«, sagte Kree, die dicht neben ihm in der Auffahrt stand. »Wir haben mein Laptop schon auf dem Küchentisch aufgebaut, damit wir gleich mit ihr chatten können, wenn sie in Sydney ankommt. Weißt du noch, wie mein verrückter Bruder all diese komischen Grimassen gezogen hat, als wir ihn angerufen haben, um es auszuprobieren, und ihn mit unserem Anruf aufgeweckt haben?«

Die Schluchzer, die Darbys schmalen Körper schüttelten, wurden schwächer. Seths vom Schlaf zerzaustes Haar, sein übertriebenes Mienenspiel und sein schwerer amerikanischer Akzent hatten dafür gesorgt, dass sich die Jungen vor Lachen gekrümmt hatten. Der Fünfjährige nahm Krees Hand und stand ganz still da. Seine Augen waren auf Hazels verschwindendes Auto gerichtet.

»Ich weiß nicht, wie es euch geht«, sagte Kree in leichtem Ton, »aber ich habe Hunger. Wer will Pfannkuchen zum Frühstück?«

Stille. Dann antwortete Braye in lustlosem Tonfall: »Ich.«

Darby nickte langsam gegen Ewans Brustkorb.

»Alles klar«, sagte Kree. »Also gibt es Pfannkuchen.«

Ewan stellte Darby auf den Boden, und Kree nahm seine Hand in ihre. Zusammen gingen sie und die Jungen auf das Haus zu, wobei Kree ihre Arme schwang, um sie zum Lachen zu bringen.

»Ich muss noch einen Schalthebel aus dem Schuppen holen«, rief Ewan ihnen hinterher. »Esst bloß nicht alle Pfannkuchen auf, bis ich komme!«

Er musste die Jungen beschäftigen, und die Reparatur des Wasserhahns bei ihrem Sandkasten war ein guter Anfang, da Ausgrabungen, Wasser und Werkzeug dazu nötig waren.

Ewan betrat die Männerhöhle und blieb stehen. Seine Werkstatt wirkte heute eher wie das Atelier einer Künstlerin als wie der Rückzugsort eines Mannes. Spritzer in allen Regenbogenfarben bedecken den Boden unter den großen Tafeln, die Kree in einer ordentlichen Reihe am Ende des Schuppens aufgestellt hatte. Kleine Farbtöpfe und Becher mit Pinseln standen auf der Werkbank daneben. Auf dem Boden sah er größere Farbdosen, an deren Seiten Farbe hinuntergelaufen und eingetrocknet war. Auf der Werkbank stand ein kleiner Kompressor, an den ein Gerät angeschlossen war, von dem er annahm, dass es sich um den Airbrush handelte, den Braye so furchtbar gern in die übereifrigen Hände bekommen wollte. Obwohl der Farbgeruch den sonst üblichen Geruch des Diesels überlagerte, verspürte er ein seltsames Gefühl von Zufriedenheit. Kree und ihre Kunst an diesem besonderen Ort zu haben fühlte sich irgendwie richtig an.

Neben dem großen Wandgemälde lehnten zwei kleinere Bretter an der Wand. Er ging näher heran, um die Meisterwerke der Jungen zu betrachten, konnte aber die Augen nicht von Krees Arbeit abwenden. Bisher war erst der Hintergrund ausgeführt, während die Stellen, an denen die Postkutsche, die Pferde und die Straßenräuber später hinzugefügt werden sollten, als weiße Flächen erschienen, aber die Wirkung war trotzdem bemerkenswert. Das Pferd des Anführers war noch nicht mehr als ein Block kastanienbrauner Farbe, aber an seinem Kopf gab es schon ein paar Details. Wind hob die Mähne, und die Erregung der Jagd blähte dem Pferd die Nüstern. Eine Gänsehaut lief über Ewans Arme. Es war, als säße er selbst auf dem galoppierenden Pferd, als könne er den Donner der harten Hufe hören und den Staub der roten Erde riechen. Er schloss die Augen, um sich nicht nur von dem Bild loszureißen, sondern ebenso von der Frau, die es gemalt hatte.

Das Gespräch, das er gestern Nacht mit Kree auf der dunklen Veranda geführt hatte, mochte ihn von den Schuldgefühlen befreit haben, die er wegen Darbys gestörter Sprachentwicklung mit sich herumgetragen hatte, aber davon abgesehen hatte sich nichts geändert. Er musste stark sein. Er durfte dem wachsenden Gefühl nicht nachgeben, dass die Entscheidung, die Sache zwischen Kree und sich abkühlen zu lassen, falsch gewesen war. Ganz egal, wie verzweifelt er sich wünschte, sie noch einmal zu küssen.

Er ging zurück zum Wohnhaus, legte den Schalthebel auf den Verandatisch und trat durch die Vordertür.

»Ich hoffe, ihr habt mir welche übrig gelassen«, sagte er, als er die Küche betrat, die vom süßen Duft des Ahornsirups erfüllt war.

»Heute ist dein Glückstag. Drei sind noch übrig.«

»Das trifft sich gut. Ich habe solchen Hunger, ich könnte mehr essen als der Tyrannosaurus Rex, den Mikey so liebt.«

Er setzte sich zu den Jungen an den Tisch. Brayes Wangen blähten sich, wie die von Fudge es gestern Vormittag getan hatten, als sie durch das offene Tor geflitzt war, um sich über

Tishs Gemüsegarten herzumachen. »Braye, wie viele hast du gegessen?«

Er hielt drei klebrige Finger in die Höhe.

Darby hielt zwei hoch.

»Das müssen wohl gute Pfannkuchen sein?«

Sie nickten beide mit vollen Mündern. Ewan war erleichtert. Seine Neffen vermissten Tish zwar immer noch, aber sie waren nicht mehr ganz so traurig.

Kree tauchte neben ihm auf und stellte einen Teller mit drei Pfannkuchen vor ihn hin.

»Danke, aber du brauchst mich nicht zu bedienen.«

»Ich weiß. Also gewöhn dich besser nicht daran.«

Ihre lächelnden Augen hielten seinen Blick für den Bruchteil einer Sekunde länger als üblich fest. Wärme wirbelte durch seinen Körper wie der Dampf der Pfannkuchen.

Darby gab ihm Messer und Gabel, und Braye reichte ihm die Flasche mit dem Ahornsirup. Er bedankte sich mit einem Lächeln und sah zu Kree, die neben ihm stehen geblieben war. »Ich hoffe, du hast auch welche gegessen?«

»Ja, habe ich, aber ich lasse noch ein bisschen Platz für die morgendliche Teepause, denn da gibt es heute etwas ganz Besonderes.«

Sie zog sich einen Stuhl heran und setzte sich neben ihn. Er konzentrierte sich darauf, zu essen und die Frau, die weniger als Armeslänge von ihm entfernt saß, nicht anzusehen.

»Darby, warum erzählst du Ewan nicht, wobei du mir helfen willst?«, fragte Kree.

Braye kaute schneller, um für Darby zu sprechen, aber bevor er das tun konnte, griff Kree über den Tisch und berührte sanft seine Hand. »Darby denkt nach. Geben wir ihm Zeit für seine Antwort. Und hinterher kannst du dann Ewan erzählen, was wir beide zusammen machen.«

Darby schluckte seinen letzten Bissen herunter, ehe er sprach. »Wir machen Anzac-Kekse.« Seine Worte waren leise, aber ziemlich klar.

»Das hast du sehr gut gesagt, Darby.« Kree lächelte und sah dann Ewan an. »Ich habe keine Ahnung, was Anzac-Kekse sind, aber Darby wird mir sagen, was ich nehmen muss, um welche zustande zu bringen.«

Wieder wollte Braye etwas sagen, und wieder berührte Kree seine Hand. »Was hältst du davon, wenn wir es Darby gleich sagen lassen, denn wenn du es mir jetzt schon sagst, hat mein dummes Hirn es sofort wieder vergessen.« Sie legte ihre Hand an den Mund und sagte in übertriebenem Flüsterton: »Vergiss nicht, du musst Ewan erzählen, was wir sonst noch machen und was er unbedingt probieren muss.«

Braye kicherte. Um ein Haar hätte Ewan das Geräusch überhört. Es fiel ihm schwer, seinen Pfannkuchen herunterzubekommen, denn seine Gefühle überwältigten ihn und schnürten ihm die Kehle zu. Kree hatte gesagt, dass Darby mit der richtigen Unterstützung zurechtkommen würde, aber Ewan hatte sich trotzdem immer noch Sorgen gemacht. Jetzt aber, wo er sah, was Kree tat, auf welch sanfte Weise sie dafür sorgte, dass Darby sowohl Zeit als auch Raum zum Antworten hatte, und wo er erlebte, wie Darby bereits darauf reagierte, indem er sprach, malte er Darbys Zukunft zum ersten Mal nicht in schwarzen Farben, sondern hatte Hoffnung.

»Und nun rate mal, was wir noch machen!« Brayes mit Feuereifer gestellte Frage zwang ihn, sich wieder auf ihr Gespräch zu konzentrieren.

»Solange es nicht Erdnussbutter mit Schokolade ist, probiere ich alles.«

Braye brach in Gelächter aus, und Darby stimmte ein. Ewan hob eine Braue und sah hinüber zu Kree.

Sie hob die Hände. »Mich musst du nicht anschauen. Es war Brayes Idee. Wir haben darüber gesprochen, was wir sonst noch für die morgendliche Teepause machen könnten. Anzacs sind Darbys Lieblingskekse, also habe ich ihnen erzählt, dass Seth gern Erdnussbutter und Kekse mit Schokoladensplittern mag.«

Ewan stöhnte. »Erdnussbutter und Schokolade zusammen in einem Keks!«

»Genau. Die perfekte Kombination.« Krees Augen funkelten. »Und die Jungen und ich haben uns gedacht, da du Reece's Peanut Butter Cups nicht probieren willst, musst du unsere Kekse probieren, denn die werden unglaublich gut schmecken!«

Ewan verzog das Gesicht. Braye lachte so sehr, dass er fast erstickte. Mit rotem Gesicht und noch immer lachend trank er aus dem Wasserglas, das Kree ihm zuschob.

»Nun gut, Darby«, sagte Ewan mit übertriebenem Seufzen. »Da du gestern Abend von dem Hackbraten probieren musstest, den Tish für euch gemacht hatte, denke ich, dass ich wohl auch eure Kekse probieren muss.«

Darbys Grinsen wurde breiter. Er sah zu Braye, dann zu Ewan und sagte: »Ja.«

Kree stand auf. »Damit ist es besiegelt, Jungs. Euer Onkel muss unsere fabelhaften Kekse probieren.«

*

Während die Jungen mit Kree in der Männerhöhle malten, telefonierte Ewan an diesem Nachmittag lange mit Camo. Nach dem Gespräch nahm er seinen Akubra vom Hutständer im Flur und ging zur Vordertür, um sich auf den Weg zum Schuppen zu machen und nachzusehen, wie die Dinge dort standen. Ein Windstoß blies einen leeren Plastikblumentopf über die Veranda. Er steckte ihn wieder in den ordentlichen Blumentopfstapel, den Tish dort hin gestellt hatte, damit er später in den Pflanzschuppen gebracht werden konnte. Mit ein bisschen Glück würde der sich verdunkelnde Himmel mehr Regen bringen. Der Zeitpunkt wäre perfekt. Er brauchte ihn, damit sowohl sein Getreide als auch sein Weidegras gut wuchsen.

Während er über den Kiesweg ging, pfiff er nach Whiskey. Der Kelpie tauchte hinter dem Regenwassertank auf, wo er sich ausgeruht hatte. Freckle lief ihm hinterher, wobei seine kleinen Beinchen darum kämpften, mit dem größeren Hund Schritt zu halten. Camo hatte ohne Unterlass über seine Pläne für sein Zuchtprogramm gesprochen, die Ewans Ultra Blacks mit einschlossen. Sein Enthusiasmus stärkte Ewans Zuversicht: Vielleicht würde es wirklich gut laufen, und seine Investition in die aus Angus und Brangus gekreuzten Rinder war kein finanzieller Leichtsinn. Er musste lediglich aufpassen, dass er während des Kalbens keine Verluste erlitt.

Er näherte sich der Männerhöhle, aus der Musik ertönte. Die Klänge aus dem Radio wurden von einer Reihe lauter Schläge begleitet. Er lächelte. Braye, dem das Stillsitzen so schwerfiel, hatte vermutlich eine kurze Zeit gemalt und sich dann einen anderen Zeitvertreib gesucht, der mehr Energie erforderte. Ewan betrat den Schuppen, und wie er vermutet hatte, saß Braye im Schneidersitz auf dem Boden, hielt einen Hammer in der Hand und hatte neben sich Nägel und Holzreste liegen. Rechts von ihm lag seine Sperrholzplatte, die mit bunten Zacken bemalt war. Darby hingegen saß auf einem Hocker und wirkte hoch konzentriert. Er malte einen kleinen, ordentlichen grünen Baum auf das Sperrholz, das er auf seinen Knien balancierte.

Kree, die auf der Trittleiter stand und weitere Details am Pferd des Straßenreiters ausführte, lächelte ihn an. »Wie ich sehe, bist du an unseren Keksen nicht gestorben.«

Bei der morgendlichen Teestunde hatte er die gefürchteten Kekse probiert, und zu seiner Überraschung hatten sie sich nicht nur als essbar, sondern sogar als sehr lecker erwiesen.

»Nein, ich bin ganz gesund.« Er erwiderte ihr Lächeln. »Hat jemand Lust, mitzukommen und nach den Rindern zu sehen?«

Darby unterbrach seine Malerei kurz und schüttelte den Kopf. Braye sprang auf die Füße. »Ich komme mit.«

Ewan warf Kree einen Blick zu, um sich zu vergewissern, ob es in Ordnung war, wenn Darby bei ihr blieb.

»Darby kann gerne hierbleiben. Und du und Braye, ihr geht und seht nach diesen Kühen mit den goldenen Hörnern.«

*

Wenig später saß Braye auf dem Beifahrersitz des Ute. Er hatte seinen Sicherheitsgurt angelegt, und seine Blicke schweiften umher und nahmen alles auf, was drinnen und draußen geschah.

»Na, wie findest du's, Kumpel?«

»Super.«

»Wie wäre es, wenn wir den langen Weg fahren, um nach den Rindern zu sehen?«

»Super«, sagte Braye noch einmal und nickte zufrieden.

Ewan hatte schon verschiedene Wege genommen, um zu den Ultra Blacks zu fahren, damit seine Reifenspuren signalisierten, dass jemand regelmäßig ein Auge auf die Rinder hatte.

Bei dieser Fahrt würde er durch das Doppeltor an der Seite fahren, als wäre er auf dem Weg zu den Tylers, dann aber nach links, statt nach rechts abbiegen. Der öffentliche Feldweg, der am Grenzzaun seiner Farm entlangführte, würde ihn zu einem weiteren Doppeltor bringen, durch das er wieder auf das Gelände von Marellen fahren würde. Von dort aus würde er zwei Koppeln durchqueren, um zu den Ultra Blacks zu gelangen.

Die Spuren von breiten Reifen, die in die rote Erde eingegraben waren, brachten ihn dazu, den Fuß vom Gaspedal zu nehmen. Sorge breitete sich in ihm aus, doch dann glättete sich seine Stirn wieder. Pete Grey wohnte ein Stück weit die Straße hinunter und erwartete jetzt, wo die Aussaat beendet war, einen Besuch des Tankwagens.

Ewan sah prüfend auf die Straße, die vor ihm lag. Die Reifenspuren führten nach links, auf sein verschlossenes Doppeltor zu. Seine Hände umklammerten das Steuerrad, doch er behielt einen klaren Kopf. Manchmal dachten Lastwagenfahrer, diese Straße wäre eine Abkürzung zu dem kleinen Dorf Allington, und erkannten erst, wenn sie das Tor passiert hatten, dass der Weg sich verengte. Seine Zufahrt diente dann als Wendekreis, und die Fahrer fuhren den Weg, den sie gekommen waren, wieder zurück. Wenn er etwas näher beim Tor wäre, würde er sicherlich eine doppelte Reifenspur sehen.

Als er jedoch die Fahrt verlangsamte und auf das Tor zusteuerte, nahm er nur eines wahr: das Glänzen des Sonnenlichts auf dem bronzefarbenen Gehäuse des Schlosses. Das Schloss hatte er erst gestern überprüft, und da hatte es die beiden Seiten des Tors noch fest zusammengehalten. Jetzt lag es im ausgetrockneten Gras auf dem Boden.

Zorn ließ seinen Atem stocken. Doch seine Selbstbeherrschung siegte, und er unterdrückte einen Fluch. Er hielt den

Ute an und zog die Handbremse. Sein Brustkorb bebte. Seine Zähne knirschten.

Er musste nicht nachsehen, um zu wissen, dass das Schloss mit einem Bolzenschneider geknackt worden war. Er musste nicht nachsehen, um zu wissen, dass die Koppel leer sein würde.

# 29

Das gedämpfte Klingeln ihres Handys übertönte die Countrymusik, die aus dem Radio dröhnte. Kree stieg die Trittleiter hinunter, legte ihren Pinsel auf dem Deckel einer Farbdose ab und suchte nach dem Handy. Sie war sich sicher, dass sie es neben den Kompressor auf die Werkbank gelegt hatte. Aus irgendeinem Grund kam das Klingeln aber aus einer anderen Ecke.

»Darby, weißt du vielleicht, wo mein Handy ist?«

Sie ging hinüber zu der Holzkonstruktion, in die Braye seine Nägel gehämmert hatte.

Darby schüttelte den Kopf. Das Handy hörte auf zu klingeln. Kree untersuchte Brayes Konstruktion, aber nirgendwo auf der Miniaturbaustelle war ein kleines schwarzes Rechteck zu finden.

»Keine Sorge. Wer auch immer angerufen hat, ruft noch mal an, wenn es wichtig ist«, sagte sie mehr zu sich selbst als zu Darby.

Sie nahm ihren Pinsel vom Deckel der Farbdose. Sie wollte heute Nachmittag unbedingt das Pferd fertig bekommen. Ihre innere Uhr erinnerte sie daran, dass der Termin für die Fertigstellung des Wandgemäldes näherrückte.

Sie hatte gerade den Fuß auf die Leiter gesetzt, als ihr Telefon von Neuem klingelte. Darby rannte hinüber zu Brayes hölzernem Meisterwerk. Er untersuchte die zusammengenagelten Holzreste, dann beugte er sich hinunter, um ein einzelnes loses Brett zu entfernen, das davorstand. Das Telefon klingelte lauter.

»Gut gemacht.« Kree stieg von der Leiter. »Also da hat sich mein Handy versteckt.«

Vermutlich war es Tish, die angerufen hatte. Die Jungen hatten in ihrem Chat am Mittag erwähnt, dass sie den Nachmittag im Schuppen verbringen würden.

»Hier ist es«, sagte Darby und gab ihr das Handy. Ohne das Brett, das vor Brayes Holzarbeit gestanden hatte, konnte sie erkennen, was er gebaut hatte. Es war eine Garage, und er hatte ihr Handy als Spielzeugauto benutzt und darin geparkt.

Ewans Name erschien auf dem Display des Handys. Sie drückte den grünen Knopf und sprach hinein: »Hallo, Ewan, tut mir leid, dass ich mich nicht früher gemeldet habe. Bitte sag Braye, Darby und ich mussten erst mein Auto aus seiner Garage fahren, ehe wir mit dir sprechen konnten.«

Kree erwartete, dass Ewan lachen und sie fragen würde, wovon sie redete. Sie erwartete auch, dass er sie bitten würde, das Gesagte zu wiederholen. Was sie nicht erwartete, war der todernste Tonfall, in dem er sagte: »Kree, die Rinder sind weg.«

Ihr drehte sich der Magen um. Sie presste das Handy dichter ans Ohr. »Was? Weg? Wie denn das?«

Darby zog mit großen Augen an ihrer Hand, und sie legte den Arm um seine schmalen Schultern.

»Viehdiebe. Sie haben das Torschloss mit einem Bolzenschneider aufgeschnitten.«

»Nicht zu glauben!«

»So kann man es auch sagen.« Aus dem Zorn, der in seinem Satz mitschwang, schloss sie, dass ihm zweifellos noch ein paar ganz andere Worte eingefallen wären. »Du musst etwas für mich tun.«

»Sag's mir.«

»Sattele Rocket für mich. Travis nimmt sein Flugzeug, um aus der Luft nach dem Viehtransporter zu suchen, und die örtliche Polizei organisiert die Suche am Boden. Bill hat im Pub Gerüchte gehört, dass eine Herde Rinder an der Viehstraße geweidet wird. Er glaubt, dass die Diebe die Tiere dort hingebracht haben, bis sie auf Lastwagen aus dem Distrikt geschafft werden. Der schnellste Weg zur Viehstraße führt direkt durch Marellen, aber der Busch wird dort ziemlich dicht, und das Gelände ist schwierig, also kommt man am besten mit dem Pferd dorthin.«

»Ich komme mit.«

Schweigen.

»Ewan, vor einem Monat haben wir das Gebiet nach Seth abgesucht. Ich lasse dich dort draußen nicht allein. Alles Mögliche könnte passieren.«

»Ich habe keine Zeit, mich mit dir zu streiten.«

»Dann lass es. Ich komme mit. Ich sattle die Pferde und rufe Pru an, damit sie sich um die Jungen kümmert.«

»Kree ...«

»Ich lege jetzt auf. Bis gleich. Ich mache die Pferde bereit.«

Kree drückte auf den roten Knopf des Telefons. Sie ließ ihren Arm um Darbys Schultern liegen und beugte sich hinunter, sodass er ihr Gesicht sehen konnte. »Jemand hat die Rinder gestohlen, und ich würde Ewan gern helfen, sie wiederzufinden. Ich weiß, deine Mum ist heute Morgen erst abgefahren, aber wäre es in Ordnung, wenn Pru heute Nachmittag käme?« Sie drückte ihn an sich. »Wenn es nicht in Ordnung ist, bleibe ich hier, mein Schatz.«

»Bringt sie wieder einen Film mit?«

»Ich kann ihr sagen, dass sie das machen soll.«

Darby nickte.

»Danke.« Kree küsste ihn auf den Kopf. »Was hältst du davon, wenn wir jetzt rein gehen, damit ich Pru anrufen kann? Und vielleicht packen wir ein paar von unseren Keksen in die Satteltaschen, die ich in der Sattelkammer gesehen habe?«

*

Eine Viertelstunde später ging Kree mit Darby hinüber zum Wohnhaus und strich im Kopf die einzelnen Punkte, die sie erledigt hatte, von ihrer Liste. Sie hatte Pru angerufen, die sich sofort auf den Weg gemacht hatte, sie hatte dafür gesorgt, dass ihr Laptop reibungslos funktionierte, sodass die Jungen mit Tish sprechen konnten, und sie hatte sich um das Dinner für die Jungen und die Flasche für Fudge gekümmert für den Fall, dass sie und Ewan erst spät zurückkommen würden. Die Jungen würden wissen, womit die Hunde, Hühner und Ponys gefüttert wurden. Die Satteltaschen waren mit Wasserflaschen, Keksen und dem Erste-Hilfe-Set aus dem Ute der Tylers befüllt worden. Banjo war bereits gesattelt und stand ruhig am Aufzäumpfosten. Bei Rocket allerdings lag der Fall anders.

Der große Braune war erregt und ruhelos, zerrte an seiner Führleine und testete damit den schnell lösbaren Knoten, den Kree gemacht hatte. Schweißflecken zeichneten bereits sein glänzendes braunes Fell.

»Ho, ho, mein Junge!« Kree versuchte, ihn zu beruhigen, doch sie hatte die sanften Worte kaum ausgesprochen, da schlug der Wind die Tür der Sattelkammer mit einem lauten Knall zu. Rocket warf den Kopf hoch, und seine Nüstern blähten sich.

Kree schlang sich das Zaumzeug, das sie in der Hand hielt, über den Arm. Solange Rocket so dastand, würde sie eine

Trittleiter brauchen, um ihm das Kopfstück über die Ohren ziehen zu können.

»Was hat Ewan neulich über diese verrückte Kuh gesagt? Was hatte sie?«

Darby dachte nach. »Einen hysterischen Anfall.«

»Das ist es. Ich hoffe, Rocket hat seine hysterischen Anfälle bald überstanden, damit ich ihn satteln kann, bevor Ewan da ist.«

Rocket senkte den Kopf und scharrte mit den Hufen. Sie sprach ihm sanft zu und trat vor. »Wir müssen dich doch satteln, mein Junge, sonst kann Ewan seine Kühe nicht suchen.«

Sie ließ die Zügel über den Hals des Arbeitspferdes gleiten und schob ihm das Gebissstück ins Maul. Auf Zehenspitzen gelang es ihr, ihm das Kopfstück über die Ohren zu streifen und den Stirnriemen zu befestigen.

»Guter Junge«, lobte sie ihn. Seine Ohren zuckten, und er drehte den Kopf, um zur Straße zu sehen. Kree folgte seinem Blick und sah, wie Ewans Ute sich näherte, gefolgt von einer Wolke aus rotem Staub. In ihren Zwingern unter dem Jacaranda-Baum bellten Midget und Freckle. Sie klopfte Rocket den Hals, ehe sie sich auf den Weg in die Sattelkammer machte, um die Satteldecke und den Sattel zu holen.

Ewan fuhr in den Maschinenschuppen. Gleich darauf kam er mit Braye an der Hand wieder heraus. Mit der anderen Hand hielt er sein Handy ans Ohr gepresst. Als Braye Darby sah, löste er seine Finger aus denen von Ewan und lief zu seinem Bruder. Ewan folgte ihm. Seine langen Schritten signalisierten Entschlossenheit, seine Schultern waren angespannt, sein Blick war düster. Kree hievte den schweren Sattel auf den Pfosten. Gott mochte den Viehdieben beistehen, wenn er sie in die Finger bekam!

»Böse Leute haben die Kühe gestohlen!«, rief Braye atemlos, ehe er vor Darby stehen blieb.

Darbys Mundwinkel senkten sich. »Ich weiß.«

»Onkel Ewy holt sie zurück.«

»Und Kree.«

Beide Jungen drehten sich um, um sie mit großen Augen anzusehen, während sie auf sie zukam.

»Braye, ist es in Ordnung für dich, dass Pru heute Nachmittag auf euch aufpasst? Ich habe Darby gesagt, dass ich hierbleibe, wenn es ihm nicht gefällt. Und ich bleibe auch hier, wenn es dir nicht gefällt.«

Braye nickte, ohne zu zögern. »Mit Pru haben wir Spaß.« Er sah hinüber zu Ewan, der in kurzer Entfernung stehen geblieben war und in sein Handy sprach. »Aber Onkel Ewy hat zu Travis gesagt, dass du hierbleiben sollst.«

»Hat er das gesagt? Und was hat Travis gesagt?«

»Er hat sehr laut zu Onkel Ewy gesagt, er soll aufhören, sich wie eine Prinzessin zu benehmen, und dich mitkommen lassen. Wenn nicht, hat Travis gesagt, würde er selbst mitkommen, statt sein Flugzeug zu fliegen.«

»Zum Glück sieht es so aus, als wäre dein Onkel überstimmt worden und er müsste mich mit…« Der Rest ihres Satzes ging in Rockets hohem Wiehern unter.

Ewan beendete sein Telefongespräch und ging auf das unruhige Arbeitspferd zu.

Kree hielt den Atem an. So angespannt, wie Ewan war, und so explosiv, wie sich Rocket gebärdete, hatte sie Angst, was passieren würde. Als sich Ewan jedoch mit dem Sattel über dem Arm näherte, war es, als hätte jemand einen Zauberstab geschwungen. Ewans verspannte Schultern lockerten sich, und Rocket hörte auf, nervös im Sand zu scharren. Ewan berührte Rockets Nase, und das große Pferd senkte den Kopf.

Es stieß ein kurzes Schnauben aus und rieb den Kopf an Ewans Brust. Lächelnd und sanft fuhr Ewan dem Arbeitspferd mit einer Hand über den Hals. Kein Wunder, dass Rocket auf ihre Versuche, ihn zu beruhigen, nicht reagiert hatte. Er war völlig auf Ewan fixiert.

Kree sah, dass Ewan den Mund bewegte, aber sie konnte nicht verstehen, was er sagte, während er erst die Satteldecke und dann den Sattel in Position brachte. Als er sich hinunterbeugte, um den Sattelgurt aufzuheben, drang das Knirschen von Reifen auf Schotter von der Zufahrt zu ihnen herüber. Sie schwang herum und sah Prus kleines blaues Auto vor dem Wohnhaus halten. Kree hatte das rot-weiße P, das vorn auf Prus Auto prangte, für den ersten Buchstaben ihres Namens gehalten, bis Tish ihr erklärt hatte, dass es für »provisorischer Führerschein« stand und bedeutete, dass Pru ab jetzt ohne Fahrlehrer fahren durfte.

Die Jungen rannten durch den Garten zu Pru. Sie nahm einen Korb voller DVDs vom Rücksitz und ließ sich dann von den Jungen zu Kree zerren.

»Vielen Dank, dass Sie so schnell gekommen sind«, sagte Kree zu der Brünetten mit dem jugendlichen Gesicht und dem fröhlichen Lächeln.

»Das war gar kein Problem. Ich habe eine Tasche gepackt, um über Nacht zu bleiben, falls es nötig ist. Und jede Menge Filme habe ich auch mitgebracht.«

»Wir wissen das wirklich zu schätzen, Pru«, sagte Ewan, während er neben Kree trat. »Jungs, Kree und ich müssen jetzt aufbrechen, aber wir kommen nach Hause, so schnell wir können.«

Darby und Braye drängten sich in seine offenen Arme, und sie umarmten sich alle drei. Dann umarmten die Jungen auch Kree zum Abschied fest.

Als sie auf Banjo saß, winkte Kree Pru und den Jungen ein letztes Mal zu und gallopierte dann Ewan und Rocket hinterher, die bereits den Maschinenschuppen hinter sich gelassen hatten.

*

Kree konzentrierte sich darauf, Ewan zu folgen und dafür zu sorgen, dass sie ihn nicht aufhielt. Zu jeder anderen Zeit hätte sie im Geist Fotos von der ländlichen Szenerie gemacht, durch die Ewan ihnen sicher und schnurgerade ihren Weg bahnte. Flache, fruchtbare Flussebenen wechselten sich mit welligen Hügeln ab, und als sie höher hinaufkamen, folgten felsige Kuppen. Von Zeit zu Zeit blickte Kree über ihre Schulter. Wenn sie doch nur ihren Skizzenblock oder ihre Kamera mitgebracht hätte! Es juckte sie in den Fingern, die wilde Schönheit des Tales festzuhalten, das sich vor ihnen erstreckte. Sie erhaschte einen Blick auf die weite Flügelspanne eines in der Ferne fliegenden Adlers, der auf den fadendünnen Fluss zuglitt, der sich mäandernd durch das Tal schlängelte.

Jedes Mal, wenn sie wieder nach vorn blickte, kam ihr Ewans Rücken ein wenig verspannter und der Himmel über ihnen ein wenig dunkler vor. Die Abstände zwischen den Bäumen wurden kleiner, und ihr Tempo verlangsamte sich, weil sich die Pferde in dem unwegsamen Gelände erst ihren Weg suchen mussten.

Wind tanzte in Banjos schwarzer Mähne und zupfte an ihrem Pferdeschwanz, den sie durch die hintere Öffnung ihrer Kappe gesteckt hatte. Die vorhin noch so zarten Wolken hingen jetzt schwer und geschwollen am Himmel. Der Duft nach Regen erfüllte die Luft. Auf der Suche nach einem Unterschlupf rauschten Rosakakadus in pink-grauen Schwärmen über ihre Köpfe hinweg, als flögen sie mit dem Wind um die Wette. Weiße Kakadus kreischten und verließen die Zweige, die sie zuvor wie Schnee im Winter bedeckt hatten.

Vor einer Gruppe Granitfelsen, die ihnen Schutz vor dem Wind boten, hielt Ewan Rocket an. Kree schauderte, obwohl sie sich die langen Ärmel ihres limonengrünen Baumwollhemds heruntergerollt hatte. Die Temperatur war gefallen. Der Regen würde nicht mehr lange auf sich warten lassen.

»Wie kommst du zurecht?«, fragte Ewan, und seine Augen suchten ihre.

»Also ich weiß jetzt schon, dass ich eine Woche lang nicht mehr sitzen können werde«, sagte sie laut, damit ihre Stimme gegen den Wind ankam. »Aber sonst geht es mir bestens.«

Die Spur eines Lächelns spielte um seinen Mund, ehe er sein Handy aus seiner Hemdtasche zog. Mit dem Telefon in der Hand trieb er Rocket noch ein paar Schritte vorwärts, dann prüfte er das Display. »Wir waren eine Zeitlang nicht erreichbar, sollten jetzt aber hoch genug sein, um anständigen Empfang zu haben, wenn ich den richtigen Flecken finde.«

Er hielt das Handy nach rechts. Das Gerät piepte, während die Nachrichten eintrafen und damit bestätigten, dass er eine Stelle mit Empfang gefunden hatte.

Ein Windstoß hob den Schirm ihrer Kappe, und Kree drückte eine Hand auf den Kopf, um zu verhindern, dass ihr die Kappe davonflog. Prüfend betrachtete sie Ewans Gesicht, während er das Handy an sein Ohr hielt und seine Voicemails abhörte. Trotz des sich verschlechternden Wetters und der Entfernung, die sie noch zurückzulegen hatten, lag noch immer das gleiche Funkeln in seinen Augen. Er war ein Mann, der entschlossen war, zu beschützen, was ihm gehörte.

Ein weiterer Windstoß rupfte an ihrer Kappe. Kree zog sie ab und stopfte sie in die Satteltasche. Ein Regentropfen landete auf ihrer Wange, ein weiterer auf ihrer Hand. Sie würden nass werden. Sehr nass. Sie hoffte, dass kein Blitz über den nun tintenschwarzen Himmel zucken würde. Einmal war sie beim Reiten im Vorgebirge von einem Sommergewitter überrascht worden. Sie und Monty hatten es schon fast bis zu den Ställen geschafft, als ein Blitz in eine alte Kiefer gefahren war, sie gespalten und verbrannt hatte. Der ohrenbetäubende Knall und die Helligkeit des Blitzes waren ihr noch lange, nachdem die Glut in dem Baumstumpf erloschen war, im Gedächtnis geblieben.

Banjo tänzelte unter ihr.

»Ist ja gut, Kumpel, uns passiert schon nichts. Das Gewitter wird bald vorübergehen.« Aber der Wind riss ihre Worte davon, kaum hatten sie ihre Lippen verlassen.

Plötzlich sah sie, dass Ewan grinste. Er schob das Telefon wieder in seine Tasche. Erleichterung glättete die Furchen, die sich zu beiden Seiten seines Mundes eingegraben hatten, und sein starrer Oberkörper entspannte sich. Er strich sich mit der Hand übers Gesicht, bevor er sprach.

Kree musste seine vom Wind verwehten Worte nicht verstehen, um zu wissen, dass alles in Ordnung war. Die Rinder waren gefunden worden.

# 30

Die gute Nachricht, die mit Travis' Voicemail gekommen war, brachte Ewans Welt wieder ins Gleichgewicht, und der Tunnelblick, der ihn angetrieben hatte, seit er das aufgebrochene Torschloss auf dem Boden gesehen hatte, weitete sich wieder. Er warf einen raschen Blick zum Himmel, um die schwarzen Sturmwolken zu betrachten. Sein Ziel war es gewesen, einen schützenden Felsvorsprung auf der anderen Seite des Berges zu erreichen, ehe der Sturm losbrach, doch jetzt, wo es nicht länger nötig war, zur Viehstraße weiterzureiten, würde er anderswo Zuflucht suchen. Da er wusste, dass Kree seine Worte nicht hören würde, wendete er Rocket und zeigte nach links. Sie hörte auf, Banjo den Hals zu streicheln, nahm die Zügel auf und folgte ihm. Vielleicht gelang es ihnen, aus dem hügeligen Gebiet heraus in die Ebene zu gelangen, bevor sich die Schleusen des Himmels öffneten.

Doch während er sie noch auf dem kürzesten Weg durch die Schlucht und vom Sturm weg führte, setzte der Wolkenbruch ein. Regentropfen prasselten herab und hämmerten ihm auf den bloßen Kopf. Er stellte seinen Kragen auf, damit ihm der Regen nicht den Hals hinunterlief, und sah zu Kree hinüber. Ihr grünes Hemd war bereits dunkel vor Nässe und klebte an ihr wie eine zweite Haut. Fest im Sattel sitzend machte sie ein Daumen-hoch-Zeichen. Er erwiderte die Geste, wandte seinen Blick dann aber nicht ab.

Ihre Stärke und ihr Mut flößten ihm ein Gefühl der Demut ein. Er hatte ein erbarmungsloses Tempo vorgelegt, und sie war mitgeritten, ohne zu klagen, das schmale Kinn angespannt vor Entschlossenheit, die Rinder zu finden. Er hatte sie nur widerwillig mitgenommen, denn der Ritt war lang, und er wollte nicht, dass ihr etwas passierte, falls er gezwungen wäre, die Viehdiebe zu stellen. Jetzt aber, wo alle Bedrohung vorüber war, war er froh, sie bei sich zu haben. Donner grollte, und ein wild gezackter Blitz erhellte den Himmel. Kree zuckte zusammen.

Er zügelte Rocket, und als Banjo neben seinem Weidegefährten zum Stillstand kam, streckte Ewan die Hand aus und legte sie auf Krees nasse Wange. In Wind und Regen waren Worte nutzlos, aber diese beruhigende Geste würde sie verstehen. Sie nickte. Er ließ die Hand sinken und trieb Rocket vorwärts.

Als sie endlich eine offene Koppel erreichten, gab Ewan Rocket die Sporen. Donner toste, und in kurzen Abständen zuckten Blitze am Himmel. Die Hufe von Banjo und Rocket trommelten über den Boden, während sie über das vertraute Gelände jagten. Die Baumgruppe, nach der Ewan gesucht hatte, schimmerte durch den Regen. Er zügelte Rocket, ehe er ihn vor das Stahltor lenkte, um es zu öffnen. Kree ritt hindurch, und er wies auf einen verschwommenen rechteckigen Umriss. Kaum war das Tor geschlossen, brauchten Rocket und Banjo keine weitere Aufforderung, um auf den Blechschuppen zuzulaufen, der ihnen Schutz vor der Sommersonne bot, wenn Ewan und die Jungen im nahegelegenen Wasserloch badeten.

Am Eingang des Schuppens glitt Ewan aus dem Sattel und hielt Banjos Zügel, während Kree ebenfalls abstieg. Dann führte er die beiden Pferde in den Unterstand und hängte die Zügel über die Haken an der hinteren Wand. Der prasselnde Regen verursachte auf dem dünnen rostigen Dach einen ohrenbetäubenden Lärm. Er nahm Rocket Sattel und Satteldecke ab, während Kree das Gleiche bei Banjo tat. Dann begann er, mit der Hand das Wasser aus dem Fell des Arbeitspferdes zu streichen.

Als er fertig war, half Ewan Kree, dasselbe bei Banjo zu tun. Sobald das erledigt war, ging Ewan in eine Ecke des Unterstandes, reckte sich und tastete den obersten Dachsparren ab, bis er einen kleinen Metallkasten gefunden hatte, der einen Schlüssel enthielt. Er nahm ihre Hand und zog sie zum Eingang des Schuppens. Als ihr klar wurde, dass er mit ihr nach draußen wollte, zögerte sie kurz, ehe sich ihre Finger um seine schlossen und sie ihm folgte. Das Wissen, dass sie ihm vertraute, erfüllte ihn mit einer Wärme, die der Kälte des Sturmes, die ihn frösteln ließ, die Schärfe nahm.

Ein weiterer Blitz zuckte über den Himmel, und Kree klammerte sich an seinen Arm, als er losrannte. Zusammen liefen sie auf einen größeren rechteckigen Umriss hinter dem Schuppen zu. Ihre Stiefelsohlen donnerten über die kleine hölzerne Veranda der verfallenen Hütte. Sie hatten ihren Unterschlupf erreicht.

»Was ist das?«, rief Kree und versuchte, den Regen zu übertönen. Sie ließ seinen Arm los. Ihre Brust hob und senkte sich schnell, weil sie nach dem schnellen Lauf erst wieder zu Atem kommen musste, und ihr nasses Oberteil schmiegte sich um ihre Kurven.

Der große Schlüssel knirschte im Schloss der Vordertür, als Ewan ihn umdrehte und die Tür öffnete.

»Wir nennen es die Campinghütte.« Er zeigte mit der Hand auf die graue Mauer des Regens, die sie umgab. »Du kannst es jetzt nicht sehen, aber dort drüben ist ein Wasserloch, wo wir angeln und schwimmen gehen.«

Kree sah in die Richtung, in die er gezeigt hatte, legte den

Kopf schief und drückte sich das Wasser aus dem Pferdeschwanz. Es tropfte in die Pfütze, die sich um ihre nassen Stiefel gebildet hatte. Er musste sie so schnell wie möglich ins Warme bringen. Ewan schob die knarrende Tür auf, trat ins dunkle Innere der Hütte und ging zum Küchenschrank, um eine Lampe zu holen. Er schaltete die Laterne ein und stellte sie auf einen flachen Holzblock, der sowohl als Tisch als auch als Stuhl fungierte. Dann beeilte er sich, mit dem Reisig und den Holzscheiten, die sich in einem Korb daneben befanden, im Kamin ein Feuer zu machen. Er und die Jungen füllten den Korb immer auf, ehe sie gingen.

»Brauchst du Hilfe?«, fragte Kree, die neben ihm stand und die Arme um ihren Oberkörper geschlungen hatte.

Er schüttelte den Kopf und ging zu einer großen hölzernen Truhe. Er öffnete den Deckel, zog einen zusammengerollten Schlafsack heraus und reichte ihn ihr. »Hier, der gehört Braye. Er hat ihn nach unserem letzten Campingausflug hiergelassen. Es ist eine Kindergröße, aber das ist immer noch besser, als die nassen Kleider anzubehalten. Deine Lippen sind schon ganz blau.«

Er zog einen zusammenklappbaren Wäscheständer hinter der Truhe hervor, klappte ihn auf und stellte ihn vor den Kamin, in dem bald ein Feuer brennen würde.

»Ich dachte, Tish wäre verrückt, als sie den hierher mitgenommen hat, aber ich kann die nassen Kleider gar nicht mehr zählen, die wir darauf schon getrocknet haben. Es ist vermutlich nicht nötig zu sagen, dass es meistens die von Braye waren.«

»Warum überrascht mich das nicht?«

Der Schlafsack war ihr aus den zitternden Händen gefallen. Ewan hob ihn auf, öffnete die Hülle und breitete den Schlafsack über seinem Arm aus. Er bemühte sich um einen neutralen Gesichtsausdruck, dann trat er vor und öffnete den obersten Knopf ihres Hemdes. »Wie wäre es, wenn ich dir helfe? Dank der Jungen bin ich ein Experte für Knöpfe, und bis du die hier alle aufgeknöpft hast, bist du erfroren.«

Sie nickte und biss die Zähne zusammen, damit sie aufhörten zu klappern. Farbe schoss ihr in die blassen Wangen, als seine Finger die eiskalte Haut an ihrer Kehle berührten.

Er hatte keine Schwierigkeiten, die obersten beiden Knöpfe zu öffnen, doch als er zum dritten kam, der sich über ihren Brüsten befand, zitterten seine Finger auch, und das hatte ziemlich wenig mit der Kälte zu tun. Obwohl sie durchnässt und schmutzig war, nahm ihr Anblick ihm noch immer den Atem und weckte ein Begehren, das nie erfüllt werden konnte.

Gerade als er glaubte, er würde den dritten Knopf einfach abreißen müssen, glitt er durch das Knopfloch. Seine Erleichterung währte nur kurz. Ihr Hemd öffnete sich und enthüllte die sanften Wölbungen ihrer Brust oberhalb ihres weißen Büstenhalters. Ein Rinnsal Wasser rann aus ihrem Pferdeschwanz, der auf ihrer Schulter lag, über ihr Schlüsselbein und in das Tal ihres Dekolletés.

Er zwang seine Hand zur Mitarbeit und machte mit dem vierten Knopf weiter. Er musste sie aus dem Hemd bekommen und das Feuer zum Brennen bringen, sonst würde er womöglich den Vorschlägen seiner Hormone Folge leisten und sie auf andere Weise wärmen.

Der vierte Knopf öffnete sich, und auch die letzten beiden folgten widerstandslos. Er trat hastig einen Schritt zurück, wich ihrem Blick aus und reichte ihr den Schlafsack.

»Danke«, sagte sie mit vor Kälte zitternder Stimme.

»Keine Ursache.«

Er wandte sich um, um das Feuer anzuzünden. Hinter sich

hörte er ein Klirren, als sie ihre Gürtelschnalle öffnete, dann das leise reibende Geräusch, mit dem ihre nassen Jeans ihre Schenkel hinunterglitten, und schließlich das Rascheln des Schlafsacks.

Sie hängte ihr Hemd, die Jeans und die Socken über den Ständer und schlurfte zum Feuer, um sich von den auflodernden Flammen wärmen zu lassen. Ihre Hand hielt den Schlafsack knapp unterhalb des Schlüsselbeins fest. Die andere Hand hielt sie über das Feuer. Ein Haarband umschloss ihr schmales Handgelenk. Der Vanilleduft ihres feuchten, offenen Haars füllte die kleine Hütte.

Der Feuerschein tanzte flackernd über ihre glatten Schultern, die abgesehen von den beiden weißen Trägern des Büstenhalters nackt waren. »Ewan, du ziehst deine nassen Sachen besser auch aus. Dir muss doch genauso kalt sein wie mir.«

Er legte ein weiteres Stück Holz aufs Feuer und richtete sich langsam auf. Der Schlafsack war verrutscht und gab den Blick auf ihren Ausschnitt frei. Er kämpfte, um seinen Blick oberhalb ihres Kinns zu halten. »Mir geht es gut. Das Feuer wird den Raum bald warm machen.«

»Wenn es dir so gut geht, wie kommt es dann, dass du zitterst?«

»Ich zittere nicht.«

Sie beugte sich zu ihm und legte ihre freie Hand auf sein Herz. »Doch, das tust du, und du bist so kalt wie eine Gefriertruhe.«

Er wich ihrer Berührung aus, öffnete aber den obersten Knopf seines Hemds. Er würde sich das Hemd ausziehen und damit die Diskussion beenden. Sie sah entschlossen aus, und er besaß nicht mehr genug Selbstbeherrschung, um fünf Runden mit ihr durchzustehen. Er musste die Schlachten auswählen, die er schlagen konnte, und solange er seine Stiefel und seine Jeans anbehielt, war er praktisch noch bekleidet. Er zog das Hemd aus und hängte es über den Ständer.

»Was Heißes zu trinken?«, fragte er auf dem Weg in die winzige Küche. »Wir haben Kaffee, schwarzen Tee oder heiße Schokolade.«

»Heiße Schokolade wäre fantastisch, danke.«

Aus dem Schrank unter dem Spülbecken nahm er einen Gaskocher. Der Gaskocher war praktisch, wenn man kein Feuer hatte, und lieferte außerdem schnell heißes Wasser. Er stellte den Kessel auf die blaue Flamme und löffelte Kakaopulver in einen und Kaffee in einen anderen Becher. Noch immer trommelte der Regen auf das Dach der Hütte, und es sah nicht aus, als würde sich der Sturm bald legen. Er biss die Zähne zusammen. Früher oder später hatte das Unwetter sich müde getobt. Bis dahin musste er sich unbedingt unter Kontrolle behalten.

Mit den dampfenden Tassen in den Händen kehrte er ans Feuer zurück. Kree hatte zwei große Holzblöcke vor den Kamin gezogen und saß auf dem linken.

»Es riecht wunderbar«, sagte sie und nahm ihm den Becher ab, den er ihr hinhielt.

»Ich bin nicht sicher, wie es ohne Milch schmecken wird, aber zumindest ist es heiß.«

»Es wird schon schmecken.« Sie sah zu, wie er sich auf den zweiten Holzblock setzte. »Mit den Rindern ist also alles in Ordnung?«

»Ja. Sie sind auf dem Weg zu Travis' Farm. Morgen, wenn das Wetter sich beruhigt hat, bringt er sie im Laster nach Marellen.«

»Was ist mit den Viehdieben? Wo sind die jetzt?«

»Im Gefängnis von Glenalla, wo sie einiges zu erklären haben. Nicht, dass es ihnen etwas nützen wird. Travis hat gesehen, wie ihr Laster auf die Viehstraße zufuhr, und hat die Polizei alarmiert, die genau in dem Moment eintraf, als sie die Ultra Blacks abluden.«

Vorsichtig nahm sie einen Schluck von dem heißen Getränk. »Erwischt!«

»Allerdings. Erwischt.«

Sie lächelte. Ewan stellte seinen Kaffee auf den Boden, ehe seine unsteten Hände ihn noch verschütteten. Krees trocknende Haare fielen ihr in weichen braunen Wellen auf die Schultern. Ihre lächelnden Lippen glänzten feucht und würden süßer als jede Schokolade schmecken. Obwohl ihre Hand noch immer den Schlafsack festhielt, bedeckte der nur mehr knapp den Ansatz ihrer vollen Brüste.

Er stand auf. »Ich sehe mal nach den Pferden.«

»Aber es regnet doch noch. Du wirst noch nasser werden.«

Er aber war schon auf dem Weg zur Tür.

Ein Regenguss war genau das, was er brauchte. Es war die einzige kalte Dusche, die er hier draußen bekommen konnte.

# 31

Ewan musste wissen, welche Wirkung er auf sie ausübte. Es war nicht nur die Kälte, die sie durcheinanderbrachte und ihren Körper zittern ließ. Als er ihr das Hemd aufgeknöpft hatte, hatte sie kaum atmen, geschweige denn sprechen können. Sein Gesichtsausdruck war zwar undurchdringlich gewesen, doch als der störrische dritte Knopf sich geöffnet hatte, hatte seine Fassade einen Riss bekommen. Wäre sie nicht so intensiv damit beschäftigt gewesen, in seinem Gesicht zu lesen, wäre ihr das Funkeln des Verlangens in seinen Augen entgangen. Ein Funkeln, das genauso schnell wieder verschwand, wie es gekommen war.

Kree stellte ihren Becher auf den Boden und ließ den Schlafsack los. Er glitt hinunter in ihren Schoß. Das Feuers wärmte nun ihren ganzen Körper, der bis auf ihren langweiligen weißen Büstenhalter nackt war. Seide und französische Spitze hatten nicht gerade ganz oben auf der Liste der mitzunehmenden Dinge gestanden, als sie ihren Koffer für die Suche nach Seth gepackt hatte. Sie strich sich das fast trockene Haar aus dem Gesicht und kämmte sich mit den Fingern die Knoten aus. Selbst ein feiner Haarriss in Ewans Panzer war schon ein Erfolg. Jetzt musste sie nur noch einen Weg finden, seine Selbstbeherrschung weiter aufzubrechen, wenn sie das, was zwischen ihnen war, zum Leben erwecken wollte. Sie starrte in das Feuer im Kamin, als würde ein Hinweis auf die Lösung ihres Problems zwischen den Holzscheiten glühen.

Ein kalter Windstoß fuhr ihr über den Rücken und schürte

die Flammen, als die Tür der Hütte aufflog. Sie zog den Schlafsack wieder über ihre Brüste, bevor Ewan durch die Tür trat. Wasser lief ihm an der nackten Brust und den Schultern hinunter und betonte jeden der von harter Arbeit geformten Muskelstränge. Sie sah ihn nicht zum ersten Mal ohne Hemd, aber das Flackern des Feuerscheins auf seiner goldenen Haut entfachte tief in ihr eine Wärme, die sie nicht der Hitze des Feuers zuschreiben konnte. Sie trank noch einen Schluck ihrer heißen Schokolade.

Er nahm sein Hemd vom Wäscheständer und rieb sich Gesicht und Oberkörper ab, ehe er sich vor dem Feuer auf den Holzblock setzte. Noch immer hatte er sie nicht angesehen.

»Ist mit Banjo und Rocket alles in Ordnung?«

»Den beiden geht es gut«, sagte er, nahm einen Schluck von seinem Kaffee und sah ins Feuer.

Über den Rand ihres Bechers hinweg musterte Kree seine versteinerten Züge. So viel also zu ihrem Versuch, seinen Panzer aufzubrechen. Seine Erleichterung über den Fund der Rinder hatte sich so schnell verflüchtigt, wie das Feuer die Feuchtigkeit auf seiner Haut getrocknet hatte.

»Macht der Sturm Anstalten abzuebben?«, fragte sie, um zu verhindern, dass sich Stille zwischen ihnen ausbreitete. »Er scheint wild entschlossen, an jeder Fensterscheibe zu rütteln.«

»Noch nicht, aber bald sollte er sich legen.«

»Nur gut, dass du diesen Unterschlupf hier kanntest. Es macht mir sonst nichts aus, nass zu werden, aber diese Blitze haben mir doch ein bisschen Angst gemacht.«

Endlich sah er sie an. Sein Blick war ernst. »Es tut mir leid, dass die Blitze dich erschreckt haben. Wir hätten früher Schutz suchen sollen.«

»Du brauchst dich nicht zu entschuldigen. Ich habe völlig vergessen, wasserfeste Jacken einzupacken.«

Wieder starrte Ewan ins Feuer.

Kree trank ihre heiße Schokolade aus und stellte den Becher auf den Boden neben ihre Füße, die ebenfalls vom Schlafsack bedeckt waren.

Ein großer Wassertropfen floss aus seinem Haar über sein Schlüsselbein und hinterließ eine Gänsehaut. Sie fing den Tropfen mit der Fingerspitze.

»Du frierst. Hier.« Sie stand auf. »Ich ziehe mich an, dann kannst du dich in den Schlafsack wickeln.«

»Nein, mir geht es gut.« Ewans sanfte Finger schlossen sich um ihr Handgelenk und zogen sie zurück auf den Holzblock. »Deine Kleider brauchen noch etwas, um zu trocknen.« Eine Gänsehaut breitete sich auf seiner Haut aus.

»Benimm dich nicht wie eine Prinzessin, Ewan. Nimm den Schlafsack.«

Er grinste. »Ich nehme an, Braye, dieses Plappermaul, hat mein Gespräch mit Travis erwähnt?«

»Ja. Ich gebe zu, ich habe gelacht, aber Travis hätte dir auch Schlimmeres an den Kopf werfen können, damit du dich nicht so anstellst, nur weil ich mitkommen will.«

Ewans Lachen verschwand. »Ich habe mich nicht angestellt. Ich habe mir nur ... Sorgen um dich gemacht.«

Sie zögerte, dann fuhr sie ihm mit der Handfläche über die muskulöse Schulter, in der Hoffnung, die Wärme ihrer Berührung würde ihn erreichen. »Ich habe mir um dich auch Sorgen gemacht. Deshalb wollte ich mitkommen.«

Seine Augen verdunkelten sich, aber er entzog sich ihr nicht. Langsam ließ sie ihre Hand die Linie seiner Schulter entlangfahren, bis sie auf der Kurve seines Halses ruhte. Ihre Finger strichen durch sein nasses Haar. Sie hielt inne. Würde er von ihr abrücken? Das einzige Geräusch in der Hütte war das Knacken des verbrennenden Holzes.

Ein nicht zu deutender Ausdruck lief über sein Gesicht, ehe er die Augen schloss und seinen Kopf nach vorne beugte. Sie ließ sich Zeit, die Spannung und die Kälte aus seiner verkrampften Schulter zu massieren.

Der Schlafsack raschelte, als sie sich vorbeugte, um die Verspannung zu erreichen, die sich in seinem Nacken gebildet hatte. Das schwere Gewicht ihres Haars schwang vor und strich ihm über die Brust.

Ein Schauder durchlief ihn, bevor er seine fast schwarzen Augen öffnete. Er fing ihre Hand und zog sie langsam von sich weg. Spannung grub sich in scharfen, harten Linien in sein Gesicht. »Kree, hör auf damit.« Er seufzte, bevor seine kalten Lippen ihre warmen Knöchel küssten. »Meine Selbstkontrolle hält nicht mehr allzu lange stand.«

Sie schlang ihre Finger um seine und sah ihm fest in die Augen. »Dann hör auf, dagegen anzukämpfen.«

»Das kann ich nicht.« Er drückte ihre Hände sanft nach unten, sodass sie auf seiner nassen Jeans zu liegen kamen. Er schlang seine Finger um ihre und hielt sie so davon ab, ihn zu berühren.

»Kannst du nicht, oder willst du nicht?« Sie war nicht bereit, den Kampf aufzugeben, zu verlieren, was zwischen ihnen war. Sie beugte sich vor, und kurz bevor ihr Mund den seinen berührte, flüsterte sie: »Du bist nicht der Einzige, der haben will, was er nicht haben wollen sollte.«

Einen erhitzten Moment lang suchten seine Lippen die ihren. Dann ließ er ihre Finger los, und seine Hände umfassten ihre Schultern. Behutsam führte er sie zu dem hölzernen Block zurück. Verlangen brannte in seinen Augen, aber Entschlossenheit lag um seinen Mund. »Das hier wird uns beiden nichts als Leid bringen.« Selbst jetzt, wo er diese harten Worte aussprach, war sein Blick auf ihren Mund gerichtet. »Ich kann dir nicht wehtun, Kree.«

»Dann stoß mich nicht von dir. Die Entscheidung, zu beenden, was zwischen uns ist, ist nicht allein deine, es ist auch meine.«

Sie reckte ihr Kinn vor. Sie würde diese Hütte nicht verlassen, ehe er seinen Entschluss, sich von ihr zu trennen, nicht rückgängig machte. Sie würde nicht länger mit fairen Mitteln kämpfen. Es stand zu viel auf dem Spiel. Sie war in die Outbacks gekommen, um ihren Bruder zu finden, und obendrein hatte sie einen guten, anständigen Mann gefunden, den sie lieben konnte. Einen Mann, den sie nicht verlieren wollte.

Sie löste den Griff um den Schlafsack vor ihrer Brust. Mit einem seidigen Rascheln glitt das glatte Material auf ihre Taille hinunter. »Und ich will uns eine Chance geben.«

Sie hatte keine Ahnung, ob Ewan ihre letzten Worte gehört hatte. Als der Schlafsack zu Boden glitt und ihren Körper enthüllte, der von nichts als ihrem Büstenhalter bedeckt war, war es, als tobe der Sturm nicht länger draußen, sondern in seinen Augen. Er stöhnte und drückte seinen Mund voller Verlangen auf ihren.

Als sie sich trennten, um Luft zu holen, bemerkte Kree, dass sie irgendwie in Ewans Schoß gelandet war. Unwillig, seinen Hals loszulassen, den sie umschlungen hielt, lehnte sie sich in seinen Armen zurück und prüfte sein Gesicht. Würde er die weiße Fahne hissen oder bei seiner Entscheidung bleiben, dass sie sich trennen mussten?

Wo sie Minuten zuvor nur Spannung und Entschlossenheit gesehen hatte, sah sie jetzt jedoch nur noch Weichheit. Das Licht in seinen grauen Augen machte ihr Hoffnung, dass er die Waffen niedergelegt hatte.

»Ich nehme an, du hältst es nicht länger für die beste Lösung, dass wir getrennte Wege gehen?«

»Wie bist du nur darauf gekommen?«

Seine Lippen zuckten. »Der fallende Schlafsack könnte es nicht gewesen sein, oder?«

»Ausgeschlossen.«

»Ich dachte, du hättest Angst?«

»Die hatte ich auch. Mit dir habe ich das Gefühl, die Kontrolle völlig zu verlieren, und das hat mir Angst gemacht. Aber jetzt habe ich keine mehr.« Mit einem scheuen Finger fuhr sie die Linie seiner Lippen nach. »Jetzt fürchte ich, wegzuwerfen, was wir haben. Mir ist klar geworden, dass mein Leben nicht für immer nur aus Seth bestehen kann.«

Wachsamkeit löschte das Lächeln in seinen Augen aus. Sie legte ihm die Hand auf die Wange.

»Ewan, lass uns unsere Kontrollsucht vergessen. Wir brauchen nicht zu planen, wo uns all das hinführen wird. Ich bitte dich nur darum, dass wir jeden Tag so nehmen, wie er kommt, und abwarten, was passiert.«

Als er schluckte, zuckte die gebräunte Haut auf seinem Kehlkopf. »Keine Versprechen?«

»Keine Versprechen, die gebrochen werden könnten, wenn du das brauchst, um dich sicher zu fühlen.«

Seine Hand, die auf ihrem nackten unteren Rücken ruhte, zog sie an sich, ehe sein Mund bestätigte, dass sie sich einig waren. Heftig atmend hob er sie hoch und stand mit ihr auf. Er hielt sie so fest, als wollte er sie nie mehr loslassen.

Seine Mundwinkel hoben sich zu einem Lächeln. »Tish meinte nicht nur, dass wir unbedingt einen Wäscheständer bräuchten.« Mit dem Fuß stieß Ewan eine Tür links neben der Küche auf. Kree erhaschte das Glänzen des Feuerscheins auf Messing, und dann erkannte sie den rechteckigen Umriss eines schmiedeeisernen Doppelbetts, das den kleinen Raum ausfüllte. »Tish zieht ein bisschen Komfort dem Camping vor und wollte gern in einem richtigen Bett schlafen.«

Kree erwiderte sein Lächeln, das breiter wurde.

Ewan trug sie durch die enge Tür und legte Kree auf die Matratze. Einen Augenblick lang sah er auf sie herab. In der dunklen Intensität seiner Augen las sie dasselbe verzweifelte Verlangen, das auch in ihr brannte. Sie grub ihre Hände in sein Haar, zog ihn zu sich aufs Bett und verlor sich in dem Zauber, den nur Ewans Berührung ihr bringen konnte.

*

»So, mein Dornröschen, wer ist denn nun die Prinzessin?«

Ewans heisere Stimme klang für sie wie der süßeste Honig. Sie lächelte und streckte sich, wobei sie dafür sorgte, dass der Kontakt zwischen ihrem nackten Körper und seinem nicht verlorenging.

»Wer kann es einem Mädchen verdenken, dass es einschläft? Du bist so warm …« Ihre Hand ließ sich Zeit, über seine Brust zu gleiten, und sie beugte sich seinem Mund entgegen. »Und du bist so …« Der Rest ihres Satzes ging in seinem Kuss unter.

Atemlose Minuten später löste Ewan seine Lippen von ihren und lächelte sie an. »Hast du das gehört?«

»Nein.«

»Genau. Es hat aufgehört zu regnen.« Er gab ihr einen Kuss auf die Schulter. »Sosehr es mir gefallen würde, dich weiter von deiner Kontrollsucht abzubringen, wir sollten doch lieber gehen, damit wir zu Hause sind, bevor es dunkel wird.« Er löste sich von ihr, und ihre Sinne beklagten den Verlust seiner Wärme. »Die Jungen werden sich schon Sorgen genug machen, wo Tish nicht da ist, um sie ins Bett zu bringen.«

Zusammen zogen sie sich an, und als das Feuer erloschen und die Hütte aufgeräumt war, lächelte Ewan und gab ihr seine Hand. Sie schlang ihre Finger in seine. Als sie aus der Tür traten, war es, als kämen sie an einen anderen Ort. Die Hütte war nicht länger in einen Schleier aus Wind und Regen gehüllt. Die Sonne des späten Nachmittags strahlte durch die Wolken. Donner grollte in weiter Entfernung, während sich der Sturm zurückzog. Ein milder Wind trug den Zitronenduft des nahen Gummibaums herüber. Ein schwarz-weißer Gartenfächerschwanz flatterte in einer Pfütze neben den Stufen der Hütte mit den Flügeln.

Nachdem Ewan die Vordertür abgeschlossen hatte, gingen sie Hand in Hand zum Unterstand der Pferde. Sie verlangsamte ihren Schritt, als sie den Regenbogen entdeckte, der in leuchtenden Farben seinen Bogen über das rostige Dach des Schuppens spannte. Sie drehte sich um, um der üppigen Farbenpracht in ihrer ganzen Kurve zu folgen und sich die Hütte, die sie gerade verlassen hatten, noch einmal genau anzusehen. Ihre Hand glitt aus der Ewans, als sie stehen blieb. Das Häuschen, in dem sie Schutz gesucht hatten, war kein einfacher Unterschlupf für Camper. Mit seinem steinernen Schornstein und dem Giebeldach war es eine feste Hütte. Ihr stockte der Atem.

Es war die Hütte von der Zeichnung ihrer Mutter.

# 32

»Ich kann nicht fassen, dass du bereit bist, den alten Harry mit Keksen aus Schokoladensplittern und Erdnussbutter zu vergiften«, sagte Ewan.

Kree klopfte auf den Plastikbehälter, den sie auf dem Schoß balancierte, während sie auf dem Beifahrersitz seines Ute saß. »Der alte Harry wird eine Revolution seiner kulinarischen Welt erleben.« Von der Seite sah sie ihn herausfordernd an. »Außerdem dachte ich, du hättest gesagt, dass sie gar nicht so schlecht wären.«

»Ich glaube, ich habe gesagt, sie wären essbar.«

Ihre Sonnenbrille bedeckte ihre Augen, sodass seine Aufmerksamkeit sich auf ihren lächelnden Mund richtete. »Dafür, dass sie gerade so essbar sind, hast du aber ziemlich viele davon gegessen.«

Ewan zwang sich, sich auf die Straße zu konzentrieren, nicht auf das, was er in diesem Moment gern mit Kree getan hätte. Er wusste nicht, was schlimmer war: der Wunsch, sie zu küssen, der von dem Moment an, in dem sie so traurig und süß gelächelt hatte, in ihm gebrannt hatte, oder das Verlangen, das ihn jetzt erfüllte, wo er wusste, dass er sie bei jeder sich bietenden Gelegenheit küssen konnte. Sie waren für den Vormittagstee beim alten Harry spät dran, weil sie sich in ihr Zimmer geschlichen hatten, während die Jungen ihre Rucksäcke mit allem bepackten, was sie für einen Vormittag auf Travis' Farm brauchten.

»Stimmt. Du weißt, der alte Harry nimmt kein Blatt vor

den Mund. Wenn er die Kekse nicht mag, dann wird er es dir sagen.«

»Solange er mir etwas über meinen Vater und die Wandgemälde erzählt, darf er sagen, was er will. Ich kann noch immer nicht glauben, dass Harry derjenige ist, den ich laut Mrs. Fisher wegen der Malereien fragen soll.«

»Ich weiß. Harry ist der letzte Mensch, der mir dazu eingefallen wäre. Aber wenn ich es recht bedenke, weiß er für jemanden, der nicht gerne in die Stadt fährt, ziemlich gut über alles Bescheid.«

Sie drehte den Kopf, um ihn anzusehen. Ihre Hand lag auf seinem Oberschenkel. »Danke, dass du mitkommst. Es tut mir leid, dass du deine Rinder noch nicht verladen kannst.«

Er nahm ihre schmale Hand und hielt sie fest. Selbst hier in der engen Fahrerkabine des Ute konnte er nicht genug von ihr bekommen. »Keine Sorge. Die Rinder werden nicht sterben, wenn sie noch einen Tag bei Travis verbringen. Bald sind die Weiden getrocknet, dann kann er mit seinem Transporter hinfahren und sie aufladen. Sie sehen nicht aus, als hätte ihnen das kleine Abenteuer geschadet.«

»Ja, im Moment würde der Transporter wirklich steckenbleiben. Travis' Farm hat eine Menge Regen abbekommen. Auf der Zufahrt war eine riesige Matschpfütze, die Braye auch sofort ins Visier genommen hat. Zum Glück habe ich ihnen Wechselkleidung eingepackt.«

»Wenn sie das Baumhaus erst einmal entdeckt haben, wird Braye völlig vergessen, im Matsch zu spielen, da bin ich mir sicher.«

»Hoffen wir's, und hoffen wir auch, dass er nicht tut, was Seth mal bei uns gemacht hat, nämlich vom Baumhaus zu springen, statt die Leiter zu benutzen.«

»Autsch.«

»Autsch, allerdings. Er konnte von Glück sagen, dass er mit einem verstauchten Knöchel davonkam.«

Ewan drückte ihre Hand. »Was hat Seth gesagt, als du ihm erzählt hast, dass du die Hütte von dem Bild deiner Mutter gefunden hast?«

»Er war aufgeregt und wollte wissen, wie ich sie gefunden habe.« Farbe schoss ihr in die Wangen. »Es versteht sich von selbst, dass ich ihm nicht alles erzählt habe, was passiert ist, als wir da draußen im Sturm waren.«

»Wirst du es ihm sagen?«

Ewan bewegte sich nicht, während er auf ihre Antwort wartete. Auch wenn sie einen Tag nach dem anderen nehmen wollten, war es ihm plötzlich wichtig, dass sie dem Bruder, den sie liebte, von ihm erzählte.

»Ich werde es tun, wenn er Ende der Woche herkommt.«

»Hat er eine Mitfahrgelegenheit?«

»Ich wünschte, er hätte eine. Er hat sich einen Ute gekauft.«

Ewan warf ihr einen Blick zu. »Einen Ute? Wann denn?«

»Gestern. Du weißt ja, wie er ist. Er hat ihn sich angesehen und an Ort und Stelle entschieden, ihn zu kaufen. Ich wünschte, er hätte erst mit dir gesprochen. Ich habe keine Ahnung, ob es ein Haufen Schrott ist oder nicht.«

Ewan versuchte nicht einmal, sein Stirnrunzeln zu verbergen. In Bezug auf Autounfälle stellten junge Männer eine Hochrisikogruppe dar, vor allem amerikanische Teenager, die auf der anderen Seite der Straße fahren gelernt hatten. »Bitte sag mir, dass der Ute Airbags und ABS hat.«

»Das wird die erste Frage sein, die ich ihm stelle, wenn ich ihn anrufe, nachdem wir beim alten Harry waren.«

Ewan sah bereits die Kurrajong-Bäume, die Harrys Grenzzaun säumten. Schon bald würde Harrys Briefkasten auftauchen, der die Form eines Emus hatte und aus zusammengeschweißten Hufeisen gefertigt war. »Hoffentlich hast du bis dahin auch Antworten für Seth.« Ewan ließ ihre Hand los, um einen Gang herunterzuschalten. »Vielleicht kann Harry erklären, warum deine Mutter ein Bild von der Hütte hatte. Vielleicht hat dein Vater es für sie gezeichnet?«

»Vielleicht.«

Ewan bog an dem Emu-Briefkasten ab und lenkte den Ute über das Viehgitter des alten Harry. »Wenn du mir das Bild gezeigt hättest, hätte ich dir sagen können, wo die Hütte steht.«

Kree lachte. »Ja, das weiß ich, du Schlaumeier. Und irgendwann hätte ich es auch getan. Aber nachdem ich herausgefunden hatte, dass mein Vater die Wandgemälde gemalt hat, habe ich gar nicht mehr an die Kopie von dem Bild meiner Mutter in meiner Tasche gedacht.«

Ein Border Collie und ein brauner Kelpie stürmten heran, als Ewan den Ute im Schatten einer Zeder parkte. Der alte Harry schlurfte aus der Vordertür. Mit einem schrillen Pfiff befreite er Kree von den beiden aufgeregten Hunden, die ihre Stiefel beschnüffelten, ihre Hände leckten und sich an sie drängten, um gestreichelt zu werden. Harry verschwand mit den beiden Hunden neben dem Haus, wo die Zwinger standen.

»Das nenne ich einen Empfang«, sagte sie und schloss zu Ewan auf.

»Ich kann mir vorstellen, dass du ihr erster weiblicher Besucher bist.«

Ihre Brauen hoben sich. »Unmöglich.«

»Harry hat keine Familie, und die Gerüchte im Ort besagen, dass es zwanzig Jahre her ist, seit zum letzten Mal eine Frau ihren Fuß ins Farmhaus von Yuulong gesetzt hat.«

Kree blieb stehen. »Ich hoffe, ich habe mich ihm nicht aufgedrängt. Ich habe ihn nur gefragt, ob ich ihm ein paar Fragen stellen kann, und er hat vorgeschlagen, dass ich zum Tee komme und dich mitbringe.«

Ewan drückte ihr einen Kuss auf die Nasenspitze. »Vielleicht macht ihn das Alter ja weicher. Stell dir vor, er lädt als Nächstes Mrs. Jessop ein!«

Der alte Harry tauchte auf, und Ewan entdeckte einen Ausdruck von Gefühl in den trüben Augen des alten Mannes, als er Kree ansah. Ewans Mauern waren offenbar nicht die einzigen, die Kree eingerissen hatte.

»Vielen Dank, dass wir kommen durften«, sagte sie. Dann warf sie Ewan einen Blick zu und ergänzte: »Wir haben Ihnen ein paar köstliche Kekse mitgebracht.«

Harry nickte und winkte Kree ins Haus. »Na, dann kommen Sie mal rein. Ich setze den Kessel auf.«

Als Ewan ihr folgen wollte, packte Harry ihn am Arm und hielt ihn zurück. »Wie ich sehe, hast du meinen Rat befolgt.«

»Freu dich noch nicht zu früh, wir lassen die Dinge langsam angehen. Kree plant, in zehn Tagen nach Hause zu fliegen.«

»Na, dann beeilst du dich besser.«

»Harry …«

Der alte Mann verschwand ins Haus. Ewan folgte ihm in die Küche, in der seit dreißig Jahren nichts verändert worden war. Auf Ewans Drängen hatte sich Harry zwar einen neuen Herd gekauft, aber die zerkratzten hölzernen Küchenschränke und der Linoleumboden waren noch genauso wie damals, als er als Kind mit seinem Vater zu Besuch gekommen war. Doch anders als bei früheren Besuchen war der Tisch mit einer gelben Tischdecke gedeckt, und eine zarte Teetasse aus Porzellan stand auf einem Platzdeckchen für Kree.

»Das ist wunderschön, Harry. Vielen Dank.« Sie nahm die Platte mit den Keksen aus dem Plastikbehälter und stellte sie auf den Tisch. Harry öffnete den Kühlschrank und nahm einen Porzellanteller voller Lamingtons heraus.

»Mein Lieblingsgebäck«, sagte Ewan und setzte sich auf seinen gewohnten Platz am Tisch.

»Krees Lieblingsgebäck«, erwiderte Harry und stellte den hübschen Teller dorthin, wo Kree sitzen würde. Dann rückte er den Stuhl für sie zurecht.

»Fühlst du dich wie eine Prinzessin?«, fragte Ewan, als Kree auf ihren Stuhl glitt.

Kree erwiderte sein leises Lächeln.

Harry nahm Tasse und Untertasse aus Porzellan. Dabei schepperte es so sehr, dass Ewan aufsprang, um den Tee einzuschenken. Harrys finstere Miene ignorierte er. Er hatte schon vor langer Zeit gelernt: Nur weil Harry keine Hilfe wollte, bedeutete das noch lange nicht, dass er keine brauchte.

Als der Tee serviert war, setzte Ewan sich zu Kree an den Tisch. Harry tat es ihm mit einem Knurren gleich. Er schob Ewan die Platte mit den Keksen hin, dann legte er seine alten, knorrigen Hände auf den Tisch und betrachtete Kree. »So, mein Fräulein. Sie haben sich ganz schön Zeit gelassen, bis Sie hier aufgetaucht sind. Ich habe Sie schon vor Wochen erwartet.«

Überraschung, auf die gleich darauf Verstehen folgte, zeichnete sich in Krees Zügen ab. »Sie haben die ganze Zeit gewusst, wer mein Vater war, nicht wahr?«

Harry zuckte mit den Schultern. »Die Leute glauben, dass ich nicht viel herumkomme, aber ein Gesicht vergesse ich nicht. Und Sie sind die Tochter Ihres Vaters.«

»Hätten Sie es mir je gesagt?«

»Nein.«

Kree blinzelte. »Warum nicht?«

»Ich wusste, Sie würden es herausbekommen. Und das haben Sie ja auch – nur nicht so, wie ich es erwartet hätte.«

Ewan berührte Krees Fuß unter dem Tisch. Harry mochte in Rätseln sprechen, aber die Antworten, die Kree brauchte, waren da. Sie musste nur ein bisschen tiefer graben, um sie zu finden.

Kree beugte sich in ihrem Stuhl vor. »Woher kennen Sie also meinen Vater?«

Harrys linke Hand, die auf der Tischdecke ruhte, zuckte. Er schwieg. Das elektrische Summen des Kühlschranks war das einzige Geräusch, das in dem kleinen Raum zu hören war. Dann rieb sich Harry das von Bartstoppeln bedeckte Kinn.

»Durch ... Ihre Mutter.«

*

»Meine Mutter? Sie haben meine Mutter gekannt?«

Kree blickte zu Ewan und sah, dass er genauso überrascht war wie sie. Sie blickte zurück zum alten Harry und sah, wie die Erinnerungen seine knorrigen Züge weich werden ließen. Im gleichen Moment wusste sie, dass er ihre Mutter nicht nur gekannt, sondern geliebt hatte.

»Und ob ich deine Mutter kannte«, sagte der alte Harry harsch. »Wir sind zusammen aufgewachsen, auch wenn ich älter war. Unsere Mütter waren Freundinnen, und als Mary ihre Mutter verlor, tat meine Mutter für sie, was sie konnte. Dein Großvater war kein schlechter Kerl, Kree, nur ein schwieriger, stolzer Mann. Nach dem Tod deiner Großmutter war er nicht mehr derselbe. Ihre Weichheit hatte seine Härte ergänzt. Ich nehme an, er hatte keine Ahnung, wie man ein Kind aufzog, also behandelte er Mary wie eine Erwachsene.«

Kree nippte an ihrem Tee, ohne ihre Aufmerksamkeit von Harry abzuwenden.

»Als deine Mutter alt genug war, schickte er sie auf ein teures Internat in Sydney. Sie kam über die Ferien nach Hause, bis sie sich mit einer Klassenkameradin aus Sydney anfreundete und deren Haus ihr zweites Zuhause wurde.«

Harry machte eine Pause und betrachtete das Muster, das der stumpfe Nagel seines Zeigefingers auf die Tischdecke gezeichnet hatte. »Als Mary gerade siebzehn geworden war, kam sie über Weihnachten nach Hause. Ich hatte nie eine Frau gesehen, die so schön war wie sie. Für mich wurde danach aus unserer Freundschaft etwas anderes.« Er seufzte. »Aber ich hatte nicht den Mut, es ihr zu sagen. Also nahm ich mir vor, es im nächsten Sommer zu tun. Aber ... in dem Jahr wurde erst spät geerntet, und als ich sie endlich wiedersah, hatte sie auf einem Ausritt einen amerikanischen Künstler kennengelernt.«

»Oh, Harry.« Kree legte ihre Hand auf seine. »Das tut mir so leid.«

»Es hat mich schwer getroffen, sie zu verlieren, aber tief in meinem Herzen wusste ich, dass ich sie nicht glücklich gemacht hätte. Es war, als wären Ihre Mutter und Ihr Vater zwei Teile, die zusammen ein Ganzes bildeten.«

Kree zog ihre Hand zurück. Sie verstand das Gefühl. Ihr Blick suchte Ewan, doch alles, was sie zu sehen bekam, war sein Rücken, während er den Kessel am Spülbecken neu auffüllte.

»Ich nehme an, die Geschichte ist noch nicht zu Ende«, sagte sie und sah wieder den alten Harry an.

»Nein. Marys Vater wollte, dass sie einen Farmer heiratete, keinen dahergelaufenen Künstler ohne Zukunftsaussichten. Er verbot ihr, ihn wiederzusehen, und beantragte sogar eine einstweilige Verfügung, um die beiden zu trennen. An dem Tag, an dem sie achtzehn wurde, sagte sie ihrem Vater, dass sie heiraten und auf die Kunstakademie gehen würde, mit oder ohne seinen Segen. Er drohte, dass sie nicht mehr seine Tochter wäre, wenn sie ginge.« Harry nahm einen Schluck von seinem abgekühlten Tee. »Ist es ein Wunder, dass dieser impulsive Kerl, den Sie zum Bruder haben, dank seiner Sturheit zwei Tage lang am Leben geblieben ist? Er ist genau wie Ihr Großvater. Aber Phillip haben diese Eigenschaften nicht geholfen. Im Gegenteil: Sie haben sein Leben ruiniert. Für den Rest seines einsamen Daseins musste er zu einer Entscheidung stehen, die er im Zorn getroffen hatte.«

»Meine arme Mutter. Hat sie jemals versucht, ihn umzustimmen?«

»Ja, als Sie geboren wurden, und dann noch einmal, als Seth auf die Welt kam. Sie hoffte, ein Enkelsohn würde das sture Herz Ihres Großvaters erweichen. Aber das tat es nicht.«

»Kein Wunder, dass Sie wussten, wer ich war und auch wer Seth war. Sie kannten unsere Namen bereits.«

Harry stand auf. »Ich habe zwar Mary an Ihren Vater verloren, aber wir blieben weiter Freunde.« Er humpelte zu einer Schublade und nahm eine hölzerne Schachtel heraus.

Er stellte die Schachtel vor sie hin und setzte sich wieder auf seinen Stuhl. »Ich habe das hier für Sie und Seth aufgehoben. Ich wusste, dass Sie eines Tages kommen würden.«

Mit unsicheren Fingern öffnete sie den Deckel. Im Innern lag ein Zweig getrockneter gelber Blumen und ein Bündel Briefe und Fotografien. Vorsichtig nahm sie die Blumen in die Hand. »Ich habe eine solche Blume unter den Sachen meiner Mutter gefunden.«

Harrys Lächeln ließ sein altes Gesicht um Jahre jünger erscheinen. »Als Kinder haben wir immer bei den gelben Akazienbäumen gespielt. Deine Mutter hat das hier gepresst und es mir zum dreizehnten Geburtstag geschenkt.«

Behutsam legte Kree die getrocknete Akazienblüte auf den

Tisch und nahm eine verblichene Fotografie heraus, die sie selbst als Baby auf den Armen ihrer Mutter zeigte. Sie zeichnete das friedvoll lächelnde Gesicht ihrer Mutter nach.

»Sie wollte Ihnen von ihrer Vergangenheit erzählen«, sagte Harry. »Sie hoffte, dass ihr Vater irgendwann akzeptieren würde, was sie getan hatte, und dass sie Ihnen dann eine Geschichte mit glücklichem Ausgang erzählen könnte. Sie hat es verschoben und verschoben, bis es zu spät war.«

Kree sah Harry an. Er wirkte erschöpft.

»Sie ist gestorben, als Seth ein Baby war.«

»Ich weiß. Ihr Vater hat es mir geschrieben. Dann hat er mir jedes Jahr zu Weihnachten eine Karte und Fotos geschickt. Als Seth zwölf war, brachen die Postsendungen plötzlich ab. Ich nahm an, dass ihm etwas passiert sein musste. Also wartete ich. Ich wusste, dass sich der Kreis des Lebens irgendwann schließen würde. Und ich hatte recht: Eines Tages tauchte ein junger Heißsporn namens Seth Garrett hier auf, um Farmsitter auf Berridale zu spielen.«

Kree versagte fast die Stimme, als sie sprach. »Und ich bin jetzt auch hier.«

Ein weiteres Mal ging ein Lächeln über Harrys faltige Züge, und seine geröteten Augen füllten sich mit Tränen.

»Ja, Sie sind nun auch hier.«

Sie griff in die hintere Tasche ihrer Jeans und zog die Fotokopie heraus, die sie von der Zeichnung der Hütte gemacht hatte. »Wissen Sie vielleicht auch, was das hier bedeutet? Ich habe die Zeichnung zusammen mit der Akazienblüte gefunden.«

Kree öffnete den zusammengefalteten Bogen und glättete ihn auf der Tischplatte.

Harry warf nicht einmal einen Blick auf die Zeichnung.

»Das ist die Hütte, wo Mary Ihrem Vater zum ersten Mal begegnet ist.«

»Aber sie steht doch mitten im Nirgendwo auf Ewans Land, wie können sie also ...«

Auf einmal fielen sämtliche Puzzleteile an ihren Platz. »Der zweite Vorname meiner Mutter war Ellen«, flüsterte sie. »Ihr Elternhaus war ... Marellen.«

Krees Blick suchte Ewans. Sie und Seth waren die verlorene Generation des Farmhauses.

## 33

Es war gut, wieder zuhause zu sein.

Tish legte eine Orange in ihren Korb. Der Duft der sonnengereiften Orangen und des frisch gemähten Grases vertrieb die Gerüche der Stadt, die sie in den letzten Tagen hatte einatmen müssen. Sie pflückte noch eine Orange, und der Abendwind flüsterte in den rostfarbenen Blättern des Zierweins, der an dem Zaun zwischen Obst- und Gemüsegarten emporrankte. Der Regen hatte dem Unkraut ordentlich Aufwind verliehen, und sie konnte vor lauter Gras ihre Karotten nicht mehr sehen, aber morgen früh würde sie dem Wildwuchs zu Leibe rücken.

Sprungfedern quietschten, während die Zwillinge auf dem großen rechteckigen Trampolin hüpften. Mit übervollem Herzen wandte sie sich zu ihren geliebten Jungen. Wie sie sie vermisst hatte! Sie warf ihnen einen Luftkuss zu, den die beiden erwiderten. Ein warmer Körper stieß gegen ihre Schienbeine. Es war Freckle, der mit Midget auf der Wiese herumtollte. Fudge graste zu Tishs Linken, und von Zeit zu Zeit steckte die Ziege ihren kleinen Kopf durch den Drahtzaun, um sich schnell einen Bissen Salat zu stibitzen. Falls Fudge irgendetwas Essbares übrig ließ, würden sie einen beträchtlichen Wintervorrat an Gemüse haben. Sie und die Jungen würden ihrem Vater eine große Kiste voll bringen, sobald er aus dem Krankenhaus entlassen war.

Tish griff ins Blätterdach des Baumes, und das Gewicht einer Orange füllte ihre Hand. Der leichte Schlaganfall hatte ihren Vater zwar vorübergehend hilfsbedürftig gemacht, aber er hatte ihre Familie auch zusammengebracht. Sie hatte Stunden am Bett ihres Vaters verbracht, ihm von ihrem Garten erzählt und ihm vorgelesen. Außerdem hatte sie ihm ein hübsches violettes Usambaraveilchen mitgebracht, und ihre Mutter hatte versprochen, es zu gießen.

Was ihre Mutter betraf, so wusste Tish nicht, ob es die Erleichterung war, weil ihr jemand half, die Pflege für ihren Vater zu organisieren, oder die schlichte Tatsache, dass Travis ein Flugzeug besaß; in jedem Fall übte ihre Mutter inzwischen keinen Druck mehr auf sie aus, in die Stadt zurückzukehren. Sie hatte endlich begriffen, dass Tish und die Jungen ihren Platz im Busch hatten, und schien zu akzeptieren, dass sie bald bei Travis zu Hause sein würden. Tish hatte für ihre Mutter außerdem einen Termin bei einem Audiologen vereinbart, und es hatte nur einen Tag gedauert, bis ihre Proteste abgeebbt waren.

Schritte ertönten auf den Sandsteinplatten hinter ihr, und sie blieb stehen, um auf Ewan zu warten. Er hatte den Rasenmäher zurück in den Schuppen gebracht, nachdem er zwei Stunden lang den Rasen gemäht hatte. Als er sie eingeholt hatte, hakte sie sich bei ihm ein. Sie sah ihn an. Die Sterne in ihrer Welt mochten in neuem Glanz leuchten, aber am Himmel in Ewans Welt herrschte, seiner Miene nach zu urteilen, völlige Finsternis. Seit bekannt geworden war, dass Krees Familie Marellen erbaut hatte, hatte Ewan sich wieder in sich zurückgezogen.

Ein Lächeln vertrieb seinen ernsten Ausdruck. »Es ist schön, dich wiederzuhaben.«

»Du hast ja keine Ahnung, wie schön es ist, wieder hier zu sein. Ich möchte nie wieder auch nur eine einzige Stunde im Feierabendverkehr verbringen.«

Er öffnete die Hintertür. »Umso besser, dass du in Zukunft öfter nach Sydney fliegen als fahren wirst.«

»Travis ist einfach wundervoll, findest du nicht? Ich hätte nie geglaubt, dass ich so glücklich sein könnte.«

Prüfend betrachtete Ewan ihr Gesicht, und in seinen Augen stand eine unausgesprochene Frage. Schnell sagte sie: »Damit will ich nicht sagen, dass ich mit Fergus nicht glücklich war.«

Sie betete, dass sie immer noch glücklich wirkte. Die Erinnerung an Fergus' Betrug schmerzte sie auch heute noch bis ins Mark. Ewan konnte keinen Verdacht hegen, dass abgesehen von Fergus' Alkoholkonsum mit ihrer Ehe irgendetwas nicht gestimmt hatte. Sie wollte Ewans Erinnerungen an seinen Bruder nicht beschmutzen und seine Schuldgefühle, weil er den Jungen den Vater geraubt hatte, nicht noch größer machen.

Sie eilte in die Küche, um die Obstschale mit den frischen duftenden Orangen zu füllen.

»Ist Kree noch im Schuppen?«, fragte sie, als Ewan ebenfalls die Küche betrat.

»Ja.«

Tish betrachtete die angespannte Linie seines Rückens, als er sich aus dem untersten Fach des Kühlschranks ein Bier nahm. Sie und Travis hatten über eine kurze Verlobungszeit und eine baldige Hochzeit gesprochen. Aber sosehr sie sich auch wünschte, ihr Leben mit dem Mann zu teilen, den sie liebte – sie konnte Ewan nicht allein in dem riesigen Farmhaus zurücklassen. Solange er und Kree nicht in Ordnung gebracht hatten, was immer zwischen ihnen vorgefallen war, würden sie und die Jungen hierbleiben.

»Das Wandbild sieht fantastisch aus. Kree ist so begabt. Ich kann kaum fassen, wie viel sie geschafft hat, während ich weg war.«

Ewan setzte sich an den Tisch und stellte sein kaltes Bier auf den Hühner-Untersetzer, den Kree in Glenalla gekauft hatte. »Sie hat geschuftet wie ein Pferd. Die Jungen und ich haben ihr Essen gebracht, und ich habe versucht, dafür zu sorgen, dass sie schläft, aber ich vermute, sie hat mir irgendetwas erzählt, um dann das Gegenteil zu tun.«

»Sie sieht müde aus.« Tish schenkte sich ein Glas Wasser ein und setzte sich ebenfalls an den Tisch. »Aber sie sagt, sie muss heute Nacht fertig werden, weil morgen Seth kommt und sie zurück nach Berridale ziehen will, um bei ihm zu sein.« Sie bemühte sich um einen sanfteren Ton. »Kree ist nicht die Einzige, die müde aussieht. Für dich gilt dasselbe.«

Ewan grinste, aber in seinen Augen lag Traurigkeit. »Das wundert mich nicht. Ich weiß nicht, wie du mit den Jungen mithältst. Sie haben mehr Energie als Freckle und Fudge zusammen.«

Sie betrachtete seine hohlen Wangen. Er war nicht nur müde, er hatte auch abgenommen. »Bist du viel geschwommen?«

Er nahm einen Schluck Bier. »Nicht mehr als sonst.«

»Ewan … an dem ersten Abend, als du mich über Krees Laptop angerufen hast, habt ihr beide so glücklich ausgesehen. Und das war mehr als nur Freude darüber, dass die Kühe gefunden worden waren.«

Dieses Glück hatte ihr Hoffnung gegeben, dass alles, was während des Arbeitseinsatzes im Kutscherhaus zwischen ihnen geschehen sein mochte, jetzt hinter ihnen lag.

Ewan schwieg, und seine Finger schlossen sich fester um die Bierflasche.

»Was ist danach geschehen? Was hat sich geändert, abgesehen davon, dass Kree herausgefunden hat, dass Marellen das Elternhaus ihrer Mutter war?«

»Reicht das nicht?«

»Diese Tatsache ändert überhaupt nichts, sie gibt Kree nur einen Grund hierzubleiben.«

»Genau.« Er stand mit finsterem Blick auf und ließ sein Bier stehen. »Marellen hätte nach dem Erbrecht Kree und Seth gehören sollen. Es fühlt sich nicht richtig an, dass wir in dem Haus leben, das eigentlich ihres hätte sein sollen.«

*

Kree blieb vor der Tür zu Ewans Arbeitszimmer stehen und rieb sich mit der Hand den verspannten Nacken. Die Besessenheit, mit der sie malte, forderte ihren Tribut. Sie hatte Schmerzen in Muskeln, von denen sie nicht einmal gewusst hatte, dass sie existierten. Ihr Rucksack war gepackt, sie war bereit, nach Berridale aufzubrechen. Seth hatte ihr geschrieben, dass er Sydney bereits verlassen hatte und nach Westen unterwegs war. Jetzt musste sie nur noch einmal mit Ewan sprechen, dann würde sie zu den Tylers fahren und ein langes Bad nehmen. Die vergangenen Tage hatte sie aus Schlafmangel wie in Trance verbracht, aber wenigstens war das Wandgemälde fertig geworden.

Und während sie gemalt hatte, war es ihr gelungen, ihre verwirrten Gedanken zu ordnen. Zunächst schien ihr die Entscheidung ihres Großvaters, die Verbindung zu seinem einzigen Kind zu kappen, unverständlich. Doch sie kannte Seth und konnte sich plötzlich vorstellen, wie ihr Großvater, der offenbar ähnlich veranlagt gewesen war, eine unüberlegte Entscheidung traf und dann nicht mehr davon abrückte. Das Schicksal hatte das Leben ihrer Mutter vor der Zeit beendet und den beiden die Chance zur Versöhnung genommen. Bei ihrer nächsten Fahrt nach Glenalla würden sie und Seth den

Gräbern ihrer Großmutter und ihres Großvaters einen Besuch abstatten.

Während sie gemalt hatte, hatte sie außerdem eine Idee entwickelt, wie sie die Geister ihrer Familie endlich besänftigen konnte. Sie musste die Dinge geraderücken, und dieser Meinung war auch Seth. Sie kaute auf ihrer Wange. Es spielte keine Rolle, wie sehr der Mann, mit dem sie gleich sprechen würde, sich dagegen auflehnen würde.

Die Stille des langen, hohen Flurs hüllte sie ein, und ihre Schultern entspannten sich. Marellen schaffte es immer, sie mit einem Gefühl der Ruhe zu erfüllen. Und nun verstand sie auch, warum sie in den Wänden des Farmhauses stets Frieden und ein Gefühl von Zugehörigkeit empfunden hatte. Diese Mauern waren der Zukunftstraum ihrer Großeltern gewesen.

Sie klopfte an die Tür von Ewans Arbeitszimmer.

»Die Tür ist offen.«

»Guten Morgen, Fremder«, sagte sie und trat mit einem heiteren Lächeln ein.

Ewan blickte vom Computer auf. Sehnsucht glomm in seinen Augen auf, ehe sein Gesicht wieder den undurchdringlichen Ausdruck annahm. Seit der alte Harry die Bombe hatte platzen lassen, wirkte Ewan besorgt. Sicher, er zog sie jeden Abend an sich und küsste sie. Aber sie sah das Unbehagen in seiner Miene, wenn er glaubte, sie schaue nicht hin, und spürte seine Verzweiflung, wenn er sie berührte. Für sie hatten die Neuigkeiten nichts geändert. Ihr war es egal, wer sie war und wo sie herkam, aber wie sah es für ihn aus?

»Guten Morgen.« Seine Augen wurden schmal, und sie wusste, dass sie nicht verbergen konnte, dass es gestern wieder spät geworden war – egal, wie viel kaltes Wasser sie sich ins Gesicht gespritzt hatte. »Hast du überhaupt geschlafen?«

»Drei Stunden.«

»Selbst wenn das Wandgemälde noch nicht fertig ist, werde ich Seth sagen, dass er deine Autoschlüssel an sich nehmen soll, damit du heute Abend auf Berridale bleiben und schlafen musst.«

Sie griff in die hintere Tasche ihrer Jeans, um zu prüfen, ob sich das Papier, das sie brauchte, noch dort befand. Das Wandgemälde war zwar fertig, aber wenn die nächsten zehn Minuten nicht verliefen wie geplant, würde sie heute Nacht trotzdem keinen Schlaf finden.

»Nun, dann wirst du froh sein zu hören, dass das Wandgemälde seit einer halben Stunde offiziell vollendet ist. Die letzte Schicht wasserfesten Lacks trocknet, während wir uns hier unterhalten.«

»Also hast du dein Leben zurück?«

»Ja, ich habe mein Leben zurück.«

»Du musst so stolz auf das sein, was du erreicht hast. Das Wandgemälde ist wirklich unglaublich.« Er lächelte. »Und ich sage das nicht, weil ich geholfen habe, die Postkutsche zu malen.«

»Danke, aber ich hätte es nie rechtzeitig fertig bekommen, wenn du mir nicht das Essen gebracht, den Rücken massiert und mit den Jungen die Arbeit auf Berridale erledigt hättest.«

»Nicht zu vergessen die beständige Belieferung mit Lamingtons.«

»Wie konnte ich nur die Lamingtons vergessen?«

»Ich kann nur sagen: Schokoladenguss und Kokosnussstreusel machen eine Vielzahl von Sünden am Herd wieder gut.«

Ewan stand auf und trat vor seinen Schreibtisch. Doch statt sie in den Arm zu nehmen, setzte er sich auf die Tischkante und verschränkte die Arme. »Wann kommt Seth an?«

»Heute Nachmittag, sofern sein uralter Ute es bis hierher schafft.«

»Sorg dafür, dass er ihn herbringt, damit ich ihn überprüfen kann. Da er weder Airbags noch ABS hat, aber dafür jede Menge Beulen, würde ich mich gern davon überzeugen, dass er so verkehrstüchtig ist, wie er behauptet.«

»Das mache ich. Er wird irgendwann vor dem Abendessen kommen. Dann kann er dir helfen, die Tafeln für das Wandgemälde aufzuladen, sodass du sie in die Stadt bringen kannst. Und Travis bringt sie dann morgen an der Wand an, damit sie für die Eröffnung um sechs Uhr fertig sind.«

»Das klingt nach einem guten Plan.«

»Danke auch, dass du Fudge und Freckle noch ein bisschen hier behältst. Die Spendenaktion wird bestimmt bis tief in die Nacht dauern, und hier werden Whiskey und Midget dafür sorgen, dass das Duo infernale nicht allzu viel Unsinn anrichten kann.«

In seinen Augenwinkeln lag ein Lächeln. »Vielleicht bringen sie Fudge aber auch auf Abwege.« Sofort wurde er wieder ernst. »Bleibt Seth, bis die Tylers Ende nächster Woche zurückkommen?«

»Ja. Aber es besteht die Möglichkeit, dass Don und Maureen einen früheren Flug nehmen und früher zurückkommen als geplant.«

Die einzige Regung in seinem Gesicht war ein kurzes Zucken um den Mund. »Wenn sie nach Hause kommen, fliegst du mit Seth nach Sydney?«

»Ich habe nicht so weit im Voraus geplant. Über das, was passiert, wenn die Tylers zurück sind, müssen wir beide sprechen, du und ich.« Sie befeuchtete ihre trockenen Lippen. »Aber vorher muss ich dir das hier geben.«

Sie zog das kleine Stück Papier aus der hinteren Tasche ihrer

Jeans und reichte es ihm. Mit einem Stirnrunzeln faltete er es auf. Ein lastendes Schweigen hing in der Luft. Dann sprach er mit tiefer, heiserer Stimme.

»Es besteht kein Zweifel daran, dass ihr beide, du und Seth, nach Marellen gehört, und in einer besseren Welt würde ich euch beiden den Besitz einfach überschreiben. Aber es tut mir leid, Kree, ich brauche einfach ein bisschen Zeit, um eine realistische Summe zu berechnen, für die ich verkaufen kann. Während du das Wandgemälde fertiggestellt hast, habe ich mit der Bank und zwei Gutachtern gesprochen und die Zahlen überschlagen, um die niedrigste Summe zu ermitteln, die möglich ist. Ich verspreche dir, bis heute Nachmittag kann ich dir einen Betrag nennen.«

Er wollte ihr den Scheck zurückgeben, sie aber schüttelte den Kopf.

Sie straffte sich und bereitete sich darauf vor, seinen Mackenzie-Stolz frontal anzugreifen. »Der Scheck ist nicht dazu gedacht, Marellen zu kaufen. Der Scheck ist dazu da, mich in Marellen einzukaufen.«

*

»Dich in Marellen einzukaufen?«

Ewan starrte auf den Scheck, auf dem ein schneebedeckter Berg aufgedruckt und eine Summe notiert war, die seine Knie weich werden ließ.

Kree nickte und lächelte hoffnungsvoll.

Als Ewan begriffen hatte, dass die Frau, die der alte Harry geliebt hatte, Mary Ellen Knox gewesen war, hatte er gewusst, dass ihre Enkelkinder endlich nach Hause kommen mussten. Die Familie Knox hatte genug gelitten. Marellen war Krees und Seths Erbe. Sein Gewissen und sein Ehrgefühl kämpften jedoch gegen die finanzielle Realität, die bedeutete, dass er Kree um Geld für ein Zuhause bitten musste, das ihr immer hätte gehören sollen.

Aber wie er die Zahlen auch betrachtete und selbst wenn er Marellen von Kree und Seth pachtete – die Summe, die erforderlich war, um Marellen seinen rechtmäßigen Besitzern zurückzugeben, war beträchtlich. So viel Geld besaßen Kree und Seth auf keinen Fall. Kree mochte glauben, sie hätte eine Lösung gefunden, aber eine gleichberechtigte Partnerschaft lag nicht in ihrem oder Seths finanziellem Interesse, und rentabel war sie auch nicht. Müdigkeit lastete auf seinen Schultern. Sosehr er es sich auch wünschte, es war nicht machbar.

»Ja«, sagte sie, und ihre blauen Augen leuchteten vor Begeisterung. »Dass Seth und ich uns in Marellen einkaufen, ist durch und durch sinnvoll. Geplant ist, dass wir gleichberechtigte Eigentümer von insgesamt neunundvierzig Prozent des Besitzes werden, während du der Haupteigner mit einundfünfzig Prozent bist. Mein Anwalt hat die Sache geprüft, und er hat diesen Preis für einen Anteil von neunundvierzig Prozent ausgerechnet.« Sie wies mit dem Kopf auf den Scheck, den er noch immer in der Hand hielt.

»Kree, das ist Wahnsinn! Deinem Anwalt gehört der Kopf gewaschen, weil er bei so einem Plan mitspielt, mal ganz abgesehen davon, dass der Betrag viel zu hoch ist, selbst für den Anteil, den du vorgeschlagen hast.«

»Nein, das ist er nicht.« Sie klang stur.

»Ich fühle mich schon schlecht genug, weil ich nicht in der Lage bin, den niedrigstmöglichen Preis für Marellen zu verlangen, da kann ich jetzt nicht auch noch euer großzügiges Angebot annehmen, Teilhaber zu werden. Jeder Berater würde euch warnen, dass Marellen – besonders momentan – euch keine gute Rendite für eure Investition bringen wird.«

Aus der Haltung ihres Kinns konnte er schließen, dass Kree den Scheck immer noch nicht zurücknehmen würde, also legte er ihn auf den Schreibtisch.

Sie sah ihm fest in die Augen. »Marellen gehört dir, und das ist ein Weg, dafür zu sorgen, dass es immer dir gehören wird. Wenn du weniger Schulden und Geld auf der Bank hast, bist du nicht allein von den Ultra Blacks und der Ernte abhängig. Und was die Rendite für unsere Investition angeht, so hat mein und Seths Entschluss, uns in Marellen einzukaufen, keine finanziellen Gründe.«

Sie trat einen Schritt auf ihn zu. Er stopfte die Hände in die Taschen seiner Jeans, um sich daran zu hindern, sie an sich zu ziehen. Er hatte in den letzten Tagen und Nächten Abstand gehalten, weil er wusste, dass sie malen musste. Seine Sehnsucht, sie zu berühren, war fast zu einem körperlichen Schmerz geworden. »Kree, was du mir anbietest, ist zu viel, zu ... alles. Ich kann es nicht annehmen«, sagte er traurig.

»Doch, das kannst du. Als Dad starb, haben Seth und ich ein Aktienpaket geerbt, und unsere Nachforschungen haben kürzlich ergeben, dass es aus dem Besitz meines Großvaters stammte. Es ist nur recht und billig, dass dieses Geld nun wieder in Marellen investiert wird.«

Krees warme Hand schloss sich um seinen Unterarm, und es gelang ihm nicht, ein Schaudern des Verlangens zu unterdrücken.

Traurigkeit zeichnete sich um ihren Mund ab. »Ich weiß es nicht mit Sicherheit, aber ich nehme an, wenn meine Mutter Marellen geerbt hätte, hätte sie es verkauft, damit eine andere Familie das Farmhaus mit Lachen und Liebe füllen kann. Und deine Familie hat das getan. Die Mackenzies sind so sehr ein Teil von Marellen, wie meine Familie es war.«

Behutsam löste Ewan ihre Hand von seinem Arm und

schlang seine Finger um ihre. »Aber jetzt könnt ihr beide, du und Seth, tun, was eure Mutter nicht konnte.«

»Nein, das können wir nicht. Marellen ist eine Farm, nicht nur ein Wohnhaus. Wir haben keine Ahnung von Landwirtschaft, ganz zu schweigen von Landwirtschaft unter australischen Bedingungen. Seth würde trotz seiner neu entdeckten Liebe für Männerspielzeug gern etwas im Bereich Sportwissenschaften tun und wird vermutlich Medizin studieren. Seine Leidenschaft ist es nicht, Traktor zu fahren oder Rinder zu züchten. Und was mich betrifft…« Sie lächelte. »Ich bin Künstlerin und kann nichts als malen. Marellen braucht keine naiven, mit anderen Dingen beschäftigten Besitzer, es braucht dich und die Jungen.«

Ewan hob ihre verschlungenen Hände, um die Unterseite ihres Handgelenks zu küssen, ehe er ihre Finger losließ. »Es tut mir leid, Kree. Sich in Marellen einzukaufen ist finanziell gesehen keine gute Investition. Ihr legt euer Geld besser anders an. Es könnte Jahre dauern, bis ihr auch nur einen Cent Dividende zu sehen bekommt.« Er ging zu seinem Schreibtischstuhl und setzte sich hin. »Ich nenne dir heute Nachmittag den Betrag, für den ich verkaufen kann, und dann reden wir darüber. Wenn Marellen euch allein gehört, bringt es euch zumindest eine bessere Rendite für euer Kapital, selbst wenn ihr einen Verwalter einsetzt.«

»Ewan, unser Angebot ist genauso in unserem Interesse wie in deinem. Marellen wird nie unser Zuhause sein, ganz egal, wie viel Dividende es einbringt. Aber es gehört dir, und es ist das einzige Zuhause, das die Jungen je gekannt haben. Wenn wir uns in den Besitz einkaufen, könnt ihr hierbleiben. Ich weiß genau, dass du nicht irgendwo anders neu anfangen willst.« Frustration färbte ihr die Wangen. »Man hat mich gewarnt, dass dein Mackenzie-Stolz dir nicht erlauben würde, Hilfe anzunehmen.«

Er spielte mit der Maus des Computers. »Du hast mit jemandem darüber gesprochen, dass du dich in Marellen einkaufen willst?«

Sie fühlte sich müde. »Ich habe darüber nur mit Seth und mit meinem Anwalt gesprochen.«

Er runzelte die Stirn. Weder Seth noch ihr Anwalt kannten ihn gut genug, um ihn stolz zu nennen. Sein Mackenzie-Stolz musste Teil einer anderen Diskussion über Geld gewesen sein, und zwar mit jemandem, der ihn gut kannte. Er stand auf.

»Kree.« Ihr Name kam eher wie ein Stöhnen aus seinem Mund. »So, wie du noch mehr Pläne als diesen ausgebrütet hast, ist dort, wo dieser Scheck herkam, auch noch mehr Geld, nicht wahr?«

»Ja.« Sie schloss kurz die Augen. »Der langhaarige Künstler, von dem mein Großvater glaubte, dass er keinerlei Zukunftsaussichten hätte, war das einzige Kind einer bekannten New Yorker Familie.«

Er schüttelte den Kopf. Er war ein solcher Narr! Tish musste diejenige sein, die ihr von seiner Weigerung erzählt hatte, Hilfe anzunehmen, und in ihrem Gespräch war es um einen ganz anderen Plan gegangen, der eindeutig Krees Handschrift trug. Er starrte auf den Scheck auf dem Tisch.

»Travis' Geld … das war auch dein Geld.« Seine Stimme klang heiser. »Tish hat Travis da mit reingezogen?«

»Ja, so war es, und ich übernehme die volle Verantwortung dafür. Ich habe Tish und Travis in die Sache hineingezogen. Die beiden trifft keine Schuld.«

Aber Ewan hörte kaum, was sie sagte. »Das Geld, das du für das Besucherzentrum gebraucht hast – stammte es wirklich aus dem Verkauf von Seths Geschichte?«

»Ja und nein. Ich brauchte mehr als das, was wir von den Medien bekommen haben, also habe ich ein bisschen zugeschossen. Ich bezahle auch Beth' Freundin, die morgen Abend bei der Eröffnung des Besucherzentrums für die Bewirtung sorgen wird.«

Seine Augen hielten ihren Blick fest. »Und das Kutscherhaus? Du bist der geheimnisvolle Käufer.«

»Schuldig, Euer Ehren. Aber zu meiner Verteidigung muss ich anführen, dass ich wirklich Erinnerungsstücke aus dem alten Westen sammle. Und ich bin begeistert, eine echte Cobb-and-Co.-Poststation zu besitzen.«

Er wischte sich mit der Hand übers Gesicht und trat zum Fenster, um hinaus in den parkähnlichen Garten zu sehen. Die Welt war verrückt geworden, und er brauchte einen Moment, um sie wieder geradezurücken. Selbst jetzt, wo er wusste, dass Kree und Seth es sich sehr wohl leisten konnten, sich in eine risikoreiche Partnerschaft einzukaufen, war es für ihn undenkbar, ihr Angebot anzunehmen. Seit so langer Zeit schon war er allein für Marellen und die Finanzen seiner Familie verantwortlich gewesen.

Goldene Blätter segelten zu Boden, als der Wind durch den alten amerikanischen Amberbaum fuhr, auf den die Jungen kletterten, seit sie zwei Jahre alt waren. Hinter den schimmernden Zweigen lagen die Felder, die jetzt grün wurden, weil das Getreide, für dessen Aussaat er rund um die Uhr gearbeitet hatte, durch die feuchte Erde brach. Die alten Schattenbäume, die Krees Großeltern gepflanzt hatten, standen wie Wachposten da und bewachten Tishs farbenfrohe Blumenbeete. Zwei verschiedene Generationen, zwei verschiedene Familien, doch war nicht der Garten der lebende Beweis dafür, dass zwei verschiedene Welten miteinander verschmelzen konnten?

Ein Gefühl der Akzeptanz durchfuhr ihn. Es wäre ein unverzeihlicher Fehler, Krees und Seths Angebot nicht anzunehmen, nicht nur wegen Braye und Darby, sondern ebenso wegen ihm selbst. Kree hatte recht: Marellen war seine Heimat. Das Musikzimmer seiner Mutter, das ihr in ihren letzten Monaten Trost geschenkt hatte, war geblieben, wie sie es verlassen hatte. Wenn er dort in der Stille der Nacht saß, konnte er sie manchmal noch immer Klavier spielen hören. Die Zäune, die er mit seinem Vater aufgestellt hatte, standen noch immer so aufrecht, wie sein arbeitsamer Vater selbst gewesen war, der für sich und seine Söhne eine Zukunft auf Marellen gesehen hatte. Er musste die Erinnerung an ihn ehren, indem er auf dem Erbe aufbaute, das er bei seinem Tod hinterlassen hatte.

Und dann waren da noch Kree und Seth. Wenn er in die Partnerschaft einwilligte, hätten die beiden wieder eine Verbindung zu dem Haus, das ihre Großeltern einst auch für die Generationen gebaut hatten, die ihnen folgen sollten. Und gleichzeitig würden sie frei sein, ihren eigenen Träumen zu folgen, wie es wiederum ihre Eltern gewollt hätten.

»Marellen hat so viel Traurigkeit und Schmerz gesehen. Das hier ist die Chance für meine Familie, die Dinge wieder in Ordnung zu bringen«, sagte Kree sanft. Er nahm ihren Vanilleduft wahr, als sie neben ihn trat. »Das Pech, das deine Familie verfolgt hat, wird ein Ende haben. Du gehörst so sehr hierher, wie wir es tun, und zusammen können die Knox' und die Mackenzies dafür sorgen, dass Marellen gedeiht.«

Er wandte sich zu ihr. »Die Partnerschaft muss ordentlich besiegelt werden.«

Hoffnung flackerte in ihren Augen auf. »Natürlich.«

»Wir müssen einen richtigen Teilhabervertrag aufsetzen, der festlegt, wie Profit und Kosten geteilt werden, und er muss auch Strategien zum Austritt enthalten.«

»Betrachte das als erledigt.« Sie reckte sich auf die Zehenspitzen und drückte ihm einen Kuss auf den Mund. »Ich werde meinen Anwalt anrufen. Er ist eine Nachteule und wird noch wach sein.«

Die Tür des Arbeitszimmers fiel hinter ihr ins Schloss. Ewan stand reglos da. Krees Großzügigkeit und ihre Freundlichkeit zwangen ihn emotional in die Knie.

Seine Hände ballten sich zu Fäusten. Er hatte nichts, womit er sich bei Kree für das Rettungsseil revanchieren konnte, das sie seiner Familie gerade zugeworfen hatte. Alles, was sie tat, war geben; und alles, was er tat, war nehmen. Sie ließ hinter sich Glück, Hoffnung und Leben zurück.

Diese Frau, die er liebte.

# 34

»Schwesterherz, gibt es etwas, das du mir verschweigst?«, fragte Seth. Er saß am Steuer seines Ute und fuhr sie nach Marellen.

»Warum denn?« Schon als sie die Worte aussprach, verriet die Hitze in ihren Wangen, dass sie nur zu genau wusste, auf was oder besser auf wen Seth sich bezog.

»Du zappelst schlimmer auf dem Sitz herum als ich, und das liegt nicht daran, dass du die Tüte Süßigkeiten gegessen hättest, die ich eigentlich für dich gekauft hatte. Denn die hat es leider nicht bis hinter die Blue Mountains geschafft.«

»Vielen Dank auch.«

Seth grinste. »Ich hatte nun mal Hunger, und ich wollte nicht anhalten, um etwas zu essen, weil ich so sehr darauf brannte, dich wiederzusehen.«

Kree verdrehte die Augen und lachte. »An mich ist dein Charme verschwendet, kleiner Bruder.«

»Ich weiß. Süßholzraspeln hat bei dir nie funktioniert.« Er warf ihr einen kurzen Blick zu. »Ich weiß auch, wenn bei dir etwas los ist, und es ist definitiv etwas los.«

»Also gut. Ja. Es ist etwas los.«

Seths übertriebenes »Ich wusste es« wurde begleitet von einem breiten Grinsen. »Dir ist hoffentlich klar, dass ich derjenige bin, der euch beide zusammengebracht hat.«

»Das meldest du besser nicht zu früh als deinen Verdienst an, denn so richtig zusammen sind wir gar nicht. Wir nehmen nur jeden Tag, wie er kommt.«

»Ich mag ihn.« Seths Blick, der ernst geworden war, suchte ihren. »Und ich weiß, dass Dad ihn gemocht hätte.«

Sie nickte, und ihre Kehle wurde eng. »Mum auch.«

Die rote Reihe von Marellens Dächern kam zwischen den Baumkronen in Sicht. Seth fuhr an Ewans Schuppen vorbei, und dann folgte er der Auffahrt zum Wohnhaus. Dort parkte er seinen Ute.

»Mach dich auf was gefasst«, sagte sie mit einem Lachen, als Freckle und Fudge die Verandastufen hinunterfegten. Sie legte die Hand auf den Türgriff. »Und Seth, bitte benimm dich deinem Alter entsprechend. Kein Augenzwinkern, wenn Ewan gerade nicht hinschaut.«

»Aber kleine Brüder sind doch dazu da, ihre großen Schwestern zu blamieren. Darf ich nicht mal ein kleines bisschen von dem hier machen?« Er wackelte mit den Augenbrauen.

Sie erstickte ein Lächeln. »Wenn du die letzten Reese's Peanut Butter Cups haben willst, definitiv nicht.«

Zu Krees Erleichterung blieb Seths Gesicht ernst, als Ewan sich von der Seite des Hauses her näherte. Ewans Blick begegnete ihrem, und er sah sie eine Sekunde lang an, ehe er sich Seth zuwandte und ihm die Hand schüttelte.

»Hübscher Ute. Sieht gar nicht so schlecht aus, wie ich gedacht habe.«

»Danke. Das dachte ich auch.«

Kree hob Freckle hoch, der an der Spitze ihres Stiefels kaute. Dann beugte sie sich hinunter und streichelte Fudge den kleinen Kopf, damit sie aufhörte, ihn ihr gegen das Knie zu rammen.

Ewan sah mit ernster Miene zwischen Kree und Seth hin und her. »Ich möchte euch beiden danken, weil ihr euch in Marellen einkaufen wollt. Wir trinken nachher ein kaltes

Bier und stoßen auf eine lange, produktive Partnerschaft an.«

»Hört sich gut an«, sagte Kree und bedachte Seth mit ihrem besten Wage-es-bloß-nicht-Blick. Sie war sicher, sie hatte ihn gerade noch vom Augenbrauenwackeln abgehalten.

Hinter ihr rief Braye ihren Namen, und dann kamen er und Darby über die Wiese auf sie zugeschossen. Sie umarmten sie und starrten dann Seth an. Freckle entwand sich ihren Armen, und sie setzte ihn auf den Boden. Er tollte davon, um an den Reifen des Ute zu schnuppern.

»Jungs, das ist also mein Bruder Seth. Erinnert ihr euch? Wir haben per Skype mit ihm gesprochen und ihn aufgeweckt.«

Darby nickte. »Er hatte verrückte Haare.«

Kree berührte Brayes zerzaustes Haar. »Seth, das hier ist Braye, und das hier …«, sie strich über Darbys Schulter, »das ist Darby.«

Seth gab jedem der beiden Jungen High five.

»Hallo, Braye«, sagt Seth. »Was hast du denn da?«

Die beiden Jungen kicherten. »Du sprichst genauso komisch wie Kree«, sagte Braye mit einem Grinsen, ehe er eine kleine Stockpeitsche hochhielt.

Seth ging in die Hocke, um die Kinderpeitsche aus geflochtenem Leder zu begutachten, und die Jungen scharten sich um ihn. Bereits jetzt war ihren aufgeregten Gesichtern anzusehen, dass Seth in den Status eines Helden aufgestiegen war.

Sie wandte sich Ewan zu, der nicht die Jungen, sondern sie betrachtete. Die Intensität seines Blicks brachte ihren Magen zum Flattern. Sie lächelte, und seine Antwort war ebenfalls ein Lächeln.

Das explosive, scharfe Knallen einer Peitsche ließ sie herumfahren.

Seth stand ein Stück von den Jungen entfernt und schwang

die Peitsche abwechselnd um seinen Kopf und um seinen Körper. Bei jedem Knall schien sein Arm sich schneller zu bewegen. Die rasante Folge der Geräusche lockte Whiskey und Midget aus dem Garten herbei, und auch Fudge und Freckle erschienen auf der Veranda. Whiskey stellte sich unter die Peitsche und versuchte, das knallende Ding aufzufangen. Nachdem Seth die Peitsche ein letztes Mal knallen und dann sinken gelassen hatte, legt sich Whiskey auf den Rasen. Doch sein Blick war starr auf das geflochtene Leder gerichtet, er war jederzeit bereit, das Spiel wieder aufzunehmen.

Ewan lachte. »Ich habe noch nie einen Hund gesehen, der Peitschen so gerne mochte wie Whisk. Er wird jetzt den ganzen Nachmittag auf jemanden warten, der sie noch mal knallen lässt.« Er nickte Seth zu. »Du kannst mit einer Stockpeitsche umgehen.«

Seth grinste, aber als er Kree ansah, wurde sein Lächeln schuldbewusst.

»Seth Garrett, gibt es etwas, das du mir verschweigst?«, fragte sie.

»Aber nicht doch«, erwiderte er. »Wie hätte ich die alte Bullenpeitsche in deiner Westernsammlung in ihrem Glaskasten lassen können? Immer wenn du weg warst, hat sie mich förmlich angefleht, sie knallen zu lassen.«

»Aber ich hatte doch den Schlüssel versteckt.«

»Ich weiß.«

»Bitte sag mir nicht, dass du auch mit dem Bambusstock mit der versteckten Klinge gespielt hast.«

Seth tippte sich an den Nasenflügel und grinste in Richtung der Jungen. »Nur damit ihr es wisst: Die ›versteckte Klinge‹ ist nicht sonderlich gut versteckt.«

Kree verdrehte die Augen und schüttelte den Kopf. »Was soll ich nur mit ihm machen, Jungs?«

Braye und Darby lachten.

Tish kam auf sie zu. Die pink-grün gestreifte Schürze, die sie über ihrer Gartenkleidung trug, war mit Mehl bedeckt. »Sie sind also der Krachmacher mit der Peitsche.« Sie lächelte und streckte Seth die Hand hin. »Hallo. Ich bin Tish.«

Er erwiderte ihr Lächeln, schüttelte ihr die Hand und gab die Peitsche dann an Braye weiter. Whiskey winselte. Braye ließ die Peitschenschnur mit einer schlängelnden Bewegung durch das Gras gleiten, damit Whiskey sie jagen konnte.

»Es hört sich an, als hättest du eine beachtliche Sammlung von Erinnerungsstücken aus dem alten Westen«, sagte Tish, als sie neben Kree stand.

»Nur ein paar Sachen, nichts Besonderes.«

Seth presste ein gekünsteltes Husten heraus.

Kree grinste. »Na schön. Ich habe mehr als nur ein paar Sachen. Ich lasse mich manchmal hinreißen und kaufe zu viel.«

Wieder hustete Seth gekünstelt. »Manchmal? Wie wäre es mit immer?«

Tish lachte und richtete ihren Blick auf ihren ausgedehnten und heißgeliebten Garten. »Es ist doch nichts Falsches daran, sich von Sachen, die einem Spaß machen, manchmal ein bisschen hinreißen zu lassen.« Sie warf Kree einen Blick zu. »Du freust dich sicher darauf, nach Hause zu kommen und dich wieder um deine Sammlung mit Dingen aus dem alten Westen zu kümmern.«

Zu ihrer Rechten spürte Kree, wie Ewan sich verspannte.

»Überhaupt nicht«, sagte sie langsam. »Um ehrlich zu sein, sind mir meine Sammlung und die Heimreise bisher gar nicht in den Sinn gekommen.« Röte stieg ihr in Wangen. »Ich habe meine Zeit hier im Outback zu sehr genossen, um an Abschied zu denken.«

Sie drehte sich um, um nach Ewan zu sehen, aber er war bereits auf dem Weg zu dem weißen Ute. Seth und die beiden Jungen folgten ihm. Ewan öffnete die Motorhaube, und sie alle beugten sich darüber, um den Motor zu begutachten.

»Möchtest du eine Tasse Tee?«, fragte Tish mit einem Seufzen.

»Am besten gleich zwei«, antwortete Kree und lachte. »Irgendetwas sagt mir, dass diese Männerangelegenheit eine Weile dauern wird.«

*

Ewan sah der roten Staubwolke hinter Seths altmodischem Ute nach, bis sie mit dem kirschrot gestreiften Abendhimmel verschmolz. Nicht einmal das Wissen, dass Tish ihn vom Küchenfenster aus beobachtete, brachte ihn dazu, seinen Posten zu verlassen. Sein Herz war schwer, und seine Stiefel klebten fest am Boden. Kree war fort. Wieder einmal.

Trotz Tishs wiederholter Einladung, zum Dinner zu bleiben, hatte Kree abgelehnt und erklärt, sie müsse nach Berridale zurückkehren und alles für Dons und Maureens Rückkehr vorbereiten. Sie hatten ein kaltes Bier getrunken, die Platten für das Wandgemälde aufgeladen, und dann war Kree viel zu früh mit Seth losgefahren. Ewan drehte sich um, er war plötzlich erfüllt von einer inneren Ruhelosigkeit. Er wollte nicht daran denken, was geschehen würde, wenn die Tylers zurückkamen und Kree keinen echten Grund mehr hatte hierzubleiben.

Natürlich, sie waren jetzt Geschäftspartner, aber nachdem er erlebt hatte, wie eng die Verbindung zu ihrem Bruder war, und von ihrer Leidenschaft für die Geschichte ihrer amerikanischen Heimat gehört hatte, war ihm noch einmal deutlich geworden, dass sie aus unterschiedlichen Welten stammten. Weder konnte er Australien, seine Verantwortung für Tish und die Jungen, Marellen und damit jetzt auch eine geschäftliche Partnerschaft hinter sich lassen, noch konnte er von ihr verlangen, dass sie ihre amerikanische Heimat verließ. Würde ein jährlicher Besuch, bei dem Kree den Stand ihrer Investitionen überprüfte, alles sein, worauf er sich in Zukunft freuen konnte? Würde es von nun an sein Leben prägen, dass ihm jedes Mal das Herz brach, wenn die Frau, die er liebte, wieder aufbrach?

Er musste sich bewegen, damit er nicht denken und nicht fühlen konnte. Er winkte Tish und bemühte sich, heiter zu wirken. Er steuerte auf die Männerhöhle zu, doch dann überlegte er es sich anders. Seine Werkstatt enthielt einfach zu viele Erinnerungen. An die Weichheit ihrer Lippen. Das Gefühl, dass seine Welt vollständig war, wenn sie darin war. Stattdessen ging er zu seinem Traktor und fuhr ihn aus dem Schuppen. Er würde später zu Abend essen und jetzt erst einmal prüfen, ob der Traktor und der Unkrautvernichter bereit waren, das Unkraut auf den Feldern einzusprühen, sobald es sich zeigte.

*

Der sternenlose Mitternachtshimmel war so dunkel wie seine Gedanken, als er zum Farmhaus zurückkehrte. Fudge blökte, und Freckle sah ihn an, als er an ihren Lagern auf der hinteren Veranda vorbeikam. »Ich weiß ja, Fudgy. Ich vermisse sie auch.«

Ewan zog sich bis auf die Boxershorts aus und sprang in den Pool. Die herbstliche Kälte des Wassers lenkte ihn ab. Er würde schwimmen, bis er nichts mehr spürte als das Brennen seiner überanstrengten Muskeln und den verzweifelten

Wunsch zu atmen. Er tauchte auf, um Luft zu holen. Tish stand in ihrem weißen Nachthemd am Rand des Pools. Sie hatte die Hände in die Hüften gestemmt, und Entschlossenheit zeichnete sich auf ihrem Gesicht ab.

»Jetzt ist Schluss, hörst du? Raus mit dir. Es wird nicht mehr geschwommen!«

Ewan blinzelte. Er hatte Tish noch nie so streng oder gar böse erlebt. Sie blieb immer ruhig und war es auch geblieben, als Braye im Alter von drei Jahren die Tür seines Zimmers grün gestrichen hatte.

»Tish, was ist denn los?«, fragte er und kletterte aus dem Pool. Er trocknete sich das Gesicht mit dem Handtuch ab, das über dem Zaun hing, dann wickelte er es sich um die Hüften.

»Ich sehe nicht dabei zu, wie du wieder schwimmst, bis du nur noch ein Schatten deiner selbst bist.«

»Mir geht es gut.«

»Nein, das tut es nicht.« Tish hob die Stimme. »Du vermisst Kree, und dabei ist sie noch nicht einmal abgereist.«

»Tish ...«

»Dieses ganze Gerede heute Abend über Krees Sammlung von Dingen aus dem alten Westen und ihre Heimreise – und du sturer Kerl hast es einfach ignoriert. Du wirst sie nicht bitten zu bleiben, habe ich recht?« Tränen glänzten in Tishs Augen. »Ich werde Fergus nicht erlauben, noch mehr Leben zu zerstören.« Sie ging zu dem Tisch, der in der Nähe des Pools im Licht der Lampe stand, und setzte sich in den nächstbesten Stuhl, als trügen ihre Beine sie nicht mehr länger. »Komm, setz dich zu mir, ich habe dir etwas zu erzählen.«

Ewan tat, worum sie ihn gebeten hatte. Außer der Kälte der Nacht spürte er auch eine leise Beklommenheit.

Sie strich sich das helle Haar aus dem Gesicht und holte tief

Atem. »Hast du dich je gefragt, warum Fergus in jener Nacht darauf bestanden hat, noch in die Stadt zu fahren?«

»Er wollte sich mit seinen Kumpels treffen und feiern.«

»Genau.« Sie zögerte. »Aber er wollte dort nicht nur seine Kumpels treffen.«

Ewans Hirn, das unter Schlafmangel litt, bemühte sich, Tish zu folgen. »Leute, die nicht aus der Stadt waren? Ich weiß, er spielte gern den bösen Buben, aber bitte erzähl mir nicht, dass er in Vieh- oder Benzindiebstahl verwickelt war.«

»Nein, das war er nicht.« Trotz ihrer Versicherung blieb Tishs Stimme leise.

»Gut. Also: Wen hat er dann getroffen?«

»Es war ... nur eine Person. Und es war eine ... eine Frau.«

»Zum Teufel!« Der Schock ließ ihn einen Augenblick erstarren, dann bedeckte er Tishs zitternde Hand mit der seinen. »Es tut mir so leid.«

»Ich habe ihm an diesem Abend gesagt, dass ich mich von ihm trennen würde. Er hat mir nicht geglaubt. Er hat gesagt, er würde mit dem Mädchen in der Stadt Schluss machen, und alles würde wieder sein wie am Anfang unserer Ehe.« Sie sah traurig aus. »Er sagte das nicht zum ersten Mal.«

»Mein Gott, Tish. Ich hatte ja keine Ahnung, was da vor sich ging.«

»Ich habe es gut versteckt. Am Anfang habe ich mir selbst Vorwürfe gemacht, weil ich ihn wegen der Jungen vernachlässigt hatte und weil ich ihm keine gute Ehefrau war. Aber weißt du was? Mir ist klar geworden, dass jeder Mensch eine Wahl hat, und es war seine Wahl, uns zu betrügen. Genauso wie es seine Entscheidung war, in dieser Nacht in die Stadt zu fahren und sich zu betrinken. Er hätte allein hinfahren, die Affäre beenden und wieder nach Hause fahren können.« Sie legte ihre zweite Hand auf seine, die noch immer ihre bedeckte. »Aber das hat er nicht getan. Stattdessen hat er dich in seinen Schmutz mit hineingezogen, obwohl du gar nichts davon wusstest.«

»Er hat dich geliebt, Tish. Seine letzten Worte, als ich ihn aus dem Wrack des Ute gezogen habe, waren: Kümmere dich um Tish und die Jungen.«

Tishs Lider flatterten, während sie gegen Tränen kämpfte. »Ich weiß, dass er das gesagt hat. Das ist einer der Gründe, warum ich die Affäre nie erwähnt habe. Ich wollte deine Erinnerung an ihn nicht beschmutzen.« Tish zog ihre Hände weg und ballte sie in ihrem Schoß zu Fäusten.

»Tish«, sagte Ewan liebevoll. »Was ist der andere Grund, aus dem du es mir nicht erzählt hast?«

Tish schloss die Augen.

»Welches Leben hat er noch zerstört?«, fuhr Ewan fort. »Das des Mädchens, mit dem er zusammen war?«

Tish nickte langsam.

»Sie muss aus der Gegend sein.«

Wieder ein Nicken.

Ewan dachte scharf nach. In Glenalla wusste jeder über jeden Bescheid, also musste Fergus in seinem normalen Alltag regelmäßig mit der Frau Kontakt gehabt haben, andernfalls hätte es Verdacht erregt. Er war nicht in den Lebensmittelladen gegangen, auch nicht zum Tierarzt oder in das frühere Café. Der einzige Ort in der Stadt, den er regelmäßig besucht hatte, war ... der Pub.

Er stieß einen leisen Pfiff aus.

»Verdammt, doch nicht etwa Jordy? Es war doch wohl nicht Bills Jordy?«

Tishs Augen blieben geschlossen, aber das Zittern ihrer blassen Lippen war Antwort genug.

Zorn stieg in Ewan hoch. Kein Wunder, dass Tish und Jordy einander mieden. Kein Wunder, dass Bill kein Fan von Fergus war. Ewans Hände umklammerten die Tischkante. »Mikey«, sagte er, und seine Stimme war heiser vor Wut. »Ist Mikey Fergus' Sohn?«

Tishs grüne Augen öffneten sich, und er las die blanke Verzweiflung darin. »Ja, das ist er. Zeitlich passt alles, aber ich war mir wegen der roten Haare nicht sicher. Wenn du die Jungen zusammen siehst, ist die Ähnlichkeit aber unverkennbar.«

»Es ist gut, dass Fergus jetzt nicht hier ist, denn sonst …« Ewan brach ab, weil ihm die Worte fehlten. Sein verwöhnter, selbstsüchtiger Bruder hatte eine Spur der Zerstörung hinterlassen, deren Ausmaß gewaltig war.

»Und ich habe ihn in dieser Nacht auch noch gefahren«, presste er schließlich heraus.

Tish nickte, sagte aber nichts.

»Mikey wächst ohne Vater auf. Jordy und Bill arbeiten rund um die Uhr, um zurechtzukommen und ihm eine Zukunft zu bieten.«

»Ich weiß. Sei wütend. Lass deinen Kummer heraus. Und begrab deine Schuldgefühle. Du hast Fergus nicht umgebracht, sein Tod war ein Unfall, aber er hat dir dein Leben gestohlen. Und das tut er noch immer.« Sie nahm seine Hand. »Lebe das Leben, das ein anständiger Mann wie du verdient hat. Lass nicht zu, dass Fergus und seine selbstsüchtigen Taten dir dein Glück zerstören. Lass Kree nicht abreisen, ohne dass du ihr gesagt hast, was sie dir bedeutet. Liebe Kree, Ewan. Lass sie an dich heran.«

## 35

Ewan erwachte vom Zwitschern einer Amsel und hatte nur einen einzigen Gedanken: Es gab etwas, was er für Kree tun konnte, um sich für alles zu bedanken, was sie für ihn und seine Familie getan hatte. Er konnte ihr die Wahrheit sagen.

Was hatte er sich dabei gedacht, als er verlangt hatte, dass es zwischen ihnen keine Versprechen geben dürfte, die gebrochen werden könnten? Dass man einander nichts versprach, war keine Garantie dafür, dass man einander nicht verletzte. Die Zeit, da er Angst vor Verletzungen gehabt und sich in Schuldgefühlen gesuhlt hatte, war vorüber. Er musste ihr sagen, dass er sie liebte, auch wenn es ihm am Ende das Herz brechen würde und sie sich trotzdem in den Flieger nach Colorado setzte. Er musste tun, was Tish gesagt hatte. Er musste Kree an sich heranlassen.

Mit neuer Entschlossenheit duschte er und ging in die Küche. Er würde sich einen Kaffee für den Weg machen und nach Berridale fahren, um Kree zu erwischen, ehe sie und Seth aufbrachen, um alles für die Eröffnung des Tourismuszentrums am Abend vorzubereiten. Während er den richtigen Deckel für seine Thermoskanne suchte, steckte Tish ihren Kopf in die Küche.

»Ich pflücke die Margeriten für den Tischschmuck, bevor es zu heiß wird. Die Jungen sind im Sandkasten.« Ihr blonder Kopf verschwand und tauchte dann noch einmal auf. »Ach, und Kree hat angerufen, um zu sagen, dass sie und Seth schon auf dem Weg nach Glenalla sind und dass Seth dir mit den

Wandmalereien helfen wird, nicht Trav, denn der schafft es erst heute Nachmittag in die Stadt.«

Ewan machte sich Kaffee, holte sich ein sauberes Hemd, Jeans und seine guten Stiefel, und dann lenkte er seinen mit den bemalten Tafeln beladenen Ute nicht wie geplant nach Berridale, sondern nach Glenalla.

*

Als Ewan im Schatten vor dem Calf and Cow parkte, glich das Tourismuszentrum bereits einem farbenprächtigen Bienenstock, in dem es vor aktiven Menschen nur so wimmelte. Jordy und Fred Webb hängten Lichterketten in die Bäume. Beth stand in der offenen Tür des Kutscherhauses und dirigierte den Verkehr, während ein Heer von Helfern Kisten ins Gebäude hinein und wieder hinaus trug. Ewan ließ seinen Blick über die Menge schweifen, konnte aber nirgendwo eine Spur von Kree und Seth entdecken. Vermutlich hatten sie etwas zu erledigen. Er stieg aus dem Ute und betrat den Pub.

»Das nenne ich perfektes Timing«, sagte Bill, der einen Klapptisch aus einem Hinterzimmer schleppte. »Von den Dingern habe ich noch neunzehn Stück, die nach drüben müssen.«

Mikey stürmt an Bill vorbei, seine braunen Augen leuchteten. Ewan hob ihn hoch in die Luft und hielt ihn fester, als er es sonst tat.

Ewans Kehle wurde eng. Wie hatte ihm Mikeys Ähnlichkeit mit den Jungen zuvor nur entgehen können? Gewiss, Mikey hatte rotes Haar, Sommersprossen und helle Haut, während Braye und Darby eher dunkel waren, aber jetzt entdeckte er, dass Mikey das gleiche Grübchen in seinem kleinen

Kinn hatte wie Braye und Darby und dass er das gleiche Lächeln hatte wie die beiden.

Liebevoll stellte er Mikey wieder auf den Boden. »Darby und Braye werden bald kommen und können es nicht erwarten, mit dir zu spielen. Darby hat gefragt, ob du deinen Tyrannosaurus Rex mitbringen könntest, er bringt seine Schachtel mit Dinosauriern nämlich auch mit.«

»Ja«, rief Mikey und machte einen fröhlichen Hüpfer, ehe er durch die Seitentür hinüber in ihre Privatwohnung flitzte.

Ewan sah Bill an, der den Tisch abgestellt hatte und ihn betrachtete. Er hatte noch nie gesehen, dass Bill so alt und müde ausgesehen hatte.

»Du weißt es …«, sagte Bill mit schwerer Stimme.

Ewan nickte und ging zu ihm. »Ja, Tish hat es mir erzählt. Es tut mir so leid, Bill.« Sogar jetzt, nachdem er eine Nacht Zeit gehabt hatte, die Neuigkeiten zu verdauen, konnte er nicht verhindern, dass Zorn in ihm aufstieg. »Wenn ich gewusst hätte, was Fergus vorhatte …« Ewan brach ab.

Er brauchte den Satz nicht zu beenden, das kalte Funkeln in Bills Blick gab ihm zu verstehen, dass sie über das, was Fergus verdiente, derselben Meinung waren.

»Aber was geschehen ist, ist geschehen«, sagte Bill schroff. »Und Mikey ist so ein großartiger kleiner Kerl. Ich kann mir ein Leben ohne ihn gar nicht mehr vorstellen.«

Ewan nickte. »Ich wünschte nur, ich hätte es gewusst. Du und Jordy, ihr hattet es schwer während der Trockenheit, und ich hätte euch helfen können.«

»Ich weiß, dass du das getan hättest, aber du musstest schon für Tish und die Zwillinge sorgen.«

»Ich hätte euch trotzdem geholfen. Sag Jordy, ich habe heute früh auf der Fahrt mit unserem Anwalt gesprochen, und Mikey wird in mein Testament eingesetzt werden. Und bitte sag ihr auch, sie soll mir per E-Mail ihre Kontodaten schicken, damit ich einen Dauerauftrag einrichten und zu Mikeys Unterhalt beitragen kann.«

»Du weißt, dass du das nicht tun musst?«

»Ich möchte es, Bill. Er ist mein Neffe.«

Bills Schultern entspannten sich, und er trat einen Schritt auf Ewan zu, nahm seine Hand und schüttelte sie fest. »Und wenn er nur halb so anständig gerät wie sein Onkel, wird er ein feiner Kerl werden.«

Mikeys Schuhsohlen trommelten über den Boden des Flurs, ehe er mit einem großen Tyrannosaurus Rex in der Hand wieder auftauchte. »Hab ihn gefunden.«

»Ich wünschte, das hättest du nicht«, sagte Ewan grinsend. »Sieh dir doch mal diese Zähne an.«

Mikey gab grollende Geräusche von sich und wedelte mit dem Dinosaurier in seine Richtung.

Ewan lachte und nickte Bill zu, ehe er nach dem Klapptisch griff. »Mikey, was hältst du davon, wenn du und dein äußerst gefährlicher Freund mir die Tür aufhaltet?«

*

Als Ewan den letzten Tisch auf den Stapel vor dem Eingang des Besucherzentrums gelegt hatte, trafen Seth und Kree ein. Beth und eine Gruppe von älteren Damen stürzten sich sofort auf Kree.

Sie schenkte Ewan ein kurzes Lächeln und winkte ihm zu, während sie von Beth ins Innere des Tourismuszentrums gedrängt wurde.

Seth kam und stellte sich neben ihn. »Mein hübsches Gesicht ist hier nicht gefragt. Auf mich hat sich noch niemand gestürzt.«

Ewan klopfte ihm auf den Rücken. »Das bedeutet, dass du das Glück hast, mir mit dem Wandgemälde helfen zu dürfen. Es sei denn, du möchtest lieber Teetassen polieren, statt den Bohrer zu schwingen. In dem Fall machst du besser, dass du nach drinnen kommst.«

Seth schauderte. »Den Bohrer ziehe ich Teetassen unbedingt vor. Du kannst über mich verfügen.«

*

Seth schwang begeistert den geräuschvollen Bohrer, und Ewan machte sich daran, die Platten des Wandgemäldes an der Wand des Wellblechschuppens zu befestigen, der am Rand des Parks stand. Während das Gemälde allmählich Gestalt annahm, lösten sich seine Pläne, mit Kree zu sprechen, in Rauch auf. Sie wurde die ganze Zeit von Helfern belagert, die wissen wollten, wo bestimmte Dinge hinsollten, oder die einfach nur Lust auf einen Schwatz hatten. Allein war sie nie.

Als Seth die letzte Schraube anzog, die das Gemälde halten sollte, nahm Ewan den Duft von Vanille wahr. Er drehte sich um und sah Kree in ihrem rot-weiß karierten Hemd. Sie stand mit gerunzelter Stirn vor der Szene mit den Straßenräubern.

»Es sieht fantastisch aus«, sagte er und kam näher.

»Bist du sicher? In deinem Schuppen hat es irgendwie anders gewirkt.«

»Es sieht toll aus, und diese Postkutsche ist besonders beeindruckend.«

Sie lachte und öffnete die Arme. »Ich dachte, du wärst nicht voreingenommen, was den Teil betrifft, den du gemalt hast.«

»Ich habe gelogen.« Er machte eine Pause und zupfte ein kleines gelbes Blatt aus ihrem offenen Haar. »Du bist auf den Beinen, seit du angekommen bist. Was hältst du davon, die

Wasserkocher von Mrs. Butler mit mir abzuholen? Es würde nicht länger als eine halbe Stunde dauern.«

Sie seufzte. »Ich wünschte, das könnte ich machen, aber Tish wird in fünf Minuten hier sein, und ich habe versprochen, ihr mit den Blumen zu helfen.«

»Okay. Ich möchte meinen Ute wieder vor den Pub stellen. Warum kommst du nicht mit? Das dauert nur zwei Minuten – versprochen.«

Seth, der gerade den kabellosen Bohrer in seinem Koffer verstaute, blickte auf. »Ich würde gehen, Schwesterherz, und zwar bevor dich diese Frau mit dem enormen Strohhut und der noch enormeren Stimme zu Gesicht bekommt, die gerade eingetroffen ist.«

Sie drehten sich beide um und sahen Mrs. Jessop, die wie ein Schiff in vollen Segeln auf sie zumarschierte.

Gleichzeitig eilten sie auf den Ute zu, und wie Ewan es vorhergesagt hatte, dauerte es genau zwei Minuten, um den nun leeren Ute wieder vor dem Pub zu parken. Ewan würgte den Motor ab, denn seine Nerven flatterten, und mit seiner Selbstbeherrschung war es auch nicht mehr weit her.

Er löste seinen Sicherheitsgurt und sah sie an.

»Kree«, sagte er leise. »Ich muss mit dir reden, aber zuerst gibt es etwas, das du wissen musst. Und ich will, dass du es von mir erfährst, nicht von irgendwem anders: Mikey ist Fergus' Sohn.«

Ihr Mund öffnete sich, und sie sah ihn mit weit aufgerissenen Augen an. »Unmöglich.«

»Ich wünschte, es wäre nicht wahr, aber das ist es.«

»Die arme Tish. Die arme Jordy.«

»Ich weiß. Wenn mein Bruder noch leben würde, hätte er eine Menge zu erklären. Er ist in der Nacht, in der er gestorben ist, in die Stadt gefahren, um die Sache mit Jordy zu beenden, aber er hat es dann doch nicht getan. Denn in dieser Nacht hat Jordy ihm gesagt, dass sie schwanger ist. Sie musste ihm versprechen, dass sie niemandem etwas davon sagt, schon gar nicht ihrem Vater oder mir, bis er sich überlegt hatte, was zu tun ist.«

»Wie kann man denn ein solches Geheimnis bewahren?« Mitleid schwang in Krees Worten mit. »Wie alt war Jordy? Viel älter als achtzehn kann sie kaum gewesen sein.«

»Nein, das war sie nicht. Außerdem hatte sie keine Mutter, mit der sie hätte sprechen können, und sie wusste, dass Bill Fergus ohnedies nicht mochte. Also hat sie ihre Schwangerschaft verheimlicht. Eine Nacht lang blieb der Pub geschlossen, und am nächsten Tag gingen dann alle Getränke aufs Haus, weil Bill Großvater geworden war. Er hatte zwar nichts von Mikey gewusst, aber er hat seinen kleinen rothaarigen Enkelsohn von dem Tag seiner Geburt an geliebt.«

»Und jetzt hat Mikey auch noch einen Onkel, der ihn liebt, und dazu zwei Halbbrüder, die ihn furchtbar gern mögen«, sagte Kree sanft.

Ewan folgte Krees Blick durch die Windschutzscheibe. Auf der anderen Straßenseite parkte Tish ihre staubige graue Familienkutsche ein. »Die hat er, das steht fest.«

»Wie steht Tish zu alledem?«

»Ich nehme an, sie hatte einige Jahre Zeit, um mit den falschen Entscheidungen zurechtzukommen, die Fergus getroffen hat. Und auch wenn ich nicht glaube, dass sie und Jordy jemals Freundinnen werden, trifft Mikey ja keine Schuld. Sie weiß, dass er ein netter Junge ist, und ich bin sicher, dass die Jungen ihn nun öfter zu sehen bekommen werden, als das in der Vergangenheit der Fall war.«

Kree nickte und legte ihre Hand auf den Türgriff. »Danke, dass du es mir gesagt hast. Wenn ich Jordy und Tish in einer peinlichen Situation sehe, kann ich ihnen jetzt zu Hilfe kommen.« Sie sah ihn fragend an. »Und was wolltest du noch mit mir besprechen?«

Auf der anderen Straßenseite sah er Tish mit zwei Kisten voller weißer Margeriten kämpfen. Sorge zeichnete sich auf ihrem Gesicht ab, als die rechte Kiste schwankte. Dann entglitt sie ihr. Er sprang aus dem Ute, noch ehe die Box auf den Gehsteig knallte.

»Nichts. Es kann warten«, sagte er mit einem resignierten Lächeln, während sie gemeinsam zu Tish und den verstreuten Blumen eilten.

*

»Und damit erkläre ich das Besucherzentrum von Glenalla für eröffnet.«

Kree schnitt das dicke rote Band durch, das Darby und Braye vor der Tür des Kutscherhauses aufgespannt hatten. Als die rote Seide zu Boden glitt, brach die Menge, die sich im Park versammelt hatte, in Jubel aus. Kree reichte Mrs. Jessop die Schere und trat zur Seite, bevor Mrs. Jessop mit dröhnender Stimme verkündete: »Die Reden und der offizielle Teil des Abends sind damit beendet. Das Abendessen wird in Kürze serviert. Also lehnen Sie sich zurück, entspannen Sie sich und amüsieren Sie sich.« Sie winkte Kree mit der Hand zu. »Noch ein letzter Dank an Kree – die, wie sich herausgestellt hat, eine von uns ist – für das spektakuläre Wandgemälde und dafür, dass sie unser Glenalla für Touristen attraktiv gemacht hat.«

Der Jubel der Menge brach erneut los, und Kree lächelte dem Meer aus Gesichtern zu, wobei sie hoffte, dass nicht allzu offensichtlich war, wie sie sich wirklich fühlte: wie ein Reh im

Scheinwerferlicht. Sie stand lieber hinter einer Leinwand und malte, statt im Mittelpunkt der Aufmerksamkeit all der Menschen zu stehen, deren Dankbarkeit und Zuneigung sie bereits überwältigt hatten. Auf der Ladefläche von Seths Ute türmten sich Behälter mit Lamingtons und riesige Sträuße aus frischen Blumen. Auch Gläser mit Vegemite, die sie Tish für die Jungen geben würde, hatte sie geschenkt bekommen.

Aus der Jukebox, die Bill vom Pub herübergebracht hatte, plärrte Musik. Stumm dankte Kree dem Himmel, als die Menge sich allmählich zerstreute. Paare strebten auf den provisorischen Tanzboden in der Mitte des Parks zu, während die Kinder zu den Spielgeräten eilten. Eine Gruppe von Mädchen in hübschen Partykleidern stand unter den Bäumen, die mit Lichterketten geschmückt waren, während auf den langen Tischen Teelichter in kleinen Glasgefäßen leuchteten.

Kree schlüpfte durch die Tür ins Kutscherhaus. Sie wollte sich fünf Minuten Ruhe gönnen, bevor sie nachsah, wie Beth' Freundin Hallie mit der Bewirtung zurechtkam.

Kree verließ das Kutscherhaus durch die Hintertür. Dort hatte Hallie ihren Trailer geparkt, der mit allem ausgestattet war, was man für einen Partyservice brauchte, inklusive Herd und Kühlraum. Die köstlichen Düfte, die von ihm ausgingen, ließen Krees Magen knurren. Sie und Seth hatten ein eiliges Frühstück zu sich genommen, ehe sie Berridale verlassen hatten, um die Gräber ihrer Großeltern zu besuchen. Lange nach der Mittagszeit hatte Beth ihr dann ein Sandwich in die Hand gedrückt. Sie war gerade damit beschäftigt gewesen, Tishs kleine Vasen mit weißen Margeriten auf den Tischen zu verteilen.

Hallie streute gerade frisch gehackte Petersilie über eine Servierschale mit Essen und blickte nun auf. »Hier. Du siehst aus, als könntest du etwas zu essen gebrauchen.« Sie ließ einen

Löffel voll in die Schale gleiten und reichte sie Kree. Dann rückte sie einen Hocker heran. »Setz dich hin. Das ist der beste Platz im ganzen Haus.«

»Danke.« Kree nahm die Schale entgegen und setzte sich. Sie strich eine Falte aus dem Rock des seegrünen Kleides, das Tish aus Sydney mitgebracht und das Kree in einem Zimmer im Pub rasch angezogen hatte. Gedämpft drang der Lärm der Jukebox herüber. Es war ein Song, den sie kannte, und während sie aß, klopfte sie im Takt der Musik mit dem Fuß. Um sie herum bereiteten Hallie und ihre jungen Helfer weitere Servierschalen mit Abendessen zu.

Breite Schultern in einem grün gestreiften Hemd blockierten für kurze Zeit das Licht, das durch die offene Tür in den Trailer fiel.

»Also hier versteckst du dich«, sagte Ewan und kam mit zwei bernsteinfarbenen Bierflaschen zu ihr.

Die beiden Mädchen, die Hallie halfen, unterbrachen ihre Arbeit, um mit großen Augen zu ihnen hinüberzusehen. Ewan bedachte sie mit einem kurzen Lächeln und nickte Hallie zu. »Der Auftrag ist erledigt?«

Sie grinste. »Ja, deine Bitte, dafür zu sorgen, dass Kree etwas zu essen hat, kann ich abhaken.«

Kree ließ sich Zeit, um von ihrer Mahlzeit aufzublicken. Unter dem zarten Rindfleisch hatte sie flockigen Kartoffelbrei entdeckt. »Ich bin hier.«

Ewan nahm die beiden Flaschen in eine Hand, zog sich einen freien Hocker heran und setzte sich ihr gegenüber. Er war ihr so nah, dass sein Knie das ihre berührte. Er stellte die Bierflaschen auf den Boden und lächelte. »Ich wusste, dass du hier bist.«

Kree vergaß ihren Hunger und ihre Erschöpfung. Alles, was sie fühlte, war die süße Wärme seines Lächelns, die sie durchströmte wie eine heiße Schokolade nach einem morgendlichen Skiausflug in die Berge. Er hob die Hand und strich mit dem Daumen über den Mundwinkel.

»Petersilie«, sagte er mit rauer Stimme.

Sie leckte sich die Lippen, um sicherzustellen, dass dort kein kompletter Kräutergarten wuchs.

Hallie blieb vor ihnen stehen und hielt ein Tablett voller dampfender Servierschalen in den Händen. »Kree, möchtest du noch eine Schale, bevor wir das Essen servieren?«

»Nein, danke. Es war köstlich, aber jetzt bin ich satt.«

Ewan griff nach einer der Schalen. »Ich sage nicht Nein. Von Bier allein kann ein Mann schließlich nicht leben.«

Sobald Hallie und ihre Helferinnen mit den beladenen Tabletts durch die Tür des Kutscherhauses verschwunden waren, stellte er sein Bier und seine Schale zu seinen Füßen auf den Boden. »Danke, dass du Hallie organisiert hast. Ich weiß, dass sie nicht billig ist. Sie hat die Bewirtung für die Hochzeit der Quinns übernommen, und die Stadt hat noch wochenlang davon geredet.«

»Ich hatte Glück, dass jemand abgesagt hat, denn sie ist bis ins nächste Jahr hinein ausgebucht.« Kree nahm sich ein Bier, trank einen Schluck und stellte die kalte Flasche wieder auf den Boden. Sie blies gegen ihre Finger, um sie zu wärmen. Sie würde einen dieser Getränkehalter brauchen, die Beth für das Tourismuszentrum bestellt hatte. »Und was die Kosten betrifft, so hat Glenalla mir meinen Bruder wiedergegeben, und das ist unbezahlbar.«

Ewans dunkler Blick ruhte auf ihrem Mund.

»Was ist?« Sie berührte ihre Lippen. »Noch mehr Petersilie?«

»Nein. Du bist nur so schön. Innerlich und äußerlich.«

Er beugte sich vor und küsste sie, bis sich in ihrem Kopf

alles drehte und Lichter hinter ihren geschlossenen Lidern tanzten.

Ein Räuspern brachte sie auseinander. »Tut mir leid, euch einen weiteren Kuss zu verderben«, sagte Tish mit einem Lächeln, das keine Reue erkennen ließ. »Aber ich dachte, ich warne euch besser. Ewan, Mrs. Jessop sucht überall nach dir. Offenbar ist Cassandra eingetroffen.«

Ewan stand auf und zog auch Kree auf die Füße. Er hob sein Bier und seinen Teller auf, ehe er ihr den Arm um die Taille legte. »Dann wird es wohl Zeit, Mrs. Jessop klarzumachen, dass ich nur Augen für eine Frau habe und dass diese Frau nicht ihre Tochter ist.«

# 36

Ewan tanzte und lachte mit Kree und bewies sowohl Mrs. Jessop als auch der gesamten Gemeinde von Glenalla, dass er von Amors Pfeil getroffen worden war. Doch nach ein paar Stunden machte sich die Müdigkeit nach den Tagen des Malens bemerkbar, und Krees Energie schwand. Sie bat Ewan, ihr einen Kaffee zu holen. Da sie wusste, dass er unterwegs mit ein paar Leuten reden würde, suchte sie sich dann einen ruhigen Tisch im Dunkeln.

Sie streifte die von Tish geborgten Sandalen mit den Keilabsätzen ab und legte ihre müden Füße auf einen Stuhl. Dann betrachtete sie die Menschen, die um sie herum feierten, und ließ deren Freude und Hoffnung auf sich wirken. Der Ort, in dem ihre Mutter ihre Kindheit verbracht hatte, würde sich wieder erholen. Glenalla brauchte sie nicht mehr. Sie hatte die Schuld für die Rettung von Seth beglichen. Die Touristen würden kommen, und die Stadt würde diese Gelegenheit zu nutzen wissen. Die Fähigkeiten und das Selbstvertrauen, die die Menschen hier gewonnen hatten, indem sie zusammengehalten und das Tourismuszentrum auf die Beine gestellt hatten, würde sich auf zukünftige Projekte auswirken. Schon jetzt plante die örtliche Schule, das nächste Wandbild zu malen, und Beth wollte einmal im Monat einen Markt organisieren. Kree hatte außerdem mit einer Bekannten in Sydney gesprochen, die in der Werbung tätig war. Glenalla wusste noch nichts davon, aber die Stadt würde schon bald in einer Multimediakampagne für Tourismus in den Outbacks auftauchen.

Krees Herz wurde warm, als sie Travis und Tish auf dem Tanzboden entdeckte. Sie hielten einander in den Armen und waren in einer Welt versunken, in der nur sie beide existierten. Die Narben, die Tish durch Fergus' Betrug davongetragen hatte, waren verheilt. Die Buschtrommeln von Glenalla würden von all dem Klatsch aus dieser Nacht morgen heiß laufen. Die Entdeckung, dass sie und Seth die Kinder von Mary Ellen Knox waren, würde schon bald Schnee von gestern sein. Hinter der Tanzfläche leuchtete das Wandgemälde mit den Straßenräubern im Scheinwerferlicht. Wie von ihrem Vater würde auch von ihr immer ein Stück in Glenalla bleiben.

Sie suchte die Menge nach Ewans dunklem Haarschopf ab und entdeckte ihn im Gespräch mit einem jungen Mann, der vorhin beim Abendessen bei Jordy und Mikey gesessen hatte. Ewan war noch nicht einmal bis zu dem Tisch mit den heißen Getränken gekommen, um den Kaffee zu holen. An die Möglichkeit, Ewan zu verlassen, wollte sie nicht einmal denken. Er hatte darum gebeten, dass es zwischen ihnen »keine Versprechen« geben sollte, und sie hatte zugestimmt. Keine Versprechen – das konnte alles einschließen, von »Ich werde für dich da sein« bis »Ich bleibe bei dir«, und alles, was es dazwischen noch gab. Würde die Zukunft ihr je erlauben, »Ich liebe dich« zu sagen und Ewan all die Versprechen zu geben, die diese kostbaren Worte mit sich brachten?

Heute Abend hatte er zwar niemanden im Zweifel darüber gelassen, dass sein Interesse ihr galt, aber sie hatten immer noch nicht über das gesprochen, was vor ihnen lag. Was er ihr vorhin im Ute hatte sagen wollen, blieb weiterhin ungesagt. Sie hatten sich geeinigt, dass sie jeden Tag auf sich zukommen lassen würden, aber schon bald würden die Tylers zurückkehren, und dann gab es für sie keinen Grund mehr, länger hierzubleiben. Gewiss, sie und Ewan waren jetzt Geschäftspartner, aber das bedeutete nicht, dass sie so lange auf Marellen bleiben konnte, wie sie wollte. In den Rocky Mountains war der Frühling angekommen, und die Touristen würden in die sonnigen Elk Falls einfallen. Sie musste ihre Galerie wieder öffnen.

»Alles in Ordnung, Fräulein?«

Mit einem Lächeln drehte sie sich nach dem Mann um, der ihr die Antworten gegeben hatte, von denen sie befürchtet hatte, dass sie sie nie bekommen würde. »Ja, Harry, danke, ich bin nur müde.«

»Sie haben da eine gute Sache für diese Stadt auf die Beine gestellt.« Der alte Harry setzte sich mit einem Ächzen auf den Stuhl neben sie. »Ihr Vater und Ihre Mutter wären stolz auf Sie.«

Kree drückte Harrys knochige Hand, die auf dem weißen Tischtuch ruhte. »Das hoffe ich. Sie würden sich auch freuen, dass ich Sie endlich gefunden habe, auch wenn ich mir damit ziemlich viel Zeit gelassen habe.«

Harry lachte, und weil er das so selten tat, klang es fast wie ein Krächzen. »Das haben Sie allerdings. Aber ich wusste immer, dass Sie kommen würden.« Sein Blick wanderte hinüber zu Ewan, der noch immer in sein Gespräch vertieft war. »Und für die Mackenzies haben Sie auch etwas Gutes getan.«

»Und woher wissen Sie, was ich für die Mackenzies getan habe?«

Er zwinkerte ihr zu. »Ich mag zwar alt sein, aber ich weiß immer genau, was vor sich geht.« Er wurde wieder ernst. »Wenn es Sie und Seth in finanzielle Schwierigkeiten gebracht hat, dass Sie sich in Marellen eingekauft haben, kann ich aushelfen.«

Kree stiegen Tränen in die Augen. Die meisten Leute in der

Gemeinde mochten Harry für einen griesgrämigen, exzentrischen Einsiedler halten, aber sie wusste es besser. Er hatte ein Herz aus purem Gold.

Sie küsste seine wettergegerbte Wange. »Vielen, vielen Dank, aber wir kommen gut zurecht. Unsere Eltern haben uns beigebracht, bescheiden zu leben, und die Investitionen meines Vaters bringen mehr als genug ein, damit wir alles haben, was wir brauchen.«

»Umso besser. Und wenn die Tylers wieder zu Hause sind und Sie ein Dach überm Kopf brauchen, dann gibt es bei mir ein Zimmer, auf dessen Tür Ihr Name steht, und auch eines für Ihren Wirbelwind von Bruder.« Er senkte die Stimme zu einem Flüstern. »Lassen Sie es niemanden wissen, aber ich könnte ein bisschen Gesellschaft brauchen.«

»Ich behalte es für mich. Es ist unser kleines Geheimnis.«

Harry drehte sich um, als Seth sich zu ihnen gesellte. Die üppige Blondine, mit der er geschwatzt und gelacht hatte, saß jetzt bei einer Gruppe weiterer langbeiniger Mädchen im Teenageralter.

»Mit dem armseligen Bullenfänger, den Sie vorne an Ihrem Ute haben, werden Sie wohl kaum eine junge Dame beeindrucken«, sagte der alte Harry mit einem Stirnrunzeln zu Seth. »Bringen Sie Ihren Ute morgen vorbei. Ich habe einen anständigen Frontschutzbügel in meiner Garage, der passen müsste. Sie können mir helfen, ihn anzubringen.«

Seths Grinsen hätte breiter nicht sein können. »Ist das Ihr Ernst?«

»Darauf können Sie Gift nehmen.« Ein Lächeln ließ den trüben Blick des alten Mannes aufleuchten.

Kree lächelte und schüttelte in gespielter Verzweiflung den Kopf. »Nicht Sie auch noch, Harry. Was ist das nur mit euch Jungs und eurem Spielzeug?«

»Jungen, sogar ganz alte, können eben nie genug Spielzeug haben«, sagte er, schob seinen Stuhl zurück und stand auf. Er nickte Kree und Seth kurz zu, ehe er auf seinen krummen Beinen davonschlurfte.

»Schwesterherz, du siehst völlig zerstört aus«, sagte Seth und setzte sich auf den Stuhl, von dem der alte Harry gerade aufgestanden war.

»Also so schlimm kann es ja wohl nicht sein.«

»Tut mir leid, wenn ich deine Illusion zerstöre, aber du siehst wirklich fix und fertig aus. Möchtest du einen heißen Tee, um wach zu werden? Auch wenn ich nicht verstehe, wie du das Zeug trinken kannst.«

»Nein danke.« Sie unterdrückte ein Gähnen. »Ich glaube, was ich wirklich brauche, ist Schlaf.«

»Ich bring dich nach Hause.«

»Was ist mit der hübschen Blonden?«

Seths freches Grinsen blitzte auf. »Ihre Telefonnummer habe ich schon. Wir haben vor, morgen mal den Kaffee im Besucherzentrum auszuprobieren.«

Kree gab ein gespieltes Stöhnen von sich. »Und ich habe mir eingebildet, du wärst nach Glenalla gekommen, um Zeit mit deiner großen Schwester zu verbringen.«

»Das glaubst du doch wohl selbst nicht!« Die Zuneigung und das Lachen in seiner Stimme straften seine Worte Lügen. Er hielt ihr die Hand hin. »Na komm, altes Haus. Ich akzeptiere kein Nein.«

Kree schob die Füße in ihre Schuhe, nahm seine Hand und stand auf. Seth wies mit dem Kopf in die Richtung, in der Ewan stand. Er war mittlerweile bei dem Tisch mit den Heißgetränken angekommen und sprach mit einem älteren Farmer mit schlohweißem Haar. »Musst du noch Auf Wiedersehen sagen?«

»Nein. Ich habe Ewan den ganzen Abend für mich beansprucht, und es wird Zeit, dass alle anderen auch etwas von ihm haben. Außerdem erkennt man das ja an ihrer Körpersprache. Was immer sie besprechen, ist wichtig.« Kree blickte auf die Straße, wo Seths Ute geparkt war. »Mein Handy ist in meiner Tasche in deinem Auto. Wenn wir unterwegs sind, schicke ich ihm eine SMS, und wenn wir in Berridale sind, rufe ich ihn an.«

*

Mit dem Kaffee in der einen und einer Flasche Wasser für Kree in der anderen Hand bahnte sich Ewan seinen Weg durch die Menge. Als er Getränke holen gewesen war, hatte sein Handy gepiept, aber er würde die Nachricht erst lesen, wenn er die Hände wieder frei hatte. Er hatte gesehen, wie Kree sich an einen Tisch in einiger Entfernung von der Menge gesetzt und mit dem alten Harry gesprochen hatte. Doch als er näher kam, musste er feststellen, dass ihr Platz jetzt leer war. Er blickte sich um, doch alles, was er sah, war der alte Harry, der auf ihn zugeschlurft kam.

»Wenn du das junge Fräulein suchst, das ist gegangen.«

Er runzelte die Stirn. »Gegangen?«

»Ja, in dieser Todesfalle, die Seth einen Ute nennt.«

Ewan unterdrückte seine Enttäuschung. Er würde so alt werden wie Seths Ute, bis er endlich eine Chance bekommen würde, mit ihr zu sprechen. »Sie hat müde ausgesehen. Und was Seths Ute betrifft: Ich habe ihn mir angesehen. Solange er keine Dummheiten macht, ist der Wagen in Ordnung. Wasser?«

Harry nahm die Flasche, die Ewan ihm hinhielt.

Trotz seiner beruhigenden Worte beklemmte Ewan der

Gedanke, dass Seth Kree in seinem Ute nach Hause fuhr. Bis er wusste, dass Kree sicher bei den Tylers angekommen war, würde sich seine Nervosität nicht legen.

Harry sah ihn mit trüben Augen an. »Ich dachte, du hättest meinen Rat angenommen und würdest dir diese Chance mit Kree nicht entgehen lassen.«

»Das tue ich auch nicht.«

»Bist du dir sicher?«, knurrte Harry. »Wenn du nämlich noch langsamer dabei vorgehst, ihr deine Gefühle zu gestehen, stehst du still.«

»Ich bin sicher.«

Harry sah ihn unverwandt an. »Deine Trödelei hat aber nichts damit zu tun, dass du dir immer noch die Schuld am Tod von Fergus gibst, oder? Ich habe dir wieder und wieder gesagt, dass dieser Cowboy von einem Schlepperfahrer aus dem Norden von Glück sagen kann, dass man ihn nicht belangt hat. Das Gesetz schreibt vor, dass Schlepper nach der Dämmerung von der Straße müssen. Es war sein Pech, dass sein Truck in dieser Kurve liegen geblieben ist, und euer Pech, dass ihr nicht ausweichen konntet.«

Ewan schüttelte den Kopf. »Es ist in Ordnung, Harry. Ich habe mittlerweile verstanden, dass ich an dem Unfall keine Schuld hatte.«

Harrys finstere Miene hellte sich nicht auf. »Dann gibt es ja wohl keine Ausrede mehr. Sprich mit Kree. Das Fräulein ist clever, aber Gedanken lesen kann es nicht.«

»Ich versuche es ja, Harry, aber für das, was ich sagen will, hat es heute Abend keinen einzigen geeigneten ruhigen Moment gegeben.«

»Versprich mir, dass du Kree sagen wirst, was du für sie empfindest, und zwar jetzt, bevor es zu spät ist.« Harrys rot geränderte Augen glänzten gefühlvoll. »Wenn du dir dieses

Mädchen entgehen lässt, stehst du am Ende da wie ich, das kannst du mir glauben.«

Langsam nickte Ewan. In all den Jahren, die er den alten Harry kannte, hatte dieser noch nie etwas von jemandem verlangt. »Ich werde es tun.«

Harrys schmale Schultern entspannten sich. Er warf einen scharfen Blick auf Ewans Handy, das in der Brusttasche seines Hemds steckte. »So, ich denke, ich habe mir heute Abend mindestens ein Bier verdient. Also gehe ich mir jetzt eins holen, und in der Zwischenzeit hast du ein Versprechen zu halten.«

Ewan ging zu dem Stuhl, auf dem Kree gesessen hatte. Dort würde er besser telefonieren können. Mit trockenem Mund zog er sein Handy aus der Tasche. Kree am Telefon zu sagen, dass er sie liebte, war zwar weit entfernt von dem, was er geplant hatte, aber der alte Harry hatte recht. Er musste ihr jetzt sagen, was er fühlte. In ein paar Tagen war sie vielleicht abgereist, und jede Stunde mit ihr zählte.

Sein Display zeigte an, dass er eine Nachricht erhalten hatte, und er erinnerte sich, dass sein Telefon vorhin gepiept hatte. Er lächelte, als er Krees Nachricht abhörte. Sie dankte ihm für einen schönen Abend und versprach, ihn anzurufen, wenn sie auf Berridale war. Er überprüfte die Zeit der Nachricht. Sie und Seth hatten mindestens eine halbe Stunde Vorsprung. Es war unmöglich, sie einzuholen, um von Angesicht zu Angesicht mit ihr sprechen zu können. Er starrte sein Handy an.

*Sag Kree jetzt, was du fühlst, bevor es zu spät ist.*

Mit zitternden Fingern drückte Ewan Krees Nummer und hielt sich das Handy ans Ohr. Sie ging vielleicht gar nicht ans Telefon oder wollte nicht sprechen, solange sie noch mit Seth im Auto saß, aber wenn er es jetzt probierte, würden seine

Nerven morgen bei einem zweiten Versuch zumindest keinen solchen Tanz aufführen.

»Hallo, Ewan.«

Er freute sich, ihre Stimme zu hören. Er räusperte sich. »Hallo.«

»Ich hatte einfach keine Kraft mehr und musste nach Hause fahren, um zu schlafen. Tut mir leid, dass ich gegangen bin, ohne mich zu verabschieden. Du warst in ein ernstes Gespräch vertieft, und ich wollte dich nicht stören.«

»Kein Problem.« Er zögerte, weil sich die Worte, die ihm im Kopf herumgingen, weigerten, ordentliche, zusammenhängende Sätze zu bilden. »Danke für den Abend. Es war schön.«

»Gern geschehn.«

Das Lächeln in ihrer Stimme gab ihm den Mut, weiterzusprechen.

»Kree, wir müssen reden.«

Schweigen. Dann: »Entschuldige, Ewan, was hast du gesagt? Ein Känguru war auf der Straße aufgetaucht, aber jetzt ist es wieder vom Auto weggehüpft.«

Seine Finger schlossen sich fester um das Handy. Von der Zeit ihres Aufbruchs aus zu schließen, fuhren sie gerade durch den Busch von Bengalley, wo Kängurus in Scharen unterwegs waren.

»Kree, sag Seth, er soll langsamer fahren. Wo ein Känguru ist, sind auch noch andere. Sie werden von den Scheinwerfern geblendet, und dann springen sie euch vors Auto. Vergiss nicht, dass der Ute keine Airbags und kein ABS hat.«

Ewan hörte, wie Kree die Nachricht weitergab, dann sprach sie wieder mit ihm: »Er fährt langsamer.«

»Gut.« Er lockerte seinen Griff um das Handy. »Kree, wir müssen reden.«

»Jetzt?« Ihr weiches Lachen beruhigte ihn und gab ihm Halt.

Er konnte das schaffen. Er konnte der Frau, die er liebte, sagen, was er für sie empfand, auch wenn ihr Bruder dabei zuhörte.

»Ich habe es den ganzen Tag versucht, also ist meine Wahl des Zeitpunkts nicht die günstigste, aber ja …«

Plötzlich gellte ein panischer Schrei von Kree: »Pass auf!«

Reifen quietschten, Metall stieß gegen etwas Hartes, dann splitterte Glas.

Und dann kam nichts mehr.

*»Kree?«*

Schon als er ihren Namen ausstieß, wusste er, dass er keine Antwort erhalten würde. Er stand mit schwankenden Beinen auf und rief Harry zu, dass er den Rettungsdienst alarmieren und in den Busch von Bengalley schicken sollte. Er zog die Autoschlüssel aus der Tasche seiner Jeans. Er hatte nur ein einziges Bier getrunken, und das am frühen Abend, er konnte noch fahren. Er rannte zu seinem Auto und hielt sich dabei das Handy ans Ohr.

Nie zuvor hatte er sich so machtlos gefühlt und die großen Entfernungen im ländlichen Australien so sehr verflucht. Es war, als säße er wieder im Wrack von Fergus' Ute. Er wusste genau, was Kree und Seth jetzt durchmachten, sofern sie bei Bewusstsein waren. Die Verwirrung. Der Geruch nach Rauch. Der Schmerz.

Es zerriss ihm das Herz.

*Liebe Kree. Lass sie an dich heran!*

Er hatte gewartet, bis es zu spät war.

# 37

Kree erwachte im gedämpften Licht einer Nachttischlampe. Sie hatte mörderische Kopfschmerzen und nahm den Geruch von Desinfektionsmittel wahr. Erinnerungsfetzen kehrten zurück. Die Reflexion der Scheinwerfer in den Augen des Kängurus am Straßenrand. Der Schwung des gebogenen Schwanzes, als es vor den Ute sprang. Die Verzweiflung im Gesicht ihres Bruders, als er das Steuer herumriss. Der Geschmack der Angst, als der Ute auf den Baum zuraste.

*Seth.*

Sie richtete sich mühsam auf. Sanfte Hände schlossen sich um ihre Schultern. »Kree, es ist alles in Ordnung. Mit dir ist alles in Ordnung. Mit Seth ist alles in Ordnung.«

Sie ließ sich wieder in das weiche Bett sinken.

*Ewan.*

Ihre schweren Lider schlossen sich. Bewusstlosigkeit löschte ihre Schmerzen aus.

*

Als Kree erneut die Augen aufschlug, erfüllte Tageslicht den Raum. Aus dem Flur drang das Summen von Gesprächen herein, und sie roch den Duft von frischem Kaffee. Sie blinzelte, öffnete die Augen und drehte vorsichtig den Kopf. Ewan saß auf einem Stuhl, las eine Zeitung und trank aus einem Becher. Sein Haar war zerzaust, seine Wangen mit Bartstoppeln bedeckt, die Anspannung hatte Furchen in sein Kinn gegraben.

Es war, als sähe sie ihn zum ersten Mal in der Kommandozentrale, als ihr der Kopf vom Jetlag gedröhnt hatte und sie vor Angst, Seth zu verlieren, einen ganz trockenen Mund gehabt hatte. Und genau wie damals spürte sie tief in sich ein nie gekanntes Gefühl. Das Gefühl, die Erkenntnis, dass Ewan kein gewöhnlicher Mann war und dass ihr Leben nie mehr dasselbe sein würde, ganz egal, was von jetzt an passierte.

Ewan blickte auf. Seine grauen Augen hatten die Farbe von dunklem Schiefer.

»Kree?«

Die Zeitung raschelte, als er sie auf den Boden neben seinen Stuhl legte und den Kaffee danebenstellte. Dann setzte er sich auf den Rand ihres Bettes und schlang seine Finger um ihre. Er führte ihre Hand an seinen Mund und küsste sie.

»Ich bin nicht sicher, ob das ein Traum war …«, sagte sie mit schwacher, krächzender Stimme, die nicht im Geringsten wie ihre eigene klang. »Hast du mir gesagt, mit Seth ist alles in Ordnung, oder nicht?«

»Ja, mit ihm ist alles in Ordnung. Mit euch beiden ist alles in Ordnung.« Ewan wandte seinen Blick nicht von ihrem Gesicht ab. »Mein Gott, Kree, ich dachte, ich hätte dich verloren.«

Es gelang ihr zu lächeln. »Ich gehe nirgendwohin. Wir müssen doch noch miteinander reden, erinnerst du dich?«

Ewan brauchte eine Sekunde, ehe er sprach. Die Furchen an seinem Mund vertieften sich. »Das müssen wir, aber nicht jetzt.« Mit zitternder Hand strich er ihr das Haar aus der Stirn. »Konzentrieren wir uns jetzt erst einmal darauf, dass es dir bald wieder besser geht.«

Sie nickte, und ein heftiger Schmerz durchfuhr sie. Sie stöhnte auf. »Ich hätte meinen Kopf nicht bewegen sollen, stimmt's?«

»Ja, versuch lieber, deinen Kopf stillzuhalten.« Ein flüchtiges Lächeln erschien auf seinen Lippen. »Warte nur, bis die Jungen dich zu sehen bekommen. Die Schwellung auf deiner Stirn, wo du gegen das Armaturenbrett geknallt bist, ist ziemlich eindrucksvoll. Glücklicherweise hat das CT aber nichts Besorgniserregendes ergeben.«

Sie zog ein Gesicht. »Ich nehme an, Airbags wären ganz praktisch gewesen?«

»Und Antiblockierbremsen, durch die der Ute nicht ganz so hart gegen den Baum geprallt wäre.«

»Es war nicht Seths Schuld.«

Ewans Atem zitterte, sein Daumen streichelte ihre Hand. »Ich weiß. Aber er muss sich einen neuen Ute kaufen, und diesmal gehe ich mit.«

Prüfend betrachtete sie sein Gesicht. »Ist wirklich alles in Ordnung mit ihm?«

»Ja, er liegt am anderen Ende des Gangs, wo seine Schnittwunden und blauen Flecken versorgt werden, aber nach der Menge der jungen Krankenschwestern zu urteilen, die in seinem Zimmer ein und aus gehen, geht es ihm bestens. Offenbar kennen sie ihn noch von seinem letzten Aufenthalt.«

Kree lachte, hielt inne und presste sich die Finger an die Schläfe. Der Schlauch des Tropfes, der an ihrem Handrücken befestigt war, hob sich von der Bettdecke. »Bitte bring mich nicht zum Lachen, das ist ja noch schlimmer als Nicken.«

Wieder küsste Ewan die Hand, die er hielt.

»Wie geht es dir denn?«, fragte sie sanft. »Du bist die ganze Nacht hier gewesen. Und du musst ja den Unfall am Handy gehört haben.«

Flüchtig schloss Ewan die Augen, und als er wieder sprach, klang seine Stimme heiser. »Ich habe einen Kaffee getrunken, also fühle ich mich schon fast wieder wie ein Mensch. Und dass ich alles übers Handy mitgehört habe, war ein Glück, denn so wusste ich genau, was passiert war und wo ihr zu finden seid.«

»Danke.« Ein Schleier legte sich über ihre Augen. »Du hast Seth schon wieder gerettet und mich gleich dazu.«

»Es war Teamarbeit. Ich hatte keine Ahnung, wie schnell der alte Harry noch auf den Beinen ist.«

Sie drückte seine Hand, während sie nach Worten suchte. Ohne dass er es gesagt hatte, war ihr klar, dass ihr Unfall die Eröffnungsfeier des Tourismuszentrums beendet hatte. »Bitte sag allen vielen Dank von mir«, sagte sie leise. »Und bitte sie um Entschuldigung, weil ich die tolle Party ruiniert habe.«

»Auf die zu früh beendete Party verschwendet niemand auch nur einen Gedanken. Alle sind einfach nur froh, dass dir und Seth nichts passiert ist. Schon bevor die Leute wussten, dass ihr Mary Ellens Kinder seid, wart ihr ein Teil der Gemeinde geworden.« Seine Mundwinkel hoben sich. »Außerdem wirst du vielleicht schneller nach Hause entlassen, als du denkst, und kannst dann allen persönlich danken.«

»Ich kann ... bald nach Hause gehen?«

Ewan nickte. »Der Arzt meinte, vermutlich schon heute Nachmittag. Er wird dich bei seiner nächsten Visite noch einmal untersuchen, ist aber optimistisch, dass er dir grünes Licht geben kann.« Ewan machte eine Pause. »Die schlechte Nachricht ist, dass er Seth gern noch ein bisschen länger zur Beobachtung hierbehalten möchte.«

Krees Griff um Ewans rechte Hand wurde fester. Seine Finger berührten sanft ihre Wange. »Es gibt wirklich keinen Grund zur Sorge, Seth geht es gut. Er hat sich den Kopf nur an einer anderen Stelle gestoßen als du. Ich hole ihn ab, wenn er entlassen wird, was sicher morgen der Fall sein wird. Er hat gesagt, dass er gerne noch ein bisschen hierbleibt.«

»Warum wundert mich das nicht? Ich fürchte, solange ihm so hübsche Schwestern sein Essen servieren, wird er überhaupt nicht mehr nach Hause kommen wollen.«

Ewan lächelte und stand auf, hielt ihre Hand aber weiter fest. »Warum schläfst du nicht noch ein bisschen? Es wird eine Weile dauern, bis der Arzt kommt. Ich gehe schnell zu einem Freund, um zu duschen und mich ein bisschen hinzulegen. Dann komme ich wieder, und wenn du entlassen bist, können wir sofort losfahren.«

Er beugte sich zu ihr, um sie zu küssen, und sein zärtlicher Kuss trieb ihr die Tränen in die Augen.

*

Der Tag verstrich in einem Nebel aus Schlaf. Der Arzt kam zur Visite vorbei und nach einer strengen Warnung, wegen ihrer Gehirnerschütterung in nächster Zeit nicht zu fliegen, war er bereit, sie zu entlassen. Danach hatte sie sich bei allen für die gute Pflege bedankt, und nun saß sie auf einem Stuhl in Seths Zimmer und wartete darauf, dass Ewan zurückkam. Sie hatte ihm auf Seths unbeschädigtem Handy eine Nachricht geschickt, dass sie grünes Licht bekommen hatte und nach Hause gehen durfte. Ihr eigenes, kaputtes Handy befand sich in dem Rucksack, der sie ins Krankenhaus begleitet hatte, weil Ewan darauf bestanden hatte. Sie streifte Tishs Sandalen ab und klemmte ihre Füße unter den seegrünen Rock ihres Kleides. Es schien nicht nur sechs Wochen, sondern ein Leben her zu sein, seit sie ihren Bruder damals in demselben Zimmer besucht hatte.

Seth saß aufrecht im Bett. Obwohl er blass war und sein Kopf genauso vor Schmerz pochen musste wie der ihre, machte er tatsächlich den Eindruck, als ginge es ihm gut. Er blickte vom Display seines Handys auf, mit dem er im Internet gesurft hatte. »In Dubbo wird einer verkauft.«

Kree setzte ein Stirnrunzeln auf, das Bände sprach. »Seth Garrett, du suchst nicht nach einem neuen Ute! Du bist im Krankenhaus, schon vergessen?«

Seine blauen Augen funkelten. »Ewan hat gesagt, er würde mitkommen und sich mit mir welche anschauen, solange sie ordentlich aussehen.«

Kree riskierte ein winziges Kopfschütteln. »Warte wenigstens ab, bis du entlassen bist.«

Seth grinste. »Du könntest auch mitkommen.«

»Ich? Auf einen Einkaufsbummel für Männerspielzeug? Ich glaube nicht. Ich bleibe lieber hier.«

»Was habe ich dir gesagt?«, sagte Seth in gequältem Tonfall zu Ewan, der gerade den Raum betrat. »Sie weiß Männerspielzeug noch immer nicht zu schätzen.«

Ewan grinste und reichte Seth einen Stapel Automagazine. »Das ist ganz gut so, Kumpel. Wenigstens müssen wir dann auch nicht mitkommen, wenn Kree sich Schuhe kauft. Tish hat mir nämlich geschrieben, dass Freckle Krees neue Stiefel gefunden hat.«

»Na wunderbar«, stöhnte Kree, grinste aber. Die Kameraderie und der Respekt zwischen Ewan und Seth versüßten ihr den Schmerz, den der Gedanke, Tishs hohe Schuhe tragen zu müssen, bis sie ein neues Paar Stiefel für ihre armen Füße besorgen konnte, in ihr auslöste.

Sie streifte die ungeliebten Sandalen über und stand vorsichtig auf. Auf dem kurzen Weg zu Seths Zimmer hatte sie gelernt, dass sich das Pochen in ihren Schläfen verschlimmerte, wenn sie schnell ging.

Ewan eilte an ihre Seite. Sorge verdrängte das Amüsement aus seinen Augen. Sie beantwortete seine unausgesprochene

Frage mit einem Lächeln, ehe sie hinüber zu Seth ging und ihn auf den Kopf küsste.

»Benimm dich, kleiner Bruder. Wir sehen uns morgen.«

*

Obwohl Ewans Arm, in den sie sich eingehakt hatte, sie stützte, erschien ihr der kurze Weg von den Schiebetüren des Krankenhauses bis zum Parkplatz endlos. Sie setzte sich auf den Beifahrersitz des Ute und schloss die Augen, um das Schwindelgefühl zu mildern. Sie spürte, wie ihr Rucksack ihre nackten Beine streifte, als Ewan ihn zu ihren Füßen abstellte, und atmete seinen frischen Duft nach Seife ein, als er sich über sie beugte, um ihren Sicherheitsgurt zu schließen. Die Tür auf der Fahrerseite schloss sich, dann sprang der Motor des Ute an, und die kühle Brise der Klimaanlage strich über ihr Gesicht.

»Berridale, wir kommen«, sagte sie leise, als Ewan sein Handy in die Halterung schob.

»Ach ja, was das betrifft …«

Kree öffnete die Augen und sah ihn an. Sein ernster Blick traf den ihren. »Tish hat dein Zimmer auf Marellen für dich fertig gemacht und für Seth auch ein Zimmer hergerichtet. Don und Maureen haben nun doch eine frühere Maschine genommen und sind gestern Abend in Sydney angekommen. Sie haben die Frühmaschine nach Dubbo genommen, und dort hat ihre Tochter sie abgeholt. Sie schicken dir ihre besten Wünsche und bedanken sich für die tolle Arbeit, die du geleistet hast.«

Um ein Haar hätte sie genickt. »Es ist wundervoll, dass sie wieder zu Hause sind.«

Sie schloss die Augen wieder, während Ewan sich in den

Kreisverkehr einfädelte, um das Krankenhausgelände zu verlassen, und von Neuem drehte sich die Welt um sie. Sie wollte im Moment nicht darüber nachdenken, dass sie jetzt, wo die Tylers wieder da waren, offiziell keinen Grund mehr hatte, in Australien zu bleiben. Wenigstens durfte sie dank ihrer Gehirnerschütterung erst einmal nicht fliegen. Das Gespräch, das sie und Ewan führen mussten, würde vielleicht nicht heute und womöglich auch nicht morgen stattfinden, aber es würde noch Zeit dafür bleiben. Sie konnte nur hoffen, dass ihr nicht das Herz brechen würde, was er zu sagen hatte.

»Tish ist heute Morgen rübergefahren und hat abgeholt, was von dir und Seth noch dort war.« Ewans ruhige Stimme riss sie aus ihren Gedanken.

Kree wagte es, die Augen wieder zu öffnen. Sie fuhren über die Brücke, die den breiten, von Bäumen gesäumten Macquarie-Fluss überspannte, und vor ihnen lag eine gerade Straße. »Danke. Sie ist so ein Schatz.«

»Sie hat auch Fudge und Freckle nach Hause gebracht. Don und Maureen können kaum fassen, wie sehr die beiden gewachsen sind – und wie wohlerzogen sie sind.«

»Ich weiß nicht, ob sie sich heute wirklich besser benehmen als bei Dons und Maureens Abreise, aber vermissen werde ich sie trotzdem.«

Ewan lachte. »Ich kann nicht glauben, dass ich das wirklich sage, aber ich werde sie auch vermissen.«

Ewans Handy erwachte mit den Klängen von *Going to the Chapel* zum Leben. Ewan murmelte etwas Unverständliches, dann drückte er den grünen Knopf. »Hallo, Harry, ich stelle den Lautsprecher ein, damit Kree hören kann, was du sagst. Wir fahren jetzt nach Hause.«

»Da hast du ja ganz schön lange gebraucht.« Harrys schroffe Worte erfüllten das Auto.

Ewan antwortete schnell: »Wir mussten warten, bis der Arzt Kree noch einmal untersucht hatte.«

»Also hast du noch nicht mit dem Fräulein gesprochen?«

Kree sah Ewan an. Hatte er etwa gerade mit den Zähnen geknirscht?

»Nein.«

»Ich werde nicht jünger, weißt du das? Und du auch nicht.«

»Harry, jetzt ist nicht der richtige Zeitpunkt ...«

»Warum nicht? Ein Versprechen ist ein Versprechen, finden Sie nicht auch, Fräulein?«

Kree lachte, dann presste sie sich die Hand an den Kopf. »Hallo, Harry, ich habe zwar keine Ahnung, wovon Sie sprechen, aber ja, ein Versprechen ist ein Versprechen.«

»Hast du gehört, Ewan?«

»Bis bald, Harry«, sagte Ewan und beendete das Gespräch.

»Er klingt ja so energisch. Ich frage mich, was ihn so aufregt?«

Ewan zuckte mit den Schultern. »Manchmal ist es besser, nicht zu wissen, was in Harry vorgeht.«

»Ich dachte, du machst keine Versprechen«, sagte sie und betrachtete sein Profil.

»Dank Harry tue ich es jetzt.« Er sah sie kurz an, und sie sah Sorge in seinem Blick. »Du bist sehr blass. Warum schläfst du nicht? Wir haben noch eine lange Fahrt vor uns.«

*

Kree kam es vor, als wären erst fünf Minuten vergangen, als sie die Augen wieder öffnete. Sie erkannte vertraute Punkte in der Landschaft, und ihr wurde klar, dass sie schon seit mehr als zwei Stunden unterwegs sein mussten. Es würde nicht mehr lange dauern, bis sie Marellen erreichten. Schon kam am Straßenrand das weiße Kreuz von Fergus' Unfallstätte in Sicht. Die Überraschung ließ sie vollends erwachen. Ewan hatte anders als sonst für den Heimweg nicht die Seitenstraße genommen, sondern fuhr auf der Hauptstraße, die er nicht benutzt hatte, seit Fergus gestorben war. Unter seiner Sonnenbräune war er wachsbleich, seine Augen konzentrierten sich auf einen Punkt in der Ferne, und die Knöchel seiner Hand zeichneten sich weiß auf dem Steuerrad ab.

Sie legte eine Hand auf seinen Oberschenkel. »Ewan, ist alles in Ordnung mit dir?«

Er nickte und schien unfähig zu sprechen.

Das Kreuz flog vorbei, und Ewan entspannte sich sichtbar. Er atmete tief aus. »Ich hoffe, es wird leichter werden.«

»Das wird es.«

Er legte seine Hand auf ihre. »Es mag eine Weile gedauert haben, es in meinen Dickschädel zu bekommen, aber du hast recht: Ich muss akzeptieren, dass Fergus nicht mehr da ist und dass der Unfall nicht meine Schuld war.«

Unfähig zu sprechen drehte Kree ihre Hand unter der seinen um, sodass ihre Handflächen sich berührten, und flocht ihre Finger in seine. Ewan war aus dem Abgrund emporgestiegen, in den seine Schuldgefühle ihn gestoßen hatten. Die Vergangenheit hielt ihn nicht länger gefangen.

Ewan blinkte und bog in Marellens Zufahrt ein. Doch statt über das Viehgitter zu fahren, lenkte er den Wagen an die Seite, hielt an dem weißen Grenzzaun an und stellte den Motor ab.

Mit einem jungenhaften Lächeln sah er sie an. »Wir steigen aus.«

»Wir steigen aus?«

Ewan hatte das Auto bereits verlassen. Er öffnete ihr die Tür und nahm ihre Hand, um ihr beim Aussteigen behilflich zu sein. Er legte seinen Arm um ihre Taille und drehte sie sanft herum, sodass sie in Richtung Marellens Haupthaus sah. Dann standen sie Hüfte an Hüfte und betrachteten die von Bäumen gesäumte Zufahrt. Bernsteinfarbene Blätter trieben von der Doppelreihe der hohen Pappeln herüber, die wie lebendige Flammen vor ihnen aufleuchteten. In der Ferne sah sie das rote Dach des Farmhauses.

»Ich hatte vergessen, wie schön die Auffahrt ist«, sagte Ewan leise.

»Das ist sie. Und ich musste gerade daran denken, dass meine Großeltern die Pappeln gepflanzt haben.«

»Ich weiß.« Ewan zog sie an sich, und sie lehnte ihren Kopf an seine Brust. Unter ihrem Ohr vernahm sie seinen gleichmäßigen, starken Herzschlag.

Er räusperte sich. »Ich dachte, das hier wäre der perfekte Ort für unser Gespräch. Fühlst du dich stark genug?«

Sie hob den Kopf, um seinen Gesichtsausdruck zu prüfen. Seine Wangen wirkten noch ausgezehrter als in den letzten Tagen. Der Magen rutschte ihr in die Kniekehlen. Sie würde sich nie stark genug für dieses Gespräch fühlen, wenn es einen anderen Weg einschlug als den, den sie sich wünschte.

Mit einem unergründlichen Blick sah er sie an. »Ich hatte gehofft, wir könnten die Keine-Versprechen-Karte vielleicht vom Tisch nehmen.«

Freude wirbelte in ihr auf. Eine Freude, die so einzigartig und so kostbar war, dass sie ihr den Atem nahm. »Heißt das, du willst, dass wir einander Versprechen geben?«

»Wenn du dich dann sicher fühlst.«

Sie legte die Arme um seinen Hals, ohne sich darum zu scheren, dass sich bei der raschen Bewegung alles um sie drehte. »Es gibt nur eins, was du sagen könntest, damit ich mich sicher fühle.«

Verlangen und Hoffnung flackerten in seinen Augen auf. Er zog sie an sich. »Ich liebe dich, Kree.«

»Ich liebe dich au…«, flüsterte sie, ehe er ihr das Wort mit einem Kuss aus dem Mund stahl, der ihr alle Versprechen gab, die sie jemals brauchen würde.

Aus dem Innern des Wagens drang das Klingeln von Ewans Handy an ihr Ohr. Es spielte erneut *Going to the Chapel.*

»Und dann willst du mir auch noch sagen, warum du dieses Lied auf deinem Handy hast«, sagte sie dicht an seinem Mund.

»Ich habe den Fehler gemacht, mein Handy auf dem Küchentisch liegen zu lassen, als ich zur Eröffnung des Tourismuszentrums aufgebrochen bin, und so hat Tish es in die Finger bekommen. Ich war … ein bisschen zu beschäftigt … um es zu ändern.«

Kree lehnte sich in Ewans Armen zurück, um sein Gesicht zu sehen. Früher war es ihr schwergefallen, darin zu lesen, aber nun waren seine Züge kein verschlossenes Buch mehr für sie. Nun zeigte er ihr seine Gefühle. Ihr langsam lächelnder gutaussehender Naturbursche hatte sie endlich in seine Welt eingelassen.

»Ja, ich will«, sagte sie mit sanfter Stimme.

»Ja, du willst? Aber ich habe dich doch noch gar nicht gefragt.«

»Doch, das hast du. Nur nicht mit Worten.« Mit einem Finger zog sie die feste Linie seines Kiefers nach. »Ich will an deiner Seite sein, und es macht nichts, wenn du nicht in Colorado bist.« Sie grinste. »Auch wenn ich eine entlegene Berghütte voller Erinnerungsstücke aus dem alten Westen kenne, die sich perfekt für eine Hochzeitsreise eignen würde – oder für Ferien mit Braye und Darby.«

Wieder bedeckte Ewans Mund den ihren, und als sie sich

trennten, um Atem zu holen, leuchteten seine grauen Augen vor Glück. »Ich bekomme meine Männerhöhle also nicht zurück?«

»Da besteht nicht die geringste Hoffnung. Du gewöhnst dich also besser daran zu teilen. Mir fehlt nur noch eine Klimaanlage, dann habe ich das perfekte Atelier. Dir ist doch wohl klar, dass deine Tage als überzeugter Junggeselle vorüber sind?«

»Absolut. Und niemand ist darüber glücklicher als ich. In Marellen wird es allerdings ziemlich still sein, wenn Tish und die Jungen ausgezogen sind. Also werden wir wohl eine lärmende Ziege und einen Welpen, der Schuhe frisst, brauchen.«

Sie sah über seine Schulter hinweg nach dem Farmhaus, das ins Licht des späten Nachmittags getaucht war und bald von Neuem von Liebe und Lachen erfüllt sein würde. »Und Kinder.«

»Viele Kinder.«

Hand in Hand gingen sie zu dem Ute. Ein Wirbelwind ließ eine zarte Spirale aus ockerfarbenem Sand an ihrer Seite entlangtanzen. Ihre Finger schlossen sich um die von Ewan. Sie lächelte.

Die Liebe hatte ihre Mutter aus Marellen fortgeführt, Kree aber hatte die Liebe auf die roten Straßen des Outbacks geleitet und … nach Hause gebracht.

*Auf dem roten Kontinent warten Abenteuer und die große Liebe*

Elizabeth Haran
TRÄUME UNTER
ROTER SONNE
Roman
Aus dem australischen
Englisch von
Ulrike Werner-Richter
528 Seiten
ISBN 978-3-404-17392-1

*England 1941:* Lara Penrose, eine junge Lehrerin, wird nach Australien »strafversetzt«. Sie landet in einem Städtchen, das an einem idyllischen Seitenarm des Mary River gelegen ist, und zunächst ist sie entzückt. Doch der Fluss beherbergt Hunderte von Krokodilen, die regelmäßig an Land kommen und die Bewohner des Ortes in Angst und Schrecken versetzen. Aus diesem Grund engagiert Lara einen Krokodiljäger. Bald kann sie sich seinem Charme kaum noch entziehen, und ihre zarte Beziehung zu dem attraktiven Arzt Jerry steht auf dem Spiel ...
Charmante Liebesgeschichte vor wunderbarer Kulisse

Bastei Lübbe

# Die Community für alle, die Bücher lieben

**Das Gefühl, wenn man ein Buch in einer einzigen Nacht verschlingt – teile es mit der Community**

In der Lesejury kannst du

- ★ Bücher lesen und rezensieren, die noch nicht erschienen sind
- ★ Gemeinsam mit anderen buchbegeisterten Menschen in Leserunden diskutieren
- ★ Autoren persönlich kennenlernen
- ★ An exklusiven Gewinnspielen und Aktionen teilnehmen
- ★ Bonuspunkte sammeln und diese gegen tolle Prämien eintauschen

**Jetzt kostenlos registrieren: www.lesejury.de**
**Folge uns auf Facebook:**
**www.facebook.com/lesejury**